FIDARSI DI CASSIDY

Silverstone, Libro 4

SUSAN STOKER

Titolo originale: *Trusting Cassidy*
Traduzione dall'inglese: Well Read Translations

Versione inglese già pubblicata da Amazon Publishing

Delta Duo

La forza di Gillian
La forza di Kinley
La forza di Aspen
La forza di Jayme
La forza di Riley
La forza di Devyn
La forza di Ember
La forza di Sierra

Armi & Amori: verso il futuro

Soccorrere Caite
Soccorrere Brenae
Soccorrere Sidney
Soccorrere Piper
Soccorrere Zoey
Soccorrere Avery
Soccorrere Kalee
Soccorrere Jane

Mercenari di Montagna

Difendere Allye
Difendere Chloe
Difendere Morgan
Difendere Harlow
Difendere Everly
Difendere Zara
Difendere Raven

Ace Security

Il riscatto di Grace
Il riscatto di Alexis
Il riscatto di Bailey
Il riscatto di Felicity
Il riscatto di Sarah

Forze Speciali alle Hawaii

Trovare Elodie
Trovare Lexie
Trovare Kenna
Trovare Monica
Trovare Carly
Trovare Ashlyn
Trovare Jodelle

Delta Force Heroes

Salvare Rayne
Salvare Emily
Salvare Harley
Il Matrimonio di Emily
Salvare Kassie
Salvare Bryn
Salvare Casey
Salvare Sadie
Salvare Wendy
Salvare Mary
Salvare Macie
Salvare Annie

Armi e Amori

Proteggere Caroline
Proteggere Alabama
Proteggere Fiona
Il Matrimonio di Caroline
Proteggere Summer
Proteggere Cheyenne
Proteggere Jessyka
Proteggere Julie
Proteggere Melody
Proteggere il Futuro
Proteggere Kiera

Proteggere i figli di Alabama
Proteggere Dakota

Una raccolta di storie brevi
Un momento nel tempo

CAPITOLO UNO

"Vuoi tu, Carson Rhodes, prendere Skylar Reid come tua sposa, per amarla, onorarla e rispettarla, in salute e in malattia, in ricchezza e in povertà, finché morte non vi separi?"

"Sì. Mille volte sì."

La risposta di Bull vibrò di una convinzione che colpì Gramps profondamente. La grande stanza dell'Assistenza Silverstone era gremita e tutti guardavano Bull e Skylar che finalmente si scambiavano le promesse matrimoniali. Gramps buttò l'occhio sulla sinistra e vide Smoke e Molly che aspettavano il loro turno per procedere verso il centro della stanza.

Skylar e Molly avevano accettato di svolgere la doppia cerimonia al garage. Il tutto si era organizzato con una certa fretta, visto che Bull e Smoke ci tenevano a fare il grande passo prima di partire per la prossima missione, che li avrebbe portati in Giamaica.

Nell'ultimo anno, i quattro amici e membri della Silverstone avevano imparato che nella vita non si poteva dare nulla per scontato. Per quanto fossero fieri di quello che facevano, sapevano bene che il prezzo da pagare, potenzialmente, era altissimo: ammontava alle loro stesse vite.

Nessuno di loro era contento di correre quel rischio, anche se tutti e quattro erano disposti a tutto pur di contribuire a rendere il mondo un posto più sicuro. Tuttavia, da quando Bull, Eagle e Smoke avevano trovato compagne che amavano alla follia, le missioni della Silverstone avevano assunto per tutti e quattro un carattere diverso.

Gramps sentiva che di lì a poco le cose per la Silverstone sarebbero cambiate, il che in fin dei conti non gli dispiaceva. Aveva quarantacinque anni e il suo corpo cominciava a farglielo presente in modi più o meno espliciti. Molly era incinta. Eagle e Taylor avevano già avuto un bellissimo bambino. Le ragioni che potevano trattenere il gruppo dall'andare in giro per il mondo a far fuori pericolosi criminali erano decisamente aumentate. L'ultima cosa che ognuno di loro voleva era dover rientrare a Indianapolis con l'onere di dire a una delle ragazze che l'uomo della sua vita non sarebbe più tornato.

Perciò, all'orizzonte si profilavano dei cambiamenti.

Prima di toccare *quell'*argomento, tuttavia, c'era una missione molto impegnativa che i ragazzi dovevano portare a termine.

Cassidy Hewitt.

Pensarla gli provocò un crampo allo stomaco.

Il loro legame aveva avuto origine molti anni prima. Gramps l'aveva conosciuta una trentina d'anni prima, alle superiori, quando lei era una matricola e lui frequentava l'ultimo anno. Era subito stato attratto da lei. Dopo che lui si era diplomato, erano usciti insieme diverse volte, per lo più quando lui tornava a El Paso per fare brevi visite ai genitori; l'intesa tra i due era cresciuta. Cassidy gli aveva scritto quando lui era stato inviato in missione con l'esercito, e Gramps, ogni volta, aveva ricevuto quelle lettere con grande piacere.

Cassidy si era sposata, aveva avuto un figlio, poi aveva divorziato. Dopodiché, per qualche ragione, era andata in Giamaica, dove era finita nella brutta situazione in cui si trovava in quel momento... situazione dalla quale la Silverstone l'avrebbe tratta in salvo.

"Vuoi tu, Skylar Reid, prendere Carson Rhodes come tuo sposo, per amarlo, onorarlo e rispettarlo, in salute e in malattia, in ricchezza e in povertà, finché morte non vi separi?"

"Lo voglio," rispose Skylar, il viso illuminato da un immenso sorriso.

"Per il potere conferitomi dallo Stato dell'Indiana, ho l'onore di dichiararvi marito e moglie. Bull, puoi baciare la sposa," disse Bart. Era uno dei dipendenti dell'Assistenza Silverstone e Skylar e Molly gli avevano chiesto di officiare il rito. L'omone, commuovendosi, aveva immediatamente accettato. Si era poi preparato a dovere, ottenendo il permesso dalle autorità, e in quel momento era lì, in piedi davanti a sposi e invitati, con un sorriso grande e un po' sciocco, onorato di sancire l'unione di Bull e Skylar.

Anche Bull sorrise, poi guardò Skylar, la fece chinare sul proprio braccio e la baciò. Come ignaro dei fischi goliardici che poco dopo cominciarono a levarsi dal gruppo degli astanti, si prese tutto il tempo che gli serviva per mostrare alla sua amata tutta la gioia che provava al pensiero che lei fosse finalmente diventata la sua legittima sposa.

"Basta!" gridò Smoke, chiaramente impaziente. "Sapete, qui c'è altra gente che deve sposarsi!"

Tutti risero e Bull riportò Skylar in posizione eretta. Le prese il viso tra le mani e le sussurrò qualcosa. Lei annuì ed entrambi si voltarono verso gli invitati.

"Signore e signori," annunciò Bart, "ecco il signor e la signora Rhodes!"

Allora Skylar e Bull si avviarono lungo il passaggio che divideva in due la platea. Lei si fermò a baciare i genitori, che erano chiaramente al settimo cielo, poi proseguì con Bull verso il fondo della sala.

Poco dopo, Leigh, un'altra degli autisti di carroattrezzi che erano in forze alla Silverstone, toccò lo schermo del suo cellulare e la marcia nuziale risuonò per la seconda volta dalle casse acustiche.

Molly era raggiante, come Gramps poteva vedere dalla sua

posizione, appena fuori dalla cucina. Era chiaro che essere in dolce attesa l'aveva abbellita, nello spirito quanto nell'aspetto, e Gramps non poteva essere più felice per Smoke. La prima volta che i ragazzi avevano incontrato Molly, lei era tutt'altro che in forma. Mentre era in Nigeria per lavoro, era stata rapita, aveva sofferto la fame ed era stata gettata a marcire in un pozzo scavato nella giungla; Gramps e gli altri si erano chiesti se sarebbe mai stata in grado di riprendersi davvero. Lei ce l'aveva fatta... e anche alla grande.

Era stata Molly a proporre a Skylar di organizzare un'unica cerimonia per i loro matrimoni. Avevano deciso di tenerla alla Silverstone, dove amici e parenti avrebbero potuto divertirsi, rilassarsi e gioire con loro. Avevano optato per una cerimonia sobria e informale e in effetti l'atmosfera non avrebbe potuto essere più distesa.

Non appena Smoke e Molly ebbero raggiunto l'altare improvvisato, Bart si accinse a celebrare il secondo matrimonio della giornata. Gramps era felicissimo per i suoi amici. Per quanto fosse impaziente di arrivare in Giamaica e accertarsi di persona che Cassidy e suo figlio fossero sani e salvi, non poteva certo avercela con i quattro sposi per aver voluto vivere quel momento speciale prima della missione.

Bart parlò ancora una volta di amore, felicità e anime gemelle, poi Molly e Smoke si promisero l'un l'altra di amarsi nella buona e nella cattiva sorte, in salute e in malattia. Dopo averli dichiarati marito e moglie, Bart invitò Smoke a baciare la sposa e lui, anziché reclinarla sulle spalle come aveva fatto Bull con Skylar, si inginocchiò e posò dolcemente le labbra sul ventre della sposa novella.

Tutti sapevano che Molly era incinta e che per lei e Smoke non era stato facile arrivare a quel giorno. Tutti avevano gli occhi lucidi... e tutti, compreso Gramps, sentirono un leggero imbarazzo quando Smoke si rialzò e baciò Molly molto, molto appassionatamente.

Dopo che gli sposi ebbero firmato le varie scartoffie, che Bart ripose con cura e che l'indomani avrebbe portato in tribunale, il party vero e proprio cominciò. Tra gli invitati c'erano tutti i dipendenti della Silverstone, con le loro famiglie; Tiana, Maria, Susan e altri ex vicini di casa di Skylar, che prima di trasferirsi da Bull aveva abitato nel complesso residenziale di Southpoint; alcuni insegnanti che lavoravano con Skylar e altre persone che Gramps non conosceva.

Fu una bella festa, ma Gramps non restò sorpreso quando Bull e Smoke se ne andarono a casa con le loro rispettive mogli prima che il party finisse; entrambi volevano una prima notte di nozze da ricordare, visto che il giorno dopo avrebbero dovuto subito rimettersi al lavoro.

A Gramps dispiaceva che gli altri tre dovessero allontanarsi dalle loro famiglie tanto in fretta, ma ciò che aveva letto nell'ultima lettera che avevano ricevuto da Cassidy non gli dava pace. In quella lettera, lei chiedeva disperatamente aiuto all'FBI, a cui aveva scritto già diverse volte. Erano parole che tradivano un profondo scoramento e Gramps non osava pensare a ciò che Cassidy, ridotta in quello stato, avrebbe potuto fare.

"Tutto ok?" gli chiese Eagle, appoggiandosi con la schiena al muro, di fianco all'amico.

"Sì," rispose Gramps.

"Sicuro?"

Gramps lo guardò. "Sicuro. Ne avevamo un gran bisogno. Dopo quello che è capitato a Sky, poi a Taylor e a Molly, è bello vedere tutti così contenti e rilassati."

"Già. Tutti tranne te."

"Io sono contento per loro," lo rassicurò Gramps.

"Lo so che sei contento, ma non riesci a smettere di pensare a Cassidy."

Gramps tacque, come se non ci fosse altro da dire. Effettivamente, *stava* pensando a Cassidy.

"È lei quella che se n'è andata, giusto?" gli chiese Eagle.

Gramps sospirò. "Come può essersene andata se non è nemmeno mai stata mia?"

"I rimpianti sono dei bastardi," replicò Eagle. "Ogni fottuto giorno, io rimpiango di aver preso la strada panoramica per andare a Bloomington... ma, in un modo o nell'altro, quello che deve succedere, alla fine, succede."

Gramps sapeva ciò di cui Eagle stava parlando. Il serial killer che aveva preso di mira Taylor aveva speronato l'auto di Smoke su quella strada, mettendolo fuori combattimento, dopodiché aveva inseguito Taylor nei boschi circostanti. Eagle li aveva poi trovati e aveva freddato il maniaco, impedendogli di provocare altro dolore a Taylor o a chiunque altro. Eppure Gramps, a prescindere dal guaio in cui Cassidy si trovava al momento, non era affatto certo che tra loro due potesse nascere qualcosa; la verità era che praticamente non si conoscevano nemmeno, non nella loro vita da adulti.

"Voglio che tu mi faccia una promessa," disse Gramps all'amico.

"Tutto quello che vuoi."

"Promettimi che se in Giamaica la situazione precipita, non farai nulla di incosciente. Io sono in grado di occuparmi di Michael Coke e dei suoi scagnozzi, di recuperare Cassidy e il bambino e di squagliarmela da lì... ma se qualcosa dovesse andare storto... voglio la certezza che tu, Smoke e Bull non correrete rischi inutili, che tornerete a casa dalle vostre mogli."

"Se mi stai chiedendo di lasciarti lì a morire... beh, cazzo, ti deve aver dato di volta il cervello," ribatté Eagle, con voce bassa ma incrinata dalla rabbia. "Siamo una squadra, *niente* può cambiare questo fatto."

"Caro mio, tu hai un figlio," obiettò Gramps. "Vuoi che Kevin cresca senza un padre? Io no, dannazione. E poi Taylor ha bisogno di te. Siete perfetti l'uno per l'altra."

"Sì, ma non ho intenzione di sacrificare uno dei miei migliori amici," mormorò Eagle. "Ne abbiamo discusso quando abbiamo deciso che ti saresti infiltrato nell'organizzazione. Il fatto che sia tu ad andare in prima linea non significa che sei sacrificabile."

Gramps sospirò, fissando lo sguardo sul pavimento.

"Che c'è che non va? Puoi parlare con me," lo esortò Eagle.

"È solo che ho un brutto presentimento. Non saprei dirti riguardo a cosa... Il nostro piano è ben congegnato. Io mi infiltrerò e cercherò di concludere un affare e di fare in modo che la droga sia spedita alla mia 'organizzazione' a Dallas. Sappiamo già che Coke ha una gran voglia di mettere le mani in pasta negli Stati Uniti, più di quanto già non le abbia; non stava nella pelle quando gli abbiamo proposto un incontro. Però, anche se voi vi fingerete i miei tirapiedi, non credo che vi lascerà andare su e giù per la sua villa... quindi sono praticamente certo che dovrò farlo da solo, il che implica un fottuto mucchio di potenziali imprevisti, più di quanti ci siamo abituati a gestirne in missione. È questo che mi rende nervoso."

Eagle mise una mano sulla spalla di Gramps, che lo guardò negli occhi; aveva davanti uno dei tre uomini nelle cui mani aveva messo la propria vita. "Ce la farai. Pensi che io e gli altri ti lasceremmo andare da solo, se non fossimo sicuri che saprai gestire la situazione? Tu conosci Cassidy. Esiste un legame tra di voi, l'hai detto tu. La ragazza è sveglia... abbastanza da farla sotto il naso a un boss della droga, inventandosi un modo per spedire lettere alla dannata FBI senza essere beccata. Non ti farà saltare la copertura, ne sono certo."

"Ha un figlio," ribatté Gramps.

"Già," concesse Eagle, "e allora?"

Gramps non sapeva nemmeno quale fosse la sua obiezione... no, era una bugia: lo sapeva, ma non era pronto a metterla in parole.

Era terrorizzato per quello che sarebbe potuto succedere al figlio di Cassidy.

In passato, Gramps aveva sempre rischiato la sua stessa vita. Non era mai stato emotivamente coinvolto durante una missione. Conoscendo Cassidy, tuttavia, e sapendo quanto lei amasse il figlio, non poteva fare a meno di pensare a tutto ciò che poteva andare storto durante una missione del genere. L'ultima cosa che Gramps voleva era fare qualcosa che causasse il ferimento di Mario, il figlio di Cassidy, se non peggio.

"Se ci stai ripensando..."

"No," lo interruppe Gramps. "È solo che... in tutte le nostre missioni, siamo sempre stati solo noi quattro. Stavolta c'è in ballo molto di più. Ci sono Skylar, Taylor e Kevin... e Molly, con la bambina che ha in grembo... e tutto il gruppo dell'Assistenza Silverstone. Ora, anche Cassidy e Mario. La posta in gioco è incredibilmente più alta."

"Non c'è dubbio... e se pensi di essere l'unico che la pensa così, sei fuori strada," disse Eagle con calma. "Finita questa missione, dovremo sederci e riconsiderare la nostra posizione."

"Pensi che Willis sarà contento se noi... riconsideriamo la nostra posizione?" chiese Gramps.

"Non me ne frega niente di ciò che pensano quelli del governo. Non sono loro a rischiare le chiappe. Ogni sera tornano a casa dalle loro famiglie e non devono intrufolarsi in altri paesi per fronteggiare il male."

Era vero; anzi, verissimo.

"Non avremmo problemi a vivere bene con quello che guadagnamo con l'Assistenza Silverstone," continuò Eagle. "Ci sono altri modi in cui possiamo rendere il mondo più sicuro. In ogni caso, prima poi dovremo smettere, non possiamo continuare così per sempre."

Gramps lo guardò. Eagle era stato al suo fianco in situazioni critiche innumerevoli volte: era più un fratello che un semplice amico. "Voglio solo che tu, Smoke e Bull non ci lasciate le penne. Non sarei in grado di dire a nessuna delle vostre mogli che suo marito non tornerà da lei. Se davvero questa sarà la nostra ultima missione... se uno di voi ci resta secco, per la sua compagna sarebbe davvero il più crudele degli scherzi."

"Torneremo tutti e quattro," disse Eagle con la fermezza con cui si presta un giuramento. "Gramps, non mi frega niente se noi siamo sposati e tu no, non significa certo che le nostre vite siano più importanti della tua."

Gramps non era d'accordo, ma non controbatté. "Chiedo solo che voi non facciate nulla di sconsiderato."

"Contaci," replicò Eagle dopo una breve pausa.

"Su cosa?" chiese Taylor, avvicinandosi furtivamente al marito. Teneva tra le braccia loro figlio e il grande sorriso con cui si rivolse a Eagle rese Gramps ancora più determinato a fare di tutto perché l'amico tornasse da lei sano e salvo.

"Sul fatto che la missione non durerà troppo," rispose Eagle senza farsi trovare spiazzato. "Come se la passa Kev?"

"Benone," disse Taylor. "Temevo che la confusione lo disturbasse, ma se l'è dormita di gusto per quasi tutta la festa."

"Il che significa che non dormirà stanotte," osservò Eagle con una smorfia.

Taylor fece una risatina. "Ultimamente si sta abituando a dormire di notte," obiettò lei, "e poi sa di avere in pugno il suo paparino. Credimi, il più delle volte si sveglia non perché ha fame, ma per accertarsi che tu sia accanto a lui."

Alla notizia che il piccolo non aveva ereditato la prosopagnosia di cui soffriva Taylor e fosse quindi in grado di riconoscere il volto delle persone, Gramps era stato tanto sollevato quanto Eagle. Non c'erano dubbi sul fatto che Kevin riconoscesse i visi dei genitori.

Eagle guardò l'orologio e chiese alla moglie: "Sei pronta per andare?"

"Solo se lo sei anche tu," rispose lei.

Allora Eagle si rivolse a Gramps. "Tutto chiaro," gli disse, dopodiché lo salutò con un cenno del capo e appoggiò un braccio sulle spalle di Taylor; poi si avviarono insieme verso l'uscita.

Gramps si trattenne alla festa ancora un po', poco incline a rientrare nel suo piccolo e vuoto appartamento, dove non lo attendeva molto a parte la sua stessa apprensione per l'imminente missione. Alla fine, però, quando praticamente tutte le famiglie avevano lasciato il garage, Gramps si risolse a fare altrettanto. Sapeva di aver bisogno di una bella dormita, visto che non avrebbe avuto molte occasioni per riposarsi, una volta in Giamaica; al contrario, avrebbe dovuto essere vigile in ogni momento.

Dopo aver salutato i pochi dipendenti rimasti, Gramps uscì dal garage. Abitava in un quartiere piuttosto datato, non troppo distante dalla ditta. Conosceva quasi tutti i suoi vicini. Era gente che lavorava sodo, c'erano famiglie con figli e coppie di anziani i cui figli, una volta cresciuti, si erano trasferiti altrove. La zona era abbastanza multietnica, cosa che Gramps apprezzava. A El Paso, in Texas, le sue origini ispaniche non davano affatto nell'occhio, ma da quando si era spostato in Indiana aveva subìto la sua buona parte di discriminazioni. Più di una volta, si era sentito dire di "tornarsene al suo paese", e sapeva bene che chi lo invitava a farlo non intendeva El Paso.

Sua madre era ispanica, mentre suo padre era caucasico. Si erano incontrati quando il padre, anch'egli un militare, era stato dislocato a Fort Bliss, a El Paso; poi si era innamorato di lei a tal punto da lasciare l'esercito e stabilirsi permanentemente in Texas. Gramps immaginava che ci fosse stato un periodo della loro vita di coppia in cui erano stati felici insieme, ma ormai non facevano altro che litigare, praticamente senza condividere nulla a parte lo stesso tetto. Quella era la principale ragione per cui Gramps non tornava a El Paso da molto tempo. Dopo che i nonni erano morti, gli mancava semplicemente una motivazione.

Naturalmente, da qualche tempo si chiedeva se le cose tra lui e Cassidy sarebbero andate diversamente, nel caso in cui lui fosse tornato a casa più spesso. Magari lei non avrebbe sposato quel bastardo... e forse non sarebbe andata in Giamaica, né si sarebbe trovata nei guai.

D'altronde, il passato non si poteva cambiare. Gramps non poteva fare altro che guardare avanti. L'indomani sarebbe partito per la Giamaica. Non sapeva cosa lo aspettasse là, non sapeva nemmeno se Cassidy sarebbe stata in grado di riconoscerlo. Il rischio che lei gli facesse inavvertitamente saltare la copertura era reale... ma a lui non importava: avrebbe fatto tutto ciò che era in suo potere per riportare a casa sani e salvi lei e il piccolo Mario.

CAPITOLO DUE

Seduta accanto alla finestra, Cassidy scrutava la notte giamaicana. Non c'era molto da vedere: la sua camera era sul retro della grande villa e il panorama offriva solo baracche, a perdita d'occhio. Cassidy poteva contare le decine e decine di piccoli fuochi che gli abitanti avevano acceso al di fuori delle loro baracche; alcuni fuochi servivano per cucinare, probabilmente, mentre altri erano usati come sorgenti di luce. Anche se non sapeva cosa facesse la gente del posto di notte, Cassidy era certa che sarebbe stata più al sicuro in giro per le strade, dove lei e Mario se la sarebbero cavata bene, piuttosto che nella prigione opulenta in cui si trovava.

Appena era arrivata in Giamaica, tutto le era sembrato nuovo ed emozionante. Le avevano offerto impiego come insegnante privata e tata e si riteneva fortunata per aver trovato un lavoro tanto velocemente. Eppure, con il passare delle settimane e poi dei mesi, si era resa conto che la situazione non era così rosea come se l'era immaginata.

I primi dubbi le erano venuti quando aveva notato che il suo passaporto e quello di Mario erano spariti dal cassetto dove lei era certa di averli riposti. Allora era andata dall'uomo che l'aveva assunta, Michael Coke, e gli aveva espresso il sospetto che la donna delle pulizie potesse averli presi, ma lui le aveva detto che era stato lui a prendere i passaporti, per metterli al sicuro. La cosa l'aveva sorpresa, ma aveva deciso di non far scenate, visto che era stata assunta da poco. Aveva lasciato correre... e ora se ne rammaricava.

Poi le avevano detto che avrebbe potuto allontanarsi dalla villa solo se scortata.

Di lì a poco, l'avevano informata che, se si fosse allontanata, non avrebbe comunque potuto portare Mario con sé... per la sicurezza di entrambi, naturalmente.

Giorno dopo giorno, Cassidy si era accorta di essere, in buona sostanza, prigioniera nella grande casa.

Al suo arrivo in Giamaica, era stata davvero ingenua. Voleva solo andare via da El Paso per un po'. Tutti i vicini di casa sapevano di lei e del suo ex marito; ovunque andasse, Cassidy si sentiva dire che era stata una sciocca a divorziare da lui, che una donna come lei, figlia di immigrati messicani, non avrebbe mai potuto trovare un uomo migliore.

Che commento stupido... I genitori di Cassidy erano persone fantastiche. Erano grandi lavoratori e Cassidy era fiera di loro e delle proprie origini. Anziché lasciarsi abbagliare da tutti i soldi che Alfred, il suo ex marito, aveva sperperato per fare colpo su di lei, Cassidy avrebbe dovuto cercarsi un brav'uomo, magari anche di umili origini, e sposarselo.

Era una bella donna e se l'era sentito dire spesso. Era piuttosto alta e non aveva un filo di grasso, per quanto non fosse certo scheletrica. Ciò che le piaceva di più di se stessa erano i capelli: lunghi e mossi, di un castano scuro che adorava.

Eppure non si era sentita abbastanza bella per l'unico uomo che aveva *veramente* desiderato.

Perciò, si era accontentata... accontentata di sposarne un altro, uno che si era sforzata di amare, ma che, col senno di poi, non l'aveva fatta sentire all'altezza. Aveva sposato Alfred perché gli amici l'avevano convinta che lui fosse un ottimo partito, il migliore a cui lei potesse aspirare; sembravano tutti sicuri che

Alfred si sarebbe preso cura di lei e che insieme a lui la sua vita sarebbe stata una passeggiata.

In realtà, Cassidy aveva ricevuto da Alfred quasi solo calunnie e violenze psicologiche. Non era passato giorno senza che lui le ricordasse quanto fosse fortunata a stare insieme a lui o che pessima madre fosse.

Non erano state quelle offese, tuttavia, a darle la forza di andarsene. A causa delle sue origini, Cassidy era abituata a essere presa di mira. La goccia che aveva fatto traboccare il vaso, piuttosto, era stata un attacco verbale che Mario aveva subito quando aveva quattro anni: Alfred aveva detto al piccolo che giocare con le bambole era da effeminati, che rifiutandosi di giocare a flag football[1] metteva in imbarazzo suo padre e che era ora di tirar fuori le palle.

Cassidy non rimpiangeva di aver divorziato da quel bastardo bigotto, rimpiangeva solo di essere caduta tanto in basso da sposarlo e di aver aspettato troppo prima di dargli il benservito. Si era anche ripresa il cognome da nubile, restia a tenersi quello di Alfred, Pepper, più a lungo di quanto doveva.

In seguito, cominciò a sentirsi ripetere che aveva fatto un errore a lasciare Alfred, anche al negozio di alimentari sotto casa. Non ne poteva più. Persino i suoi genitori la biasimavano per la scelta che aveva fatto; la amavano e volevano il meglio per lei, ma Cassidy soffriva molto del fatto che non fossero in grado di percepire quanto lui, giorno dopo giorno, la stesse annientando.

Così aveva salutato i genitori ed era partita per la Giamaica, armata di grandi speranze e determinata a usare la sua laurea in Scienze dell'educazione in un posto nuovo, dove avrebbe potuto sia "ritrovare se stessa" che garantire a Mario un ambiente dove non fosse costantemente esposto a offese.

Cassidy aveva bisogno di cambiare aria per un po', perciò era andata in quel paradiso tropicale, per schiarirsi le idee prima di decidere dove stabilirsi con Mario.

Le avevano offerto quel lavoro da tata e tutrice quasi subito e lei aveva colto l'occasione al volo. Con una certa ingenuità, aveva poi rinunciato lentamente alle proprie libertà. Dopo cinque anni, lei e Mario erano ancora lì, in trappola come lo erano stati a casa di Alfred, a El Paso, con la sola differenza che in Giamaica si erano ritrovati in una situazione di gran lunga peggiore.

Michael Coke era un trafficante di droga. Era in cima alla scala gerarchica di una vasta organizzazione criminale. Aveva decine di sottoposti pronti e disposti a eseguire ogni suo ordine. Era circondato da un numero assurdo di guardie del corpo e raramente, se non mai, si muoveva senza di loro.

Tutte quelle misure di sicurezza erano giustificate: Coke aveva molti nemici. Chi era sul suo libro paga gli era fedele perché pagava bene; in un paese come la Giamaica, dove il tasso di disoccupazione ammontava al dieci per cento e dove la povertà era diffusa, poter contare su un buono stipendio era di vitale importanza.

Eppure, dietro la maschera del padrone generoso si nascondeva un uomo spietato, a cui non interessava nulla a parte il denaro. Tutte le sue azioni avevano il solo e unico scopo di produrre guadagno. Sì, pagava bene i propri dipendenti, ma in cambio esigeva fedeltà incondizionata; Michael non si faceva problemi a eliminare chiunque non si attenesse scrupolosamente alle sue direttive; oppure minacciava la famiglia del malcapitato. Inoltre, i soldi che elargiva tanto generosamente implicavano obblighi da parte di chi li riceveva: Michael si aspettava che tutti quelli che avevano a che fare con l'organizzazione chiudessero un occhio sulle attività illegali che venivano condotte intorno a loro.

Quindi, Michael era trattato come un re da alcuni, mentre altri lo ritenevano un essere umano spregevole. Quelli che vivevano nella villa, tuttavia, lo sostenevano... Non avevano alternativa: se si fossero opposti a lui, sarebbero semplicemente spariti dalla circolazione senza lasciare alcuna traccia.

Cassidy, per lo più, ignorava gli altri dipendenti di Michael, che d'altronde le riservavano la stessa indifferenza. L'unica responsabilità che aveva era di prendersi cura dei bambini e la cosa non le creava problemi. Al momento, si occupava di cinque bambini, di età tra i sette e i quattordici anni. Il quattordicenne, per la verità, si vedeva sempre meno. Cassidy sapeva che il ragazzo stava entrando nell'organizzazione, il che la deprimeva e la spaventava a morte, anche se non c'era davvero nulla che lei potesse fare per impedirlo.

Il capo del servizio di sicurezza, Lloyd Robinson, era tra i dipendenti di Michael che Cassidy cercava di evitare il più possibile. Le dava i brividi. Non le piaceva il modo in cui Lloyd la guardava, sembrava che fosse sempre sul punto di trascinarla nella stanza più vicina e prendersi da lei ciò chiaramente bramava. Lloyd sosteneva di avere agganci importanti. Le aveva ripetuto svariate volte che lei e il figlio erano *proprietà* di Michael e che non sarebbero mai riusciti a lasciare la Giamaica; anche se ce l'avessero fatta ad allontanarsi dalla villa, aveva insistito Lloyd, non avrebbero mai potuto prendere un volo per gli Stati Uniti, visto che i loro nomi erano su una "lista nera" che conoscevano tutte le compagnie aeree.

Lloyd si vantava anche di essere stato lui, anni prima, a far sparire i loro passaporti; aveva cercato nella stanza mentre lei stava facendo lezione ai bambini, aveva trovato i documenti e se li era portati via.

A Cassidy non era consentito di usare né il telefono né il computer. Per chiamare a casa doveva usare il telefono di Lloyd, che restava in piedi accanto a lei durante la conversazione, per assicurarsi che non dicesse ai suoi genitori nulla di compromettente. Perciò era costretta a mentire, a dire al padre e alla madre che lei e Mario stavano bene, che la Giamaica era bellissima. Raccontare tutte quelle bugie le dava il voltastomaco e quindi chiamava casa sempre più raramente, visto che non voleva mentire ai genitori più di quanto non avesse già fatto.

L'atmosfera nella villa di Michael era diventata via via più opprimente. Non si trattava solo della paura che le incuteva Lloyd. Lo stesso Michael aveva cominciato a richiedere la presenza di Cassidy sempre più frequentemente. Esigeva che lei cenasse con lui e i suoi ospiti, cosa che all'inizio non accadeva. A volte, Cassidy era persino costretta a vestirsi di tutto punto, a truccarsi e a interpretare la parte di una bambola sciocca, fingendo di divertirsi. Altre volte, l'atmosfera era più informale, ma i sorrisi e i complimenti a Michael non dovevano mai mancare, così che gli ospiti lo vedessero come un capo benevolo, pronto a concedere ai propri sottoposti il privilegio di cenare con lui.

Cassidy si prestava a quel ruolo senza protestare. Lo faceva per proteggere se stessa e suo figlio, per guadagnare tempo... tempo che usava per pensare a come lei e Mario potessero tirarsi fuori da quel pasticcio.

Le sembrava che la sua vita non fosse stato altro che una serie di decisioni sbagliate. Se fosse riuscita a uscire da quella situazione, si sarebbe trasferita in un posto dove nessuno sapesse nulla di lei e degli errori che aveva stupidamente commesso, un luogo in cui avrebbe potuto cominciare una nuova vita.

Certa del fatto che da sola non sarebbe mai riuscita a sfuggire né a Michael né all'occhio vigile di Lloyd, Cassidy si era messa in contatto con l'FBI. Non aveva conoscenze all'FBI, naturalmente, ma immaginava che ai federali potesse interessare ciò che lei sapeva sui traffici di droga gestiti da Michael. Così aveva scritto una lettera; poi un'altra... e un'altra ancora.

Aveva scritto tutto quello che sapeva, fatto nomi e specificato date che provavano il coinvolgimento di Michael nei flussi di droga. Eppure i mesi erano passati senza che lei ricevesse alcun aiuto e senza il benché minimo rallentamento nelle operazioni illecite di Michael; perciò Cassidy aveva cominciato a disperare. A nulla erano valsi i suoi sforzi, né i rischi che aveva corso per far uscire dalla villa le lettere e farle spedire senza che Lloyd o uno dei suoi scagnozzi se ne accorgessero.

Cassidy era depressa. Doveva sottrarre suo figlio dalla presa di Michael. Doveva districarsi da quella situazione.

Nell'ultima lettera che aveva spedito, che risaliva ormai a un mese prima, aveva supplicato che qualcuno venisse in suo aiuto. Non sarebbe venuto nessuno. Perché lei non era nessuno. Una ispano-americana che si era scavata la fossa da sola: non le restava che sdraiarcisi... o darla alle fiamme.

Mario emise un lamento dalla branda accanto e Cassidy si voltò a guardarlo. Il piccolo scuoteva la testa avanti e indietro, forse stava avendo un incubo. Da qualche tempo ne aveva spesso, il che appesantiva ulteriormente il senso di colpa che gravava su Cassidy.

Si avvicinò alla branda di Mario, poi si sdraiò accanto a lui. Lo strinse tra le braccia, gratificata dal fatto che Mario sembrò calmarsi immediatamente.

"Va tutto bene, Mario. La mamma è qui con te."

Lui si svegliò e la guardò con occhi colmi di dolore, tanto che Cassidy stava per piangere. "Non mi piace stare qui," sussurrò Mario.

Cassidy sospettava da tempo che in camera ci fossero delle microspie. Lloyd si era lasciato scappare più volte commenti su cose che lei aveva detto a Mario nell'intimità della loro camera, così Cassidy si era resa conto di non avere più alcuna privacy. Aveva istruito Mario a parlare a bassa voce, quando parlavano di argomenti personali, oppure a rimandare a quando erano fuori, nel giardino della villa. Inoltre, la radio malconcia che Cassidy teneva sul comodino accanto al letto era sempre accesa, tutti i giorni, ventiquattr'ore su ventiquattro. Lei era giunta al punto di detestare la musica giamaicana che un tempo adorava, ma non osava spegnere quella radio.

Cassidy avvicinò le labbra all'orecchio del bambino e gli disse con voce altrettanto bassa: "Lo so, amore mio. Neanche a me piace. Farò in modo che ce ne andiamo presto."

"Ma come?" chiese Mario, che era maturo per i suoi undici anni. "Lloyd non ci farà andare in città insieme... e poi quando mi mandano a consegnare i pacchetti, mi dicono sempre che se mi faccio scoprire faranno del male a te."

Cassidy sentì un nodo allo stomaco. Lloyd e gli altri scagnozzi di Michael avevano pian piano insegnato a Mario come trasportare in città la droga destinata alle esportazioni e lei non aveva idea di come porre fine a tutto ciò; eppure, sentire che stavano usando *lei* per minacciarlo rafforzava la sua volontà di trovare una soluzione.

"Tu continua a fare tutto quello che ti dicono," disse Cassidy al figlio.

"Ma è una cosa brutta," mugugnò lui.

"Lo so. Però tu non la fai volentieri, è questo ciò che conta," ribatté lei, cercando di rassicurarlo. "Ascoltami, Mario... mi stai ascoltando?"

"Sì, mamma."

"Non so come ce ne andremo da qui, ma ci riusciremo. Dobbiamo essere pronti a partire in qualsiasi momento, disposti a partire senza portare niente con noi. Credi di poterlo fare?"

Lui annuì. "Se tu sei con me, non mi serve nient'altro."

A Cassidy si inumidirono gli occhi. Mario era il meglio che la vita le avesse dato.

Lei sapeva che suo figlio era diverso dagli altri bambini. Da piccolo, anziché fare lo scalmanato e giocare alla lotta, gli piaceva stare seduto vicino alla mamma a leggere. Era attirato da ogni tipo di danza: hip hop, danza classica, jazz, tip tap, balli popolari... gli andavano tutti a genio e se qualcuno stava ballando, Mario gli incollava gli occhi addosso. Gli altri bambini che frequentavano la villa si erano presi gioco di lui, ma Cassidy, per quanto potesse, incoraggiava il piccolo a seguire i propri interessi. Erano state tante le notti in cui avevano ballato da soli in camera. Lei non era un granché come ballerina, ma faceva del suo meglio per insegnargli i passi che conosceva.

"Ti voglio bene, Mario," le disse con dolcezza.

"Anch'io ti voglio bene, mamma."

"Ora dormi, ci sono io qui con te."

Lui annuì e dopo un po' Cassidy percepì sul proprio braccio il respiro del piccolo che si regolarizzava.

Non poteva più aspettare. Aveva dato all'FBI il tempo sufficiente per agire, ma pareva che avrebbe dovuto cavarsela da sola... come del resto aveva sempre fatto. Non aveva idea di come sarebbe riuscita a scappare dalla villa di Michael, ma era giunto il momento di provarci. Ne andava della sua stessa vita e di quella di Mario.

———

Tre notti più tardi, Cassidy era ancora in alto mare nel cercare un piano concreto per scappare dalla villa. I giorni erano continuati a passare nella paura che Lloyd o qualcun altro si accorgesse, magari anche solo guardandola negli occhi, che stava cercando un modo per fuggire. Cassidy aveva fatto del suo meglio per evitare contatti con chiunque, a parte i bambini che erano sotto la sua tutela e i dipendenti di Michael con cui era obbligata a interagire quotidianamente.

Quella mattina, Lloyd si era presentato nella stanza adibita ad aula e aveva prelevato Mario per incaricarlo di qualche compito che Cassidy ignorava; il piccolo non era ancora tornato e Cassidy era molto spaventata. Quando finalmente qualcuno bussò alla porta della sua camera da letto, lei praticamente si precipitò ad aprire.

"Cassidy," disse Lloyd guardandola dall'alto in basso.

Le aveva sempre dato i brividi, persino anni prima, quando Cassidy si era trasferita nella villa di Michael senza sospettare nulla di ciò a cui andava incontro. C'era qualcosa di inquietante nel modo in cui Lloyd la guardava.

In quel momento, la pelle scura di Lloyd quasi luccicava, come se avesse appena finito di fare attività fisica. Cassidy sapeva che lui trascorreva molto tempo nella palestra al pianterreno della villa. Era un uomo che andava fiero del proprio aspetto, si vantava spesso di essere più forte e muscoloso degli altri. Non era particolarmente alto, forse qualche centimetro in più del metro e settantacinque di Cassidy. Eppure quello sguardo vuoto le faceva venire la pelle d'oca. Forse ad alcune donne gli occhi marroni di Lloyd potevano sembrare profondi, persino appassionati, ma Cassidy, quando li guardava, non ci vedeva altro che la brama di infliggere dolore.

"Vieni con me," le disse.

Non era una domanda e Cassidy sapeva bene di non poter fare altro che obbedire. "È per Mario? Sta bene?"

Lloyd la guardò perplesso. "Certo che sta bene... Perché mai non dovrebbe?"

"Beh, è da un po' che non lo vedo... È tornato dal suo giro?"

"Coccoli troppo quel ragazzo," le disse Lloyd, evitando di rispondere alla domanda.

Cassidy voleva insistere, chiedere a Lloyd dove fosse Mario e cosa avesse fatto tutto il giorno, ma sapeva che lui non le avrebbe risposto. Non le rispondeva mai. Gli piaceva escluderla, quando si trattava delle informazioni su Mario, quasi volesse usare il bambino come moneta di scambio. Lloyd e tutti gli altri dipendenti di Michael sapevano che Mario era il punto più vulnerabile di Cassidy e sfruttavano la situazione ogni volta che potevano.

Lloyd la afferrò per le braccia e la condusse fuori dalla stanza e lungo il corridoio. Cassidy ebbe un sussulto. Gli addetti alla sicurezza della villa maltrattavano sempre gli altri dipendenti. Afferrare per le braccia, come aveva appena fatto Lloyd con lei, era la loro mossa tipica.

All'inizio non le dava particolarmente fastidio, ma negli ultimi tempi Lloyd e i suoi sodali sembravano aver preso gusto nello stringerla un po' troppo forte; di certo sapevano che le avrebbero lasciato dei lividi. D'altronde, lamentarsi non serviva a niente: le uniche reazioni che Cassidy avrebbe suscitato sarebbero stati ghigni compiaciuti e ulteriori strette.

"Stasera ceni con Michael," disse Lloyd, senza offrirle un'alternativa. "Devi fare la brava, abbiamo un ospite molto importante. Ti consiglio di non dire né fare nulla che possa mettere in imbarazzo Michael o danneggiare i suoi affari. Intesi?"

Cassidy annuì. Ci era già passata un sacco di volte. Quando Michael voleva fare colpo su qualcuno, sfoggiava alcune delle donne che erano ai suoi ordini. Forse voleva dar l'impressione che facessero parte del suo harem, o qualcosa del genere... Cassidy non lo sapeva, né aveva mai osato chiederlo. Teneva la testa bassa e mangiava qualsiasi cosa le mettessero nel piatto, che le piacesse o meno.

Una volta aveva rifiutato il baccalà che le era stato servito e aveva presto capito che declinare *qualsiasi* offerta di Michael era severamente proibito. Dopo quell'episodio, le era toccato mangiare baccalà per un mese: l'alternativa a mangiarlo era soffrire la fame. Aveva imparato la lezione.

"Tieni la bocca chiusa, a meno che non tu non venga direttamente interpellata. Non sei altro che un ornamento. Chiaro?"

"Sì," disse lei, odiando Lloyd con tutta se stessa. Michael Coke era di gran lunga peggio del suo responsabile della sicurezza, ma almeno Cassidy non doveva averci a che fare altrettanto spesso.

Lloyd si fermò prima di entrare nella grande sala da pranzo e le lasciò andare le braccia. Cassidy resistette all'impulso di strofinarsi nei punti dove lui l'aveva stretta.

"Michael concorda con me sul fatto che tuo figlio comincia a essere troppo cresciuto per dormire sempre con mamma. Se ti comporti bene a cena, però, suggerirò a Michael di lasciare che Mario stia con te ancora per un po'."

Cassidy si irrigidì. Volevano separarla dal figlio? No. Non avrebbe mai lasciato che ciò accadesse.

Anziché protestare, tuttavia, Cassidy fece cenno di sì. Qualsiasi altra reazione avrebbe spinto Lloyd a sottrarle subito Mario, per il puro gusto di dimostrarle che era in grado di farlo.

Mentre lui apriva la porta della sala da pranzo, Cassidy non lo guardò: sapeva che, se lo avesse fatto, lui si sarebbe accorto di tutto il rancore che gli serbava.

Cassidy entrò nella stanza tenendo lo sguardo basso; raggiunse una delle sedie senza alzare mai lo sguardo.

"Sei in ritardo," le disse Michael con tono seccato.

Cassidy voleva controbattere che fino a pochi minuti prima non sapeva nemmeno di dover presenziare alla cena, ma sapeva che non era il caso. "Mi dispiace avervi fatto aspettare," disse educatamente.

"*Cooyah* quando mi rivolgo a te," ringhiò Michael.

Cassidy alzò lo sguardo. Nella lingua creola giamaicana, *cooyah* significava "guardami", ma a volte il boss voleva che i suoi interlocutori lo guardassero negli occhi, mentre altre volte li rimproverava perché osavano farlo. Michael era imprevedibile, perciò lei non sapeva mai come comportarsi in sua presenza.

Nella stanza c'erano altre persone e tutti aspettavano di prendere posto, ma Cassidy non osò distogliere lo sguardo da Michael: era come circondato da un alone di pericolo e Cassidy lo aveva percepito fin dalla prima volta che lo aveva incontrato, anche se all'inizio cercava di convincersi che quel brutto presentimento era solo frutto della sua immaginazione. Non le ci era voluto molto per capire che l'istinto non le aveva mentito. Aveva visto Michael uccidere uno dei dipendenti sparandogli alla testa, semplicemente perché sospettava che l'uomo fosse un doppiogiochista.

Michael era il più giovane dei fratelli Coke ed era l'unico ancora in vita. Il padre era rimasto ucciso in un incidente stradale, mentre il fratello e la sorella erano stati assassinati. Cassidy immaginava che molti dei bambini a cui aveva fatto da tata e da insegnante fossero membri della famiglia Coke, ma non aveva mai osato chiedere informazioni al riguardo.

Quella sera, Michael indossava camicia e jeans neri. Gli si allargarono le narici mentre la squadrava e Cassidy dovette impegnarsi per non mettersi a tremare sotto quello sguardo severo, che quasi la induceva a scivolare sotto al tavolo per nascondersi; invece, distese le spalle e deglutì a fatica.

"G, ti presento Cassidy Hewitt, è la tata e la maestra della casa. Ho pensato che ti avrebbe fatto piacere conoscerla, visto che siete entrambi latini. Non essere scortese, Cassidy, saluta il mio ospite."

Girandosi, Cassidy vide che c'erano diverse altre donne nella stanza, compresa quella che Michael frequentava negli ultimi tempi. Non era una fidanzata vera e propria, ma sembrava incontrare di più i favori di Michael, rispetto alle altre. Era giamaicana e aveva la più bella carnagione scura che Cassidy avesse mai visto. Era una donna algida, tuttavia, ed era evidente che stava con Michael solo in virtù di ciò che lui aveva da offrirle: abiti di lusso, scarpe costose e gioielli. C'era anche una donna bianca, che Cassidy non conosceva, e altre due ragazze di colore. Lloyd si era avvicinato al posto di fianco a Cassidy ed erano presenti anche altri due tra i più fidati collaboratori di Michael.

Cassidy cercò con gli occhi l'uomo che Michael aveva chiamato "G". Era dall'altra parte del tavolo, piuttosto distante da lei... e appena Cassidy incontrò il suo sguardo, raggelò.

Era alto. Molto alto. Sembrava sovrastare su tutti gli altri presenti. Aveva la barba sale e pepe, incolta, e i capelli scuri erano scompigliati e leggermente più lunghi del dovuto. Indossava jeans e una polo con il colletto alzato. I bicipiti gonfiavano le maniche corte e dall'apertura sul petto si intravedeva un ciuffetto di peli. Aveva il naso storto, quasi se lo fosse rotto più volte.

Ciò che la fece raggelare, tuttavia, fu il fatto che lei *conosceva* quell'uomo.

Leonardo Zanardi. Leo.

Molto tempo prima, si era presa una cotta per lui. Alle superiori, quando lui era all'ultimo anno, lei era una matricola. Cassidy ricordava di aver scritto su tutti i quaderni *Cassidy + Leo = LOVE*.

Dubitò che si trattasse di un'allucinazione e si chiese se fosse definitivamente impazzita, visto che era assurdo che Leo fosse lì, in Giamaica, ospite gradito di un signore della droga.

"Parla anche?" chiese G, rivolto a Michael, con un sopracciglio inarcato.

Cassidy vide Lloyd fare un passo indietro; se le avesse messo le mani addosso, le avrebbe fatto rimpiangere quel silenzio.

"Mi scusi, signore. Sì, parlo. Sono felice di conoscerla."

Non aveva idea di cosa stesse succedendo, ma finché non lo

avesse capito, non avrebbe detto o fatto nulla che potesse rappresentare un rischio per lei o per Leo.

"*Hataz*, vero?" disse Michael usando il creolo giamaicano per "ragazza sexy".

Con il passare del tempo, Cassidy si era abituata ai vezzi linguistici di Michael, a cui piaceva frammischiare un inglese impeccabile con espressioni gergali in creolo; secondo lei, non era che un altro modo per tenere alta l'attenzione degli astanti.

"Sì, decisamente," rispose Leo, che poi si rivolse a lei: "Piacere di conoscerti."

Finalmente tutti presero le rispettive sedie e cominciarono ad accomodarsi. Il cuore di Cassidy batteva all'impazzata. La presenza di Leo la spiazzava, ma tenne per sé il proprio stordimento. Lui non aveva mostrato in alcun modo di averla riconosciuta, ma Cassidy continuava a chiedersi se davvero Leo non sapesse chi lei fosse.

Mentre mangiava pollo alla griglia con callaloo, una verdura a foglia verde simile agli spinaci, Cassidy ascoltava con attenzione la conversazione che si svolgeva intorno a lei. Apprese che Leo, che Michael per qualche ragione continuava a chiamare G, era lì per un viaggio speciale e che lui e Michael stavano negoziando un affare; lei non aveva dubbi: doveva trattarsi di droga.

Non voleva fare altro che tornare in camera, accoccolarsi a Mario e addormentarsi... ma Michael aveva altri piani per lei.

"Fa' due passi con Cassidy," disse Michael a Leo. "Conoscila meglio."

Leo sorrise pigramente e annuì. "Credo che accetterò il suggerimento, grazie."

"Ma restate all'interno della proprietà. Fuori è pericoloso a quest'ora tarda."

"D'accordo." Leo spinse indietro la sedia e raggiunse Cassidy sorridendo. Senza dire nulla, la prese per un braccio e la fece alzare, come avrebbe fatto con un bambino.

Cassidy tendeva a non dare importanza alla propria statura, nonostante fosse piuttosto alta, per una donna. Eppure, di fianco a Leo, si sentì bassa; era più alto di lei di almeno quindici centimetri. Una volta Cassidy gli aveva chiesto perché non giocasse a basket e lui le aveva risposto un po' svogliatamente che quello sport non gli interessava.

A Cassidy non sfuggì che Leo non si fosse nemmeno disturbato a chiederle *se* lei volesse fare una passeggiata con lui. D'altronde, quando l'invito proveniva da Michael Coke, non c'erano altre domande da fare. Maledicendo nuovamente la situazione in cui si ritrovava e ancora in pensiero per Mario, Cassidy incespicò mentre Leo la conduceva fuori dalla sala da pranzo. Fu lui a tenerla in equilibrio; la presa di Leo le ricordò il modo in cui Lloyd e gli altre addetti alla sicurezza regolarmente la bistrattavano.

Appena furono fuori dalla stanza, Cassidy si liberò dalla presa di Leo. Per quanto fosse di indole caparbia, non era certo disposta a rischiare che succedesse qualcosa a Mario mancando di rispetto a Michael. Quell'uomo avrebbe potuto rendere la sua vita e quella di suo figlio un inferno... sì, insomma, un infermo peggiore di quello che le loro vite già erano.

La sua esistenza nella vita di Michael sarebbe potuta sembrare piacevole ai più. Il cibo non le mancava e aveva un letto in cui dormire, come del resto tutto ciò di cui necessitava. Eppure le apparenze ingannavano. Se avesse disobbedito a Michael e in quel caso non fosse uscita a passeggiare con Leo, il boss gliela avrebbe poi fatta pagare.

"Tranquilla, Cass," disse Leo a bassa voce, talmente bassa, in effetti, che Cassidy pensò di essersela immaginata. Poi però lui continuò: "Sei al sicuro con me."

Cassidy si lasciò scappare una sbuffata. Non era al sicuro con lui. Non era al sicuro da nessuna parte. Non era libera di scegliere dove andare, né quando andarci. Non aveva soldi: tutto ciò che guadagnava veniva trattenuto per far fronte alle spese di "vitto e alloggio". Praticamente, stava lavorando gratis, senza alcuna speranza di riscattarsi da quella situazione... e la cosa peggiore era che ci si era ficcata da sola, in quella situazione.

Leo non disse nient'altro e non la toccò più. Camminarono fianco a fianco lungo il corridoio, fino a una porta che dava sul giardino della villa. Lui la aprì e la fece uscire, indicandole poi con un cenno di avviarsi sulla sinistra non appena furono all'aperto.

Cassidy non ci capiva niente. Non aveva idea del perché mai Leo Zanardi fosse in Giamaica, del perché fosse ospite di uno dei più malfamati trafficanti di droga del paese. Mai e poi mai si sarebbe aspettata di ritrovarsi quella sua cotta di vecchia data a cena a casa del capo.

Sentiva l'urgenza di chiedergli se lui potesse aiutare lei e Mario a lasciare la Giamaica, ma non era certa di potersi fidare di Leo. Dopotutto, lui sembrava essere pappa e ciccia con la stessa persona che la teneva prigioniera lì.

"Posso tenerti per mano?" le chiese Leo; la profondità e la ruvidezza della sua voce erano quelle di un tempo. Cassidy esitò a rispondere, allora lui continuò: "Sono sicuro che ci sono delle telecamere qui in giro ed è meglio per entrambi se diamo l'impressione di andare d'accordo."

Pur dubitando ancora delle intenzioni di Leo, Cassidy annuì. Lui aveva detto bene: c'erano telecamere *dappertutto* e con ogni probabilità qualcuno del servizio di sicurezza della villa li stava osservando in quel preciso momento... e poi, chiaramente, Michael si aspettava che lei fosse gentile con l'ospite della serata.

"Grazie, Cass," disse Leo prendendole la mano.

Per lei fu una bella sensazione. Fin troppo bella, in realtà. Cassidy voleva aggrapparsi a lui con entrambe le mani e supplicarlo di aiutarla, invece strinse le labbra: non poteva correre rischi, almeno non fino a quando non avesse capito cosa cavolo stesse succedendo.

Camminarono in silenzio fino al muro che circondava la proprietà. Praticamente ogni punto della villa era sorvegliato da telecamere, ma Cassidy era piuttosto certa che, a quella distanza dell'edificio, nessuno avrebbe potuto sentirli. Era stata lì con

Mario innumerevoli volte, per parlargli senza il timore di essere spiati.

Che anche Leo sapesse che quel punto era sicuro? O forse si era mosso fin lì, praticamente nel punto esatto in cui lei e Mario parlavano liberamente, per pura coincidenza? E se invece avesse scelto quell'area relativamente remota per cercare di approfittarsi di lei?

Cassidy si vergognò di quell'ultimo pensiero. Si trattava di Leo, dopotutto. D'altronde, nella vita si era accorta che quasi tutti avevano un secondo fine. Non poteva fidarsi di nessuno.

"Sono qui grazie alle tue lettere," la informò Leo, quasi con un bisbiglio.

Cassidy lo fissò incredula e fece un passo verso di lui, ma Leo le fece pressione sulla mano.

"Calma, Cass, ci stanno guardando."

Dopo aver sbattuto le palpebre più volte, lei inspirò profondamente e cercò di ricomporsi. "Quindi sei qui per... cosa?" gli chiese lei dopo una breve pausa.

"Riportare a casa te e tuo figlio. Eliminare Coke, se possibile. Evitare a qualcun altro di ritrovarsi in un guaio simile al tuo."

Cassidy voleva piangere. Ricordava Leo come un tipo piuttosto diretto. Non era mai stato uno che scherzasse molto e diceva esattamente quello che pensava. "E come?" gli chiese lei.

Di fronte a quella domanda, lui sembrò vagamente imbarazzato. "Beh, quella è la parte un po' più complicata..." ammise. "Abbiamo contatti all'FBI. Sono stati loro a crearmi questa copertura. Sono qui nei panni di un trafficante di Dallas che entrerà nel giro d'affari di Michael. Mi sentirai dire un sacco di stronzate, cose che non sono vere e potrebbero anche farti arrabbiare. Ho bisogno che anche tu interpreti la tua parte. Ti fidi di me abbastanza per farlo?"

"Farò tutto quello che mi chiedi pur di andarmene di qui," lo rassicurò.

Leo s'incupì. "Pensavo che se avessi mostrato interesse nei tuoi confronti, Coke ti avrebbe usata per entrare nelle mie grazie e pare proprio che stia andando così." Poi arricciò il naso. "Visto il modo in cui ci guardava, non mi stupirei se ti chiedesse di venire a letto con me."

Cassidy fece un profondo respiro. "Cosa?"

"Deduco che non ti abbia mai chiesto di farlo con altri dei suoi soci d'affari..."

"Certo che no!" esclamò lei.

"Ora fa' un bel respiro," disse Leo con naturalezza. Poi si chinò e le sfiorò con il naso i capelli in prossimità dell'orecchio. Le fece il solletico e Cassidy si sorprese a desiderare di abbracciarlo e supplicarlo che la portasse via di lì in quel preciso istante. Però non sapeva dove fosse Mario e mai e poi mai se ne sarebbe andata senza di lui. Stese le gambe più che poté e si risolse a posargli le mani sui fianchi. Erano vicini.

"Coke è un pezzo di merda," sussurrò rabbiosamente Leo, "ma dobbiamo stare al gioco fino al momento giusto. Perciò te lo chiedo ancora: ti fidi di me?"

Cassidy chiuse gli occhi e parlò con il cuore. "Leo, mi fido di te fin da quando hai preso le mie difese a quella partita di football, quando quei tipi più grandi si erano messi a darmi fastidio; avevo quattordici anni... ed ero davvero spaventata. Io voglio solo tornare a casa, ma non so come fare. Lloyd si è preso i nostri passaporti quando io e Mario ci siamo trasferiti qui... e io non ho un soldo."

"Cass, guardami," disse Leo.

Lei fissò quei dolci occhi marroni. Non era mai stata tanto vicina a Leo. Ai tempi della scuola, aveva fantasticato su di lui che la prendeva tra le braccia e le prometteva amore eterno, ma nulla del genere era mai successo, naturalmente. Con suo grande stupore, notò che Leo aveva un buon odore; la barba era incolta e da quella distanza ravvicinata Cassidy scoprì più striature grigie di quante non ne avesse avvistate poco prima a tavola. Tuttavia, agli occhi di Cassidy, quelle screziature non facevano che renderlo più affascinante. Leo non era certo un ragazzo che si sforzava di fare l'uomo.

Lì davanti a lei sembrava gigantesco, inoltre il fatto che Leo fosse un ex soldato convinceva Cassidy che lui fosse davvero in grado di tirare lei e Mario fuori da quel guaio.

Era consapevole di affidarsi a un uomo con cui non parlava da anni, ma era disposta a farlo in cambio della speranza di andarsene da lì, per quanto tale speranza fosse ancora flebile. Il fatto che lei *conoscesse* Leo, poi, era la ciliegina sulla torta.

"Non posso dirti come andrà a finire, ma so per certo che la mia copertura è a prova di bomba. Coke non scoprirà che non sono chi lui pensa che io sia... cioè un trafficante di droga. Anche la mia squadra è qui: sono in tre a coprirmi le spalle... e coprono anche le tue e quelle di Mario. Dobbiamo giocare le nostre carte in modo intelligente, evitando di fare qualsiasi cosa che possa insospettire Coke o chiunque altro della sua cricca." Le lanciò uno sguardo ammiccante. "Mi sono vantato con lui del mio leggendario fascino latino, nella speranza che gli venisse in mente di spingerci l'uno verso l'altra. A ogni buon conto, sappi che con me sei al sicuro."

"Come pensate di muovervi?" chiese Cassidy nervosa.

"Cercherò di farmi invitare da Coke a dormire nella villa," le rivelò Leo. "Un modo per farlo sarebbe convincerlo che passerò la notte con te."

Cassidy restò a bocca aperta. "Ma Mario dorme in camera con me," obiettò.

Leo aggrottò la fronte. "Cacchio. Ok, ci inventeremo qualcosa. L'ultima cosa che voglio è che Coke ti separi da tuo figlio."

Cassidy non si trattenne e si abbandonò all'abbraccio di Leo per il sollievo. Lui la tirò a sé e lei gli si aggrappò come se fosse un salvagente in un mare in tempesta. "Hai detto che qui c'è anche la tua squadra?" gli chiese lei dopo una pausa.

"Già. Bull, Eagle e Smoke. Puoi fidarti di loro come ti fidi di me. Coke pensa che siano i miei scagnozzi. Non li ha fatti entrare nella villa, dicendo che qui ci sono già le sue guardie. Sono fuori dalla proprietà che osservano la situazione e aspettano di entrare in azione. Adottano un profilo basso, visto che non ci troviamo esattamente in un quartiere sicuro. Se tutto procede secondo i piani, saremo sulla via di casa prima di quanto non immagini."

"Casa," disse Cassidy con un filo di voce. "Non so più nemmeno dov'è casa mia."

"A El Paso?" chiese Leo.

"No. C'è Alfred laggiù... lui e tutti i suoi amici. Non posso andare da nessuna parte senza che qualcuno mi dica che sono stata una stupida a divorziare da lui. È quella la ragione per cui sono venuta in Giamaica. Per rifarmi una vita... e *guarda* un po' com'è andata a finire."

"I tuoi genitori sono al corrente della situazione?" le chiese Leo.

"No, non posso dirglielo. Mi consentono di chiamarli solo di tanto in tanto e Lloyd è sempre presente. I miei genitori pensano che qui me la stia spassando alla grande. Però credo che mia madre ce l'abbia con me perché in questi cinque anni non ho mai portato Mario a casa. Leo, ho fatto un gran casino."

"Ti riporteremo negli Stati Uniti, Cass. Farò tutto ciò che posso per fare in modo che questa storia finisca per il meglio."

Cassidy alzò lo sguardo senza scostarsi da lui. "Promettimi che, se le cose si mettono male, almeno porterai Mario via di qui. Io sono in grado di badare a me stessa, se so che mio figlio è al sicuro."

"Vi porteremo *entrambi* via di qui," ribatté Leo.

Al che lei lo guardò negli occhi, vi trovò sincerità e certezza, e gli credette.

"Pare che andiate d'accordo," risuonò una voce alle spalle di Cassidy.

Lei si irrigidì e fece per allontanarsi da Leo, ma lui la tenne lì.

"Già... e sarebbe bello se tu ci lasciassi un po' di privacy, di modo che possiamo conoscerci meglio." La voce di Leo vibrò di un'asprezza che sorprese Cassidy. Per quanto non si fossero mai veramente frequentati, lo ricordava come un ragazzo dai modi gentili.

Lloyd si avvicinò e scrollò le spalle. "G, Michael dice che siete stati fuori abbastanza."

"Stava cominciando a funzionare tra di noi," disse Leo con tono seccato.

"Se è così, continuate pure, non badate a me," ribatté Lloyd, che poi si spostò verso un albero poco distante e si appoggiò con la schiena al tronco, incrociando le braccia.

Cassidy si irrigidì. Una parte di lei non aveva voluto credere che Michael volesse davvero usarla come incentivo per facilitare la chiusura di un affare, eppure pareva che le cose stessero esattamente in quel modo.

Leo portò una mano sotto al meno di Cassidy e le alzò il viso. Tacque mentre abbassava la testa verso di lei.

Cassidy si leccò nervosamente le labbra ma non si sottrasse. Se Leo voleva che lei accogliesse quelle *avance* al fine di farla uscire da quella gabbia dorata, Cassidy non si sarebbe certo tirata indietro.

E poi... ma chi diavolo voleva prendere in giro? Fantasticava da sempre di baciare Leonardo Zanardi. Per lei, Leo era stato *la* cotta pazzesca, il potenziale grande amore che se n'era andato, l'unico uomo con il quale aveva pensato di essere compatibile.

Sentì le labbra di Leo sfiorare le sue una volta, poi un'altra. Era un bacio dolce, rilassato... gentile. Non sconvolgente, ma non per questo meno piacevole.

Poi Leo si mosse, alzando una mano per afferrarle i capelli e avvolgendole il busto con l'altro braccio. Inaspettatamente, la prese per i capelli, il che la fece sussultare. Non le fece male, ma senza dubbio ci stava mettendo più intensità di quanto lei non si aspettasse.

Le labbra di Leo calarono nuovamente su di lei, ma quel secondo bacio non fu né lento né pacato. La lingua irruppe avida nella bocca di Cassidy.

A Cassidy si indurirono i capezzoli e venne la pelle d'oca sulle braccia. Probabilmente, dal di fuori, sembrava che Leo la stesse sottomettendo, ma in realtà lei percepiva una certa premura nei suoi gesti. Non c'era nulla di sgarbato in quel bacio, nulla che la spaventasse; né la stretta di Leo, per quanto ferma, le provocava dolore. Cassidy era sollevata dal fatto che lui avesse preso in mano le redini del gioco, che lei non dovesse fare nient'altro che attendere mentre Leo si prendeva ciò che voleva... offrendo nel frattempo a Lloyd un gran bello spettacolo.

Quando alla fine lui si scostò dalle sue labbra, Cassidy lo fissò, sapendo perfettamente che il proprio volto tradiva la confusione e il desiderio che la agitavano.

"Quel che si dice un bacio," commentò Lloyd. "La cagnetta messicana non è frigida come pensavo... se l'avessi capito prima mi sarei già fatto un giro."

Come se qualcuno avesse premuto un interruttore, Leo la spinse da parte e si mosse verso Lloyd a grandi falcate. Lo afferrò per la camicia e lo sbatté contro il tronco al quale solo pochi istanti prima il tirapiedi di Michael era appoggiato con aria indolente.

"Non la toccare, *amigo*. La ragazza appartiene a me, finché resto da queste parti. Chiaro?"

"Sì, sì, ho capito," rispose Lloyd. "Usala pure a tuo piacimento, finché sei qui."

Lloyd non disse altro, ma Cassidy non era una stupida e sentì anche ciò che lui *non* aveva detto: che non appena Leo avesse chiuso l'affare con Michael e se ne fosse andato, Lloyd si sarebbe preso da lei ciò che voleva.

Senza aggiungere nulla, Leo tornò da Cassidy e le mise un braccio intorno alle spalle, tirandola a sé. Oltrepassò Lloyd senza nemmeno guardarlo, quasi l'altro non ne fosse degno. Eppure Cassidy sentì la tensione nel corpo di Leo, senza sapere cosa dire o fare per alleviarla.

Mentre i due si avvicinavano alla casa, Lloyd disse: "Michael vorrebbe parlare con te un altro po', stasera."

"Sono stanco," ribatté nervosamente Leo. "Dovrà aspettare fino a domani."

"Vuole parlare *adesso*," insistette Lloyd.

Leo si voltò verso di lui. "Ho detto che sono *stanco*. Rispetto il tuo capo e spero davvero che l'affare vada in porto. Ma ora che mi hai interrotto, non ho voglia di riprendere la conversazione con Michael. Mi volete portare via il dessert ora che l'ho assaggiato? Se questo è il modo in cui qui trattate i potenziali soci, forse è il caso che io riconsideri la nostra collaborazione."

Cassidy si dovette sforzare per non mostrarsi nervosa. Sapeva che Leo stata interpretando un ruolo, ma temeva che calcasse troppo la mano e che Michael, di conseguenza, si indispettisse, il che avrebbe mandato tutto a monte.

In realtà, non aveva di che preoccuparsi: chiaramente, Leo aveva capito come comportarsi con Lloyd.

"Mi scuso per l'interruzione," bofonchiò quello. "Volevo solo accertarmi che tutto stesse filando liscio."

Leo fece una risatina nasale. "Come se pomiciare un po' fosse pericoloso... Non mi sembra che tu abbia molta stima di me."

"Le donne sanno essere letali," disse Lloyd con un sogghigno. "Più sembrano innocenti, più possono rivelarsi pericolose."

Leo sghignazzò. Fu una risata bassa e maligna e fece venire a Cassidy un cattivo presagio. "Basta sapere come tenerle a bada," osservò, poi si rivolse a lei: "Dico bene, dolcezza?"

Prima che lei potesse rispondere, lui le reclinò la testa e la baciò ancora, comportandosi come se lei non avesse voce in capitolo. Cassidy era consapevole che faceva tutto parte della sceneggiata, ma detestava il fatto che Lloyd stesse assistendo a quel momento di intimità. Si sentì sciocca: era solo un bacio e per di più fasullo... ma per lei significava qualcosa di grande. Le dava speranza.

Leo interruppe il bacio bruscamente, quasi sentisse che lei era a disagio, e si voltò verso Lloyd. "Per favore, ringrazia Michael da parte mia per avermi presentato la ragazza. Mi manca la mia terra e Cassidy è quello che mi serve per indulgere un po' nella nostalgia di casa. Ora, se tu potessi lasciarci un po' da soli, lo apprezzerei."

I due restarono a fissarsi per un lungo, teso momento.

Nessuno dei due sembrava disposto a cedere e Cassidy, per un istante, pensò che Lloyd fosse sul punto di mostrare il proprio lato nascosto. Alla fine, tuttavia, la guardia annuì e disse: "Vi aspetto dentro."

Lloyd rientrò in casa, lasciando però la porta aperta. Altro che privacy... ma Cassidy non era certo nella posizione di potersi lamentare.

Leo girò le spalle alla porta, sopra alla quale c'era una telecamera che li puntava, e si chinò verso di lei. Le parlò all'orecchio, sfiorandoglielo con le labbra. "Sei andata alla grande, Cass, sono fiero di te. Mi dispiace essere stato brusco. Tornerò qui alla villa presto, aspettami." La baciò ancora, passando con delicatezza le labbra sulle sue. A Cassidy, quel bacio sembrò diverso dai precedenti; le sembrò una promessa.

Dopodiché, Leo si scostò, girò su se stesso ed entrò in casa a grandi passi.

L'improvviso allontanamento di Leo la lasciò esposta all'aria fresca della sera. Si avviò dietro di lui con aria docile. Appena rientrati, Martin, un altro addetto alla sicurezza della villa, si avvicinò a Leo, che si lasciò scortare lontano da lei senza voltarsi.

"Pare che tuo figlio sia finalmente rincasato," disse Lloyd; parlava con cadenza strascicata. "Faresti davvero bene a dirgli di stare attento, Cassidy. Potrebbe ficcarsi nei guai a girare per la città da solo. Non vorresti mai che gli succedesse qualcosa di brutto, vero?"

Il tono della voce la fece rabbrividire. Cassidy voleva gridargli contro tutto il suo odio, ma si limitò a scuotere il capo. Non era il caso di far innervosire Lloyd, visto che lei finalmente intravedeva la speranza di andarsene da lì.

"Se avessi saputo che eri in calore, avrei chiesto a Michael di farmi un giro con te," continuò lui con un sorrisino compiaciuto, usando ancora quell'espressione.

Sentendosi sul punto di esplodere, Cassidy gli voltò le spalle e s'incamminò verso la camera da letto. Era spaventata a morte, ma non voleva dare a Lloyd la soddisfazione di vederla tremare come una foglia.

"Quando G se ne sarà andato, sarai mia," disse Lloyd con tono pacato, mentre si allontanava.

Appena ebbe girato l'angolo, Cassidy accelerò il passo fin quasi a mettersi a correre, così da distanziare Lloyd il più possibile. Non si era mai sentita tanto in pericolo come in quel preciso istante, il che era tutto dire, dal momento che da anni viveva in un covo di malintenzionati e violenti.

Irruppe nella camera che divideva con Mario e quando lo vide seduto sulla branda dovette impegnarsi per non scoppiare in lacrime. Corse verso di lui e lo abbracciò fortissimo.

"Stai bene?"

"Sì," rispose Mario a bassa voce. "Mamma?"

"Dimmi, piccolo."

"Odio questo posto!" Poi il bambino si mise a piangere.

Cassidy non poteva fare altro che cullarlo nell'abbraccio. Voleva dirgli di Leo. Voleva dirgli che avrebbero lasciato quel posto sani e salvi, che presto le loro sofferenze sarebbero finite... ma tenne la bocca chiusa. Per quanto si fidasse di Mario, lui era solo un bambino. Cassidy non poteva rischiare che si lasciasse sfuggire qualche informazione con la persona sbagliata, complicando in quel modo la fuga.

Nell'ora che seguì, ascoltò Mario raccontare della sua giornata. Lo avevano costretto a consegnare una partita di droga destinata alla distribuzione. Lo avevano portato in macchina a chilometri e chilometri di distanza e lo avevano scaricato con la droga, dicendogli di trovare da solo la strada di casa.

Nessun bambino doveva vivere in quel modo, tanto meno *suo figlio*.

A Cassidy non restava che chiudere gli occhi e pregare che il suo vecchio amico di scuola riuscisse a liberare lei e Mario prima che i cappi intorno ai loro colli si stringessero ulteriormente.

CAPITOLO TRE

"Brutta faccenda," disse Gramps ai compagni, più tardi quella stessa sera.

Erano tutti e quattro seduti nella grande suite di un albergo a cinque stelle, in centro a Kingston. Per convincere Coke che erano pezzi grossi nel giro di droga texano, Gramps e gli altri dovevano comportarsi come se avessero soldi da buttar via. Perciò non avevano certo risparmiato sull'alloggio.

"Ma Cassidy sta bene?" chiese Bull.

Gramps annuì. "Per il momento. È spaventata, ma si sta dimostrando coraggiosa come la ricordavo. Coke mi ha dato carta bianca: avrebbe lasciato che facessi con lei qualsiasi cosa mi fosse passata per la testa."

"Te lo ha detto *esplicitamente?*" chiese Smoke.

"No, naturalmente... ma era comunque chiaro. A cena c'erano diverse altre donne... in buona sostanza, potevo scegliere quella che mi piaceva di più. Sono certo che ha invitato Cassidy solo perché è ispanica come me. Gli ho visto la gioia negli occhi, quando ho mostrato il mio interesse verso di lei. Ci ha praticamente spinti fuori perché potessimo 'conoscerci meglio' mentre camminavamo in giardino."

Alla cena, appena Gramps aveva posato gli occhi su Cassidy,

aveva dovuto trattenersi dall'avvicinarsi a lei. A quindici anni era carina... e le recenti foto di lei che aveva visto decisamente non le facevano giustizia.

Cassidy Hewitt era bellissima. Portava la fluente chioma castana raccolta dietro le spalle. Gramps aveva provato rabbia nel vedere la preoccupazione e la paura adombrare quegli occhi color nocciola. L'aveva trovata più magra del dovuto, ma sapeva che probabilmente si trattava di una conseguenza della situazione in cui si trovava; senza dubbio, dopo aver rimesso su qualche chilo, sarebbe stata uno schianto. Era più alta delle mogli dei suoi amici... e Gramps non poteva fare a meno di ripensare ai momenti in cui l'aveva tenuta stretta: la statura di Cassidy era perfetta per lui.

"Avete avuto modo di parlarle di ciò che sta succedendo?" La domanda di Bull fece sussultare Gramps e lo riportò al presente.

"Un po'... non molto, per la verità."

"E Mario? L'hai visto?" gli chiese Eagle.

"No... ma il bambino è una ragione in più per muoverci in fretta. Ci devono essere dei problemi con Mario. Prima che Cassidy arrivasse," spiegò Gramps, "Coke ha accennato qualcosa su di lui... io gli ho chiesto se Mario si sarebbe unito e noi e Coke ha detto che non era a casa. Cassidy era chiaramente turbata per via della sua assenza."

"Quindi... qual è il piano?" chiese ancora Eagle.

"Coke è uno stronzo, ma non è stupido," disse Gramps. "Sì, insomma... questo lo abbiamo imparato leggendo la documentazione su di lui... ma mi sembra un po' troppo ansioso di concludere questo affare. Forse è perché gli si sono chiusi altri canali di smercio e muore dalla voglia di aprirsi altre vie, o forse la ragione è un'altra... Comunque sia, la sua impazienza gioca a nostro favore, credo. Il capo della sicurezza è un bastardo. Ci ha spiati mentre passeggiavamo in cortile, anche se era troppo distante per poter carpire le nostre parole. Ci darà delle noie."

"Pensavo che stanotte ti saresti trattenuto a casa di Coke più a lungo," commentò Bull.

"Era quello che volevo fare," disse Gramps. "Ma Coke voleva discutere dell'affare. Credo sia meglio tirarla un po' per le lunghe... tenerlo sulle spine, per così dire, in modo che l'affare resti in sospeso. Per qualche tempo posso sfruttare la sua offerta di spassarmela con Cassidy, poi, quando lui non ne potrà più e sarà pronto ad accettare le mie condizioni... allora farò la mia mossa. A quel punto, però, dovremo già aver fatto sparire Mario. L'ultima cosa che voglio è che Lloyd o qualcun altro dei bastardi che infestano quella cazzo di casa usi il piccolo come merce di scambio."

"D'accordo. Dove pensi che fosse oggi?" chiese Smoke.

"Non so... ma posso provare a scucire a Coke qualche informazione, la prossima volta che parliamo. Sono certo che mi chiederà come vanno le cose con Cassidy... e sarà allora che gli chiederò di Mario."

"Cercherai ancora di farti invitare ad alloggiare nella villa?" chiese Bull.

"Sì. Secondo me non si lascerà scappare l'occasione di separarmi da voi, ragazzi. Cassidy però mi ha detto che Mario dorme in camera con lei, perciò la trama si complica... Non vorrei mai che il bambino fosse allontanato da lei per causa mia."

"Visto che a Coke piace comunque separare madre e figlio, dovremo escogitare un piano per prelevare simultaneamente Cassidy e Mario," osservò Eagle.

"Ci sto ancora lavorando, ma un'idea ce l'ho. Non sarà facile da attuare ed è piuttosto rischiosa... e c'è anche la possibilità che a Cassidy non piaccia, ma se serve a portare lei e il figlio fuori di lì, farò quello che devo fare."

Boll, Smoke e Eagle si chinarono verso di lui, ansiosi di ascoltare.

"Siamo tutti orecchi," disse Smoke.

I ragazzi della Silverstone discussero per un'altra ora e mezza del piano e di possibili variazioni dovute a imprevisti. Il fattore rischio era dannatamente più alto del solito, ma visto che ormai Mario passava quasi tutto il tempo lontano dalla madre, tutti concordarono che l'idea di Gramps era la miglior carta che avessero da giocare per sottrarre Mario dalle grinfie dell'organizzazione e al tempo stesso eliminare il loro obiettivo.

"Io parlerò con il nostro contatto qui a Kingston e ti farò avere quel che ti serve," disse Eagle a Gramps.

"E io terrò gli occhi sul bambino," intervenne Smoke. "Se mette piede fuori dalla villa, non lo perderò di vista."

"Non si entra in azione fino al mio segnale," avvertì Gramps.

"Certo che no," ribatté Smoke vagamente infastidito, "ma non ho nemmeno intenzione di starmene seduto a guardare, se gli dovessero fare del male prima del nostro intervento."

Gramps annuì all'amico, guardandolo con riconoscenza.

"Io ti copro le spalle," disse Bull. "Non posso entrare nella villa con te, ma resto in ascolto. Se dovesse andare storto qualcosa, tu mandami un segnale e io troverò il modo di farti uscire di lì. Darò alle fiamme il dannato edificio, se devo."

Gramps annuì ancora. Tutti e quattro indossavano orologi speciali dotati di ricetrasmittenti. Bull sarebbe stato in grado di sentire ogni parola di Gramps e di registrare la conversazione spingendo un solo tasto.

Bull, Eagle e Smoke erano stati al suo fianco in innumerevoli missioni. Aveva contato su di loro tanto quanto loro avevano contato su di lui. Non aveva il benché minimo dubbio sul fatto che, se la situazione fosse precipitata, loro avrebbero fatto di tutto per salvarlo. Se fosse stato solo, non avrebbe corso rischi con Cassidy e Mario, ma visto che c'erano i suoi compagni di squadra a coprirgli le spalle, era fiducioso, almeno per quanto le circostanze gli consentissero di esserlo, che tutto sarebbe finito bene e se ne sarebbero andati da quel paese.

Eppure c'era qualcosa che non andava. Rispetto alle missioni precedenti, Gramps si sentiva meno... entusiasta; mancava l'ebbrezza che gli era sempre derivata dalla consapevolezza che le sue azioni facessero la differenza nella vita di tanti. Coke era un farabutto e doveva essere fermato, su quello non ci pioveva... ma Gramps e gli altri sapevano bene che appena Coke fosse caduto, un altro stronzo sarebbe saltato fuori e avrebbe preso il suo posto. Il mondo funzionava in quel modo.

Era un pensiero deprimente e Gramps era stanco di fare quella vita, come lo erano i suoi amici.

Quando avevano cominciato a fare le loro missioni, avevano concordato di continuare fino al giorno in cui tutti e quattro non avessero deciso che ne avevano abbastanza. Quel giorno era arrivato. Bull non vedeva l'ora di tornare da Skylar. Eagle sentiva la mancanza di Taylor... e quando non si parlava di lavoro, lui non faceva altro che ripetere quanto fosse meraviglioso il loro bambino. Gramps aveva sentito di sfuggita Smoke parlare con Eagle e chiedergli cosa si provasse a essere padri e cosa potesse aspettarsi da Molly, visto che lei aspettava un figlio.

Inoltre, Gramps non riusciva a togliersi dalla testa i baci che aveva condiviso con Cassidy...

Condiviso, probabilmente, non era la parola giusta... piuttosto, quei baci lui se li era *presi*. Eppure lei non aveva battuto ciglio. Non aveva cercato di sottrarsi al suo abbraccio. Forse, in parte, era perché quel bastardo di Lloyd li stava guardando... ma secondo Gramps c'era dell'altro.

Non gli era sfuggita la pelle d'oca sulle braccia di Cassidy, dopo il primo bacio. Aveva cercato di controllarsi, ma quando l'aveva sentita concedersi al suo abbraccio, nell'istante in cui le aveva afferrato i capelli, Gramps si era lasciato andare, baciandola come rimpiangeva di non aver fatto in tutti quegli anni.

Avevano entrambi più di quarant'anni. Gramps aveva più o meno rinunciato alla speranza di trovare l'amore. Eppure, mentre stringeva Cassidy, tutti i sentimenti che aveva soffocato negli anni erano riemersi. Si rese conto di volere ciò che i suoi amici avevano trovato: qualcuno con cui ridere, con cui condividere il suo spazio di vita.

Gramps non sapeva che tipo di padre sarebbe stato... probabilmente, un tipo piuttosto scarso... ma per Cassidy e per Mario, nonostante non lo avesse ancora nemmeno conosciuto, era pronto a provarci.

Lui e gli altri avrebbero avuto una lunga conversazione sul futuro della Silverstone, una volta rientrati da quella missione. Nessuno di loro voleva essere il primo a dire basta, ma era ora che qualcuno lo dicesse.

Gramps stava facendo i conti con il fatto che, per tutti, le cose erano cambiate nell'ultimo anno e mezzo, il che lo faceva sentire più leggero. Più libero. Non erano ancora fuori pericolo e avrebbero dovuto portare a termine quella missione, ma senza dubbio la loro vita sarebbe cambiata, quando avessero fatto ritorno a Indianapolis.

"Su cosa ti stai spremendo tanto le meningi?" gli chiese Bull.

Gramps scrollò le spalle. "Niente di che."

"Abbiamo la situazione sotto controllo," disse Smoke con convinzione.

"Già," concordò Gramps.

La notte continuò e i ragazzi si coricarono, ma Gramps non riusciva a smettere di pensare a ciò che lo aspettava nei giorni seguenti. Si trattava di una missione estremamente personale per lui... e non era disposto a fallire.

———

Il mattino seguente, Gramps si impose di aspettare fino alle dieci, prima di recarsi alla villa di Coke. Non voleva dargli l'impressione di essere impaziente, ma non voleva neanche che Coke dubitasse del suo interesse verso l'affare, né che pensasse che lui volesse dargli buca. Naturalmente, tra le sue priorità c'era anche l'accertarsi che Cassidy stesse bene.

Poco dopo essere arrivato alla villa, Gramps era seduto nello sfarzoso ufficio di Coke.

"Mi dicono che ti sei divertito, ieri," disse Coke.

Gramps si rilassò nella confortevolissima poltrona e scrollò le spalle. "La serata era partita con i migliori auspici, ma poi sono stato interrotto. Sono tornato in albergo... quei dannati turisti sono sgradevoli e rumorosi."

Coke si precipitò nello spiraglio che Gramps gli aveva aperto.

"Se vuoi restare nella villa, sei il benvenuto," gli propose con *nonchalance*.

"Ci farò un pensierino," ribatté lui, senza mostrare troppo entusiasmo.

"Sono certo di poter allietare la tua permanenza in molti modi," disse Coke. "Forse ti va di provare un campione della merce che, spero, acquisterai? O magari potrei organizzarti un *tête-à-tête* con una certa ragazza."

Gramps finse di ponderare l'offerta. Gli dava sui nervi la facilità con la quale Coke sembrava disposto a prostituire Cassidy. Forse lo aveva fatto anche con altre donne, o forse era disposto a tutto pur di chiudere l'affare. Gramps optò per un mix delle due.

"Non posso negare che Cassidy mi intrighi," ribatté con un sorriso furbesco. "È da un po' che non ho il piacere di intrattenermi con una compaesana, se capisci ciò che intendo... ma non mi piacciono gli avanzi degli altri..." Gramps lasciò che la voce scemasse.

"Da quel punto di vista puoi stare tranquillo. Cassidy lavora qui come maestra e tutrice da cinque anni. È una che sta sulle sue ed un tantino... cocciuta per i gusti dei miei clienti." Coke si chinò verso Gramps, come per fargli una confidenza. "E so per certo che non ha scopato con nessuno da quando è arrivata qui."

"Come fai a esserne sicuro?" Gramps condì la domanda con appena un pizzico di scetticismo.

"Mi prendo cura di chi lavora per me," gongolò Coke. "Li sorveglio... nel loro interesse, s'intende. Kingston è una città pericolosa e non vorrei mai che succedesse qualcosa a quelli che vivono sotto il mio stesso tetto."

Gramps si sforzò di non tradire con l'espressione del volto lo sdegno che provava. Ci riuscì a malapena. Probabilmente quel bastardo aveva fatto installare delle telecamere nella stanza di Cassidy, così da poterla spiare giorno e notte. "Capisco. Grazie per l'informazione. Sono piuttosto schizzinoso in fatto di donne."

"Fai bene," replicò Coke. "Tuttavia, riguardo a Cassidy, c'è un problemino di cui è meglio che tu sia messo al corrente."

"Di che si tratta?" chiese Gramps.

"Il bambino. Te ne accennavo ieri sera. Non è piccolo, in realtà... avrà undici, dodici anni, o giù di lì. Ma se l'è coccolato al punto da farlo diventare un caso pietoso."

"Non me ne frega un cazzo dei bambini," bleffò Gramps. "E poi mi devo scopare lei, mica il moccioso."

"Ben detto," concordò Coke. Si alzò e raggiunse il fornitissimo mobiletto dei liquori appoggiato a una parete. "Vuoi provare la merce?" gli chiese, aprendo un cassetto per estrarne un sacchetto di polverina bianca.

"Grazie, ma no, non tocco la roba. Ho imparato la lezione con uno dei miei uomini. Si è fatto prendere la mano e per un po' non ci sono stati problemi... finché non l'ho beccato a sgraffignarsi la roba. Mi sono dovuto sbarazzare di lui."

Coke inarcò un sopracciglio.

Gramps sapeva cosa voleva sentirsi dire il boss. "Gli ho aperto la gola da orecchio a orecchio," continuò con freddezza. "Poi ho spedito alla moglie le orecchie e l'anulare del tipo. Lei ha capito l'antifona. Ha tenuto la bocca chiusa e ha lasciato Dallas. Ho clienti fidati che sono ben felici di testare la roba per conto mio. Loro si fanno gratis e io mi assicuro che il fornitore non mi stia tirando un bidone." Sul finire della frase, lanciò a Coke un'occhiata truce.

"Ehi, io non tiro bidoni," obiettò Coke. Rimise la coca nel cassetto e prese due bicchieri, alzandoli a mezz'aria. "Che ne dici allora di un po' di buon rum giamaicano?"

"Ora sì che ci siamo," rispose Gramps con un cenno del capo. Non voleva bere con quel bastardo, ma visto che il piano prevedeva di diventare pappa e ciccia con lui, prese il bicchiere dalla sua mano con un sorriso. Sorseggiò e dovette ammettere che Coke aveva ragione: il rum era eccellente... nonostante non fosse ancora mezzogiorno.

"Allora... parliamo un po' di affari?" chiese Coke mentre riprendeva posto dietro la scrivania.

Era chiaramente impaziente, ma Gramps voleva rimandare ancora... e voleva rivedere Cassidy. Bevve un altro sorso di rum e scrollò le spalle. "Come mai tanta fretta? Se non ti conoscessi, direi che hai un bisogno disperato di chiudere un affare."

"No, no, no," si affrettò a dire Coke. "Pensavo che *tu* volessi chiuderlo al più presto."

Gramps scrollò nuovamente le spalle. "Quello che voglio fare al più presto è rivedere la puledra ispanica."

"Ah, capisco," replicò Coke con un sorrisetto allusivo.

Gramps ebbe l'impulso di alzarsi e prenderlo a pugni, ma lo soppresse, anche perché era stato lui a tirar fuori Cassidy.

"Credo che stamattina sia nell'aula," lo informò Coke.

"Ci sono tanti bambini qui?"

"Ce n'è qualcuno. Ora non ne prendo più, ma anni fa ero piuttosto indulgente."

"Perché non te ne liberi?" chiese Gramps, sinceramente incuriosito.

"Vuoi la verità?" domandò Coke.

"La preferisco sempre," rispose Gramps.

"Perché quelle sgualdrine delle loro madri sanno troppo. Consentendo a loro di trasferirsi qui con i loro marmocchi, faccio in modo che dipendano da me. Fanno una bella vita qui, più bella di quella che farebbero là fuori. Coke fece un cenno con il capo verso la finestra, poi proseguì. "All'inizio pensavo che avere intorno qualche donna avrebbe fatto bene anche ai miei uomini, ma in realtà si sono rivelate delle spine nel fianco. Quelle che si scambiano i miei uomini sono malevole e gelose le une delle altre, non fanno che provocarmi dei mal di testa. Ora esigo che se una resta incinta abortisca, quindi se vuoi scoparti Cassidy senza preservativo, fa' pure. Anche se la ingravidi, non ci saranno conseguenze."

Gramps voleva saltare addosso al pallone gonfiato che aveva

davanti, ma si impose di annuire e di mostrarsi contento della notizia.

Coke continuò. "Quando i mocciosi arrivano all'età giusta, cominciano a lavorare per me. Quando saranno tutti cresciuti, al tuo bel bocconcino verrà offerto di scegliere tra restare qui con un nuovo incarico o venire eliminata."

Gramps soppresse un sussulto. "Un'ottima strategia aziendale."

"Finora si è rivelata vincente," disse Coke alzando le spalle. "La puttana si guadagnerà vitto e alloggio andando a letto con chiunque la vuole, o con chiunque voglio io, oppure la farò fuori. È qui da troppo tempo e sa troppe cose. Non posso lasciarla andare come se niente fosse, mi metterebbe gli sbirri alle calcagna in un batter d'occhi.

"E il figlio?"

"È un *batty bwoy*, ma lo prenderò a lavorare con me, in un modo o nell'altro."

"Un *batty bwoy*?" ripeté Gramps.

"È effemminato," disse Coke con una smorfia di disgusto.

"Come lo sai? È ancora piccolo, no?"

"Sì, ma è evidente," rispose Coke con fare derisorio. "Non importa. Può smistare la merce per me o succhiare uccelli a suo piacimento... resterà qui comunque. Cassidy ha commesso l'errore di portarselo appresso quando ha accettato il lavoro, quindi ora Mario appartiene a me, posso farne ciò che voglio. Potrei anche eliminarlo, ma mi serve a far stare la madre al suo posto."

Gramps ne aveva abbastanza per la mattinata. Coke era uno stronzo privo di umanità e lui non vedeva l'ora di vederlo morto. "Suppongo che Cassidy non sappia dei tuoi piani," commentò con aria beffarda.

Coke rise. "Nah... ma presto saprà. Dovresti ritenerti fortunato: avrai un assaggio di lei prima che la dia in pasto ai miei uomini. Ho visto come la guarda Lloyd. La odia, ma questo non gli impedirà di prendersi da lei ciò che vuole."

"A proposito... mi faresti un piacere se lo tenessi alla larga finché sono qui," disse Gramps.

"Si assicura solamente che Cassidy non faccia sciocchezze."

"Pensi che non sia in grado di gestirla da solo?" chiese Gramps, mettendo un pizzico di irritazione nella propria voce.

"Non ho detto questo," ribatté Coke.

"Non mi va che quello mi spii," insistette Gramps. "Ora che so come stanno le cose, posso tenerla sotto controllo senza l'assistenza di Lloyd o di qualcun altro del tuo servizio di sicurezza."

"Non ne dubito," disse Coke con calma. "Ho fatto le dovute ricerche su di te... se così non fosse, non ti avrei aperto le porte di casa mia. Sei il tipo di persona che io rispetto, G. D'altronde, capirai che non posso rischiare che lei ti plagi con una qualche storiella strappalacrime. Dirò a Lloyd di lasciarvi in pace qui nella villa, ma in nessun caso ti sarà consentito di allontanarti dalla proprietà con Cassidy e il marmocchio."

Gramps ingollò il restante rum e appoggiò il bicchiere sul tavolo che aveva a fianco. "Affare fatto. Comunque non mi frega niente del marmocchio... e poi non ho mica intenzione di fare il piccioncino con la puttana, anche se per natura sono uno a cui piace corteggiare le donne. Mi piace che abbiano una voglia disperata del mio cazzo... solo allora glielo concedo."

"Quindi non preferisci quando cercano di opporsi?" gli chiese Coke.

"Nah. Non mi piace impormi, mi eccito quando sono compiacenti e prendono volentieri ciò che ho da dare loro."

"Che peccato... non sai che ti perdi," disse Coke sogghignando. "Comunque sia... parlerò con Lloyd. La proposta di alloggiare qui è ancora valida."

"C'è una stanza vicino a quella di Cassidy?" chiese Gramps, sforzandosi di ignorare il fatto che Coke avesse appena ammesso di essere incline a usare violenza sulle donne. Fottuto bastardo.

"Dall'altra parte del corridoio," rispose Coke.

"Andrà bene. Grazie per l'ospitalità. Ora, se vuoi scusarmi, ho una femmina da domare," gli disse Gramps.

Coke mandò giù l'ultimo sorso del suo rum e si alzò con Gramps. "Come ti ho detto, è nell'aula. Non farti problemi a interromperla. I mocciosi a cui fa lezione, comunque, non ricorderanno nulla di ciò che lei insegna... Impareranno tutto ciò che serve dai miei uomini, non appena cominceranno a lavorare per me a tempo pieno."

"D'accordo. Hai detto che posso farle fare un giro a Kingston, giusto?" chiese Gramps.

"Sì. Ma il moccioso resta qui."

"Nessun problema. Non mi frega di lui," ribadì Gramps, mentendo a denti stretti. "Non so cosa farò durante la giornata, ma sono certo che entro domattina mi sentirò ringiovanito," aggiunse con una strizzatina d'occhio.

Gli occhi di Coke si accesero. "Davvero?"

"Già. Prima di stasera la puttana sarà a cavallo del mio uccello, garantito. È da un bel po' di tempo che non assaporo un po' di passera latina. Domani potremo discutere le condizioni di quella che spero sarà una lunga e felice collaborazione."

"Ottimo. Se sei da queste parti, la cena è alle otto."

"Immagino che sarò assorbito da altro, ma grazie," disse educatamente Gramps, deciso a evitare a Cassidy di dover sopportare ulteriormente la presenza di quello stronzo. Forse lei non sapeva ciò che Coke aveva in serbo per lei, ma le preoccupazioni che aveva manifestato a Gramps erano fondate, evidentemente. Si era assunta un rischio enorme contattando l'FBI, un rischio che aveva fatto correre anche a Mario, ma il suo istinto aveva colto nel segno. Se Gramps e gli altri avessero posticipato la missione, Cassidy e Mario si sarebbero di lì a poco incamminati verso un terribile calvario. Prima la Silverston agiva, meglio sarebbe stato per tutti.

Se Eagle fosse riuscito a procurarsi tutto ciò che serviva per la fase finale della missione, il tutto si sarebbe risolto a breve. Altrimenti, Gramps avrebbe dovuto rimandare ancora la discussione d'affari con Coke, il che non sarebbe stato tanto facile.

Coke raggiunse la porta dell'ufficio e la aprì. All'esterno, Lloyd, l'immancabile cane da guardia, drizzò subito la schiena.

"Lloyd, devo parlarti," gli disse Coke, dopodiché fece un cenno con il capo verso Gramps. "In fondo al corridoio gira a destra, poi a sinistra; l'aula è l'ultima stanza. Non puoi sbagliarti."

"Grazie," disse Gramps avviandosi.

"Oh, capo... aspetta, chiamo Martin..." esordì Lloyd.

"Non serve. Fa parte di ciò di cui ti devo parlare," lo interruppe Coke.

Gramps sentì le obiezioni di Lloyd mentre la porta dell'ufficio si richiudeva dietro Coke e il suo scagnozzo. Non si illudeva di avere molta privacy: le telecamere di sorveglianza coprivano ogni centimetro della casa e con ogni probabilità, in quel preciso momento, qualcuno lo stava osservando mentre camminava verso la stanza dove sperava di trovare Cassidy. Almeno, senza Lloyd alle calcagna, avrebbe avuto più opportunità di parlare con lei in privato.

La villa era tirata a lustro e doveva essere costata milioni di dollari. Sullo sfondo della povertà in cui molti a Kingston vivevano, comunicava qualcosa di osceno. Non era difficile comprendere la lealtà che i sottoposti di Coke serbavano al loro capo. Se volevano che la pacchia continuasse, dovevano adoperarsi perché il loro principale fosse contento e si sentisse al sicuro. Chiunque si schierasse contro la volontà del capo rappresentava una minaccia allo stile di vita del gruppo.

Più tempo Gramps passava nella villa, più sentiva l'urgenza di andarsene. La Giamaica era un paese meraviglioso, ma come in ogni parte del mondo, il male vi aveva nidificato. I cittadini, per lo più, erano generosi, operosi e genuinamente buoni, eppure erano bastate poche mele marce a rovinare tutto. Forse Lloyd sarebbe stata una brava persona se non fosse finito nel giro di Coke... ma i forse non servivano a cambiare la situazione. Tutto ciò che Gramps poteva fare era portare Cassidy e Mario via di lì, far fuori Coke e pregare che la luce rischiarasse il buio che era calato su quella villa. Non poteva salvare tutti, lo sapeva bene, e una volta finita la missione, sarebbe toccato ai diretti interessati fare la cosa giusta.

Gramps sentì Cassidy prima di vederla. Le porte del corridoio erano tutte chiuse, ma la voce risuonava nell'ambiente mentre lui si avvicinava a quella che credeva essere la stanza adibita ad aula. Sapendo che le telecamere lo stavano riprendendo, si avvicinò alla porta e fece quello che gli eventuali osservatori si aspettavano da lui: entrò nella stanza incurante del fatto che Cassidy potesse essere nel bel mezzo di una lezione.

Sei teste si girarono immediatamente verso di lui. Cinque ragazzi erano seduti ai loro banchi e Cassidy era in piedi davanti a una lavagna.

"La lezione di oggi è finita," annunciò Gramps.

I ragazzi urlarono di gioia e saltarono subito in piedi. Senza nemmeno cercare lo sguardo della maestra, dribblarono Gramps e corsero via lungo il corridoio.

"No! Aspettate!" gridò Cassidy, ma fu ignorata.

Sospirò e guardò Gramps imbronciata. "La lezione non era finita," brontolò.

Lui la raggiunse, sempre consapevole delle telecamere, e le mise una mano dietro la testa, tirandola a sé, così che in un attimo i loro corpi furono appiccicati l'uno all'altro, dal pube al petto. Le disse, a voce bassa: "Mi spiace, ma la situazione sta evolvendo in fretta. Ho detto a Coke che volevo passare la giornata con te e lui ha acconsentito."

Cassidy aprì la bocca per replicare, ma prima che riuscisse a parlare, il quarto bambino che era corso fuori rientrò e si piantò di fianco a loro. Diede un forte calcio alla gamba di Gramps. "Lasciala andare!" gridò.

Gramps abbassò lo sguardo e non poté che sorridere. Era il figlio di Cassidy e lo avrebbe riconosciuto anche se non fosse stato l'unico bambino ispanico della classe. Aveva i lineamenti e i bellissimi occhi color nocciola della madre. La pelle olivastra aveva la sana luminosità della preadolescenza. Era magro, probabilmente troppo magro per un bambino della sua età. Guardava

Gramps in cagnesco, ma il suo sguardo tradiva anche paura. Nonostante la paura, tuttavia, aveva preso le difese della madre: doveva essere un ragazzino coraggioso.

Per quanto Gramps dovesse dare a vedere che i bambini lo lasciavano indifferente, Gramps non poteva indurre Mario a credere che lui era lì per far del male a sua madre. Dopo aver lasciato andare Cassidy, Gramps si chinò, così da poter guardare negli occhi il bambino. Parlò a bassa voce, per evitare che il sistema di sicurezza carpisse le sue parole. "Non farei mai del male alla mamma, piuttosto mi sparerei un colpo in testa."

Non era la frase più delicata che Gramps potesse dire, ma aveva bisogno che Mario lo capisse bene, e aveva pensato che essere diretti gli avrebbe fatto raggiungere lo scopo più velocemente.

"L'hai stretta forte," lo accusò Mario.

"Sì, ma non le ho fatto male," spiegò Gramps.

Cassidy si accovacciò accanto a loro e mise un braccio intorno alle spalle del figlio, poi sussurrò: "Mario, lui è un amico. Mi fido di lui."

A quelle parole, Mario spalancò gli occhi: "Davvero?"

Cassidy annuì. "Sì... e puoi fidarti anche tu. Ti do la mia parola."

Gramps non comprendeva a fondo le particolarità del rapporto madre-figlio, ma gli parve chiaro che il semplice invito di Cassidy a fidarsi di lui valesse molto per Mario.

"Ok," disse Mario con riluttanza, dopo una lunga pausa.

Di certo, Gramps avrebbe dovuto meritarsi la fiducia del ragazzo, ma quello non sarebbe stato un problema. Ciò che aveva visto e sentito lo aveva già indotto a rinnovare la sua promessa: avrebbe tratto in salvo Mario e la madre.

"Che ci fai qui?" gli chiese Cassidy.

Tutti e tre erano ancora accovacciati a terra, ma Gramps non si rialzò. Voleva che Mario ascoltasse bene la conversazione.

"Mi hanno dato il via libera per passare la giornata insieme a te, senza che Lloyd segua ogni nostra mossa," rispose Gramps.

Mario e Cassidy spalancarono gli occhi e la simultaneità della loro reazione ne sottolineò la somiglianza; Gramps si mise quasi a ridere.

"Ah, sì?" chiese conferma lei.

"Già. Ho pensato che potresti farmi fare un giro della villa... un giro completo, non so se mi spiego. Così poi potremo muoverci con facilità, quando verrà il momento." Gramps voleva portare Cassidy fuori dalla villa, il che implicava lasciare indietro Mario. L'idea non gli andava a genio, ma era importante che Cassidy conoscesse Bull, Eagle e Smoke e si rendesse conto che erano qui per aiutarla."

"Oh, sì... sarebbe bello," replicò Cassidy incerta. Si alzò in piedi, ma Gramps, prima di fare altrettanto, si rivolse a Mario.

"Oggi toccherò un po' la mamma. La terrò per mano, le metterò un braccio sulle spalle... ci sono anche buone probabilità che la baci. Però non la costringerò mai a fare qualcosa contro la sua volontà. Ti chiedo di fidarti di me, anche se non ti ho dimostrato di essere affidabile... non ancora. Stanno succedendo cose che tu non puoi capire, mamma te le spiegherà quando sarete lontani da qui. Ti fidi di me, per il bene della tua mamma?"

Gramps sapeva di aver calcato un po' la mano, ma d'altronde non aveva scelta. Non poteva passare la giornata a tenere a bada Mario mentre fingeva di puntare a portarsi a letto la madre del ragazzo. Coke e tutti gli altri dovevano credere che Cassidy avesse ceduto al suo fascino e fosse decisa a trascorrere la notte con lui.

Dagli occhi di Mario si capiva subito che era un ragazzo sveglio. Non si fidava di Gramps, ma era pronto a credere alla madre. Guardò Gramps, poi Cassidy, poi ancora Gramps. "Lo so, sono solo un bambino... ma se le fai del male, te ne farò pentire."

Stava bleffando, visto che non c'era alcuna possibilità che Mario potesse in qualche modo nuocergli, ma Gramps annuì comunque e solennemente. "Capisco... Ah, Mario?"

"Sì?"

"Sei molto coraggioso a prenderti cura di tua madre."

Gramps non stava semplicemente cercando di ingraziarsi Mario. Il ragazzo stava facendo il possibile per aiutare la mamma in una situazione che era fuori dal suo controllo.

"Non basta," sussurrò Mario. Per un istante, Gramps pensò che il piccolo si mettesse a piangere, invece Mario trattenne le lacrime e drizzò la schiena. "Ricordati che io vi guardo... e se mi sembrerà che tu le faccia del male, mi farò sentire."

"Affare fatto," disse Gramps, poi si alzò e porse la mano e Cassidy. "Pronta?"

Lei strinse le labbra, come per sopprimere un'emozione intensa, ma annuì e gli prese la mano; Mario prese l'altra e i tre uscirono insieme dall'aula.

CAPITOLO QUATTRO

"Quindi questo cancello è sempre chiuso?" chiese Leo. Era comodamente appoggiato con la schiena sul muro che circondava il retro della villa di Michael Coke.

"Sì," rispose Cassidy, "tutti i cancelli sono sempre chiusi."

All'improvviso, Leo la prese per mano e la tirò a sé. Cassidy si sbilanciò e gli sbatté contro il petto, dando voce a un piccolo *uff* nell'impatto.

"Tranquilla," disse Leo, tenendola per i fianchi e premendola contro di sé. A chiunque stesse osservando la scena, la mossa sarebbe sembrata aggressiva, ma Leo non le stava facendo male, pur stringendola con intensità.

L'aveva presa in quel modo più volte nelle due ore che erano passate dall'irruzione in classe. La trascinava nel proprio spazio personale come se ne avesse tutto il diritto. Cassidy non si era lamentata. Sapeva qual era la tattica di Leo: dimostrare chiaramente a chi li spiava che lui aveva il controllo della situazione. Lei non avrebbe protestato in alcun modo. Se alla villa tutti si aspettavano che Cassidy soddisfacesse le voglie dell'ospite di Michael, lei non li avrebbe delusi.

D'altronde doveva ammettere che il ruolo che si trovava a interpretare non le pesava. Le piaceva sentire le mani di Leo sul proprio corpo, lui la faceva sentire... al sicuro, protetta. Era da molto, moltissimo tempo che non provava quella sensazione.

Mario non era entusiasta di vedere Leo allungare le mani in quel modo, ma era abbastanza intelligente da non esternare il proprio dissenso. La mamma gli aveva detto che lei si fidava di Gramps... per il piccolo si trattava di una rassicurazione cruciale. Circa un anno e mezzo prima, lui e la madre avevano concordato che non potevano fidarsi di nessuno in quella casa. *Nessuno*.

Si erano anche detti, tuttavia, che se avessero trovato qualcuno di cui *potersi* fidare, Cassidy avrebbe chiesto a quel qualcuno di aiutarli a fuggire.

Cassidy aveva dubitato che Mario ricordasse quella conversazione, avuta tanto tempo prima, ma quando aveva detto al figlio che lei si fidava di Leo, il piccolo aveva subito afferrato la situazione. Lei avrebbe voluto sedersi con lui e ripetergli per filo e per segno ciò che Leo le aveva detto, soprattutto che stava lavorando sotto copertura, ma aveva optato per evitare il rischio che Mario potesse in qualche modo compromettere la posizione di Leo. Se a Coke o a qualcuno dei suoi uomini fosse venuto qualche sospetto, Mario sarebbe potuto finire sotto interrogatorio. Meno il bambino sapeva, meno avrebbe potuto rivelare.

Tuttavia, non appena lei e Mario fossero stati al sicuro, gli avrebbe detto tutto. Il bambino se lo meritava. Stava attraversando quell'inferno insieme a lei e ne soffriva altrettanto. Anzi, forse ancora di più.

"Mario, voglio che vai laggiù a giocare con quel bastone," disse Leo a voce bassa ma con tono risoluto.

"Giocarci come?" gli chiese il piccolo.

Cassidy fece una smorfia. Il fatto che il figlio non sapesse nemmeno come giocare, come facevano i bambini della sua età, la rattristava.

"Sbattilo in giro. Prova a spezzarlo sbattendolo contro un tronco. Disegna cerchi nel terriccio. Vedi se saltando riesci a toccare la sommità del muro con il bastone," suggerì Leo.

"Vuoi che faccia da diversivo mentre voi due parlate, vero?" chiese Mario.

"Sapevo che eri un tipo sveglio. Già, è proprio ciò che voglio," rispose Leo.

I due si fissarono per vari istanti, dopodiché il piccolo annuì e si avviò verso quel lungo bastone.

Leo spostò Cassidy, così da consentirle di tenere d'occhio Mario, ma non si scostò da lei. Erano ancora appiccicati l'uno all'altra e Cassidy non ricordava l'ultima volta che un contatto fisico le aveva dato altrettanto piacere. "Parlami un po' del sistema di sicurezza esterno," le chiese Leo sottovoce.

La richiesta di Leo sottolineò il fatto che quella, in realtà, non fosse un'occasione di svago. Cassidy e Leo non erano una coppia intenta a godersi un pomeriggio all'aria aperta, non erano lì a perdersi in chiacchiere intime mentre il piccolo Mario giocava felice nel prato: Leo era un infiltrato nel covo di un trafficante di droga e un solo passo falso sarebbe potuto risultare fatale per tutti e tre.

"Per quanto ne so, gli uomini di Lloyd sorvegliano la proprietà ventiquattr'ore su ventiquattro. Una volta sono venuta in giardino verso le tre di notte, perché volevo vedere se c'erano possibilità di scappare, e una delle guardie mi ha fermato. Mi ha chiesto cosa facessi in giro a quell'ora e io gli ho detto che avevo bisogno di prendere una boccata d'aria fresca. Non sono certa che se la sia bevuta, ma la perlustrazione non è stata inutile... ho capito che fuggire dalla villa nel cuore della notte era fuori discussione."

"Che tipo di armi hanno le guardie?"

"Non so bene che armi siano... ma ognuno ha un fucile... e hanno dei coltelli, li tengono in cinture fissate alle gambe. Una volta ho anche visto una pistola, in una fondina che Martin portava alla coscia."

"Fanno uso di droga?" chiese Leo.

"Non ne sono sicura. A dire il vero, non ho mai visto nessuno bucarsi o sniffare coca, ma questo non significa che non lo facciano. Io faccio il possibile per stare alla larga da tutti. Di tanto in tanto, Michael mi mette in bella mostra per i suoi ospiti, com'è successo ieri sera alla cena, ma in genere mi consente di starmene in camera mia. Mi tengono d'occhio come se fossi una sorvegliata speciale e se sgarro anche solo di poco, mi rimproverano e minacciano di allontanare Mario da me. Io... ho raccontato tutto questo nelle lettere che ho spedito all'FBI. Non le hai lette?"

"Sì," rispose Leo, "ma ho pensato che magari nel frattempo era cambiato qualcosa. Devo dirtelo, sai... mi hanno fatto un po' arrabbiare."

"Cosa? Le lettere?" chiese Cassidy.

"Già. Dannazione, ti sei assunta un bel rischio mettendo tutto per iscritto. Cosa sarebbe successo se ne avessero intercettato una? Se ti avessero beccata mentre cercavi di spedirla? Cass, questa non è gente con cui si può rischiare. Credimi se ti dico che non si farebbero problemi a eliminare te o Mario. Non esiterebbero a farlo. Ti tengono qui perché hanno bisogno di te, ma se dovessero scoprire che hai spifferato tutto ai federali, saresti spacciata."

Cassidy si irrigidì tra le sue braccia. "Cosa avrei dovuto fare? So meglio di te di cosa è capace la gente che mi circonda."

"Non è vero," le disse con tono duro, ferreo.

"Sì, invece," insisté lei. "Sono io a esserci dentro, a vedere la *vera* natura di Coke. Ha rubato il *mio* passaporto e tiene *me* in ostaggio. L'ho visto sparare a una delle sue guardie, proprio davanti a me! Che ne sai *tu* di quanta malvagità si annida in lui?"

Leo portò sotto il mento di Cassidy, alzandole il viso cosicché lei non avesse altra scelta che guardarlo negli occhi; lo fece in modo deciso, ma senza farle male. "Cass, in vita mia ho visto fin troppa malvagità... ma hai ragione. Conosci la malvagità di Coke molto meglio di quanto non la conosca io, visto che vivi qui da anni. È solo che non sopporto l'idea che tu abbia corso un rischio tanto grande, anche se in fin dei conti non sarei qui, se tu non avessi rischiato grosso."

Cassidy rabbrividì nel vedere gli occhi di Leo colmi di rabbia e di un senso di impotenza. Improvvisamente si rese conto di non sapere cosa facesse lui nella vita. Era al corrente che Leo non era più nell'esercito... era una delle ultime informazioni su di lui che aveva avuto, tramite i genitori. Non si era nemmeno chiesta cosa ci facesse Leo in Giamaica e come avesse intenzione di portarla in salvo. La sera prima, avevano prevalso la contentezza di rivederlo e di sapere che le lettere erano arrivate all'FBI e che qualcuno era finalmente arrivato in suo aiuto.

"Scusami anche tu," gli sussurrò, "non volevo fare la stronza."

"Al diavolo," disse lui con un filo di voce, mentre chiudeva gli occhi. Non le tolse la mano dal mento e Cassidy attese che lui tornasse a guardarla. Leo riaprì gli occhi e disse: "Non stavi facendo la stronza... La mia uscita è stata fuori luogo."

"Ero disperata," spiegò lei. "Sapevo che scrivere quelle lettere era pericoloso, ma non sono una stupida. So bene che i miei giorni da maestra qui stanno per finire. È evidente, visto che Michael non ha più accolto bambini. Le lezioni si tengono solo la mattina, poi, nel pomeriggio, una delle guardie di sicurezza si porta via i ragazzi. Michael li sta preparando per farli entrare nell'organizzazione. In realtà, questa è una delle ragioni che mi ha convinto a cercare aiuto: volevo cercare di salvare Mario."

"Spedire quelle lettere è stato un cazzo di gesto di coraggio, malgrado i rischi che ha implicato. Hai fatto ciò che dovevi fare."

"Guardate qui!" gridò Mario, poco distante da loro.

Cassidy girò la testa dopo che Leo le ebbe lasciato andare il mento. Mario stava saltando più in alto che poteva, colpendo con il bastone un ramo d'albero sopra di sé. "Bravo, Mario!" lo incoraggiò.

"Guarda me," la esortò Leo.

Cassidy si rigirò verso di lui, come attratta da un magnete.

"Dobbiamo parlare di molte cose, ma ora non è il momento giusto. *Puoi* fidarti di me, proprio come hai detto a Mario. Io e i miei compagni vi porteremo entrambi via di qui, non importa quante guardie ci siano e che armi abbiano."

"E come farete?" gli chiese con un filo di voce.

Anziché rispondere, Leo le infilò una mano sotto la maglietta, portando il caldo palmo a contatto con la pelle nuda della schiena di Cassidy. Simultaneamente, abbassò il capo e la baciò, al che Cassidy emise un gemito che le restò soffocato nella profondità della gola.

Leo Zanardi le faceva effetto e lui sembrava saperlo perfettamente, visto che approfittava della loro sintonia per evitare di rispondere alle domande.

"Vedo che continuate ad andare d'accordo," disse Lloyd.

Cassidy si irrigidì, ma Leo non mollò la presa. Non fece altro che alzare la testa e fulminare con lo sguardo l'uomo che aveva osato interromperli... per la seconda volta.

Quasi si fosse reso conto di quanto Leo fosse furioso, Lloyd alzò le mani. "Mi manda il capo. Ha un lavoretto per Mario."

Cassidy aprì la bocca per protestare, ma Leo parlò prima di lei. "Ottimo. In ogni caso, avevo pianificato di andare in città con Cassidy, per una cenetta romantica."

Lei guardò Leo con sorpresa, poi spostò lo sguardo su Mario. Il piccolo si era ingobbito, come se quella postura potesse proteggerlo dai rischi che la commissione impostagli da Michael sicuramente implicava. Mario guardò la madre con occhi disperati. Sapeva che lei non poteva aiutarlo: sarebbe stato costretto a eseguire gli ordini che gli avrebbero dato.

Cassidy voleva abbracciarlo, stringerlo a sé, dire a Lloyd che non poteva nemmeno avvicinarsi al suo bambino... ma tutti sapevano che lei, come Mario, non aveva voce in capitolo.

"Di' a Coke che voglio che Mario sia qui, quando io e Cassidy torneremo," ordinò Leo a Lloyd con occhio torvo. "Per conquistare una donna, bisogna che non abbia pensieri sul sangue del suo sangue. Ci siamo capiti?"

Cassidy trattenne il respiro. Leo era una persona completamente diversa quando parlava con Lloyd. Più duro. Irremovibile. Sinistro.

"Certo. Se non piaci al moccioso, non piacerai nemmeno alla

mamma. A te piace G, vero, Mario?" chiese Lloyed al piccolo, dandogli una bottarella tra le spalle.

Mario si sbilanciò da una parte e guardò il suolo. "Sì, sì... come ti pare."

Cassidy voleva parlare al figlio prima che si separassero, ma Lloyd gli si mise dietro la schiena e gli posò una mano sulla spalla. "Divertitevi nella nostra bella città, ma fate attenzione: là fuori è pericoloso," disse con un tono di voce più adatto a una minaccia che a una raccomandazione amichevole. Dopodiché spinse Mario verso la casa senza più voltarsi verso Cassidy e Leo.

Lei cominciò a piagnucolare, accorgendosene solo quando Leo le si avvicinò da dietro e le appoggiò il mento sulla spalla, avvolgendole il busto con un braccio e premendole la schiena contro il proprio petto. "Non gli faranno del male," le sussurrò, cercando di calmarla. "Sono stato chiaro con Lloyd. Ti riporteranno Mario stasera, se non altro per accontentarmi. Non possono permettersi di farmi incazzare."

"Perché? Cosa vogliono da te?" gli chiese Cassidy, senza distogliere lo sguardo dalla porta dentro la quale era sparito Mario.

"Non parliamone qui," disse Leo. "Coke mi ha dato il permesso di portarti in giro per il resto della giornata... ed è quello che farò."

"Non ho fame," ribatté lei, sapendo che con ogni probabilità avrebbe rigurgitato qualsiasi cosa avesse provato a mandar giù, vista l'ansia che provava per Mario.

"Non andremo a cena," la rassicurò Leo. "Avanti." Le posò una mano sulla nuca e la sospinse così che lei lo precedesse, un po' come aveva fatto Lloyd con Mario poco prima.

All'improvviso, Cassidy pensò che non conosceva bene Leo. Non conosceva *quel* Leo: l'uomo che era apparso dal nulla per chiudere un affare di droga con Michael Coke, un famigerato trafficante. Le aveva detto di lavorare con una squadra, ma fino a quel momento lei non aveva visto nessuno. Per quanto ne sapeva Cassidy, Leo poteva essere un criminale al pari di Michael; allontanandosi dalla villa con lui, non era da escludersi che potesse finire dalla padella alla brace.

Appena cercò di divincolarsi, ribellandosi alla presa di Leo, lui si chinò in avanti. Cassidy sentì il respiro caldo carezzarle le orecchie, poi lui le disse: "È una messinscena, Cass. Tutti si aspettano che ti tratti come una pezza da piedi... ma non ti farò del male, mai e poi mai." Il pollice di Leo le scivolò lungo il lato del collo, celato dalla chioma di capelli castani che le cascava indisciplinata oltre le spalle.

Perciò Cassidy strinse le labbra e acconsentì con un lieve cenno del capo. Si lasciò spingere attraverso la casa. Insieme passarono davanti a diversi membri del servizio di sicurezza, i quali, incrociando i loro sguardi, si limitarono a sogghignare. Nessuno cercò di fermarli. Nessuno minacciò ripercussioni su di lei o Mario, nel caso in cui non fosse tornata dal giro in città. In passato, le era stato consentito di lasciare la villa da sola: era in quel modo che era riuscita a spedire di nascosto le lettere all'FBI. Tuttavia, le avevano sempre detto chiaro e tondo che, se fosse fuggita, se la sarebbero presa con Mario. Quello era il suo punto debole e tutti, alla villa, lo usavano contro di lei ogni volta che se ne presentava l'occasione.

La deferenza che tutti sembravano mostrare nei confronti di Leo stupiva Cassidy, che però comprendeva: tutti pensavano che fosse un importante signore della droga, con il quale il loro capo aspirava a mettersi in affari.

Nell'istante in cui uscirono dal cancello della proprietà, a Cassidy parve che l'aria fosse più pulita. Respirare le riusciva più facile. Leo le teneva ancora la mano sulla nuca, mentre procedevano lungo la strada che li portava lontano da quella prigione.

"Non voltarti," disse Leo, quasi potesse leggerle nel pensiero.

Voleva voltarsi. Per accertarsi che nessuno li stesse seguendo. Nella speranza di intravedere Mario ancora una volta. Ma si rendeva conto che era meglio non voltarsi. Lloyd aveva detto che avrebbero mandato Mario a fare una commissione, ma di solito quando lei usciva, Mario veniva sempre tenuto all'interno. Le cose stavano in quel modo. Quella era la terribile realtà con cui Cassidy doveva fare i conti.

Si diressero verso un'anonima berlina nera. Leo le aprì la portiera e dopo averla fatta salire, raggiunse il posto di guida con una corsetta. Mise in moto e si allontanò dal marciapiede con grande disinvoltura.

"Ci stanno seguendo?" bisbigliò lei. Era assurdo continuare a parlare a bassa voce, ma ormai Cassidy si era abituata a vivere in mezzo alle innumerevoli telecamere che la spiavano nella villa di Michael.

"Certo," disse Leo senza la minima preoccupazione.

"Oh... quindi *vuoi* che ci seguano?" chiese lei.

"Nah... ma li seminerò. Devi avere pazienza."

Quell'esortazione le fece arricciare il naso. "Pazienza? Leo, sono quattro anni che aspetto e che cerco di capire come e quando scappare. Io l'ho finita, la pazienza."

Cogliendola di sorpresa, Leo si voltò verso di lei e si aprì in un sorriso che gli trasformò l'espressione. Tutto d'un tratto non era più G, il minaccioso potenziale socio in affari di Michael... era ridiventato il ragazzo che lei aveva conosciuto alle superiori, quello a cui piaceva fare scherzi a tutti. A differenza di allora, aveva qualche ruga attorno agli occhi e una barba scura che induceva Cassidy a chiedersi come sarebbe stato sentirla sulla propria pelle.

Leo era invecchiato molto bene... il che la metteva vagamente a disagio. Cassidy non era mai stata il tipo di donna che si preoccupava troppo del proprio aspetto fisico e del proprio peso; vedere Leo distendersi, anche solo per un istante, la convinse che, dovunque lui vivesse, con ogni probabilità le donne gli si gettavano ai piedi. Era bello e muscoloso: quale donna avrebbe potuto resistere allo scintillio che accendeva i suoi occhi quando si sentiva birichino?

"A che pensi?" le chiese.

"Sei sposato? Hai una ragazza?" gli domandò lei di punto in bianco.

Leo aggrottò la fronte. "Perché?"

"Lei sa quello che stai facendo? Che mi baci e fingi di avere un interesse nei miei confronti? Non è una bella cosa, Leo. Sì, insomma... ti sono grata per l'aiuto che mi dai, più di quanto io non possa esprimere a parole, ma non mi piace pensare che cerchi di pomiciare con me alle spalle di un'altra."

"Allora non ci pensare," disse Leo con leggerezza.

Un istante prima che Cassidy perdesse la tramontana, Leo allungò una mano e gliela posò sulla coscia.

"Non serve dare libero sfogo al tuo carattere latino: non c'è un'altra nella mia vita," le disse. "Sono single, da anni. Non ho mai trovato una donna in grado di sopportarmi a lungo."

Cassidy lo guardò completamente spiazzata. "Davvero?"

"Già. Sono un tipo lunatico e scontroso. Non ricordo mai compleanni e anniversari... tutte le date importanti che le donne si aspettano che io ricordi. Mi hanno dato dell'egocentrico e dell'egoista più di una volta... e non si sbagliavano. Sono fatto a modo mio e non sopporto la gente stupida. Ma sappi, Cass, che non ho mai, *mai* tradito una delle donne che ho frequentato. Se esco con qualcuna, sono con lei al cento per cento. Se non fossi single, non ti avrei toccata come ho fatto né tantomeno ti avrei baciata."

Cassidy provò un senso di sollievo e annuì. "A scuola non mi sei mai sembrato un egoista," gli disse. "Ricordo che alla cerimonia per la consegna dei diplomi hai regalato fiori ai due migliori studenti."

Leo scrollò le spalle. "Ero orgoglioso di loro. Avevano lavorato sodo, molto più di quanto non avessi fatto io, e meritavano di essere davanti a me nella graduatoria."

A Cassidy venne in mente che Leo figurava come terzo nella graduatoria di quell'anno. Aggiunse *intelligente* alla lista delle qualità di Leo che la colpivano.

"A scuola eri tu, piuttosto, ad avere un bel caratterino,"

continuò Leo. "Non esitavi mai a opporti ai bulli della scuola. Ricordi quando hai dato una strigliata al quarterback della squadra di football perché aveva fatto una battuta su una delle ragazze dell'orchestra?"

"Sì... quello era uno bastardo," disse Cassidy. "Sfotterla perché era sovrappeso è stato un colpo basso e non volevo fargliela passare liscia."

"Allora...," subentrò Leo dopo qualche istante di silenzio. "Del tuo ex che mi dici? Come sono andate le cose tra di voi?"

Cassidy sospirò. Leo si muoveva nel traffico di Kingston con disinvoltura, come se fosse abituato a guidare sul lato opposto della strada. Si spostava da una corsia all'altra, arrivando a pochi centimetri dagli altri veicoli per poi superarli. Lei optò per non chiedersi dove stessero andando, concentrando la propria attenzione su Leo. "Alfred è più grande di me. Gli piaceva prendersela con me per via del mio carattere. Mi diceva spesso che mi comportavo in modo inappropriato, che lo mettevo in imbarazzo, cosa che io certo non volevo fare... perciò mi trattenevo e cercavo di ignorare tutto ciò che mi dava noia."

"Me ne vergogno, perché avrei dovuto farmi avanti e intervenire quando vedevo qualcuno umiliato pubblicamente: persone sovrappeso prese in giro perché usavano scooter elettrici al supermercato, persone di statura bassa sfottute perché non riuscivano ad afferrare qualcosa dagli scaffali più alti, coppie omosessuali offese perché si tenevano per mano... cose così. Credo di aver imparato a far finta di niente... e quando poi mi sono accorta che sopprimere il mio istinto di prendere le difese dei più deboli mi aveva trasformato in una persona che non mi piaceva, era già troppo tardi. Alfred mi teneva in pugno. Poi ho avuto Mario e mi sono concentrata sull'essere madre, cercando di fare del mio meglio in quell'ambito e chiudendomi a tutto e a tutti.

"Alfred si prodigava a dire che lui non era razzista, che tra i suoi dipendenti c'erano anche diversi immigrati clandestini e che questi erano dei gran lavoratori. A volte usava persino *me* come esempio della sua presunta tolleranza. Dopo tutto, aveva sposato una ragazza ispanica, il che faceva di lui un modello di virtù, giusto?" Cassidy roteò gli occhi. "La verità è che lui detestava le mie origini. Non voleva avere nulla a che fare con le tradizioni della mia famiglia e non voleva che Mario partecipasse a nessuna delle attività 'folkloristiche' nelle quali io o i miei genitori cercavamo di coinvolgerlo. Inoltre, Alfred trattava malissimo quei famosi immigrati clandestini: li minacciava di consegnarli alle autorità se non avessero lavorato più duramente, più velocemente e più a lungo dei loro colleghi americani... e peraltro li pagava molto meno. Mi vergogno di essere stata con lui per tutto quel tempo."

Al pensiero della vita che conduceva a El Paso, gli occhi di Cassidy si riempirono di lacrime. "Ho tenuto nascosto quasi tutto ai miei genitori, inventandomi balle su balle per non deluderli... ma quando Alfred ha cominciato a prendersela con Mario, non ce l'ho più fatta."

"Cosa gli ha fatto?" chiese Leo.

Cassidy provò piacere nel percepire la rabbia crepitare nella voce di Leo; era chiaro che quella rabbia non era diretta a lei. "Lo ha iscritto a un campionato di flag football per bambini. Allora Mario aveva appena quattro anni. Io gli ho promesso che, se almeno avesse provato a giocare, gli avrei comprato una nuova bambola. Non l'ho detto ad Alfred, ma un pomeriggio, tornato in anticipo dal lavoro, lui ha visto Mario giocare con la Barbie e gli ha detto che si vergognava di lui, perché le bambole erano giochi da femmina. Gli ha urlato contro per una ventina di minuti, dicendogli che era ora che si comportasse da maschio e la smettesse di fare la femminuccia. Per me è stata la goccia che ha fatto traboccare il vaso. Potevo accettare che usasse violenza psicologica su di me, ma non su Mario.

"Il giorno dopo sono andata a chiedere il divorzio. Sono tornata dai miei per qualche tempo, ma era chiaro che la fine del mio matrimonio per loro era motivo di delusione. Inoltre detestavo imbattermi in conoscenti e persone della zona che mi guardavano con disdegno... e tutti i miei presunti amici si erano schierati con Alfred. Quindi ho lasciato El Paso. Volevo rifarmi una vita... ma evidentemente sono una cretina, dal momento che ora mi trovo in un bel guaio."

"Non sei una cretina," le disse Leo. "Io sono fiero di te."

Cassidy fece una risatina nasale. "*Fiero* di me? Leo, sono rimasta a lungo insieme a un uomo che mi maltrattava... e maltrattava anche mio figlio. Questo mi rende una cretina, oltre che una madre degenere."

"Ti sbagli. Hai fatto il meglio che potevi, vista la brutta situazione in cui ti trovavi. Non è mica un crimine impegnarsi per far funzionare il proprio matrimonio. Dei due, il cretino è stato Alfred, anzitutto per essersi comportato come un bigotto dalla mentalità ristretta... e poi per non essersi accorto della donna meravigliosa che aveva al suo fianco. Se tu fossi la mia compagna, mi farei in quattro non solo per renderti felice, ma anche per permetterti di realizzarti come persona. Onorerei le tue origini, anzi, le *nostre* origini... e farei di tutto tutto perché Mario si accettasse per quello che è."

Cassidy si morse il labbro, poi parlò di getto: "Credo sia gay."

"Mario?"

Lei annuì.

"E allora?" chiese lui. "È una cosa di cui ti vergogni?"

"No!" esclamò Cassidy. "Però non è nemmeno ciò che avrei voluto per lui."

"Ti toccherà spiegarti meglio," commentò Leo dopo un lungo silenzio.

Cassidy non poteva negare di apprezzare l'irritazione evidente nel tono di voce di Leo, che se l'era presa *per conto di Mario*. In quel preciso istante, Cassidy sentì le prime avvisaglie dell'innamoramento. Era da molto tempo che qualcuno non prendeva le difese di Mario e l'istinto protettivo di Leo verso il piccolo la toccò nel profondo.

"Non ne sono *sicura*," disse lei. "Ha solo undici anni e non ha ancora mostrato interessi di quel tipo per le femmine, *né* per i maschi... ma non è difficile intuirlo. Quando vivevamo in Texas, gli piaceva giocare con i miei trucchi. È attirato da tutto ciò che brilla e dai colori sgargianti. Non sembra minimamente interessato agli sport, né ai camion... a nessuna delle cose che in genere i maschietti trovano divertenti. Detesta sporcarsi e stare nella vasca da bagno con un sacco di schiuma è una delle attività che preferisce. Durante le scorse Olimpiadi, facevo fatica a distogliere la sua attenzione dalle gare di ginnastica artistica. Adora ballare più di qualsiasi altra cosa. Vorrei poterlo iscrivere a una scuola di ballo... si muoverebbe nel suo elemento."

"E non è quello che vorresti per lui?" la incalzò Leo.

"No, ma non per le ragioni a cui stai pensando," rispose Cassidy. "Non mi interessa chi gli piace. Per quel che mi riguarda può benissimo essere gay, bisex, incline al poliamore, o asessuale... potrà anche decidere di andare a vivere in una comunità di nudisti, quando sarà il tempo. Ciò che non sopporto, invece, è che la sua vita non sarà facile a causa del suo orientamento sessuale."

La tensione cominciò a defluire dall'espressione di Leo.

Cassidy proseguì. "Voglio bene a Mario. Averlo è stata la scelta migliore della mia vita. Però, visto che la sua infanzia non è stata certo spensierata, vorrei che ad aspettarlo ci fossero solo cose belle. Essere gay non è facile... Magari al giorno d'oggi è più facile di quanto non lo fosse in passato, ma di certo non è una scampagnata. Detto questo, io lo amerò incondizionatamente e voglio solo che sia felice."

"Secondo me, con una madre del genere dalla sua parte, che lo sostiene a prescindere dalle scelte in fatto di relazioni, sarà felice.

Cassidy deglutì con qualche fatica. "Ora tu non... lo stimi un po' di meno?"

"Perché c'è la possibilità che sia gay? No, cazzo," la rassicurò lui. "Ammetto che una ventina d'anni fa non ero di vedute altrettanto larghe... ma poi ho visto troppo dolore e crudeltà. Ora, il pensiero di due persone dello stesso sesso che si amano non mi crea più alcun problema. Perché mai dovrebbe, del resto? Non influisce sulla mia vita; anzi, per come la vedo io, più amore c'è nel mondo, meglio è. Ciò che invece *mi crea* problemi, invece, è il fatto che qualcuno picchi il proprio partner, a prescindere dall'identità di genere degli interessati... e mi creano problemi quelli che trasformano la vita degli altri in una prigione, solo perché sono nella posizione di poterlo fare; quelli che introducono donne e bambini nel mercato del sesso; quelli che uccidono per il puro gusto di farlo. Nella società contemporanea ci sono già troppe cose di cui preoccuparsi, non c'è bisogno di andare a impicciarsi di ciò che fa la gente in camera da letto. Se a Mario piace ballare o fare delle giravolte in palestra, buon per lui."

Cassidy chiuse gli occhi, ma non riuscì comunque a trattenere le lacrime. Poco prima di lasciare Alfred, aveva discusso con lui dello stesso argomento e l'ex marito, mostrandosi inorridito, era stato categorico: lui non voleva, né avrebbe mai voluto, un figlio omosessuale. Per contro, Leo aveva accettato la natura di Mario, dopo un solo giorno e praticamente senza nemmeno *conoscere* il bambino.

Cassidy sentì sulla guancia le dita di Leo che le toglievano le lacrime. Aprì gli occhi e gli scoprì sul volto un'espressione talmente corrucciata e preoccupata da farla quasi sorridere. Quasi.

"Grazie. Avevo bisogno di queste parole."

"Bene. Sei pronta a incontrare il mio team?"

Cassidy guardò di fronte a sé con aria stupita. Non conosceva il posto dove si trovavano, il che non era affatto strano: non era molto pratica di Kingston, visto che la lasciavano uscire dalla villa e girare per la città molto di rado. Si voltò indietro e vide altre auto sulla strada. Non avrebbe saputo dire se dentro una di quelle ci fosse stato qualcuno mandato da Michael. "Siamo al sicuro?"

"Si. Ho seminato l'auto che ci seguiva già da un po'."

"Dici sul serio? E io che pensavo che gli uomini non fossero portati per il multitasking," disse lei.

Leo ridacchiò. "Non sarei in grado di leggere un libro mentre guardo la TV... ma sfuggire ai cattivi mentre chiacchiero con una fanciulla? Una sciocchezzuola."

Parcheggiò la berlina in una viuzza sul retro di un motel fatiscente e a dirla tutta piuttosto losco. Tolse la chiave dal blocchetto d'accensione e si girò verso di lei. "I ragazzi non alloggiano qui, ma è un buon posto per incontrarci. Coke non verrebbe mai a cercarci in un postaccio del genere, inoltre siamo abbastanza lontani dal suo territorio, perciò è difficile che gli arrivi una soffiata. Ti toccherà scendere dall'auto da questa parte."

Cassidy guardò alla propria destra sbuffò. Leo aveva parcheggiato a ridosso del muro di cemento che si allungava lungo il lato della viuzza. Proprio *contro* il muro. Non sarebbe riuscita ad aprire la portiera nemmeno se avesse voluto. D'altronde, tutte le auto nella via erano parcheggiate in quel modo. La berlina di Leo si confondeva tra gli altri veicoli. Leo uscì dall'abitacolo e Cassidy si spostò goffamente sopra la console. Pochi secondi più tardi era fuori e camminava mano nella mano con Leo verso una porta.

Cassidy fu sorpresa quando la porta si aprì un istante prima che loro la raggiungessero.

Si ritrovò di fronte a un uomo con i capelli biondo cenere e stupendi occhi azzurri, che teneva aperta la porta.

"Grazie, Eagle," disse Leo.

"Figurati," replicò Eagle.

Leo si voltò indietro e disse: "E grazie a te per l'aiutino."

Colta di sorpresa, anche Cassidy si voltò e vide un altro uomo che si avvicinava. Era appena più alto di lei e aveva i capelli corti e neri.

"Quando vuoi, Gramps... ma ce l'avresti fatta anche senza di me, anche se devo dire che è stato uno spasso frapporsi tra voi e l'auto che vi seguiva. Il bastardo sembrava piuttosto seccato dalla mia guida da turista smarrito."

I tre uomini risero e Leo fece entrare Cassidy nell'edificio.

Percorsero un corridoio ed entrarono in una delle camere sulla destra. Cassidy storse il naso non appena mise piede nella stanza, dove aleggiava uno strano, inclassificabile odore.

"Cassidy, ti presento gli altri membri della strada. Lui è Bull... si chiama così perché ha una mira fenomenale[1]... e questo è Eagle."

"Piacere di conoscervi," disse Cassidy educatamente. Non sapeva bene che pensare dei due uomini. Entrambi erano alti e muscolosi; sembravano tipi in grado di cavarsela in qualsiasi situazione. Eppure era improbabile che potessero fronteggiare da soli il piccolo esercito delle guardie di Michael. Si sarebbero ritrovati in tre contro le decine di persone che lavoravano nella villa: i pronostici non erano esattamente a loro favore.

"La ragazza è scettica," osservò Bull sorridendo.

"Esilarante," aggiunse Eagle. Persino Leo sembrava sul punto di riderle in faccia.

Cassidy si irrigidì. Non le piaceva essere oggetto di risate, specialmente quando non aveva idea di cosa ci fosse di tanto divertente.

"Non stiamo ridendo di te," le disse Leo, esortandola a spostarsi verso il tavolo. Su una delle sedie era stato sistemato un asciugamano e Leo la invitò a sedersi con un cenno. "Ti spiegherò tutto, così capirai come noi quattro siamo in grado di... e riusciremo a portarti via di qui."

Cassidy si sedette con cautela sul bordo della sedia. Era a suo agio in compagnia di Leo, visto che lo conosceva... o almeno conosceva il ragazzo che era stato. D'altronde non conosceva né Bull né Eagle. "Aspetta un attimo... hai parlato di quattro persone, ma qui siete solo tre."

"Smoke sta sorvegliando la villa di Coke," disse Eagle. "Se succede qualcosa che dobbiamo sapere, ci informerà. Siamo al sicuro."

Improvvisamente, Cassidy si sentì sollevata. Gli amici di Leo avevano nomi bizzarri, ma era chiaro che erano lì per aiutarla. Si rese conto che non poteva che essere loro riconoscente.

Bulle e Eagle si appoggiarono con la schiena al muro e Leo prese una sedia e si accomodò accanto a lei. Nella prima mezz'ora, Leo le raccontò ciò che aveva fatto nei cinque anni che erano passati da quando aveva lasciato l'esercito. Gli disse della Silverstone, dei suoi amici, di ciò che facevano per conto del governo e della loro ditta di carroattrezzi a Indianapolis.

Quando Leo finì, a Cassidy girava la testa. Fu piuttosto scioccante apprendere che lui era stato un membro delle forze speciali dell'esercito, ma sapere delle missioni segrete che lui e i suoi amici avevano organizzato in seguito la sconvolse. Anche se doveva ammettere che provava anche... un certo sollievo. "Mi avevi detto di essere a conoscenza delle lettere che ho mandato all'FBI, ma per qualche ragione... ero ancora più o meno convinta che tu fossi capitato qui per caso," ammise Cassidy con aria imbarazzata.

Leo sorrise, scuotendo la testa. "No. Era da tempo che raccoglievamo informazioni su Michael Coke e la sua organizzazione. Sappiamo di cosa è capace. Stiamo lavorando in tandem con l'FBI, il Dipartimento di sicurezza nazionale e persino con la narcotici."

"Quindi avete davvero intenzione di uccidere Michael?" chiese Cassidy.

"Se possibile, sì."

"E come?"

"La cosa non ti riguarda," rispose Bull scostandosi dal muro per accovacciarsi di fianco a lei.

Cassidy apprezzò il fatto che Bull si fosse abbassato, visto che lei era seduta. Con gli anni aveva cominciato a detestare quelli che non si mettevano al suo livello, erano convinti di avere la verità in tasca e, in breve, le parlavano dall'alto in basso, tanto letteralmente quanto metaforicamente.

"Voglio aiutarvi," protestò lei. "All'inizio, quando ho cominciato a lavorare alla villa, Michael mi sembrava davvero una brava persona, ma non ci ho messo molto a rendermi conto di quanto sia bravo a celare il suo lato malvagio. È stato lui a ordinare a

Lloyd di prendere i nostri passaporti e a proibire a me e a Mario di lasciare la villa insieme."

Bull annuì. "Non ho dubbi sul fatto che ci sia lui dietro a tutto quello che tu e Mario avete sofferto... ma noi porremo fine a questa storia. Presto."

"Ti disturba?" chiese Eagle.

Cassidy si girò per guardarlo. "Mi disturba... cosa?"

"L'idea che Gramps ammazzerà Coke?"

Lei spostò lo sguardo su Leo. "Non posso credere che *Gramps* sia davvero il tuo soprannome."

Lui sorrise.

"È davvero un'ingiustizia," disse lei con tono lamentoso.

"È il più vecchio del gruppo," spiegò Bull, che era ancora accovacciato accanto a lei.

"E allora? Vi sembra abbia l'aspetto di un nonnetto?[2]"

Nessuno rispose e tutti e tre la guardarono con lo stesso sorrisino. Cassidy roteò gli occhi. "Beh, non mi sentirete mai usare quel nomignolo quando parlo di o con Leo. Mai e poi mai."

"Skylar, Taylor e Molly lo chiamano così... è un problema per te?" chiese Eagle.

"E chi sarebbero?"

"Le mogli dei ragazzi," rispose Leo.

Cassidy spalancò gli occhi. "Siete sposati?"

"Già. Eagle ha un bambino e la moglie di Smoke è in dolce attesa," la informò Leo.

"Wow. Sì, insomma... è grandioso, è solo che non me l'aspettavo, ecco tutto. Siete tutti così..." La voce di Cassidy scemò. Non sapeva come descrivere i tre tipi tosti che le erano intorno, non senza dire qualcosa di potenzialmente offensivo.

Bull ridacchiò. "Credimi, anche noi ci siamo stupiti di noi stessi quando ci siamo resi conto di amare le nostre donne più delle nostre stesse vite."

Eagle annuì dalla sua postazione a ridosso del muro. Cassidy fu piacevolmente sorpresa di scoprire che quegli estranei erano innamoratissimi delle loro mogli. Alfred non aveva mai parlato particolarmente bene di lei con gli altri; non che lei sapesse, almeno. Poi, improvvisamente, a Cassidy tornò in mente il motivo di quella conversazione. Guardò Leo. "Io *non* ti chiamerò 'Gramps'. Per me sarai sempre Leo... non mi importa come ti chiamano gli altri. Fidati: per quanto tu possa sfoggiare quei quattro peli grigi che ti fanno capolino nella barba, l'ultima immagine che mi viene in mente quando ti guardo è quella di un *nonno*."

Sembrava che Leo fosse sul punto di dire qualcosa, ma Eagle lo anticipò. "D'accordo, ora... Siamo qui per coprire le spalle a te e a Gramps. Il suo orologio è dotato di un dispositivo di tracciamento. Sappiamo sempre dove si trova e ascoltiamo quello che dice. Lui ha anche registrato le conversazioni avute con Coke. Noi abbiamo un piano, ma la sua riuscita dipende anche da Coke. Gramps agirà non appena si presenterà l'occasione propizia, ma bisogna che tu ti tenga pronta alla fuga. Pensi di riuscirci?"

"Sì," rispose Cassidy senza la minima esitazione.

"Molto probabilmente, non ti sarà possibile portare con te nulla, quando verrà il momento di andarsene," la avvertì Bull.

Cassidy scrollò le spalle. "Non mi serve nulla... e poi io e Mario abbiamo già discusso di questo. So bene che se dovremo scappare dalla villa nel cuore della notte, o comunque senza preavviso, non potremo certo portarci il bagaglio... Credete che riuscirete a recuperare i nostri passaporti?"

Per tutta risposta, Leo si alzò e raggiunse una borsa che giaceva sul pavimento, non distante dal tavolo. Frugò un po' all'interno, poi tornò da Cassidy e appoggiò sul tavolo due passaporti. "Non c'è bisogno di ritrovare quelli che Coke vi ha confiscato. In ogni caso, sarebbero entrambi scaduti."

Cassidy non poté far altro che fissare il blu scuro dei due passaporti americani di fronte a lei. Si stupì dell'emozione intensa che la sola vista dei due libriccini le procurò. Erano lasciapassare per andarsene dalla Giamaica. Senza di loro, avrebbe continuato a sentirsi alla deriva, consapevole del fatto che le sarebbe stato praticamente impossibile tornare a casa. Allungò una mano, aprì uno dei due passaporti e Mario le sorrise dalla prima pagina. In un modo o nell'altro, i ragazzi della Silverstone avevano trovato una foto di suo figlio... e una piuttosto recente, per giunta. "Come ci siete riusciti?" chiese a Leo, alzando gli occhi verso di lui.

"Te l'ho detto che lavoriamo insieme all'FBI. Uno dei loro uomini a Kingston ha scattato la foto con uno zoom molto potente, mentre Mario era in giro a fare una commissione per Coke."

"Lloyd ha detto che io e Mario siamo su una lista nera in mano alle compagnie aeree."

Eagle fece una risatina nasale. "È un fottuto contaballe."

Cassidy provò un immenso sollievo. Da tempo temeva che lei e Mario non sarebbero mai riusciti a lasciare l'isola... ma ora cominciava a intravedere un barlume di speranza. Deglutì nonostante il groppo alla gola, incredula. "Sta succedendo veramente," disse tra sé e sé con un filo di voce.

"Sì," confermò Leo.

Tutto stava succedendo velocemente, seppure, per quanto la riguardava, non abbastanza velocemente. "Grazie," disse a Leo. Poi guardò Eagle e Bull. "E grazie anche a voi. Davvero."

"Non ringraziarci fino a quando non saremo su un aereo che ci porterà tutti lontano da qui," disse Bull seccamente, dopodiché si alzò, annuendo a Cassidy nel mentre.

"Abbiamo un po' di tempo da perdere," disse Leo, attirando ancora su di sé l'attenzione di Cassidy. "Dobbiamo restare in giro abbastanza da convincere Coke che ce la stiamo spassando."

Cassidy arrossì, ma fece cenno di sì con il capo. Non era stupida. Visto il modo in cui lui l'aveva toccata, assicurandosi che Lloyd e gli altri assistessero allo spettacolo, certo non la stupiva il fatto che tutti, alla villa, si aspettassero da lei e Leo una serata di passione.

"Sai giocare a ramino?" chiese Bull.

"Beh, è da molto tempo che non gioco... ma sì," rispose Cassidy.

"Bene. Magari è la volta buona che batto qualcuno," scherzò Bull. "Mia moglie è una giocatrice fenomenale e non mi lascia mai vincere."

Tutti risero e Cassidy si reclinò sullo schienale della sedia. Guardò i tre uomini prendere posto attorno al tavolo. Scherzavano tra di loro e ai suoi occhi era evidente che erano grandi amici. Riuscì quasi a dimenticare dove si trovava e il guaio in cui si era cacciata, trascinando suo figlio con sé. Quasi.

CAPITOLO CINQUE

Gramps stava riaccompagnando Cassidy alla villa. Non era contento di farlo. Avrebbe preferito nasconderla su un aereo, introdursi nella villa e portare via Mario... ma sapeva che sarebbe stato un suicidio. Cassidy era il suo lasciapassare per entrare in casa di Coke; inoltre, lei non avrebbe mai accettato di nascondersi mentre il figlio era ancora in pericolo.

Più Gramps le stava vicino, più rispetto e ammirazione provava per lei. Certo, Cassidy aveva preso qualche decisione sbagliata nella vita, ma del resto capitava a tutti. Eppure era determinata a riparare agli errori che aveva commesso e ad assicurarsi che suo figlio non dovesse più subirne le conseguenze.

Gramps si sentiva in colpa per averle rimproverato, ore prima, di aver scritto quelle lettere all'FBI. Per quanto avesse corso un rischio enorme, lo aveva fatto in una situazione disperata, come lei stessa gli aveva spiegato... e poi, in fin dei conti, erano state quelle lettere a portarlo da lei.

Smoke li aveva informati che Mario non era uscito dalla villa, il che era stato per tutti un sollievo. Ciò non significava che il piccolo non fosse stato tormentato, come Gramps sapeva bene, ma almeno non lo avevano mandato a girovagare per Kingston.

Appena furono vicini all'entrata principale della villa, si aprì il portone, oltre il quale apparvero i sorrisetti allusivi di Lloyd e Martin.

"È andata bene?" chiese Lloyd con aria di scherno.

Gramps gli avrebbe dato volentieri un pugno in faccia, ma aveva un ruolo da interpretare. Mise un braccio sulle spalle di Cassidy e la tirò a sé. Lei gli posò una mano sul ventre e con l'altra, che era dietro la schiena di Gramps, gli afferrò la maglietta. "Oh, sì," rispose lui. "Vero, dolcezza?"

"Uh... sì," confermò Cassidy con una qualche incertezza.

Gramps detestava metterla a disagio, ma sapeva che in quel modo avrebbe depistato Lloyd. "Scusate, abbiamo fatto più tardi del previsto," disse. "Sapete come vanno certe cose... si perde la cognizione del tempo."

"Interessante," commentò Martin con uno sguardo lascivo.

Gramps lo ignorò, sforzandosi di non pensare a ciò che Martin potesse aver pensato. "Ora, se non vi dispiace... credo che ci ritireremo al piano di sopra," disse.

"Michael ha chiesto di vederti," lo informò Lloyd.

Dentro di sé, Gramps sorrise. Evidentemente, il boss era ansioso di parlare dell'affare. Alzò una mano, si scusò mentalmente con Cassidy per ciò che stava per farle e le palpeggiò il seno. "Penso che capirà se gli dici che preferisco posticipare la nostra discussione a domani. Meglio se dopo pranzo," disse ammiccando.

Cassidy non si era sottratta al suo gesto, ma aveva reagito irrigidendosi. Senza chiedere permesso, Gramps entrò in casa a grandi falcate, stringendo Cassidy e dirigendosi verso le scale che portavano alle camere da letto. Non si voltò indietro, pur aspettandosi che gli scagnozzi di Coke dicessero o facessero qualcosa per fermarlo.

Non successe.

Salirono le scale e dopo aver percorso un paio di corridoi raggiunsero la stanza di Cassidy. Di fronte alla porte, lui le diede una strizzatina alla spalla. "Scusa," le disse con voce che a lui stesso sembrò quasi impercettibile.

Eppure, quando lei intensificò la presa intorno alla vita, capì che aveva sentito.

Gramps aprì la porta e la richiuse non appena entrambi furono entrati. La radio era accesa e diffondeva musica.

"Mamma!" esclamò Mario correndole incontro.

Cassidy aprì le braccia e lo accolse. Era come se non si vedessero non da ore, ma da giorni. D'altronde Gramps comprendeva: ogni incontro, per madre e figlio, era carico di emozione, perché la loro era una condizione di costante incertezza.

"Stai bene?" chiese Cassidy al figlio.

"Sì."

"Com'è andata oggi?"

Mario alzò le spalle, evitando lo sguardo della madre. "Niente di particolare."

Cassidy non poteva lasciar perdere. "Con me puoi parlare, Mario."

Mario sospirò. "Martin ci ha insegnato a combattere."

Cassidy fece un profondo respiro. "Combattere?" Gli mise l'indice sotto il mento e gli alzò il viso, così che lui la guardasse negli occhi. "Oh, tesoro," gli disse rattristata.

Gramps si innervosì. Era rimasto vicino alla porta, ma anche da lì riusciva a vedere che Mario aveva un occhio nero e diversi graffi sul viso.

"Mi dispiace tanto," sussurrò Cassidy.

Mario alzò ancora le spalle. "È tutto uno schifo."

"*Va bene*," disse Cassidy alterata.

"Mamma, non va bene *per niente*," ribatté il bambino.

Gramps non poté più trattenersi. Raggiunse madre e figlio e si inginocchiò di fronte a lui. "Quando ero alle medie, mi picchiavano quasi ogni giorno," gli disse.

Mario spalancò gli occhi e guardò i muscoli che si intravedevano sotto la maglietta di Gramps. "Davvero?"

"Già. Ho cominciato a crescere fisicamente solo alle superiori. Comunque sia, c'era questo ragazzino più grande di me... vivevamo nello stesso quartiere e prendevamo lo stesso scuolabus. Mi offendeva sempre e mi diceva che dovevo tornare al mio paese. Ce l'aveva con me per via delle mie origini ispaniche e mi aveva preso di mira perché era più grosso di me."

"E tu cosa facevi?"

"Le prendevo tutti i giorni, ecco cosa facevo," rispose Gramps. "Non volevo affrontarlo. Non capivo perché mi avesse scelto come bersaglio, non sapeva neanche chi fossi... e non capivo che problema avesse con il fatto che venissi da una famiglia messicana; anche uno dei suoi migliori amici era messicano. Per come la vedevo io, era una situazione assurda. Mi ci è voluto un po' a rendermi conto che a volte le persone sono semplicemente stronze."

"Niente parolacce," lo riprese Cassidy.

Gramps la guardò e annuì. Era certo che Mario avesse sentito cose ben peggiori di quella, ma naturalmente rispettava la volontà di Cassidy riguardo al modo appropriato di esprimersi in presenza del piccolo.

"Quando sei diventato grande l'hai poi picchiato?"

Gramps scosse il capo. "No."

"E perché no?"

"Perché non si meritava il mio tempo, né le mie energie," rispose Gramps. "In futuro potranno esserci altre persone che ti guarderanno dall'alto in basso a causa del tuo aspetto, del colore della tua pelle, del modo in cui vesti, della tua statura e di mille altre ragioni... ma tu, qui dentro," continuò Gramps battendogli delicatamente l'indice sul petto, "devi tenere ben presente che sono *loro* ad avere un problema, non sei tu. Abbassarsi al loro livello, picchiarli solo perché saresti in grado di farlo... non sono queste le soluzioni. Però non sto dicendo che non devi difenderti; al contrario, puoi e devi farlo. Se vuoi, posso insegnarti un paio di cosucce, così che tu possa difenderti, anche quando chi ti attacca è più grosso di te."

Mario spalancò nuovamente gli occhi. "Dici davvero?"

"Assolutamente sì."

"Fico." Poi si voltò verso la madre. "E *a te* com'è andata oggi?"

"Tutto bene, anche se mi sei mancato," gli disse Cassidy.

Lei e Mario si abbracciarono ancora, poi Cassidy fece un passo indietro. "Stasera G starà un po' qui con noi... spero che per te non sia un problema."

Gramps le aveva chiesto di chiamarlo sempre G, quando erano all'interno della villa. Le loro vite potevano dipendere anche da un particolare come quello.

Mario annuì, ma Gramps intuì che il bambino non era entusiasta all'idea che una terza persona occupasse lo spazio che era suo e di sua madre.

"La mamma mi ha detto che sei un ballerino provetto," disse Gramps. "Ti va di mostrarmi quello che sai fare?"

Fu solo dopo che Cassidy ebbe assentito con un cenno del capo che Mario fece altrettanto.

Qualche ora più tardi, dopo che Mario si era esibito e tutti e tre avevano guardato un film alla TV, Gramps prese Cassidy tra le braccia e si sdraiò con lei sul letto.

La musica che usciva dalla radio continuava a rendere le loro parole impercettibili a chiunque li stesse ascoltando. Cassidy gli posò la testa sulla spalla e lui la stringeva forte a sé con un braccio.

"È un bravo ragazzo," disse Gramps dopo una lunga pausa.

La sentì sospirare. "Decisamente sì. Non ha ancora raggiunto l'età critica dell'adolescenza, ma è di animo talmente buono che non darà grossi problemi, secondo me."

"Balla davvero bene," le disse Gramps, ripensando alla performance di poco prima.

"Lo so. Vorrei che ci si dedicasse seriamente, che si iscrivesse a un corso, ma qui è impossibile."

"Scommetto che a Indianapolis ci sono delle buone scuole di ballo," ribatté lui di punto in bianco.

Era tutto il giorno che rimuginava e sentiva l'urgenza di condividere quel suo pensiero... e non si trattava solo del fatto che, se la Silverstone fosse entrata in azione l'indomani, come lui e i ragazzi avevano pianificato, allora Cassidy si sarebbe presto trovata a dover decidere dove stabilirsi al rientro negli Stati Uniti.

"Cosa?" gli chiese lei, spostando indietro la testa e guardandolo stupita.

"Venite a stare a Indianapolis," le disse Gramps, rivelando subito la sua posizione. "L'hai detto tu stessa: hai lasciato El Paso per colpa di quel bastardo del tuo ex. Pensi che le cose saranno diverse se ritorni lì? No, probabilmente. Puoi rifarti una vita a Indianapolis. Io potrei aiutarti a trovare un lavoro... caspita, sono certo che ci sarebbe un lavoro per te anche alla Silverstone, se tu volessi. Ti presenterò Skylar, Taylor e Molly, sono sicuro che ti piaceranno... e Mario potrà frequentare una scuola di ballo seria... e anche frequentare dei corsi di ginnastica artistica, se ne ha voglia." Gramps si rese conto che stava parlando a macchinetta, perciò si impose di chiudere la bocca."

"Io... io non so cosa dire," ammise Cassidy.

"Dimmi di sì," la incalzò lui. "Non devi restare lì per sempre, ma non ti piace l'idea di ricominciare in una città dove già conosci qualcuno?"

"Non voglio approfittare della situazione," disse lei.

Gramps rotolò sul letto e le si mise sopra. Le passò una mano tra i capelli, poi le tenne fermo il capo. "Approfittane," la esortò. "Voglio che tu lo faccia, Cass, voglio conoscerti meglio. Voglio vederti prosperare, quando non ti dovrai più preoccupare di Coke, di Lloyd... di nessuno. Voglio che tu sia libera di fare ciò vuoi, quando vuoi. Voglio vedere Mario uscire dal guscio. Voglio sapere che siete entrambi al sicuro... e posso fare in modo che lo siate. Dimmi di sì, Cass... almeno per il momento."

"Leo, io non ho soldi... io e Mario non abbiamo nemmeno vestiti... non abbiamo *nulla*.

"So che le ragazze vi aiuteranno con i vestiti e il resto. Dio solo sa quanto amano fare shopping, specialmente se si tratta di comprare vestiti per qualcun altro. Ti ho già detto che ti aiuterò a trovare un lavoro... e potete stare da me finché non ti rimetterai economicamente in sesto." L'ultima frase gli uscì dalla bocca prima che Gramps potesse valutare se fosse o meno il caso di fare a Cassidy quell'offerta. Non aveva mai convissuto con una donna, ma era convinto che vivere con lei e Mario si sarebbe rivelato tutt'altro che difficile.

Ma lei scosse la testa. "No. Ho bisogno di uno spazio tutto mio."

Gramps ci restò male.

"Non che non apprezzi la tua proposta," continuò Cassidy, "ma dopo questi anni di prigionia, credo che avrò bisogno di... un po' di indipendenza."

Lui capì. Non gli piacque quella risposta, ma capì. "Ok."

"Ok?" chiese lei, spostando indietro la testa. "Tutto qui? Ok?"

"Sì, Cass. Sei una persona adulta, non posso costringerti a fare nulla... ma resto comunque determinato a fare tutto ciò che è in mio potere per aiutarti a ricominciare."

"Non potrò certo permettermi di vivere in una reggia," ragionò lei. "Anzi, per quanto l'idea non mi piaccia, all'inizio sarò costretta a prendere in prestito dei soldi."

"Va bene. Scommetto che Tiana, una delle ex vicine di casa di Skylar, può aiutarti a trovare un appartamento nel quartiere dove vive."

Gramps si stupì di se stesso: stava suggerendo che Cassidy e Mario andassero a stare a Southpoint, una zona piuttosto malfamata di Indianapolis; eppure era certo che Tiana e Maria, che vivevano vicino a Skylar prima che lei si trasferisse a casa di Bull, avrebbero preso madre e figlio sotto la loro ala protettrice. Tiana aveva qualche imprecisato legame con una gang, ma Gramps e gli altri le sarebbero sempre stati grati per ciò che aveva fatto per Skylar e Bull: aveva usato i propri agganci con la gang per fare in modo che il rapitore di Skylar pagasse con la vita per il crimine che aveva commesso.

"Non c'è davvero nulla che io possa fare domani per facilitare il tuo lavoro?" gli chiese Cassidy, sottraendolo alle sue riflessioni.

"No, a parte assecondarmi. Ricordati che non importa ciò

che dirò e come mi comporterò davanti a Coke e ai suoi uomini: io non ti farò mai del male."

"Ora mi stai rendendo nervosa," gli confessò lei.

In effetti, aveva tutte le ragioni di esserlo. Gramps non sapeva come si sarebbero messe le cose con Coke. Lui e i ragazzi, di concerto con l'FBI, avevano elaborato diverse ipotesi sulla piega che avrebbe potuto prendere la situazione. Gramps diede un'occhiata alla giacca che poco prima aveva posato su una sedia. In una tasca di quella giacca c'era una bottiglietta... se tutto fosse andato come previsto, il contenuto della bottiglietta gli sarebbe tornato utile.

Coke era un uomo che amava avere il controllo della situazione e a cui piaceva vincere a qualsiasi costo. Quindi, l'indomani, una volta chiuso quell'affare, che in realtà non sarebbe mai andato a buon fine, Gramps sperava di indurre il boss a fare qualcosa di insolito... qualcosa che però gli avrebbe permesso di darsi delle arie.

Tuttavia, Coke avrebbe potuto benissimo rifiutarsi di stare al gioco... e a quel punto a Gramps non sarebbe restato che improvvisare. Per fortuna, i ragazzi della Silverstone era abituati a passare dal piano A ai piani B, C e anche D, se necessario. Dopo aver chiuso l'affare, Gramps avrebbe lasciato la villa... e secondo il piano avrebbe portato con sé sia Cassidy che Mario.

Anziché replicare all'affermazione di Cassidy, Gramps rotolò di nuovo sul letto, tirandola con sé, così che si ritrovarono a posizioni invertite; distesa su di lui, Cassidy gli appoggiò la testa su una spalla. Gramps sapeva che avrebbe fatto meglio ad alzarsi e a portare Cassidy nella stanza dall'altro lato del corridoio che Coke gli aveva assegnato, per poi fingere di fare l'amore con lei tutta la notte... ma non aveva alcuna voglia di muoversi da lì. Non voleva che Mario si svegliasse e si chiedesse che fine avesse fatto sua madre, né certo gioiva all'idea di umiliare Cassidy agli occhi di chiunque potesse spiarli dalle telecamere.

Quando, sulla soglia della villa, Lloyd e Martin avevano guardato Cassidy come se avessero avuto l'acquolina in bocca,

Gramps aveva dovuto fare ricorso a tutto il suo autocontrollo per evitare di riempirli di botte. Detestava il fatto che a causa sua e del ruolo che stava interpretando, gli uomini di Coke ormai pensassero che Cassidy fosse a disposizione di chiunque volesse prendersela. C'era solo lui a frapporsi tra lei e quegli sciacalli affamati di sesso, i quali, se l'occasione si fosse presentata, non avrebbero certo esitato a trasformare le loro fantasie in realtà. No, non sarebbe successo. Non con lui lì a proteggere Cassidy.

Aveva in canna un solo colpo per fare in modo che la missione fosse un successo.

"Leo?" lo chiamò lei.

"Sì?"

"Qualsiasi cosa succeda domani, porta Mario via di qui... anche se questo significa lasciare indietro me."

Non sarebbe mai successo nulla del genere, ma Gramps fece comunque cenno di sì con il capo. "Ok." Era una bugia bella e buona, ma era ciò che Cassidy aveva bisogno di sentirsi dire.

Pochi secondi più tardi, lei piombò in un sonno profondo, scandito da respiri lunghi e regolari che si infrangevano sul collo di Gramps. Lui non chiuse occhio. Non dormì. Restò sveglio a esplorare con la mente i vari scenari che l'indomani si sarebbe potuto trovare a fronteggiare, a vegliare su quella donna, di cui non si era mai dimenticato e che non avrebbe mai immaginato potesse dargli una seconda *chance*.

Gramps aveva dei rimpianti e ne aveva molti; i più avevano a che fare con Cassidy. Non avrebbe mandato di nuovo tutto a rotoli. Assolutamente no.

CAPITOLO SEI

Cassidy fu svegliata all'improvviso da un forte colpo alla porta. Si rese subito conto che nel letto con lei c'era un'altra persona. Guardò l'orologio e vide che erano le nove, il che la stupì: era da anni che non si svegliava a mattino inoltrato.

Bussarono ancora alla porta e lei guardò Mario, che era seduto sulla branda accanto e la fissava con gli occhi spalancati; il piccolo spostò lo sguardo su Leo, poi sulla porta.

"Un attimo!" sbraitò Leo, poi si voltò verso di lei e le chiese a voce bassa: "Stai bene?"

Stava bene? Non ricordava l'ultima volta che si era fatta una dormita tanto riposante e aveva la mezza idea che il fatto che Leo l'avesse tenuta tra le braccia per tutta la notte c'entrasse qualcosa. Ancora insonnolita, Cassidy riuscì a rispondergli con un piccolo cenno del capo.

Allora lui fece un gesto che le sciolse il cuore: scese dal letto, raggiunse la branda di Mario e s'inginocchiò, poi gli chiese: "Hai dormito bene?"

Mario annuì.

"Ok," disse Leo.

Mario, però, sembrava ancora teso. "Hai dormito con la mamma," lo accusò.

Leo fece cenno di sì. "È così."

Mario si imbronciò e si rivolse a sua madre. "Ti ha fatto male?"

Cassidy scosse immediatamente la testa. "No, tesoro, assolutamente no."

"Come mai indossi già i vestiti?" chiese Leo al piccolo.

"Mi sa che ci siamo tutti addormentati senza svestirci," gli rispose Mario.

Mario prese atto della risposta sensata e annuì.

"Fra dieci secondi entro!" gridò Lloyd dal corridoio.

Leo si alzò e raggiunse la porta, tranquillo come non mai. Cassidy detestava essere svegliata da Lloyd e Martin; spesso bussavano alla porta la mattina molto presto, impazienti di dare a lei o a Mario qualche odioso incarico.

Leo scostò la porta, di modo che Lloyd non potesse vedere l'interno della stanza. "Cosa vuoi?" gli chiese Leo con una voce tanto carica di risentimento che a Cassidy si drizzarono i peli sulle braccia. L'uomo dolce e piacevole al quale si era abituata si trasformava quando aveva a che fare con Michael o le sue guardie.

"Mi serve Mario," disse Lloyd.

"Dacci un momento," ribatté Leo prima di sbattergli la porta in faccia.

Quando Leo si voltò, Cassidy si era già alzata dal letto. "No!" esclamò.

Leo la ignorò, avviandosi invece verso Mario che nel frattempo era sceso dalla branda. Gli mise una mano sulla spalla. "Sai cosa vogliono da te?" gli chiese.

Mario fece spallucce, ma il suo pallore tradiva paura. "È da un paio di giorni che non faccio consegne... probabilmente si tratta di quello."

Leo annuì.

Cassidy si avvicinò ai due, decisa a proteggere il figlio da Lloyd, da tutto ciò che succedeva dentro quella casa, dalla vita che lei stessa gli aveva involontariamente imposto.

"Ok. Ascoltami... mi stai ascoltando?" chiese Leo a Mario, dopo essersi inginocchiato ancora una volta per guardarlo negli occhi.

Il piccolo fece cenno di sì.

"Mi dispiace che tu debba fare queste cose. In questo momento dovresti essere a scuola o a ballare... o a fare una qualsiasi delle altre cose che fanno i ragazzi della tua età. Sta' in campana là fuori. Fa' come ti dicono e tieni la testa bassa. Credi di poterci riuscire?"

Mario guardò Leo, poi la madre. Dopo aver spostato nuovamente lo sguardo su Leo, gli chiese: "Ti prenderai cura di lei? Non le farai male mentre io sono via, vero?"

"Ti do la mia parola," disse Leo.

A Cassidy si strinse il cuore. Mario non avrebbe dovuto preoccuparsi per lei. Avrebbe dovuto scherzare, fare l'impertinente, ballare a cuor leggero e divertirsi. Era troppo giovane per portare sulle spalle tutto il peso del mondo. Eppure lo portava... e lei non poteva che darsene la colpa.

Mario accettò la promessa con un cenno del capo e Leo dovette ritenersi soddisfatto, perché si alzò e sospinse il ragazzo verso il bagno. "Ora va' a prepararti, dirò a Lloyd che sarai fuori fra poco."

"A Lloyd non piace aspettare," ribatté Mario con qualche esitazione.

"Ci parlo io, non ti preoccupare. Su, ora vai," lo esortò Leo.

Mario si mosse velocemente verso il bagno annesso alla stanza e chiuse la porta dietro di sé. Cassidy si rivolse subito a Leo. "Forse puoi convincere Lloyd a non mandarlo in giro, oggi."

Leo strinse le labbra e scosse la testa. "Non mi ascolterebbe, Cass. Mario se la caverà bene. È un ragazzo sveglio."

Cassidy afflosciò le spalle. "Odio questa situazione," bisbigliò. "Sono stata io a cacciarlo in questo guaio."

"Non è vero," disse Leo tirandola a sé.

Lei si stava abituando alle forti prese di Leo e doveva ammettere che non le dispiaceva affatto sentirsi trascinata verso di lui; anzi, tra le sue braccia si sentiva più sicura.

"Sei venuta qui per cominciare una nuova vita e hai accettato in buona fede un lavoro che ritenevi sicuro sia per te che per Mario," le disse Leo.

"Sì, ma avrei dovuto capire che era troppo bello per essere vero."

"Forse... ma di certo non hai chiesto di essere imprigionata qui."

In effetti, non lo aveva chiesto.

Lloyd picchiò ancora sulla porta e Leo sospirò.

"Si va in scena," bisbigliò lui, poi si chinò e le sfiorò le labbra con le sue. "Sono stato bene stanotte... Il mio miglior appuntamento da anni a questa parte. Sii forte, Cass. Resisti ancora un po'."

Il tocco delle labbra di Leo le lasciò sulla bocca un lieve formicolio e Cassidy sentì improvvisamente freddo quando lui lasciò cadere le braccia e si diresse verso la porta, lasciandola vagamente incerta nel mezzo della stanza. Prima di aprire la porta, però, Leo si voltò ancora verso di lei e indicò il bagno con la testa.

Cassidy annuì e si affrettò a entrare in bagno. Si sentì un po' codarda a lasciare che fosse Leo a parlare con Lloyd, ma non le piaceva il modo in cui lo scagnozzo di Michael la guardava; le faceva venire la pelle d'oca.

"Mamma?" la chiamò Mario appena entrò. Cassidy lo abbracciò forte per un istante. "Su, Mario, fatti la doccia... ma fa in fretta."

Il piccolo sbuffò, ma fece come la madre gli aveva detto. Andò verso la doccia, cominciando a spogliarsi. Mentre l'acqua scendeva nella doccia, Cassidy non si fece alcun problema a origliare dalla porta socchiusa.

"Scopartela con il ragazzo in camera è stata una mossa audace, G... mi sei piaciuto," disse Lloyd parlando in modo strascicato.

Cassidy ebbe un sussulto e si rallegrò di aver mandato Mario a fare la doccia: almeno non avrebbe sentito quella conversazione.

"Non me la sono scopata, naturalmente," ribatté Leo con un certo disgusto. "Comunque eravamo entrambi troppo stanchi per via della giornata intensa. Non siamo riusciti a fare altro che crollare a letto e addormentarci."

"Ah, sì?" gli chiese Lloyd. "E dove l'hai portata ieri?"

"Non credo siano affari tuoi," rispose Leo.

"Tutto ciò che succede in questa caso è affar mio," contrattaccò Lloyd. "Io tengo d'occhio tutti. Non mi sfugge nulla."

"Beh, a me non va di avere spettatori quando sono con la ragazza," gli disse Leo. "Non mi vanno a genio i guardoni."

"Allora, dove siete andati ieri?" chiese ancora Lloyd.

Ci fu un momento di silenzio e Cassidy si immaginò lo sguardo truce di Leo mentre rispondeva a Lloyd. "Ti dirò solo quello che so che che vuoi sapere: me la sono fatta in tutte le posizioni del Kamasutra. Non c'è niente come la passera latina e a me mancava da un po'... e non volevo che tu o i tuoi sgherri ci seguiste, visto che avete la cattiva abitudine di interromperci. Quindi fattene una ragione: sono riuscito a seminare il bastardo che mi avevi messo alle calcagna."

"Michael non la prenderà bene," ringhiò Lloyd.

"Stronzate. Ha lasciato che uscissi con Cassidy perché vuole chiudere l'affare e certo non gli dispiacerà sapere che abbiamo passato il pomeriggio a scopare; anzi, ne sarà felice. Ciò che non gli piacerà è il fatto che tu continui a impicciarti della cosa. L'ho riportata qui, provata ma tutta d'un pezzo. Qual è il tuo *vero* problema? Ti rode non aver assistito allo spettacolo? Avresti voluto eccitarti spiandoci?"

"Fottiti," chiosò Lloyd.

Cassidy era arrossita alle parole di Leo... anche se il pensiero di Leo che la prendeva in quel modo accendeva in lei una scintilla di desiderio. Era da una vita aveva una cotta per lei e sentirlo parlare di fare l'amore con lei le dava brividi di piacere, per quanto fosse consapevole che lui stesse solo interpretando la parte.

"No, fottiti *tu*," contrattaccò Leo. "Avevo intenzione di divertirmi con Cassidy anche stamattina, ma ora è preoccupata per il marmocchio. Cosa volete fargli fare oggi? E... no, non me ne frega un cazzo di lui, te lo chiedo solo perché così potrò ammansire la ragazza prima di farmi un altro paio di scopate."

"Avrai anche Michael in pugno, ma la possibilità che entriate in affari non ha un grande effetto su me," gli disse Lloyd. "Non ti dirò un bel niente. Dovrai inventartene un'altra per convincere la puttana a succhiartelo. Ciò che faccio con il ragazzo riguarda solo me. Ora fallo uscire da qui o mi preoccuperò di far sapere a Michael che sei... recalcitrante."

Cassidy sentì un crampo allo stomaco. Voleva prendere Mario e nascondersi, ma non avrebbe saputo dove portarlo.

Leo gli rise in faccia. "Recalcitrante? Cazzo, amico... come ti pare... ma Coke non sarà contento di vedere che fai la spia come un pivello. Detto questo, se ne sei convinto, accomodati pure."

Cassidy non poteva più ascoltare. Non voleva che Mario andasse con Lloyd, ma né lei né il piccolo avevano scelta. Per fortuna, Mario aveva già finito di docciarsi e si stava rivestendo. "Avanti, tesoro," lo esortò a voce bassa.

"Ci sono quasi, mamma," disse lui. Per molti aspetti, Mario era più coraggioso di lei. Cassidy sapeva bene che lui eseguiva gli ordini che gli venivano impartiti solo per proteggerla. Quella constatazione le spezzava il cuore e si ripromise che, se fossero riusciti a tirarsi fuori da quella situazione, lei avrebbe dedicato il resto dei suoi giorni ad assicurarsi che Mario avesse una vita priva di preoccupazioni.

Appena il piccolo fu vestito, Cassidy lo abbracciò forte, poi si chinò e gli disse: "Oggi fa' attenzione. Non sopporto l'idea che tu debba fare quello che ti dicono, ma entrambi sappiamo che non c'è alcuna alternativa. Tornerai da me sano e salvo, vero?"

"Certo, mamma... e fa' attenzione anche tu."

Cassidy sentì un'altra fitta al cuore. Mario era in pensiero per lei, quando invece avrebbe dovuto pensare a se stesso e a come cavarsela. Gli diede un altro abbraccio intenso, poi aprì la porta del bagno.

Leo e Lloyd erano nella stanza, uno di fronte all'altro. Leo teneva le braccia incrociate e Lloyd era nero di rabbia.

"È ora di andare," sbraitò contro di loro Lloyd quando li vide. "Avanti, ragazzo... è il momento di andare a guadagnarsi la pagnotta... e visto che stamattina te la sei presa comoda e non hai mosso il culo in tempo per la colazione, resterai a digiuno finché non hai finito il lavoro."

"Sissignore," disse Mario con aria mogia.

Appena fu abbastanza vicino a Lloyd, quello gli prese un braccio e glielo piegò in su. Mario emise un gridolino ma non si ribellò. I due uscirono dalla stanza senza dire altro e a Cassidy vennero le lacrime agli occhi.

"Se la caverà," bisbigliò Leo mentre le metteva un braccio intorno alle spalle. Cassidy si rannicchiò contro di lui, sforzandosi di tenere sotto controllo le proprie emozioni.

Leo allungò una mano e sbatté la porta per chiuderla. Poi condusse Cassidy in bagno e quando furono entrati sbatté anche la porta di quella stanza.

Di fianco a lui, Cassidy si irrigidì.

"Calma, Cass. Sei al sicuro. Sono certo che quel pervertito bastardo ci spierà attraverso le telecamere, per vedere cosa facciamo ora che Mario se n'è andato. Il mio atteggiamento non è che un diversivo."

Lei annuì.

"È assurdo che ti abbiano messo delle microspie in camera, anche se al momento non posso fargliela pagare per quello. Però nel bagno non ci sono telecamere, ho controllato prima... quindi è il posto dove possiamo avere più privacy, qui dentro. Ora voltati verso la porta."

Cassidy fece quello che Leo le aveva detto. Quando aveva scoperto di avere delle telecamere in camera, Cassidy si era lamentata, ma Lloyd si era messo a ridere, dicendole che doveva ritenersi fortunata per avere un tetto sotto cui vivere e cibo da mangiare tutti i giorni. Era il prezzo che aveva dovuto pagare per vivere negli agi della villa.

In quell'occasione, voleva controbattere che avrebbe rinunciato volentieri a quegli agi in cambio dei passaporti scomparsi, ma Lloyd si era chinato verso di lei e aveva sibilato: "Appartieni a noi, puttana. Abituatici."

Lei dava per scontato che fosse vero. Sempre che Leo non le avesse mentito, e lei non pensava certo che lo avesse fatto, Michael gliela aveva data in dono perché lui la usasse come voleva. Era un miracolo che quella fosse la prima volta che succedeva. Forse, all'inizio, Michael aveva davvero bisogno di qualcuno che si occupasse dei bambini, ma visto che ormai erano cresciuti, lei doveva trovare un altro modo per pagarsi la permanenza alla villa.

D'altronde, Cassidy avrebbe preferito morire piuttosto che prostituirsi per Michael e i suoi sodali.

L'acqua della doccia tornò a scorrere e lo scroscio improvviso fece sussultare Cassidy.

"Va tutto bene," disse Leo, avvicinandosi a lei da dietro; Cassidy sentì contro la schiena il suo corpo massiccio e ancora vestito. Leo aveva fatto scorrere l'acqua per dare l'impressione a chi fosse in ascolto che lui e Cassidy stessero facendo sesso nella doccia. Le mise un braccio in diagonale sul petto e le appoggiò il mento sulla spalla, come aveva fatto anche il giorno prima. Senza dire nulla, restò abbracciato a lei mentre la stanza riempiva del vapore dell'acqua calda. Alla fine, Cassidy era talmente rilassata da lasciarsi praticamente sostenere da lui.

"Voglio tornare a casa," sussurrò.

"E io ti ci riporterò," disse lui. "Basta che ti fidi di me."

"Mi fido."

Leo era il primo raggio di speranza che intravedeva da anni, ma Cassidy aveva imparato a sue spese che l'unica persona di cui potesse *davvero* fidarsi era se stessa. Chiuse gli occhi e pregò perché Leo non la deludesse. Cassidy rivoleva la propria vita e voleva ancora di più che Mario fosse libero; voleva che fosse un ragazzino di undici anni preoccupato solo di farsi comprare l'ultimo modello di scarpe da ginnastica e di sapere cosa avrebbe cucinato la mamma per cena.

―――――

Gramps rimandò di altre quattro ore l'incontro con Coke. Restò in camera con lei, cercando di distrarla. Tennero la musica alta e le spalle girate verso le telecamere, così che nessuno potesse seguire la loro conversazione; parlarono delle loro conoscenze comuni a El Paso e lei gli raccontò alcuni aneddoti divertenti su Mario.

Lui l'aveva portata in bagno più di una volta, per convincere chiunque li stesse spiando che dietro quella porta si consumassero amplessi sfrenati. Gramps detestava quella messinscena, la riteneva degradante nei confronti di Cassidy. Lei si prestava alla parte senza batter ciglio e anzi gli aveva detto chiaramente che era disposta a tutto pur di aiutarlo a portare a termine la missione.

Gramps sarebbe volentieri rimasto tutto il giorno con lei in camera, dove poteva proteggerla, ma era giunto il momento di parlare con Coke e procedere con la missione. Per prima cosa, bisognava che gli uomini di Coke portassero Mario fuori dalla villa. Gramps ci sperava, ben consapevole del fatto che Smoke avrebbe preso tutti i dovuti accorgimenti e avrebbe portato in salvo il ragazzo.

Il meccanismo si era messo in moto e Gramps doveva muoversi per rispettare i tempi del piano.

Lasciò Cassidy in camera; lei insisté per andare con lui, ma Gramps sapeva che per lei sarebbe stato meno rischioso restare lì. Non voleva che gli uomini di Lloyd si facessero avanti con lei: sicuramente, dopo averla vista con lui, quelli pensavano che Cassidy fosse a disposizione di chiunque fantasticasse di prendersela.

Pochi secondi dopo che Gramps era uscito dalla stanza, Martin apparve come dal nulla; era evidente che lo aveva spiato e che lo stava aspettando.

"Sarai affamato," disse Martin. "Ho ricevuto l'ordine di accompagnarti nell'ufficio del capo e di chiederti cosa vuoi per pranzo... Ti porterò da mangiare lì."

"Stupiscimi," ribatté Gramps. "Qualcosa di giamaicano... la cucina locale è deliziosa."

Martin annuì e con un gesto invitò Gramps a precederlo lungo il corridoio.

A Gramps non piaceva dare le spalle a Martin, ma camminò lentamente, con ostentata noncuranza. Arrivarono all'ufficio di Coke e Martin bussò alla porta, poi entrò senza aspettare una risposta e Gramps lo seguì.

Coke era seduto dietro alla scrivania. Teneva le mani intrecciate sotto al mento e aveva un'aria pensosa. Quando Gramps entrò, non si disturbò ad alzarsi.

La porta si richiuse e Gramps, anziché prendere posto sulla sedia di fronte alla scrivania, cominciò a passeggiare per la stanza, quasi fosse lì per una visita di piacere. Esaminò i libri sugli scaffali e poi il mobiletto dei liquori, che prevedibilmente trovò ben fornito soprattutto di rum giamaicano. Strisciò un dito sul mappamondo appoggiando su un angolo del mobiletto e la sfera fece un giro su se stessa.

"Cazzuto figlio di puttana," lo apostrofò Coke.

Gramps si limitò a fare spallucce. "Mi sento appagato," disse dopo un momento. "Merito della puledra di cui mi hai omaggiato."

"Quindi sei riuscito a farti desiderare da lei, eh?" gli chiese Coke.

Gramps annuì sfoggiando un sorrisetto compiaciuto. "Sì, anche se ho avuto bisogno di un aiutino." Vide brillare la curiosità negli occhi dell'interlocutore e tornò a fingersi annoiato.

"Un aiutino?" Coke ripeté, ansioso di sapere.

"Già. Ti ho detto che non mi eccito se le donne si oppongono, ma... fare in modo che si calmino un po'... dare una spintarella alla loro libido... assicurarsi che reggano tutta la notte... beh, non sono certo contrario a usare qualche trucchetto."

"Le hai dato una chicca?" gli chiese Coke.

Si stava riferendo all'MDMA o ecstasy. Gramps fece cenno di sì. "La serotonina attiva gli ormoni e aumenta la voglia di scopare. Rende anche le donne più inclini a fidarsi. È diventata come creta nelle mie mani," disse Gramps sorridendo.

"È per questo che sei uscito dalla camera solo adesso?" domandò il boss.

Gramps non aveva dubbi sul fatto che Coke lo avesse tenuto d'occhio; qualora ne avesse avuti, in quel momento si sarebbero dissipati. "Sarei rimasto ancora con lei... ed è stato carino da parte tua togliere di mezzo il marmocchio, ma non volevo mancarti di rispetto né rubare troppo del tuo tempo," disse Gramps con un sorriso falso stampato in volto.

"Non mi piace mettermi tra un uomo e la donna che si scopa," ribatté Coke.

"Gli affari sono più importanti," sentenziò Gramps, ormai perfettamente calato nel ruolo.

Coke lo guardò con occhi pieni di rispetto e annuì. Il linguaggio del corpo rivelava meno rigidità e sfiducia, che l'atteggiamento di Coke aveva invece tradito non appena Gramps era entrato nell'ufficio. Il boss si alzò e si diresse al mobiletto dei liquori. "Ti va un drink?"

"Certo," rispose Gramps. Doveva giocarsela con astuzia. L'ultima cosa che Gramps voleva era arrivare ubriaco alla trattativa, ma viste le fasi successive della missione... Coke si stava comportando esattamente secondo i piani.

Il trafficante versò due cicchetti di rum e si accomodò su un lato del divano in pelle, mentre Gramps si sedette all'estremità opposta.

Seguirono due ore di trattative. I due si scambiarono dettagli secondari sui loro rispettivi giri d'affari. Gramps riuscì a imporre l'idea di comprare una partita di droga più grande a un prezzo per lui più vantaggioso, ma alla fine Coke era più che soddisfatto: era convinto che avrebbe guadagnato svariati milioni di dollari e pensava di aver appaltato a Gramps l'esclusiva per la spaccio sulla piazza di Dallas e dintorni. Era una stronzata, ma se tutto fosse andato per il verso giusto, Coke non se ne sarebbe mai accorto... visto che di lì a poco sarebbe morto.

La Silverstone non si era mai imbarcata in una missione del genere. Di solito, il compito era di raggiungere di nascosto l'obiettivo, colpirlo in un'imboscata e poi volatilizzarsi. Sedersi a un tavolo di trattative, negoziare un affare e interagire a più riprese con l'obiettivo era di certo una novità assoluta. Eppure sembrava funzionare... o almeno aveva funzionato fino a quel punto.

Gramps doveva ancora organizzare la fuga di Cassidy e Mario. Coke non avrebbe lasciato che lui se li portasse via, di certo non senza un'ulteriore trattativa. Gramps confidava nel fatto che il boss glieli avrebbe venduti. Coke era ossessionato dal denaro e beccarsi un paio di milioni di dollari extra in cambio di due esseri umani di cui a lui non fregava assolutamente nulla sarebbe stata una tentazione difficile a cui resistere... o almeno quella era la speranza di Gramps. Se fosse stato necessario, tuttavia, Bull avrebbe creato un diversivo, di modo che Gramps riuscisse a sgattaiolare fuori dalla villa con Cassidy e Mario.

Nell'istante in cui Gramps aprì la bocca per tornare agilmente all'argomento del denaro, fuori dalla porta si sentì un gran trambusto. Gramps riconobbe la voce di Cassidy e si alzò in piedi.

La porta si spalancò e Cassidy irruppe nella stanza, seguita a ruota da Lloyd; lui la afferrò per le braccia, in una stretta che le rendeva impossibile divincolarsi.

"Dov'è?" gridò lei.

Coke non fece altro che inarcare un sopracciglio.

"Mario! Dov'è? Lloyd ha detto che è sparito! Che tu l'hai mandato a fare una commissione e non è tornato! Rivoglio mio figlio!"

Gramps dovette fare ricorso a tutto il proprio autocontrollo per tenere la bocca chiusa ed evitare di tranquillizzare Cassidy. Si impose di rimettersi seduto sul divano in pelle, aspettando che Coke prendesse l'iniziativa, praticamente senza batter ciglio di fronte alla concitata interruzione.

"Come faccio a saperlo?" le chiese il boss. "Sono rimasto qui tutto il giorno."

"Tu l'ha mandato a consegnare droga! *Lo so!*" disse Cassidy con voce stridula.

Coke sospirò. "Donne... Sempre a fare delle tragedie..." commentò, rivolto a Gramps.

Controvoglia, lui annuì con aria distante. Cassidy era completamente fuori di sé. In un momento di incertezza che presagiva panico, Gramps si chiese perché mai Cassidy si comportasse in quel modo, pur sapendo che stava mettendo a rischio l'intera missione... poi capì.

Non le aveva detto che c'era Smoke a tenere d'occhio Mario e che perciò al piccolo non sarebbe successo nulla di brutto. Cassidy sapeva che i ragazzi avevano un piano, ma Gramps non aveva condiviso i dettagli con lei, che quindi era disposta a rischiare tutto, mossa com'era dalla disperazione e dall'amore materno.

Era chiaro che la scenata di Cassidy rappresentava un intoppo, ma Gramps si assicurò che nessuno dei pensieri che lo agitavano gli trasparisse dal volto. I ragazzi erano in ascolto; avrebbero modificato il piano, se necessario.

"Lasciami andare! Voglio andare a cercarlo!" gridò Cassidy a Lloyd mentre cercava di liberarsi dalla sua presa; ma la richiesta cadde nel vuoto.

"Sembra piuttosto su di giri, no?" osservò Coke.

"È il sangue latino," disse Gramps ammiccando. "A letto, è una benedizione... avresti dovuto vederla quando mi stava sopra, era uno spettacolo. D'altronde, in questo caso la passionalità crea qualche problema..."

"Non importa, so come calmarla," disse Coke. Cassidy aveva

ignorato lo scambio di battute, era intenta a cercare di divincolarsi dalla presa di Lloyd. Coke posò il bicchiere sul tavolo che aveva di fianco e si alzò.

Gramps fece altrettanto. Aprì la bocca per protestare, ma Coke si era già mosso in direzione di Cassidy. Deviò per raggiungere il mobiletto dei liquori ed estrasse una siringa dal cassetto. Il fatto che la siringa fosse a portata di mano, pronta all'occorrenza, provocò a Gramps una fitta di disgusto.

Coke si avvicinò a Cassidy, le prese il viso in una mano e strinse forte.

Cassidy emise un gemito e smise di agitarsi contro Lloyd.

"Mi deludi, Signorina Hewitt. Nutrivo grandi speranze per te... sei stata un'ottima dipendente per tutti questi anni." Coke emise un suono di disapprovazione, prima di continuare. "Ma qui gli scatti d'ira non sono tollerati. Mario appartiene a *me*, ora. Ciò che gli succede non ti riguarda più. Farà quello che dico io, quando glielo dico. Mammina non può più proteggerlo. Ci siamo capiti?"

"No! Non siamo tuoi schiavi! Non apparteniamo a te!" gli gridò contro Cassidy, la voce rotta dalla disperazione.

"Ti sbagli. Voi *siete di mia proprietà*... perciò, se fossi in te, sarei più gentile con me e con lo staff." Coke si voltò verso Gramps. "G, vuoi avere tu l'onore?"

"Cos'è?" chiese Gramps, con la mente che viaggiava ai mille all'ora, nel tentativo di immaginarsi un modo per uscire da quel casino. Rimpiangeva di non aver spiegato il piano a Cassidy. Aveva preferito dirle il meno possibile, per tutelarla, ma aveva sbagliato. Come minimo, avrebbe dovuto informarla che Mario non sarebbe stato in pericolo. Se glielo avesse confidato, lei non si sarebbe trovata in quella situazione, a rischiare la vita in un confronto diretto con Coke.

"Flunitrazepam," rispose Coke.

Gramps annuì. Non voleva drogare Cassidy e avrebbe fatto qualsiasi cosa per evitare che Coke le desse delle metanfetamine o della coca, ma un sedativo non le avrebbe nociuto più di tanto... o almeno quella era la sua speranza. "Buona idea," disse a Coke. "Ai tempi ho usato questa roba con un paio di ragazze. Preferisco scopare con una che è cosciente e partecipe, ma da ragazzo ho fatto qualche serata con le droghe dello stupro... Sono molto efficaci."

Coke annuì. "Io le prediligo. Non mi piace quando la femmina si ribella... C'è troppo da faticare. Una bella ragazza priva di sensi, a cui posso fare tutto ciò che voglio? Quando vuoi!"

Nonostante quelle parole gli dessero il voltastomaco, Gramps si avvicinò a Coke e a Cassidy, che stava ancora cercando di liberarsi dalla presa di Lloyd. Prese la siringa dalle mani di Coke e commise l'errore di incrociare lo sguardo di Cassidy.

Le si leggeva il rimorso negli occhi. Era consapevole di avere incasinato tutto.

Mimò con le labbra, quasi impercettibilmente: "Mi dispiace."

Gramps capì che era meglio chiudere la faccenda prima che Cassidy condannasse a morte entrambi lasciandosi scappare qualche informazione. Coke e Lloyd non avrebbero esitato a ucciderli, se avessero sospettato anche solo per un istante che lui fosse un impostore. Gramps aveva già intravisto una pistola all'interno della giacca di Coke e Lloyd ne teneva una in bella vista, fissata alla coscia.

Alzò la siringa e affondò l'ago poco sotto la spalla, cercando di farlo in maniera indolore, per quanto l'operazione fosse complicata dai continui sussulti di Cassidy, che si agitava ancora nella stretta di Lloyd.

"No!" si lamentò Cassidy. Le pupille le si erano già dilatate e il panico si era già impossessato di lei.

Gramps non disse nulla, ma tra sé e sé si augurò che il narcotico facesse effetto al più presto, così da porre fine a quella che per entrambi era chiaramente una tortura.

"Per favore, non fare del male a Mario," Cassidy supplicò il boss. "Lui non ha colpe! È solo un bambino!"

"Ed è *mio*," ribatté Coke, senza mostrare un solo briciolo di compassione. "Portala via."

"Posso darla ai ragazzi?" chiese Lloyd.

Coke lo congedò scuotendo la mano. "Non m'importa."

"Un momento," intervenne Gramps.

Cassidy si stava afflosciando tra le braccia di Lloyd; rovesciò indietro gli occhi e presto fu chiaro che non era più cosciente.

"Riguardo a Cassidy, volevo chiederti una cosa," disse Gramps a Coke. "Proporti un accordo."

"Che tipo di accordo?" chiese Coke nello stesso momento in cui Lloyd cominciò a protestare.

Coke alzò una mano, il che bastò a far tacere il capo del servizio di sicurezza.

"Un accordo economico," rispose Gramps. "Era da tempo che non trovavo una donna che si desse a me con tanta passione. Chiamala nostalgia di casa... ma sono disposto a comprare Cassidy."

"Lasciala andare," ordinò Coke a Lloyd.

"Ma capo..." cominciò Lloyd.

Coke si limitò a guardarlo con un sopracciglio inarcato, e lui annuì. "Ok." Adagiò Cassidy sul pavimento, senza troppe premure, e la appoggiò contro il muro a lato della porta, poi lanciò a Gramps un'occhiata fulminante, si girò e uscì dall'ufficio.

Gramps voleva precipitarsi da Cassidy, metterle un cuscino sotto la testa e dirle che gli dispiaceva e che sarebbe andato tutto bene... ma si impose di tornare al divano.

Ci volle un'altra ora, ma alla fine delle trattative Gramps si era comprato una donna. Aveva pianificato di fare un'offerta anche per Mario, ma sarebbe stata una mossa azzardata, visto che Coke era convinto che il piccolo fosse sparito. Perciò aveva chiuso l'affare solo per Cassidy, cercando di tenere lontane da sé le preoccupazioni per il figlio.

Presumeva e allo stesso tempo pregava che dietro la scomparsa di Mario ci fosse l'intervento di Smoke, anche se al momento non aveva modo di sincerarsi se le cose stessero davvero in quel modo.

Gramps sentiva il bisogno di farsi una doccia, quasi che l'acqua potesse lavare via quel senso di colpa per aver mercanteggiato Cassidy... Per fortuna, quella parentesi era chiusa. Lei rimase dove Lloyd l'aveva piazzata, piegata su se stessa a ridosso della porta, come se fosse un suppellettile... e certo non era nient'altro, per l'uomo che in quel momento le stava di fronte. Coke aveva accettato di venderla per l'assurda somma di mezzo milione di dollari. D'altronde, anche dieci dollari sarebbero stati troppi, visto che era il concetto stesso a essere assurdo: l'idea che un essere umano avesse un prezzo dava a Gramps il voltastomaco.

Nulla di ciò che gli passava per la testa trovava espressione sul suo volto.

Era giunto il momento di porre fine una volta per tutte a quella storia... e a Coke.

Di solito, la Silverstone non si occupava di trafficanti di droga. Ce n'erano troppi e la domanda di droga era troppo alta... Appena un trafficante spariva dalla circolazione, ne saltavano fuori altri due pronti a prendere il suo posto. Qualcuno avrebbe preso in mano l'impero di Coke, probabilmente uno dei suoi più stretti collaboratori; Gramps non aveva dubbi al riguardo. L'FBI aveva fatto un'eccezione e aveva deciso di supportare la missione per via del coinvolgimento di Cassidy e Mario.

Una volta tolto di mezzo Coke, la sua organizzazione sarebbe finita nel caos; forse la polizia giamaicana avrebbe colto l'occasione per dare una ripulita a Kingston. Però i tossicodipendenti non avrebbero certo smesso di farsi, perciò la droga sarebbe continuata ad arrivare negli Stati Uniti dalla Giamaica, ma anche dalla Cina, dalla Colombia, dal Messico e da tanti altri paesi.

Tuttavia, Gramps era determinato a fare in modo che le sofferenze di Cassidy e Mario servissero a qualcosa. Avrebbe ucciso Coke e lo avrebbe fatto con immenso piacere.

"Propongo di brindare alla nostra collaborazione... e alle

epiche scopate che mi aspettano," disse Gramps con un sorri-setto che sapeva di sberleffo. Estrasse dalla tasca della giacca una fiaschetta piuttosto capiente. Eagle e il contatto dell'FBI che la Silverstone aveva a Kingston erano stati di grande aiuto. La sera prima, mentre uscivano dall'albergo dove alloggiavano i ragazzi, Eagle aveva passato la fiaschetta a Gramps, spiegandogli come usarla.

"Buona idea. Cosa c'è lì dentro?"

"Tequila... e cosa, sennò?"

Coke rise. "Voi messicani e la vostra tequila..."

"Voi giamaicani e il vostro rum..." lo rimbeccò Gramps.

Il boss annuì. "Ben detto."

"E poi io potrei bermi un litro del tuo rum e ancora reggermi in piedi. Non credo tu sia in grado di reggere la mia tequila, invece."

"Ne sei convinto?" chiese Coke.

"Lo so per certo," rispose Gramps sicuro di sé.

"Saresti pronto a scommetterci sopra? Io mi scolo la tua fiaschetta di tequila e tu finisci la bottiglia del rum che abbiamo bevuto ieri."

Dentro di sé, Gramps esultò. Il fottuto pescecane aveva abboccato. Coke era spacciato. "Cazzo che sì," replicò. "Quanto?"

"Duecentomila."

Gramps finse di pensarci su per un po', poi annuì. "Mi sembra una cifra ragionevole. Prima di ritrovarci sbronzi fradici, però, vorrei che tu informassi i tuoi uomini che lei ora è mia." Gramps indicò con un cenno del capo Cassidy, che giaceva accanto alla porta priva di sensi. "Non sarebbe gradevole se poi Lloyd facesse delle storie o se qualcuna delle guardie volesse portarsela a letto."

"Mi sembra giusto," disse Coke. Prese il cellulare e digitò qualcosa. In meno di un minuto, Lloyd entrò in ufficio.

"Capo?"

"Cassidy ora appartiene a G. Quando più tardi lui se ne andrà, la porterà via con sé."

Gramps vide gli occhi di Lloyd riempirsi di rabbia e delusione.

"Nessuno gli deve mettere i bastoni fra le ruote. Cassidy non è più un nostro problema, è passata nelle mani di G. Ci siamo capiti?"

"Sissignore," rispose Lloyd a denti stretti.

"Bene. Puoi andare."

Lloyd lanciò un'altra occhiataccia a Gramps, poi uscì dalla stanza, chiudendo la porta dietro di sé.

"Ora... sai che mi fido di te," disse Coke; Gramps trattenne a stento una risatina nasale: Coke non si fidava affatto di lui, come del resto lui non si fidava affatto di Coke. "Però devo insistere perché sia tu a bere il primo cicchetto della tua tequila. Non sarebbe bello se tu mi avvelenassi... o cose del genere."

Gramps interpretò la parte dell'offeso. "Se ti uccidessi," obiettò, "non avrei mai la merce."

"Già, ma devo comunque tutelarmi," disse Coke con fermezza.

Sospirando in segno di disappunto, Gramps prese due bicchierini puliti dal mobiletto dei liquori. Versò in entrambi la tequila dalla fiaschetta, riempiendoli fino all'orlo, poi raggiunse il divano e ne porse uno a Coke. "Ai nuovi soci in affari!" esclamò alzando il bicchierino per il brindisi.

Coke gli lanciò un'occhiata, poi assentì con un cenno del capo.

Gramps mandò giù il liquore, quasi senza sentire il bruciore in gola. Coke aspettò che lui finisse e fece altrettanto, anche lui senza batter ciglio.

"Davvero niente male," commentò Coke.

"Che il gioco abbia inizio," disse Gramps.

L'ora successiva trascorse tra brindisi e battute. Gramps versava tequila a Coke e il boss gli rendeva la cortesia mescendo rum. A Gramps dopo un po' cominciò a girare la testa, ma si sforzò di mantenere una certa lucidità. Il momento *clou* stava per arrivare: per lui, sarebbe stato il culmine di una missione che preparava da mesi; per Cassidy, la fine di una prigionia che durava da anni.

Ripensare a Cassidy gli aveva portato alla mente l'angoscia che le traspariva dagli occhi nel momento in cui lui le aveva piantato l'ago nel braccio. Pur sentendo l'urgenza di guardarla, Gramps aveva sempre tenuto gli occhi fissi su Coke.

I due erano spaparanzati sul divano. La fiaschetta di Gramps era vuota. A quel punto bisognava solo aspettare un po'.

"Hai vinto tu, G." disse Coke con riluttanza, mentre cercava di riprendere fiato. "La tua tequila... mi ha... messo KO."

Gramps scrollò le spalle. "Neanch'io sono in gran forma. Che ne dici se dichiariamo un pareggio?"

"Molto sportivo... da parte tua," disse Coke affannato.

Fu l'ultima cosa che disse in vita sua. Il cianuro di potassio che era mischiato alla tequila fece effetto e Coke cominciò a contorcersi.

La fiaschetta procurata da Eagle aveva due comparti: in uno c'era solo il liquore, mentre nell'altro, oltre al liquore, c'era una dose di veleno più che sufficiente a uccidere un uomo. All'inizio della bevuta, Gramps aveva versato nel bicchiere di Coke tequila liscia, così che il boss si rilassasse e si convincesse che tra loro due ci fosse una bella intesa.

Le ultime due volte, tuttavia, Gramps gli aveva servito il mix letale. Coke morì quasi all'istante.

Gramps si alzò in piedi e si affrettò a raggiungere Cassidy, che non si era più mossa da quando Lloyd l'aveva appoggiata a terra. Pregò che la droga che le aveva iniettato fosse *veramente* solo un sedativo, che non si trattasse di una sostanza più pericolosa. Le mise due dita sul collo per sentire le pulsazioni e tirò un sospiro di sollievo.

Con calma e discrezione, si prese un minuto per comunicare con il team attraverso il microfono di cui era dotato l'orologio che portava al polso. "Coke è morto. Procediamo con il piano D. Uscirò con Cassidy dalla porta principale. Tenetevi pronti."

Senza dubbio, i ragazzi avevano ascoltato la sfuriata di Cassidy e tutto ciò che era stato detto in seguito.

Sentendosi ancora in colpa per quello che era successo a Cassidy, Gramps la trascinò verso una sedia vicina. La sollevò e la appoggiò sulla sedia, poi si chinò e se la caricò delicatamente su una spalla.

Barcollava. Dopo aver bevuto tutto quel rum, Gramps non sarebbe certo stato in grado di difendere sé stesso o Cassidy. Non gli restava che augurarsi che Lloyd si attenesse agli ordini di Coke. A ogni modo, era ora di lasciare quel posto per sempre.

Senza preoccuparsi nemmeno di voltarsi e guardare un'ultima volta l'uomo che aveva causato a Cassidy tante sofferenze, Gramps si diresse alla porta. La aprì e Lloyd sbucò dal nulla, come del resto c'era da aspettarsi. Il tizio era davvero irreprensibile come guardia di sicurezza, il che sarebbe stato lodevole, se Lloyd non fosse stato lo stronzo che era.

"Pare... che per stasserah... abbiamo f... ffinito," disse Gramps, biascicando di proposito.

Lloyd gli lanciò un'occhiata mista di disgusto e scherno, poi oltrepassò Gramps con lo sguardo per controllare l'ufficio.

Gramps tese ogni muscolo del corpo. Una scarica di adrenalina lo rese un po' più lucido e d'un tratto si sentì pronto a uno scontro all'ultimo sangue... ma Lloyd si limitò a chiudere la porta, convinto di non aver visto all'interno nient'altro che il suo capo messo KO dalla sbornia.

Gramps lo salutò con un cenno del capo e si diresse verso la porta principale.

Non era nelle condizioni ideali per guidare, ma non aveva alternative. Il suo obiettivo era portare Cassidy fuori da quella casa. Lloyd li seguiva; Gramps ebbe qualche problema ad aprire la porta e lui la aprì per farli uscire, sbuffando con un certo malcontento.

"Grrazie..." disse Gramps, senza dimenticare di strascicare la parola.

"Dev'essere davvero una scopata coi fiocchi," borbottò Lloyd.

Gramps stava *davvero* per prenderlo a pugni, ma si risolse a sorridergli, consapevole del ruolo che stava interpretando. "La migliore che mi sia mai fatto," confermò ad alta voce, prima di uscire dalla villa. Trattenne il respiro mentre incespicava vistosamente lungo il vialetto. Passò vicino ad alcune guardie, ma nessuno cercò di fermarlo. Nessuno mosse un dito per impedirgli di portare via Cassidy.

Congratulatosi con se stesso per aver avuto l'accortezza di chiedere a Coke di informare tutti del "passaggio di proprietà" riguardante Cassidy, Gramps raggiunse indisturbato la berlina nera a bordo della quale era arrivato la sera prima.

Aprì il portabagagli e vi adagiò Cassidy, facendosi l'appunto mentale di scusarsi con lei anche per quel trattamento indegno. Lo rincuorava il fatto che lei, non essendo cosciente, non si rendesse conto che lui la stava portando su e giù come se fosse un sacco di patate.

Fece un altro cenno con il capo a Lloyd e agli altri uomini che li stavano osservando, poi si sedette al posto di guida e mise in moto, per uscire dal cancello che gli avevano già aperto.

A differenza di quanto era successo il giorno prima, nessuno lo seguì. Per quanto ne sapevano gli uomini di Coke, l'affare della droga era stato concluso, perciò Gramps non era più una loro preoccupazione: era libero di muoversi liberamente e fare ciò che voleva.

Gramps si diresse verso il punto d'incontro stabilito in precedenza con i ragazzi. Guidava con estrema prudenza, augurandosi che la polizia non lo fermasse... Non sarebbe stato il massimo farsi beccare al volante ubriaco e con una donna sotto sedativi nel bagagliaio.

Dopo aver svoltato in una via laterale, Gramps spense il motore e si mise ad aspettare. Non passarono macchine; nessuno l'aveva seguito. Pareva che ce l'avesse fatta. Aveva avvelenato Coke sotto il naso delle sue stesse guardie ed era riuscito a portar via Cassidy.

Qualcuno bussò sul finestrino e Gramps trasalì e sbilanciò

d'istinto il busto sulla destra. "Cazzo," mormorò mentre apriva la portiera.

"Stai perdendo il tuo smalto, Gramps?" gli chiese Eagle.

"Fottiti."

Eagle spalancò gli occhi. "Dannazione... hai bevuto più di quanto avevamo pianificato, vero?"

Gramps annuì. "Dovevo rilassarlo, farlo sentire a suo agio. Sapevo che Lloyd era appostato nei paraggi e se me ne fossi andato poco dopo aver chiuso la trattativa per Cassidy, quello si sarebbe insospettito. Dimmi che il ragazzo è con voi," disse muovendosi verso il baule.

"È con Smoke," lo rassicurò Eagle.

Gramps chiuse gli occhi per un istante. "Grazie al cielo," sussurrò. "Se fosse stato ancora nella villa, sarebbe stato un casino."

"Quindi il tuo piano ha funzionato, vero?" gli chiese Eagle mentre si sporgeva per tirare Cassidy fuori dal baule.

Gramps gli diede una spintarella per spostarlo di lato e si abbassò per sollevare la donna più coraggiosa che avesse mai conosciuto. La sorreggeva con grande attenzione, tenendole un braccio sotto le ginocchia e l'altro intorno alla schiena. Con ogni probabilità, quella era l'ultima volta che avrebbe potuto starle tanto vicino e Gramps voleva assaporare quel momento.

"Sì, ha funzionato," rispose Gramps all'amico mentre entrambi si dirigevano verso un'altra berlina nera parcheggiata all'imbocco della stessa via. Eagle aprì lo sportello posteriore e Gramps salì a bordo in fretta, sempre tenendo in braccio Cassidy.

Meno di un minuto dopo, i tre erano già in viaggio.

"Bull è dietro di noi che controlla che nessuno ci stia seguendo, mentre Smoke è con Mario all'aeroporto. Secondo te quanto tempo abbiamo, prima che trovino il cadavere di Coke?" gli chiese Eagle.

Gramps non riusciva a distogliere lo sguardo dal viso di Cassidy. Sembrava serena e rilassata lì tra le sue braccia, ma quando avrebbe ricordato che era stato lui a iniettarle la droga, o quando qualcuno glielo avrebbe detto, probabilmente non avrebbe più voluto avere nulla a che fare con Gramps. Del resto, lui era il primo a provare disgusto verso se stesso. Era vero che non aveva avuto scelta, ma ciò non cambiava i fatti.

"Non so... Potrebbero assumersi il rischio di svegliarlo per portarlo a letto," disse Gramps, "oppure lasciarlo in ufficio fino a domattina," disse Gramps.

"Speriamo che decidano di lasciarlo dov'è. L'ultima cosa di cui abbiamo bisogno è che qualcuno cerchi di impedire al nostro volo di partire," mormorò Eagle.

Gramps annuì. Eagle non gli stava dicendo nulla che già non sapesse.

Il piano iniziale prevedeva che Smoke mettesse in sicurezza Mario, dopodiché Gramps avrebbe versato il veleno nel drink di Coke e avrebbe portato Cassidy fuori dalla villa; simultaneamente, Bull doveva provocare un'esplosione sul retro della proprietà, distogliendo l'attenzione delle guardie. I ragazzi, in costante ascolto, avevano seguito gli sviluppi della situazione ed erano perciò riusciti a modificare il piano. Tutto aveva funzionato per il meglio, anche se le cose non erano andate esattamente come previsto.

L'aereo privato che Willis, il contatto che avevano all'FBI, aveva procurato loro era pronto all'aeroporto. Avrebbero lasciato il paese il più presto possibile. Quando Lloyd e le altre guardie avrebbero scoperto il cadavere di Coke sul divano, la situazione sarebbe precipitata... e i ragazzi della Silverstone volevano essere già lontani, quando ciò sarebbe accaduto.

Nell'immediato futuro, Lloyd sarebbe stato occupato a cercare di tenere in piedi l'organizzazione... e se anche avesse avuto il tempo di dare la caccia a "G", a Dallas non avrebbe trovato un bel niente: quell'identità era stata creata dall'FBI e della narcotici. Perciò, bastava che le ruote dell'aereo si staccassero dal suolo giamaicano e tutti sarebbero stati salvi.

Gramps chiuse gli occhi ed espresse il desiderio che la testa smettesse di girargli. Era necessario che fosse lucido: di lì a poco, Mario avrebbe visto la madre priva di sensi e sarebbe stato compito di Gramps tranquillizzarlo e spiegargli, possibilmente da sobrio, perché Cassidy fosse svenuta. In realtà, non sapeva da che parte cominciare. Drogarla era stata una scelta obbligata... e lo aveva fatto nell'interesse di Cassidy stessa e di Mario. Eppure, Gramps non era certo che anche Cassidy l'avrebbe vista in quel modo.

Anche qualora lei avesse capito, comunque, per Gramps sarebbe stato difficile perdonarsi.

Appoggiò la fronte alla tempia di Cassidy ed emise un sospiro di sollievo: era quasi finita. La Silverstone aveva eliminato un altro uomo malvagio e aveva colto l'occasione per salvare due vite innocenti. Gramps doveva farselo bastare, a prescindere da ciò che sarebbe successo al risveglio di Cassidy.

CAPITOLO SETTE

Cassidy aveva mal di testa. Dischiuse gli occhi e la luce intensa la fece sussultare.

"Mamma?"

Nulla avrebbe potuto riportarla alla realtà più velocemente di quanto non fece il tono preoccupato della voce di Mario. Aprì completamente gli occhi e vide il viso del figlio sopra il proprio.

"Ti senti bene?"

"Io... sì." Cassidy si guardò attorno e capì che decisamente non era in camera sua. "Dove siamo?"

"In aereo!" esclamò Mario con entusiasmo. "Stiamo tornando negli Stati Uniti. Mamma, siamo liberi!"

La notizia la indusse a mettersi seduta. Occupava un'intera fila di posti, a bordo di quello che sembrava davvero essere un aereo. Non era un grande aereo di linea, ma nemmeno un piccolo velivolo. C'erano diverse file di sedili in pelle e Mario la guardava inginocchiato su uno di quelli nella fila davanti a quella dove si trovava lei. Appena lei si mise seduta, il piccolo si precipitò al suo fianco e la abbracciò forte.

"Un aereo?" mormorò lei. Era ancora molto confusa. Non ricordava di essere salita su un aereo... In realtà non ricordava praticamente nulla, a parte...

Mario!

"Sei qui!" disse con un sussulti, voltandosi verso il figlio. "Tutto ok, tesoro? Cos'è successo? Dov'eri finito?"

"Lloyd mi ha mandato a consegnare un pacchetto... io non volevo, ma non avevo scelta. Martin mi ha portato in uno dei quartieri più brutti di Kingston e mi ha detto che avevo dieci minuti per fare la consegna e che se non fossi tornato entro dieci minuti lui se ne sarebbe andato e io sarei dovuto tornare a casa per conto mio. Avevo tanta paura, ma sapevo di doverlo fare. Perciò sono sceso dalla macchina e sono andato verso il vicolo... e appena ho girato l'angolo mi hanno preso!"

Cassidy sussultò ancora, ma Mario proseguì con il racconto prima che lei potesse dire qualcosa.

"Smoke ha detto di essere uno dei buoni e mi ha mostrato una foto in cui c'erano lui e Gramps, per dimostrarmi che lo conosceva. Mi ha detto che Gramps ti avrebbe portata fuori dalla casa di Michael e che ci saremmo incontrati presto. Ha anche detto che lui e i suoi amici ci avrebbero portati via dalla Giamaica! Poi mi ha portato nel motel dove stava e mi ha dato da mangiare. Mi ha anche regalato una maglietta e un cappellino nuovi! Siamo rimasti lì per un po' e Smoke mi ha insegnato a giocare a ramino... poi si è fatta ora di andare, così siamo andati in macchina all'aeroporto. Dovevamo aspettare che fosse buio per salire sull'aereo, perché così non ci avrebbe visto nessuno... e alla fine siamo saliti e sull'aereo *tutte* le luci erano spente! Però ho dovuto tenere con me il mio passaporto perché Smoke ha detto che ero abbastanza responsabile da poter badare a me stesso.

"Poi Bull e Gramps ti hanno portata qui. Tu eri svenuta e Gramps era molto preoccupato. È anche ubriaco, ma io non gli ho detto niente perché sembrava arrabbiato per qualcosa. Poi la pilota ci ha detto di tenerci stretti perché sarebbe partita 'a tutta velocità'... e infatti siamo sfrecciati lungo la pista e abbiamo preso il volo in pochi secondi! È stato uno spasso!"

Mario aveva parlato tanto velocemente che prima della fine del racconto il mal di testa di Cassidy si era fatto martellante;

inoltre si sentiva la bocca come desertificata. Si guardò intorno e notò che in effetti in aereo c'erano anche gli amici di Leo. Quando incontrò i loro sguardi, tutti e tre la salutarono con un cenno del capo. Cercò Leo e lo vide nella prima fila di posti; lui, però, non si voltò.

Cassidy si rivolse a Bull. "Siamo davvero fuori pericolo?"

"Sì," rispose lui. "Manca ancora un po' per arrivare a Miami, ma sei al sicuro. Da Miami prenderemo un altro volo per Indianapolis, per far perdere le nostre tracce nel caso qualcuno abbia capito che siamo su questo aereo."

A Cassidy si inumidirono gli occhi. Stentava a credere di avere davvero lasciato la Giamaica. "E Michael?"

"È morto," le annunciò solennemente Mario. "G... sì, insomma, Gramps... l'ha ucciso."

Cassidy guardò Leo, che non si voltò per vedere la sua reazione a quella notizia, come se non si riconoscesse in ciò che Mario aveva appena detto.

Eagle si alzò dal suo posto e raggiunse la fila dove erano madre e figlio. "Mario, perché non vai a giocare un po' a ramino con Smoke? È ansioso di tornare da sua moglie... lei è incinta e lui è piuttosto preoccupato. Sarebbe grandioso se tu riuscissi a distrarlo."

"Certo!" disse Mario raggiante, poi scivolò davanti a Cassidy e Eagle e si diresse alla fila dov'era seduto Smoke.

"Cosa sta succedendo?" chiese Cassidy non appena Mario fu sufficientemente lontano.

"È normale che tu sia confusa," disse Eagle. "Qual è l'ultima cosa che ricordi?"

Cassidy si spremette le meningi. "Ero in camera mia ed ero preoccupata per Mario e per tutto il resto... poi è arrivato Martin e mi ha detto che Mario era scomparso, che non era tornato dopo aver fatto una consegna. Allora io... beh, basta... non ricordo altro. Cos'è successo? Come ha fatto Leo a uccidere Michael? Com'è riuscito a portarmi qui?"

Eagle volse lo sguardo a Leo, poi ancora a lei. "E immagino

che tu ti stia anche chiedendo perché qui a darti spiegazioni ci sono io anziché Gramps..."

Cassidy scrollò le spalle e allo stesso tempo annuì.

"Già. In breve. Il nostro piano iniziale prevedeva di sottrarre Mario alla guardia che lo scortava mentre il piccolo era in giro per la commissione. Sapevamo che Coke non vi permetteva di uscire insieme dalla villa. Quindi Smoke stava pedinando Mario da qualche giorno. Solo *ora* ci rendiamo conto che avremmo dovuto dirtelo... Mi dispiace. Comunque sia... quando si è presentata l'occasione, Smoke ha prelevato Mario. In realtà è stato piuttosto semplice, visto che, come ti ha detto tuo figlio, Martin l'ha buttato fuori dall'auto con abbastanza droga da garantirgli il carcere a vita e gli ha detto di consegnarla. Smoke si è liberato della droga e ha portato Mario nel motel dove ci eravamo visti noi. A quel punto abbiamo tutti aspettato che Gramps agisse."

"Ma non è stato un rischio prendere Mario mentre Leo era ancora dentro la villa?" chiese Cassidy.

"Sì. In effetti, le cose non sono andate esattamente come ci aspettavamo. Bull era pronto a creare un po' di trambusto, nel caso fosse stato necessario distrarre le guardie per permettere a Gramps di fuggire con te dalla villa... ma non è stato necessario."

"E com'è andata, allora? E com'è possibile che io non ricordi nulla?"

Eagle fece un profondo respiro. "Ora viene la parte difficile. Quindi... tu hai saputo che Mario era scomparso... e hai perso la testa. Ripeto che la colpa è nostra: non ti avevamo detto che Smoke si sarebbe occupato di Mario. Così tu sei piombata nell'ufficio di Coke, che stava trattando l'affare di droga fittizio con Gramps. Non eri in te e lui temeva che tu potessi in qualche modo fargli saltare la copertura. Coke ha tirato fuori una siringa, voleva iniettarti qualcosa per evitare che tu creassi problemi. Dopo aver scoperto che si trattava di Rohypnol, una specie di sonnifero... è stato *Gramps* a farti l'iniezione."

Cassidy spalancò gli occhi. "*Cosa?* Mi hanno drogata?"

"Già. È la sostanza comunemente nota come 'droga dello stupro'. Gramps sarebbe uscito allo scoperto se nella siringa ci fosse stato qualcosa di più pericoloso... ma visto che la situazione era incerta e che Gramps aveva ragione di credere che Mario fosse al sicuro con noi, ha continuato a interpretare la parte."

Cassidy guardò Leo per la terza volta, ma lui continuava a darle le spalle. Lei avrebbe concluso che stesse dormendo, se non l'avesse visto fare un leggero movimento.

"Dopo che tu hai perso i sensi, Gramps è rimasto con Coke. Hanno cominciato a bere insieme: Gramps ha bevuto il rum giamaicano di Coke, che invece si è finito una fiaschetta della miglior tequila messicana... a cui noi avevamo aggiunto un ingrediente segreto. Per fartela breve, Coke è morto per avvelenamento da cianuro di potassio, Gramps ti ha portata fuori dalla villa... ed eccoci qui."

Cassidy batté le palpebre più volte, con la testa che le girava. "Leo mi ha portata fuori? Senza che nessuno lo fermasse?"

Eagle si schiarì la voce e guardò in basso. Cassidy si tenne ai braccioli del sedile, come per reggere all'urto di qualsiasi cosa lui stesse per dirle.

"Lui e Coke avevano stretto un accordo e Gramps aveva insistito perché tutte le guardie ne fossero informate, proprio perché nessuno lo ostacolasse quando sarebbe uscito con te dopo aver avvelenato il boss. Gramps ti ha comprata."

Cassidy lo guardò perplessa. "Cosa?"

"Beh, in realtà non è andata esattamente così, visto che non c'è stato un passaggio di denaro. Teoricamente, Gramps avrebbe dovuto trasferirgli la somma oggi... Probabilmente Coke lo avrebbe fatto andar via dalla villa solo dopo aver ricevuto il denaro."

"Michael mi ha *venduta*?" gli chiese Cassidy. "Com'è possibile che succeda una cosa del genere ai giorni nostri?"

"È molto più facile e comune di quanto tu non immagini," gli disse Eagle spassionatamente. "Se Gramps non fosse venuto a prendere te e Mario, avresti vissuto una vita molto diversa da quella che ti aspetta ora. Coke ti avrebbe praticamente data in dono alle sue guardie."

Cassidy non credeva alle proprie orecchie. Michael era morto? Leo lo aveva avvelenato? E a lei aveva iniettato della droga? Ecco perché non ricordava nulla... Il racconto di Eagle, tuttavia, non spiegava perché Leo ora la ignorasse. Dopo tutto quello che avevano passato nei due giorni appena trascorsi, lei si sarebbe aspettata, al risveglio, di trovarlo al proprio fianco. Pensò che avrebbe dovuto immaginarselo: per Leo, alla fine, si trattava solo di lavoro. Per quanto tra loro ci fossero dei trascorsi, l'avventura che avevano condiviso non custodiva alcun significato profondo. Leo aveva interpretato un ruolo, come in un'opera teatrale... solo che non era successo in un teatro, ma nella vita di Cassidy.

"Non è in gran forma, per quel che può valere la mia parola," disse Eagle abbassando la voce di modo che solo lei lo sentisse.

"Cosa? Chi?"

"Gramps. La sbronza non lo sta aiutando... ma comunque non era certo felice di averti dovuto iniettare quella roba. Non ti aveva detto dei nostri piani per Mario perché non era sicuro che le cose sarebbero andate come ci aspettavamo e non voleva nutrire in te false speranze. Inoltre volevamo che la tua reazione alla sua scomparsa fosse genuina... Se non ti fossi mostrata disperata, Coke e i suoi uomini avrebbero cominciato a insospettirsi. D'altronde, nessuno di noi aveva previsto che avresti fatto irruzione nell'ufficio di Coke esigendo che ti lasciasse uscire a cercare Mario. È stata una mossa audace, anche se ha messo a rischio l'intera operazione.

"A ogni modo... ora Gramps teme che non riuscirai a perdonarlo. L'ho sentito mormorare qualcosa sul modo in cui l'hai guardato l'istante prima che ti iniettasse il sonnifero. L'idea che non ti fiderai più di lui come avevi fatto negli ultimi giorni lo sconvolge."

A Cassidy batteva forte il cuore. Non ricordava nulla di ciò che era successo nell'ufficio di Michael, ma non le andava giù che Leo si sentisse tanto in colpa. Sapere di essere stata drogata non era piacevole, naturalmente, ma Cassidy non era una stupida: se Leo si era spinto a tanto, era stato perché non aveva avuto scelta.

Benché in testa avesse il vuoto totale riguardo agli eventi di cui le aveva parlato Eagle, non la stupiva sapere di essersi ribellata a Michael non appena aveva pensato che Mario potesse essere in pericolo.

Cassidy prese una decisione. Si alzò in piedi, ma barcollò.

"Vacci piano," la esortò Eagle, alzandosi anch'egli per sorreggerla.

"Devo parlargli," disse Cassidy.

"Forse dovresti dargli il tempo di smaltire completamente la sbornia," suggerì Eagle.

"Forse dovresti lasciarmi passare," lo rimbeccò lei. Dentro di sé, Cassidy aveva paura. Eagle era un uomo grande e grosso... non quanto Leo, ma senza dubbio abbastanza per impedirle di muoversi, se davvero avesse voluto che lei si tenesse alla larga dal suo compagno di squadra. Invece Eagle si limitò ad annuire, per poi farsi di lato lungo il corridoio.

Appoggiandosi ai poggiatesta dei sedili per non cadere, Cassidy procedette verso la prima fila. Si fermò un istante quando passò accanto a Mario e Smoke, che stavano giocando a carte. Mario non sembrava aver subito alcun trauma; anzi, in mezzo a quel manipolo di tipi tosti, sembrava rilassato come lei non lo vedeva da molto tempo.

Il senso di colpa la assalì ancora una volta, ma lei riuscì a scacciarlo. Quando era andata in Giamaica, aveva preso quella che allora riteneva la decisione giusta: tirare fuori Mario da una brutta situazione familiare, portarlo lontano da un padre che aveva cominciato a maltrattarlo. Di certo non voleva spostarlo da un inferno all'altro.

Allargando le spalle, raggiunse la prima fila di sedili. Non poté fare a meno di notare che Eagle e gli altri avevano lasciato a Leo molto spazio; visto che a bordo non c'erano assistenti di volo, lei e il suo salvatore avrebbero avuto tutta la privacy che il chiarimento richiedeva.

Cassidy non chiese a Leo se gli si poteva sedere accanto, ma lo scavalcò senza dire nulla e si accomodò sul sedile alla sua sinistra. Leo aveva un aspetto terribile. Il broncio che portava rendeva più pronunciate le rughe che aveva intorno a occhi e bocca. Aveva la fronte corrugata e nel breve istante in cui i loro sguardi si incontrarono, lei gli vide gli occhi iniettati di sangue.

"Quanto rum ti è toccato bere?" le chiese lei con garbo.

"Troppo," disse lui con tono calmo.

Continuava a evitare di guardarla.

"Non ricordo quello che è successo," disse Cassidy, andando subito al dunque, "ma Eagle mi ha raccontato tutto. Leo, non ce l'ho con te."

Le spalle di Leo, già basse, si abbassarono ulteriormente. "Dovresti, invece."

"No," ribatté lei con fermezza. "Oddio, Leo... io e mio figlio siamo su un aereo che ci sta riportando a casa. Hai idea di quante volte io abbia sognato questo momento? Sono state troppe, non si possono nemmeno contare... ma non pensavo che quel sogno si sarebbe avverato. Le lettere che ho mandato all'FBI erano come avemarie... non pensavo che ci fosse la benché minima possibilità che qualcuno ci aiutasse. Poi sei apparso tu e io ero scioccata, spaventata... e profondamente grata."

"Io ti ho drogata, Cassidy. Ti ho piantato un ago nel braccio e ho spinto lo stantuffo. Coke mi ha detto che si trattava di flunitrazepam, ma in tutta onestà... poteva essere qualsiasi cosa, per quanto ne sapessi io. E poi... sì, era parte del piano fin dall'inizio... ma io ti ho *comprata* da lui, cazzo." Leo scosse il capo, in viso un'espressione di disgusto.

Cassidy non sopportava l'autocommiserazione di cui era pregna quella voce. Gli mise una mano sul braccio e lui le fissò le dita come se fossero lame pronte ad affondargli nella carne. Lei diede una strizzatina. "Per quanto?"

Lui non esitò. "Mezzo milione?"

Sorpresa, Cassidy sbatté più volte le palpebre. "Così tanto?"

"Avrei accettato di pagare qualsiasi somma," mormorò Leo, "anche se alla fine Coke non si sarebbe comunque beccato nemmeno un quattrino."

"Leo, guardami," lo esortò.

Lui non lo fece.

Cassidy sospirò e cominciò ad alzarsi, con l'idea di mettersi a cavalcioni su di lui, così da costringerlo a guardarla, ma appena accennò il movimento sentì alla testa un'acuta fitta che le fece emettere un lamento.

"Che c'è? Che succede?" disse subito Leo allarmato.

Cassidy aprì la bocca per dirgli che stava bene, che aveva semplicemente fatto un movimento brusco, ma in un batter d'occhi Leo alzò il bracciolo che li separava, la prese e se la portò sulle ginocchia. Lei aveva i piedi appoggiati sul sedile su cui era seduta fino a un momento prima e Leo le teneva la testa fra le mani.

"Guardami... su, lascia che ti controlli le pupille. Probabilmente avresti fatto meglio a riposare ancora un po'."

"Sto bene," gli disse, afferrandogli i polsi mentre lui le esaminava gli occhi.

Visto che l'ombra di preoccupazione sul volto di Leo non accennava a sparire, Cassidy si piegò in avanti, inducendolo a lasciar cadere le mani. Cassidy gli posò la testa sulla spalla, accoccolandosi contro di lui; le piaceva il modo in cui i loro corpi sembravano aderire perfettamente. Sentì le braccia di Leo che si stringevano forte intorno a lei.

"Non ce l'ho con te," ripeté Cassidy parlandogli nel tepore del collo. "Hai fatto quello che dovevi fare. Sono libera e... ciò che più importa, Mario è libero. Hai rischiato la vita per tirarmi fuori da lì e io te ne sarò sempre grata."

"Non voglio la tua gratitudine," mugugnò Leo.

Il suo alito sapeva di alcol, ma stranamente la cosa non disturbava Cassidy; semplicemente, le ricordava fin dove Leo aveva dovuto spingersi per salvarla. "E cosa *vuoi*, allora?" le chiese con un bisbiglio.

"Voglio che tu sia felice... che tu e Mario siate felici... che viviate la vita che vi meritate: al sicuro, senza preoccupazioni."

"Non esiste una vita senza preoccupazioni," ribatté Cassidy.

Lui fece una risatina nasale e Cassidy gli sentì dentro al petto come un rimbombo.

"D'accordo. Una vita con meno preoccupazioni rispetto a quella che hai vissuto fino a questo momento, allora."

"È quello che voglio anch'io," gli disse lei. Per un paio di minuti, nessuno dei due disse nulla. Poi Cassidy gli chiese: "*Esattamente*, come mi hai portato fuori dalla villa? Eagle non si è dilungato molto nei particolari."

"Dopo essermi sincerato che Coke fosse morto, ti ho caricato sulla spalla e sono uscito. Tutto qui," rispose Leo.

"E nessuno ha cercato di fermarti? Lloyd, Martin, le altre guardie..."

"No. Avevo chiesto a Coke di informare tutti che io ti avevo comprato e che perciò potevo fare di te quello che volevo. Quindi mi hanno semplicemente tenuto d'occhio mentre me ne andavo."

Cassidy sorrise, ma l'istante dopo il sorriso svanì. "Pensi che si siano già accorti che Coke è morto?"

"Probabilmente sì."

"Saranno furiosi."

"Già."

"Leo... vorranno ucciderti."

"È possibile... ma prima mi devono trovare."

Cassidy alzò la testa e lo guardò allarmata.

"Cass, non succederà. G non esiste. La copertura che ha ideato l'FBI è a prova di bomba. Mi cercheranno a Dallas... ma naturalmente non sarò lì. Nessuno a Kingston conosce la mia vera identità, non c'è modo, per loro, di rintracciarmi a Indianapolis."

"E se usassero le tue impronte digitali?"

"Possono provarci, ma non mi troveranno comunque: ho abbastanza contatti per fare in modo che anche quella pista non li porti a nulla."

"Se un giorno o l'altro riuscissero ad arrivare a te o ai tuoi amici e vi facessero del male per colpa mia... non potrei perdonarmelo," gli confessò.

"Una percentuale di rischio c'è sempre... ma l'FBI sa fare il suo lavoro quando si tratta di coprire le proprie tracce. Inoltre, se vogliamo dirla tutta, ci vorrà un bel po' di tempo per colmare il vuoto di potere lasciato da Coke. Può anche essere che Lloyd e i suoi sodali si ritrovino senza un lavoro, quando le acque si saranno calmate... e avrebbero bisogno di soldi per venirmi a cercare o anche solo per spostarsi negli Stati Uniti. Tu e Mario siete al sicuro... e io farò tutto ciò che posso per fare in modo che continuiate a esserlo. Ah... poco fa Bull ha chiamato Skylar... lei ha detto che si sarebbe messa in contatto con una sua ex vicina per aiutare te e Mario a trovare una sistemazione provvisoria. Non meravigliarti se al vostro arrivo trovate la dispensa già piena di cibo e di beni di prima necessità."

Cassidy lo guardò perplessa. "Dici sul serio?"

"Sì... anche se, per la cronaca, la mia offerta di ospitalità è ancora valida."

Per quanto la proposta fosse allettante, Cassidy non era incline a prestarsi al ruolo di caso pietoso. In vita sua, aveva preso diverse decisioni sbagliate e al momento, per una volta, sentiva la necessità di provare a cavarsela da sola... se non altro per dimostrare a se stessa che non era completamente stupida e che, anzi, poteva essere una buona madre per Mario.

Potrai farlo anche se ti trasferirai a casa di Leo, obiettò una vocina nel suo cuore, ma lei la ignorò.

"Grazie, ma credo sia meglio se io e Mario stiamo per conto nostro."

Leo annuì.

"Grazie per tutto quello che hai fatto per portarci via di lì," gli disse lei con tono serio. "Sono certa che con quell'ago sei stato molto più gentile di quanto non sarebbe stato Coke. Grazie anche per avermi 'comprato' e... per tutto il resto."

"Spero che dimenticherai l'intera faccenda," le disse Leo.

Cassidy scrollò le spalle. "Se dovesse succedere, ti sarò comunque grata."

Si guardarono negli occhi a lungo, poi Cassidy gli appoggiò nuovamente la testa sulla spalla. "Fra quanto atterreremo?"

"Non ne ho idea."

"Sarai stanco," disse lei.

"Sì... e sono ancora ubriaco, cosa che detesto, cazzo..." borbottò Leo.

Cassidy sorrise. Non poté farne a meno: Leo gli ricordava Mario quando faceva i capricci. "Forse entrambi possiamo concederci un pisolino prima dell'arrivo," suggerì.

"Già, forse."

Cassidy si accinse a scendergli dalle ginocchia, ma Leo strinse le braccia intorno a le. "Resta qui," la esortò. "Se penso a quanto poco c'è mancato che ti perdessi, mi sembra di impazzire. Sarebbero bastati una parola sbagliata o un gesto imprudente... e magari ora non saremmo seduti qui."

"Eppure io sono qui. Tutti e due siamo qui. Sei stato più bravo di loro. L'ho sempre detto che avresti meritato il titolo di miglior studente dell'anno."

Leo ridacchiò e riposò il capo sul poggiatesta. Cassidy non si era completamente ripresa; non aveva ancora smaltito del tutto il sonnifero e perciò si sentiva piuttosto confusa. Si abbandonò sul petto di Leo e si rilassò. Le sembrò di potersi rilassare per la prima volta dopo anni. Lei e Mario erano finalmente al sicuro.

———

Gramps strinse la donna che aveva tra le braccia e lasciò uscire un profondo sospiro. Aveva sentito Cassidy svegliarsi e parlare prima con Mario e poi con Eagle, ma non se l'era sentita di andare da lei per sincerarsi di persona che stesse bene. Non si

rimproverava di averla comprata, né di essersi poi trattenuto a
bere con Coke, ma non riusciva a togliersi dalla testa lo sguardo
angosciato di Cassidy nel momento in cui lui le aveva iniettato il
flunitrazepam.

Era un bene che lei avesse rimosso, ma lui non avrebbe mai
dimenticato. La scena si sarebbe ripetuta nella sua mente, come
in un perenne replay. Cassidy aveva sofferto più di quanto la
gente normale sia incline a sopportare e lui non tollerava l'idea di
averle procurato ulteriore sofferenza, anche se solo per un breve
periodo.

Il fatto che Cassidy fosse andata da lui dopo essersi risve-
gliata non lo stupiva, come non lo stupiva la disponibilità al
perdono che gli aveva mostrato; d'altronde, lei non ricordava
nemmeno quell'orribile scena. A ogni modo, lui era determinato
a rimediare al torto che le aveva fatto.

Quando i suoi amici si erano innamorati, Gramps non li
aveva capiti fino in fondo. Gli era sembrato che tutti e tre avessero bruciato le tappe, ma non aveva aperto bocca al riguardo,
visto che rispettava le loro scelte.

In quel momento, tuttavia, mentre Cassidy dormiva su di lui,
finalmente ci era arrivato. Già in passato si era rammaricato di
non averla invitata a uscire, ai tempi della scuola, perché gli
sembrava troppo giovane per lui. Si era anche pentito di aver
lasciato che gli anni passassero senza dirle che provava ancora
interesse nei suoi confronti. Poi Cassidy si era sposata... e a
Gramps era rimasto solo il rimpianto di essersela lasciata sfuggire. Aveva permesso che il suo lavoro nell'esercito e il fatto che
lei vivesse ancora a El Paso si mettessero tra di loro. Tanti, troppi
rimpianti.

Eppure, inaspettatamente, gli era stata data una seconda
chance. Le coincidenze che li avevano riportati l'uno accanto
all'altra sembravano troppe perché si trattasse di un semplice
colpo di fortuna. Gramps decise che avrebbe navigato a vista.
L'avrebbe aiutata a sistemarsi in un appartamento dove lei
potesse sentirsi indipendente, ma avrebbe anche fatto in modo

che Cassidy sapesse che lui la desiderava, che voleva uscire con lei e che puntava a una relazione. Non gli importava quanto tempo ci sarebbe voluto per convincerla, lui avrebbe comunque atteso. Ne valeva la pena.

Cassidy si mosse contro di lui e Gramps la strinse più forte. Chiuse gli occhi e disse una preghiera di ringraziamento a Dio, per aver preservato Cassidy e Mario finché lui non era arrivato a salvarli. A volte Gramps si sentiva un po' lento di comprendonio, ma certo non era uno stupido. Ora toccava a *lui* occuparsi di Cassidy e del bambino. Li avrebbe protetti, si sarebbe preso cura di loro e li avrebbe amati. Forse ci avrebbero messo un po' a guadagnare la loro completa fiducia e a ricambiare il suo amore, ma lui era disposto a dare loro tutto ciò di cui avrebbero avuto bisogno. Ne valevano la pena.

———

Lloyd Robinson fissava incredulo il suo capo. Non era nemmeno necessario controllargli il polso: era più che ovvio che Michael Coke fosse morto.

"Fanculo," imprecò. Era una brutta faccenda. Tutto sarebbe cambiato... e non per il meglio. Come capo del servizio di sicurezza di Coke, Lloyd aveva fatto la bella vita, ma la responsabilità per la morte del capo sarebbe ricaduta direttamente sulle sue spalle.

Aveva cercato di dire a Coke che non c'era da fidarsi di quel G, che se qualcosa sembrava troppo bello per essere vero, in genere era una trappola.

Peccato che Coke fosse alla disperata ricerca di un nuovo canale di distribuzione della droga. Voleva penetrare più a fondo nel mercato statunitense. Con lui morto, tutto sarebbe andato a puttane, visto che non c'era nessuno che potesse prendere immediatamente il suo posto. Sì, molti dei suoi luogotenenti *volevano* prenderlo, ma la lotta per il potere sarebbe stata lunga e sanguinosa.

"Fanculo!" si ripeté Lloyd, prima di dirigersi alla scrivania di Coke. Aveva bisogno di contanti... molti contanti. Prima che gli altri scoprissero che Coke era morto. Tutti avrebbero fatto man bassa. La sua fortuna era di esser stato il primo a vedere il cadavere; questo gli avrebbe dato un certo vantaggio nell'appropriarsi del malloppo a portata di mano.

Era tutta colpa di quella puttana. *Doveva* essere colpa sua. La sparizione di quel moccioso di suo figlio in concomitanza con l'omicidio di Coke da parte di G non poteva essere una coincidenza. Sicuramente Cassidy era riuscita a ottenere un aiuto dall'esterno e G era stato mandato per portarla via.

Lloyd rovistò nei cassetti della scrivania e si mise in tasca due pistole e una mazzetta di soldi. Uscì dall'ufficio, schioccando le dita in direzione di Martin perché lo seguisse; tra tutte le guardie, era l'unico di cui si fidasse veramente. Per quanto fosse un gran rompipalle, Martin era uno su cui si poteva contare. Chiuse la porta dell'ufficio, nella speranza di guadagnare tempo prima che qualcun altro scoprisse il cadavere del capo sul divano.

Salì di corsa le scale, diretto alla camera di Cassidy, dove doveva esserci qualcosa che potesse aiutarlo a mettersi sulle sue tracce. Era improbabile, visto che la camera era stata perquisita regolarmente, ma Lloyd era comunque determinato a trovarla e a fargliela pagare. In un modo o nell'altro, Cassidy Hewitt si sarebbe pentita di qualsiasi cosa fosse successa in quell'ufficio la sera prima.

CAPITOLO OTTO

Gramps osservò attentamente Cassidy entrare in quella che per un po' sarebbe stata la sua casa, nel complesso residenziale di Southpoint, a Indianapolis. La ragazza spalancò la bocca. L'appartamento era completamente arredato, inoltre c'erano diverse borse della spesa sul top della cucina e almeno altre dieci appoggiate al divano, nel piccolo soggiorno.

"Io... beh, l'appartamento è arredato..." osservò, dicendo un'ovvietà.

"Già," confermò Tiana. "Tutto quello che vedi ora è tuo. Quando Skylar mi ha detto che avevi bisogno di un appartamento al più presto, ho parlato con Maria, Susan e altra gente che vive qui e tutte abbiamo portato qualcosa di cui non avevamo bisogno. Il divano l'abbiamo preso dal rigattiere in fondo alla strada. Un mio amico ha recuperato il tavolo e le sedie da un tizio che se ne stava disfando. Skylar e le altre ragazze della Silverstone sono andate a comprare cibo e qualche vestito. Se non dovessero andarvi bene, non preoccuparti: sono certa che più tardi Skylar sarà felice di accompagnarti al negozio di abiti usati, così potrai scegliere da sola qualcos'altro."

"Io... io non so che dire," mormorò Cassidy.

Gramps non era mai stato un grande fan di Tiana, visto che

sapeva dei suoi trascorsi nella nota gang dei Vice Lords. Eppure doveva ammettere che lei e le altre ex vicine di Skylar avevano fatto un lavoro coi fiocchi. Southpoint non era nel quartiere più raccomandabile della città e Gramps avrebbe preferito trovare per Cassidy e Mario una sistemazione in una zona migliore, ma Bull aveva detto più volte che Tiana, Maria e Susan si sarebbero prese cura di loro; alla fine, Gramps si era risolto a crederci. "Basta dire grazie," suggerì a Cassidy.

"Grazie!" esclamò lei subito. "Dico davvero, grazie mille. Non sapevo come avremmo fatto... Immagino che per un po' avremmo dormito sul pavimento. Vero, Mario?"

Il figlio annuì.

Gramps si rivolse a Mario. "Perché non vai a vedere cosa c'è nelle borse?"

Il piccolo partì in direzione del divano con gli occhi pieni di gioia.

"Skylar si scusa per non essere qui. Voleva venire, ma stamattina aveva lezione," disse Gramps a Cassidy. "E Taylor deve consegnare a breve una bozza corretta. Anche Molly ci teneva a esserci, ma al risveglio aveva un po' di nausea. Se vi va, vi porto al garage oggi pomeriggio, così le incontrerai lì."

"Mi piacerebbe molto. Mi hai parlato talmente a lungo dei tuoi amici e colleghi che mi sembra di conoscerli già tutti... e poi voglio ringraziarli di persona per aver fatto tanto per me e Mario... e con un così breve preavviso."

Gramps gioiva nel vedere Cassidy tanto felice. Solo in quel momento capì fino in fondo quanto stress lei avesse accumulato. Vivere a casa di Coke non era stato facile... aveva dovuto tenere il livello di guardia costantemente alto. Non erano passate nemmeno quarantott'ore da quando erano usciti dalla villa e Cassidy sembrava già molto più rilassata.

Si erano fermati a Miami più a lungo di quanto non avessero pianificato, ma a tutti serviva una pausa dopo gli ultimi, intensi giorni. Inoltre Cassidy si sentiva ancora fuori fase per via del sonnifero. Perciò Smoke aveva prenotato tre camere in un albergo vicino all'aeroporto. Cassidy e Mario avevano insistito perché Gramps stesse in camera con loro e tutti avevano dormito otto ore di fila.

Gramps, a dire il vero, aveva trascorso buona parte di quelle otto ore a guardare Cassidy e Mario che dormivano. Tutto era andato per il meglio e lui provava più gratitudine di quanta non sarebbe mai riuscito a esprimerne a parole.

Bull, Eagle e Smoke, intanto, avevano dormicchiato, avevano telefonato alle rispettive mogli e avevano messo in moto il meccanismo per consentire a Cassidy di usufruire dell'appartamento non appena fossero rientrati a Indianapolis. All'arrivo, poi, i tre si erano subito dileguati per ricongiungersi alle loro compagne e Gramps era stato ben felice di prendere Cass sotto la propria ala protettrice. Dopo aver trascorso tanto tempo insieme lei ed essere riuscito a intravedere la forza interiore che la caratterizzava, non poteva semplicemente scaricarla dalla macchina e andare per la propria strada.

"Immagino che avrai un sacco di cose da fare," gli disse Cassidy.

Gramps non riuscì a leggere tra le righe. Cassidy voleva davvero che lui se ne andasse? O aveva fatto quell'osservazione perché si sentiva in colpa per avergli già fatto perdere troppo tempo? L'ultima cosa che Gramps voleva era farle pressioni, soprattutto se lei davvero aveva bisogno di un po' di spazio per sé e Mario; d'altronde, lui non voleva certo andarsene subito.

Si sentì ridicolo: Cassidy e Mario erano perfettamente al sicuro nell'appartamento; inoltre, se i due avessero avuto bisogno di qualsiasi cosa, Tiana era lì per aiutarli. Perciò Gramps annuì, sebbene con una certa riluttanza. In realtà, tuttavia, non c'era nulla di urgente che dovesse fare. Sarebbe tornato nella sua piccola casa, avrebbe disfatto i bagagli, avrebbe fatto una lavatrice, poi...

...si sarebbe seduto al tavolo o sul divano, a chiedersi cosa stessero facendo Cassidy e Mario e si fossero ambientati nella loro nuova casa.

"Torno verso le tre e mezza, se per voi va bene," le disse.

Cassidy annuì. "Certo. Così avremo abbastanza tempo per mettere tutto a posto. Credo che dovrò impratichirmi con le linee degli autobus, così potrò andare a fare la spesa da sola."

Gramps voleva dirle che l'avrebbe portata ovunque volesse andare, ma Tiana lo anticipò.

"Ti aiuto io. C'è una fermata dell'autobus vicino all'entrata del complesso. Vedrai, è facilissimo."

"Grazie," disse Cassidy con un grande sorriso sul volto.

Gramps avrebbe dovuto abituarsi all'idea che Cassidy, in realtà, non aveva bisogno di lui. Aveva cresciuto Mario per undici anni senza di lui. Era sopravvissuta cinque anni nella casa di un trafficante di droga. Non serviva che lui si impicciasse.

Dopo aver fatto un profondo respiro, Gramps salutò Tiana con un cenno del capo e si avviò verso la porta. Mentre la apriva, sentì una mano posarglisi sulla schiena. Si girò e si accorse che Cassidy l'aveva seguito.

"Leo?"

"Sì, Cass?"

"Io... Grazie... per l'appartamento, per averci portato via dalla Giamaica, per essere stato grandioso con Mario... Ti volevo solo dire che... ti sono grata."

"Lo so," disse Gramps. Era vero. Il problema era che lui davvero non cercava gratitudine. Voleva qualcosa di più. Voleva *tutto*. Eppure doveva lasciare che Cassidy camminasse con le proprie gambe, che prendesse da sola le decisioni che la riguardavano. Doveva riabituarsi alla vita negli Stati Uniti, a muoversi liberamente, non sotto lo sguardo vigile di Coke e delle sue guardie di sicurezza. Mai e poi mai Gramps avrebbe voluto opprimerla. Desiderava che Cassidy si realizzasse, che volasse alta... e avrebbe potuto farlo solo se avesse avuto lo spazio sufficiente per dispiegare le ali.

"Sarà strano non averti più intorno," disse Cassidy con qualche esitazione.

A Gramps si sciolse il cuore. "Ti resterò intorno," disse con aria scontrosa. "Sempre che tu mi voglia. Il fatto che siamo tornati negli Stati Uniti non significa che dobbiamo diventare due estranei. Tu mi piaci, Cass. Non ti avrei chiesto di venire a Indianapolis se non fossi intenzionato a conoscerti meglio.

Il sollievo che le affiorò negli occhi fu come un balsamo per l'anima di Gramps. Si diede una possibilità e la avvicinò, posandole una mano dietro al collo. La tirò a sé e se la strinse forte al petto. Gli piacque l'intensità con cui lei a sua volta lo abbracciò. Era bello sentirla tanto vicina.

Il piano di lasciare a Cassidy lo spazio di cui lei aveva bisogno sarebbe andato a rotoli se Gramps si fosse trattenuto ancora lì, perciò si scostò da lei e fece un passo indietro. Non si trattenne, tuttavia, dal chinarsi verso di lei, baciandola sulla fronte. "Oggi, mentre sono in giro, prenderò un telefono per te e uno per Leo."

"No, Leo, è troppo..."

Gramps si limitò a scuotere la testa. "Niente affatto. Avrete bisogno di mettervi spesso in contatto. Credo che vi ci vorrà un po' per sentirvi davvero al sicuro... Potervi mandare anche solo un messaggio in qualsiasi momento sarà d'aiuto. Inoltre, così potrete chiamare me e i ragazzi... e anche Skylar, Taylor e Molly... Ah, e poi immagino che vorrai sentire i tuoi genitori.

"Cavoli... Perché sei così carino con me?" Cassidy cercò di dirlo con ironia, per quanto in realtà fosse sul punto di commuoversi.

Perché te lo meriti. Perché *Mario* se lo merita. Perché in te c'è qualcosa che mi costringe a desiderare ciò che non ho potuto avere a diciott'anni... ed è da trent'anni che mi rammarico di non aver cercato di rifarmi. Non sprecherò questa seconda possibilità che mi è stata data. Buona giornata... Se hai bisogno di me, Tiana ha il mio numero. Non farti problemi a chiederle di chiamarmi, per qualsiasi cosa. Ci vediamo dopo."

Sforzandosi di ignorare lo stupore che affiorava sul viso di Cassidy, Gramps la lasciò andare e uscì dall'appartamento.

Camminò verso la sua Nissan Frontier blu scuro. I ragazzi lo prendevano in giro per aver scelto quella macchina, dicendogli che non era né un pick-up né un SUV, ma un bizzarro incrocio tra le due cose; lui, comunque, la adorava. C'era posto per tre passeggeri più l'autista e il cassoncino sul retro poteva contenere anche oggetti ingombranti. Prima di uscire dal parcheggio, Gramps guardò nello specchietto retrovisore.

L'appartamento di Cass e Mario era al secondo piano dell'edificio, alla fine del corridoio esterno; Tiana abitava di fianco a loro, poi c'era il vecchio appartamento di Skylar, dove ora viveva una madre single, e infine casa di Maria. Cassidy e suo figlio erano al sicuro.

Gramps non avrebbe saputo dire con precisione perché si sentisse quel nodo allo stomaco, ma era consapevole di non poter restare lì, se Cassidy aveva bisogno del proprio spazio. Doveva lasciare che lei e Mario vivessero da persone libere, che fossero finalmente se stessi, lontano da gente che li costringeva a vendere droghe... e che era pronta a *venderli*. Per loro, era cominciata una vita nuova e Gramps avrebbe fatto in modo che se la godessero.

————

Dopo che Leo uscì, Cassidy restò di fronte alla porta chiusa, travolta da un turbinio di emozioni. Avrebbe voluto chiedergli di restare, ma doveva concentrarsi sulla sua nuova vita. Doveva essere forte, ma non sarebbe stato facile, visto che non si era mai sentita tanto fragile.

"È un brav'uomo," le disse Tiana, alle sue spalle.

Cassidy fece del suo meglio per ricomporsi e si voltò verso di lei. "Sì," concordò.

"Skylar mi ha detto che voi due vi conoscete da tanto tempo."

"Sì, dai tempi delle superiori. Lui era all'ultimo anno quando io ero una matricola."

"Fammi indovinare: allora avevi una cotta per lui," disse Tiana con un sorrisetto furbeggiante.

"Beh, sì... ma non ero l'unica, credo."

"Non sono affari miei... ma è meglio che tu lo sappia subito:

io sono la vicina ficcanaso. Mi faccio gli affari *di tutti*. Quindi è meglio che ti ci abitui subito. Ora, per come la vedo io, il ragazzo ha un debole per te."

Cassidy si rese conto che stava arrossendo, ma dentro di sé sentì l'impulso di improvvisare una piccola danza della felicità lì dov'era, nell'entrata del suo nuovo appartamento. Si trattenne e scosse la testa. "È solo che siamo reduci da un paio di giorni intensi."

Tiana strinse le labbra e scosse il capo a sua volta. "Nah. Non è quello. Ho visto come la relazione tra Skylar e Bull è andata da zero a cento in men che non si dica. Lui la guardava come se non potesse sopportare di allontanarsi da lei. In più di un'occasione, ho avuto l'impressione che, se lui avesse potuto caricarsela sulle spalle e portarla via di qui, lo avrebbe fatto. Poco fa, guardando gli occhi Gramps, ho avuto la stessa impressione."

Cassidy si passò la lingua sulle labbra. "È diverso, per noi. Lui si sente in colpa per quello che mi è successo, per quello che ha dovuto fare." Non sapeva perché si stesse ribellando con tanta foga a ciò che Tiana le aveva detto. Probabilmente perché, se avesse creduto a ciò che la sua nuova vicina di casa e amica le aveva appena detto, avrebbe rischiato di restarci scottata; dopo tutto, le attenzioni che Leo le riservava avrebbero ancora potuto rivelarsi nient'altro che il frutto della sua innata gentilezza.

"Non conosco i vostri trascorsi, ma credimi se ti dico che Gramps non ti guarda come uno che vuole solo essere tuo amico," disse Tiana. Dopodiché, prese Cassidy a braccetto e la guidò verso la cucina. "Ma ne abbiamo già parlato abbastanza. Ci aspetta un bel po' di lavoro, se vuoi dare una sistemata a questo posto prima che lui ritorni. Puoi decidere come organizzare gli armadi mentre Mario dà un'occhiata ai vestiti nuovi... e poi dobbiamo conoscerci meglio. Sei di El Paso? Così mi ha detto Skylar."

Cassidy si lasciò portare in cucina e decise che era fortunata ad avere una persona con cui parlare. Non si fidava di qualcuno da talmente tanto tempo che si sentì quasi in imbarazzo a discorrere della sua città e del suo passato.

Per la prima volta dopo anni, aveva davanti un futuro a cui guardare. C'era molto da fare: trovarsi un lavoro, trovare una scuola per Mario, farsi un'assicurazione, familiarizzare con la nuova città... ma nulla di tutto ciò la spaventava; anzi, era entusiasta. Inoltre, per quanto non se ne capacitasse, le sembrava di avere più amici dopo un solo giorno a Indianapolis che dopo una vita a El Paso.

D'altronde, Alfred aveva fatto in modo che lei si estraniasse da tutti quelli che lei conosceva nella sua città natale. Ci aveva messo un po' ad accorgersene, occupata com'era a interpretare il ruolo della brava mogliettina tutt'altro che incline a creare scompiglio. Da quando era nato Mario, poi, le uniche persone con cui Cassidy aveva parlato regolarmente erano stati il marito e i genitori. Con mamma e papà, peraltro, parlava al massimo un paio di volte al mese.

Da quel momento in poi, tuttavia, c'erano Tiana e le altre donne che vivevano lì. Skylar, Taylor e Molly avevano davvero fatto il possibile per rendere piacevole l'arrivo nella sua nuova casa e per procurarle tutto ciò di cui lei aveva bisogno per ricominciare. Naturalmente, c'erano anche Leo e i suoi amici.

Non aveva idea di cosa avesse in serbo il futuro, ma non poteva fare a meno di pensare che quello fosse il posto giusto per lei.

Sorridendo, Cassidy prese una delle borse e cominciò a svuotarla.

CAPITOLO NOVE

"Rilassati," le disse Leo mentre oltrepassavano in auto il cancello di sicurezza. Erano arrivati all'Assistenza Silverstone.

Cassidy, però, non riusciva a rilassarsi. Il massiccio cancello le ricordava un po' troppo la prigione dalla quale era appena riuscita a evadere.

Leo parcheggiò sul retro dell'edificio, che agli occhi di Cassidy aveva un aspetto piuttosto inquietante, e spense il motore. Si sganciò la cintura di sicurezza e si voltò, così da poter guardare sia Mario, seduto sul sedile posteriore, che Cassidy.

"Qui alla Silverstone adottiamo molte misure di sicurezza perché questa parte della città è un po' pericolosa... anche se da quando abbiamo avviato l'attività, circa sei anni fa, la criminalità è calata. I carroattrezzi sono piuttosto costosi, inoltre vogliamo che i nostri dipendenti si sentano protetti quando sono qui. Questo è l'edificio principale... nessuno può entrare senza conoscere il codice di accesso o senza che qualcuno apra la porta. Il garage è aperto ventiquattr'ore su ventiquattro e non vogliamo che qualcuno si metta in testa di poter entrare, che so, alle tre di notte.

"Le telecamere servono per controllare quello che succede qui fuori, non *all'interno*. Nel seminterrato c'è anche un bunker, dove entra solo chi ha il permesso. Vi darò il codice di accesso per entrare nell'edificio, così potrete venire quando vorrete. Siete al sicuro qui... e non siete in prigione. Giuro."

Cassidy fece un profondo respiro e annuì. "Il cancello all'entrata mi ha riportato con la mente alla Giamaica," ammise.

"Lo so... e mi dispiace. Avrei dovuto prepararti."

Lei scosse il capo. "No... si tratta della tua ditta. Avete fatto bene a prendere tutti questi accorgimenti. È solo che sono un po' nervosa."

"Leo?" lo chiamò Mario dal sedile posteriore.

Lui si voltò verso il piccolo. "Sì, ragazzo?"

"Pensi *davvero* che siamo al sicuro e che Lloyd e Martin non ci riporteranno in Giamaica?"

Cassidy sentì una stretta al cuore. Era stata *lei* a rendere Mario tanto timoroso. Se avesse potuto tornare indietro nel tempo e prendere decisioni diverse, lo avrebbe fatto... ma visto che non poteva, si ripromise che da quel momento in poi avrebbe sempre messo Mario al primo posto e che si sarebbe adoperata perché lui diventasse uomo in un ambiente sicuro.

Sobbalzò quando Leo le prese la mano, ma lui non la guardava; continuava a tenere gli occhi fissi sul piccolo. Leo era la prima persona a parlare con Mario dandogli tutta la propria attenzione.

"Vorrei poterti dire che non ti succederà mai più nulla di brutto," gli disse Leo, "ma non posso. Nel mondo ci sono persone cattive che si divertono a opprimere il prossimo. Probabilmente, se ti chiudessi a chiave nella tua nuova casa e non uscissi mai più, allora saresti davvero al sicuro... ma non sarebbe molto spassoso, vero?"

Mario scosse la testa.

"Quindi non posso garantirti che sarai sempre al sicuro. Ciò che *posso* prometterti, però, è che tua madre e tutte le persone che conoscerai oggi faranno il possibile per proteggerti da chiunque voglia farti del male... e intendo davvero *chiunque*. Lloyd, Martin, i bulli che conoscerai in futuro... chiunque pensi di poterti prevaricare perché è convinto che tu sia diverso. Qui alla Silverstone sono tutti al sicuro: tu, tua madre e tutti quelli che oltrepassano quella porta. Punto."

Mario annuì.

Cassidy sapeva che il piccolo non comprendeva appieno ciò che Leo gli stava offrendo. Se davvero Mario era gay, lo aspettavano anni tutt'altro che facili. Leo stava gettando le fondamenta perché lui si creasse uno spazio dove poter essere se stesso, qualunque fosse la sua natura. Per lei, tutto ciò significava moltissimo, sebbene le sarebbe stato difficile trasformare in parole la gratitudine che provava.

Cassidy strinse la mano di Leo e lui ricambiò, senza però distogliere lo sguardo da Mario.

"So che sono successe tante cose in pochissimo tempo, ma ti prometto che ora tutto procederà più lentamente. La mamma ti troverà un'ottima scuola e tu ti farai un sacco di amici della tua età. Ho anche cominciato a cercare un posto dove tu possa prendere lezioni di ballo. Ti piacerebbe?"

"Sì?" gli chiese Mario con occhi d'un tratto più grandi. "Davvero?"

"Davvero." Lo sguardo di Leo guizzò verso Cassidy. "Se la mamma è d'accordo, naturalmente."

"Oh, mamma, posso? Mi piacerebbe tanto! Tantissimo!"

Cassidy fece una risatina. "Certo, Mario. Credo che potremmo anche iscriverti a un corso di ginnastica artistica, se hai voglia di provare."

"Mitico! È il giorno più bello della mia vita!" esclamò Mario, che poi aprì la portiera e saltò giù dall'auto per esibirsi in una danza improvvisata, proprio lì nel parcheggio dell'Assistenza Silverstone.

"Pare che l'abbia presa abbastanza bene," osservò Leo con sarcasmo.

"Già, abbastanza..." confermò Cassidy, afferrando la mano di Leo mentre lui si apprestava a uscire dall'abitacolo. "Leo?"

"Sì, Cass?"

"Mi dispiace per essermi innervosita vedendo il sistema di sicurezza. Capisco perché prendete tutte queste precauzioni, davvero."

"Non ti devi mai scusare per essere preoccupata," le disse lui, sistemandole una ciocca di capelli dietro l'orecchio. "Nessuno può rimproverarti per come ti senti... e sono certo che questa non sarà l'ultima volta che il passato ti si ripresenterà. In futuro, qualsiasi cosa ti faccia stare in pensiero, non esitare a rendermene partecipe. Ok?"

"Ok," rispose lei, colpita da quella disponibilità. Era chiaro che Leo fosse interessato a lei... e la cosa era reciproca, anche se tutto sembrava ancora troppo bello per essere vero. Che Leo fosse tanto carino con tutte le persone a cui salvava la vita? O c'era davvero qualcosa di speciale tra di loro? A lei, ciò che li legava sembrava unico, ma d'altronde Cassidy sapeva bene di non essere molto attendibile quando si trattava di questioni di cuore. Solo il tempo avrebbe potuto darle conferme.

Scese dall'auto e rise di fronte a Mario, che stava ancora ballando come un matto. Leo gli fece un fischio e lo invitò con un gesto a seguirli. "Ehi, Fred Astaire, andiamo. Ti faccio vedere come si inserisce il codice per entrare nell'edificio."

Mario rise e corse a zig-zag fino ad affiancare Leo.

Contenta per la leggerezza che sembrava pervadere il figlio, Cassidy li seguì fino alla tastiera posta sul muro in prossimità della porta. Sapeva che le ci sarebbe voluto un po' per memorizzare il lungo codice che Leo digitò, ma annuì come se fosse una questione da poco. Lui fece un sorrisetto compiaciuto: molto probabilmente, Cassidy non avrebbe ricordato le dieci cifre che le aveva ripetuto ben tre volte.

Entrarono e Cassidy si stupì quando Leo prese tre targhette magnetiche dalla grande lavagna metallica appesa vicino alla porta. Si accovacciò di fronte a Mario e gli consegnò la targhetta su cui era scritto il suo nome a lettere grandi e nere.

"Ti ricordi perché è necessario che te la metti quando sei qui dentro?" gli chiese.

Mario annuì. "Perché Taylor soffre di progro... promo... pro-qualcosa... e quindi non è in grado di ricordare facce e nomi."

"Prosopagnosia," scandì Leo. "Giusto. Il garage è un posto sicuro non solo per voi, ma per tutti quelli che ci vengono... e noi non vogliamo che Taylor debba preoccuparsi di indovinare con chi parla, quando è qui. Tutti portiamo le targhette, così lei non deve preoccuparsi di chiedersi chi è chi."

Mario annuì. "È una bella cosa."

"Proprio così," concordò Leo mentre si rialzava. Porse una targhetta anche a Cassidy. "Questa è per te."

"Non posso credere che ci siano già le targhette per noi."

"Le ha fatte Skylar. È super-organizzata... sarà la maestrina che è in lei," disse lui sorridendo, poi si fissò la propria targhetta alla maglietta e indicò il corridoio con la mano. "Pronti?"

Cassidy non era certa di esserlo, ma annuì comunque.

"Andrà tutto bene," disse Leo dopo aver notato la sua evidente titubanza.

Mario le afferrò la mano, apparentemente tanto nervoso quanto lo era lei, e tutti e tre s'incamminarono lungo il corridoio, alla fine del quale si apriva una grande stanza che Cassidy poteva già intravedere. Dal rumore si intuiva che nella stanza c'erano un sacco di persone e Cassidy ne ebbe la conferma non appena entrarono: ad accoglierli c'era una piccola folla.

Tutti, però, ridevano e chiacchieravano; sembrava che se la stessero davvero spassando. L'allegria che aleggiava nella stanza contribuì molto a far sì che Cassidy si rilassasse subito. Nella villa di Michael le era capitato tante volte di entrare in una stanza piena di gente, ma non ricordava di essersi mai sentita a suo agio; la tensione era sempre alta, come se tutti sapessero che la situazione sarebbe potuta precipitare da un momento all'altro.

"Ciao," disse Leo salutando i presenti con vari cenni del capo.

A Cassidy piaceva la gestualità di Leo. Quel modo di salutare, per esempio, era davvero da macho... e ogni volta che glielo vedeva fare, le veniva da sorridere. Un paio di volte, aveva persino sorpreso Mario che cercava di imitare quel gesto; anche il piccolo, come lei, sembrava ammaliato dall'uomo che li aveva salvati.

Gli uomini che erano nella stanza salutarono a voce, ma Cassidy si concentrò sulle tre donne che si affrettavano verso di lei. Sapeva benissimo chi erano, non aveva bisogno di leggere i nomi sulle targhette.

La ragazza carina dai capelli fulvi doveva essere Skylar. Aveva sentito parlare molto della maestra d'asilo; il sorriso luminoso e accogliente con cui le veniva incontro le suggerì che Skylar doveva essere tanto dolce quanto Leo gliela aveva descritta. La donna che teneva in braccio il bambino era Taylor, mentre quella incinta era Molly.

Tutte e tre sembravano aperte e socievoli, oltre che curiose, come si leggeva nei loro occhi.

"Ciao!" disse Skylar avvicinandosi. "Sono Skylar. Queste sono Taylor e Molly... Siamo contentissime di conoscerti. Hai trovato tutto nell'appartamento? Tiana mi ha detto che tu e Mario vi siete sistemati bene, ma se manca qualcosa, sappi che saremo ben felici di accompagnarti a fare compere."

Taylor rise. "Già, Skylar adora lo shopping."

Molly sorrise a entrambe. Continuava a tenersi una mano sul pancione, come per mantenere un contatto con la bambina che portava in grembo.

Cassidy si sentiva leggermente in imbarazzo, come le succedeva sempre quando faceva la conoscenza di qualcuno, ma sorrise e disse: "Ciao. Grazie mille per tutto ciò che avete fatto per noi."

"Tu devi essere Mario," disse Molly, rivolgendosi al piccolo con un sorriso.

Lui confermò con un cenno del capo.

Molly si chinò verso di lui, come se stesse per rivelargli un segreto. "Ho sentito dire che ti piace ballare."

"Sì, signora," rispose diligentemente.

"So da fonti certe che Mark sta pensando di comprare un

videogioco della serie *Dance Dance Revolution* da mettere nel seminterrato. Ti piacerebbe giocarci?"

Mario alzò lo sguardo verso la madre. "Non so di cosa si tratti, ma se c'entra il ballo, sono certo di sì."

"Beh, ragazzo, allora te la spasserai," disse Molly con entusiasmo. "Ti piacerà sicuramente!"

"Smoke vuole comprare un altro gioco?" chiese Leo con tono lamentoso; ma Cassidy capì che stava scherzando. "Di sotto ci sono già due flipper e un Pac-Man... mi sembra che bastino."

"Ti sbagli," disse Eagle sbucando da dietro le spalle di Taylor. La tirò a sé e Cassidy notò la lietezza con cui Taylor si concesse alla presa del marito. "Ultimamente abbiamo molti bambini qui al garage, soprattutto nel pomeriggio," continuò Eagle. "Non vogliamo che si annoino... e credo sia decisamente una buona idea se Smoke compra un altro videogioco, così io potrò stabilire un altro record di punteggio," aggiunse con un sorrisetto. "Inoltre, voglio che mio figlio, quando crescerà, abbia a disposizione videogiochi in abbondanza con cui fare pratica, visto che deve diventare il campione del mondo di flipper."

"*Tu* stabilirai un altro record?" ribatté Taylor roteando gli occhi. "Non credo proprio."

Cassidy sentì Leo emettere un secondo lamento. Poi lui si chinò e le sussurrò all'orecchio: "Non lasciare che quei due ti convincano a giocare. Mai e poi mai. Sono entrambi imbattibili al flipper. Non so come ci riescano."

"Sai giocare a flipper, Mario?" gli chiese Taylor.

"No, signora."

"Puoi chiamarmi Taylor. È meglio, se non sai giocare, non dovrò correggere abitudini sbagliate. Più tardi, se per tua madre va bene, scendiamo di sotto e comincerò a mostrarti qualche trucchetto."

"Mario, hai fame?" gli chiese Bull mentre raggiungeva il gruppetto. "Archer ha preparato i maccheroni al formaggio. Dammi retta: non hai mai mangiato maccheroni al formaggio tanto formaggiosi, filanti e deliziosi."

Mario guardò Cassidy con un'espressione talmente suppliche-vole da innescare in lei una risatina. "Va' pure, tesoro." Avevano pranzato da poco, ma Mario era piuttosto esile per la sua età e un altro rifornimento non gli avrebbe certo nociuto.

Il bimbo che Taylor teneva in braccio cominciò ad agitarsi e lei arricciò il naso. "Dall'odore, direi che è ora di cambiarlo," disse rivolta a nessuno in particolare.

"Ci penso io," si offrì Eagle allungando le braccia verso il figlio.

Cassidy fu toccata dalla devozione che traspariva dal viso di Eagle. Stava scoprendo un lato diverso degli amici di Leo... un lato che le piaceva molto. Negli anni che aveva passato alla villa di Michael, non aveva visto molti gesti di rispetto nei confronti delle donne. Anche se non c'erano bimbi piccoli nella villa, nessuno degli uomini che facevano parte dell'*entourage* di Michael si sarebbe abbassato a cambiare un pannolino.

Eagle diede un bacio a Taylor, prese il bebè e si allontanò verso un corridoio coccolandoselo tra le braccia.

"Siamo davvero felici di averti qui tra noi," bisbigliò Taylor a Cassidy. "Immagino tu sia un po' scombussolata per tutto quello che sta succedendo... ma ricordati che per qualsiasi cosa, noi ci siamo."

"Grazie mille," disse Cassidy. Le ragazze le andavano a genio... come del resto i loro mariti. Erano tutti disponibili e calorosi. Nonostante fosse effettivamente un po' scombussolata, Cassidy non aveva dubbi sul fatto che la sollecitudine che tutti mostravano a lei e a Mario fosse sincera.

"Avanti, lascia che ti presenti gli altri," disse Leo. Le appoggiò le punte delle dita sulla parte bassa della schiena e dal punto in cui la toccò partì un piccolo brivido che le risalì la spina dorsale. Per lei, anche quella delicatezza era una novità: quando Lloyd, Martin o un altro degli uomini di Michael voleva che lei andasse da qualche parte, non faceva altro che prenderla per un braccio e trascinarla in giro. La gentilezza era una dote sconosciuta nella villa. Negli ultimi anni ci aveva quasi fatto l'abitudine, ma le premure che Leo e gli altri le usavano l'avevano costretta a constatare ancora una volta quanto terribile fosse stata la situazione dalla quale era appena uscita.

Leo la condusse in cucina. Un uomo con un filo di pancetta e un gran sorriso stampato in volto la salutò.

"Tu devi essere Cassidy!" rombò l'uomo, che poi abbassò lo sguardo. "E tu, Mario! Piacere di conoscervi!"

"Cassidy, ti presento Shawn Archer, il nostro cuoco. Lo avevamo assunto per tenere il garage pulito e curare il giardino, oltre che per cucinare, ma poi ci siamo resi conto che il suo regno era dietro ai fornelli," spiegò Leo.

Shawn era leggermente più alto di lei e aveva bonari occhi marroni. Le sue guance erano arrossate per via del calore che saliva dai tegami e c'era qualche traccia di farina nel castano dei suoi capelli. Sembrava animato da una contentezza innata, il che contribuì a rendere Cassidy ancora più tranquilla di quanto già non fosse. I cuochi che lavoravano nella villa di Michael l'avevano sempre guardata storto e lei aveva capito, già poco tempo dopo essersi trasferita lì, che non volevano *nessuno* in cucina. Si erano anche rivelati piuttosto rigidi: se Mario aveva voglia di uno snack, loro non glielo preparavano; inoltre, non consentivano a nessuno di curiosare in dispensa in cerca di uno spuntino tra i pasti.

Shawn si voltò verso Mario e con un gesto lo invitò ad avvicinarsi. Dopo aver chiesto il permesso a Cassidy con lo sguardo, il piccolo si mosse lentamente verso i fornelli. Shawn gli mise una mano sulle spalle e lo portò davanti a una porta chiusa, poi la aprì e gli disse: "Questa è la dispensa. Gli snack sono sui ripiani bassi, quindi, quando hai fame, posso prepararti qualcosa io, oppure puoi venire tu qui a rifornirti."

Mario spalancò gli occhi mentre ammirava la cornucopia che gli si presentava davanti: patatine, pretzel, popcorn, merendine... Gli sembrava di aver appena scoperto un tesoro.

"Però non è il caso di mangiare sempre robaccia, naturalmente. Qui abbiamo anche frutta e verdura fresche. È meglio bilanciare l'adorato cibo spazzatura con qualcosa di salutare, ok?" lo pungolò Shawn.

Mario annuì sovrappensiero, ancora rapito dallo spettacolo che aveva davanti agli occhi.

La reazione del piccolo provocò in Cassidy un'ondata di tristezza. Mario era stato privato di un'infanzia spensierata, in *ogni* modo... e ancora una volta, lei si sentiva sulle spalle il peso della responsabilità.

"Va tutto bene," disse Leo, che era ancora di fianco a lei. "Hai fatto ciò che potevi in una gran brutta situazione."

Cassidy deglutì a fatica e annuì. In realtà, però, sapeva di avere molto da recuperare. Non voleva certo che Mario diventasse un bambino viziato, ma di certo sentiva la necessità di dare a suo figlio un po' di ciò che in passato il piccolo non aveva avuto.

"Papà!"

Una bambina entrò in cucina correndo e Shawn la prese al volo cingendole la vita con un braccio.

"Ciao, Sandra. Voglio presentarti due persone," disse Shawn voltandosi verso madre e figlio. "Loro sono Cassidy e Mario. Sono arrivati qui da poco... e sono i nuovi amici di Gramps."

"Ciao!" li salutò Sandra allegramente. "Ti va di giocare con me?" chiese a Mario.

Era una bambina bellissima. Secondo Cassidy, aveva sei o sette anni. Portava i capelli neri raccolti in due trecce alle cui estremità erano perline bianche e rosa. Le trecce dondolavano nell'aria mentre Sandra si voltava per salutare i presenti, facendola sembrare in costante movimento. Indossava un paio di jeans con gli strappi in corrispondenza delle ginocchia e una maglietta dell'Assistenza Silverstone.

Mario guardò ancora la madre in cerca di approvazione. "Va bene," lo rassicurò lei.

"Solo per un po'," disse Shawn a sua figlia. "Hai promesso che mi avresti aiutato con la cena."

Sandra guardò Mario e spiegò: "Prepariamo la minestra di

pollo e verdure. Papà la fa mooooolto buona. Io trovo sempre le carote, ma le altre verdure praticamente si sciolgono e tutti i sapori si fondono."

"Non l'ho mai mangiata," le disse Mario.

"Veramente?" Sandra spalancò gli occhi. "È deliziosa! Specialmente quella che prepara papà. Andiamo, tengo le Barbie e le macchinine in una delle camere da letto. Sto costruendo un fortino dove tutti possono nascondersi per proteggersi da Bigfoot, il bestione che sta per attaccare la città."

Mario sembrava preso alla sprovvista, ma lasciò che la sua nuova amica gli prendesse la mano e lo trascinasse verso lo stesso corridoio in cui era sparito Eagle poco prima.

"Scusatela," disse Shawn. "Ha modi un po' autoritari, ma non lo fa con cattiveria. Ci stiamo lavorando.

"Non c'è problema," lo rassicurò Cassidy. "Mario non ha conosciuto molte bambine... né ha avuto tante occasioni di giocare spensieratamente. Gli farà bene."

Dopodiché, Leo le presentò le altre persone che erano nello stanzone, ossia tutti i dipendenti dell'Assistenza Silverstone. Lui e gli altri le avevano parlato molto della ditta durante la sosta a Miami. Cassidy era rimasta molto colpita dal racconto di come la loro attività era decollata quasi subito. La visita al garage e la constatazione di quanto i dipendenti fossero soddisfatti del loro lavoro le stavano facendo capire il perché.

Cassidy era contenta che tutti portassero le targhette con i nomi, visto che non avrebbe potuto ricordarseli. Jose, Robert, Christine, Leigh... cominciava a girarle la testa. Le spiegarono che gli autisti andavano e venivano a ogni ora del giorno e della notte. Se il lavoro andava a rilento, restavano al garage a guardare la TV, a farsi una dormita o a mangiare uno dei manicaretti che Shawn preparava per loro. L'Assistenza Silverstone era aperta ventiquattr'ore su ventiquattro e perciò al centralino c'era sempre qualcuno di turno.

Il seminterrato aveva lasciato Cassidy senza parole. C'erano i flipper, il calcino, poltrone confortevoli e un enorme schermo

TV: era davvero un posto pensato per divertirsi in compagnia o anche solo per rilassarsi.

Bull, Eagle e Smoke erano in altre stanze con le rispettive mogli. Prima di scendere le scale, Cassidy e Leo avevano dato un'occhiata a Mario, che stava giocando piacevolmente con Sandra. Al momento, lei e Leo erano soli nel seminterrato e lui la teneva per mano già da un po'. Era da molto tempo che qualcuno che non fosse suo figlio non la prendeva per mano; il contatto con Leo le dava una sensazione di... conforto.

La condusse lungo un corridoio e si fermò di fronte a una porta molto diversa dalle altre; era blindata e la complessa tastiera lì vicino le suggerì che non si trattava semplicemente di un'altra camera da letto, né di uno sgabuzzino.

"È il nostro bunker," le disse Leo. "Te ne ho parlato prima, in macchina. È qui che io e i ragazzi svolgiamo le ricerche e pianifichiamo le nostre missioni. I documenti riservati su potenziali obiettivi sono qui dentro. È a prova di incendio e anche di tornado. Nessuno può entrarci."

Cassidy deglutì. Non capiva bene perché lui sembrasse intenzionato a mostrarle il bunker.

Ancora una volta, Leo parve in grado di leggerle nel pensiero. "Voglio che tu e Mario vi sentiate al sicuro qui. Sei stata sotto il controllo di Coke troppo a lungo. La tua vita non era più tua. Qui in Indiana ti aspetta un nuovo inizio. Non sto dicendo che non avrai delusioni, né che non ti si presenteranno delle sfide, perché la vita è fatta anche di queste cose... ma all'Assistenza Silverstone tu e tuo figlio siete protetti. Al sicuro e protetti, al cento per cento. Se però dovessi sentirti in pericolo, puoi venire quaggiù e nasconderti nel bunker. Senza doverti giustificare."

A Cassidy vennero le lacrime agli occhi.

Appena qualcuna le scese sulle guance, lui gliela asciugò con i pollici. "Non penso che succederà. Come ti ho già detto, l'FBI ha fatto in modo che nessuno possa trovarci... ma non esistono certezze assolute. Coke è morto, ma gli altri membri della sua organizzazione sono vivi e vegeti. La Silverstone è il tuo rifugio. Punto. Intesi?"

Cassidy fece cenno di sì.

"Bene. Ora lascia che ti mostri come funziona la tastiera."

Dopo averlo attivato, Leo spiegò pazientemente che il sistema era biometrico, poi fece inserire a Cassidy le impronte digitali. "Non devi premere alcun tasto per entrare, basta che metti il dito sullo scanner e la porta si aprirà automaticamente. In situazioni estreme, è possibile sigillare la porta, sia dall'esterno che dall'interno, spingendo asterisco, poi tre volte nove. Così si aziona il blocco totale e si può entrare e uscire solo digitando il codice di disattivazione."

"E chi ce l'ha?" chiese Cassidy

"Io, Bull, Eagle e Smoke. Nessun altro. Le impronte digitali di Taylor, Skylar e Molly sono state inserite nel sistema, ma quelle dei dipendenti no. Non è che non vogliamo che anche loro, nel caso succeda qualcosa, siano protetti... ma non sanno delle nostre missioni e preferiamo che le cose restino così."

Cassidy si mordicchiò un labbro.

"Che c'è? A cosa stai pensando?"

"Perché lo stai dicendo a *me*?" gli chiese. "Sì, insomma... le ragazze sono le mogli dei tuoi amici, ha senso che lo sappiano..."

Cassidy non fu in grado di interpretare l'espressione di Leo, ma percepì sincerità nella sua voce. "Perché tu, più di chiunque altro io abbia mai conosciuto, hai bisogno di sentirti protetta, visto che sei reduce da una serie di brutte avventure... perché sai già delle nostre missioni, avendo partecipato a una di queste in prima persona... e perché mi fido di te, Cass. Ti conosco da più di venticinque anni. Certo, non sappiamo i piccoli dettagli delle nostre quotidianità, ma quando ero nell'esercito e tu mi scrivevi... io vivevo in attesa di ricevere le tue lettere. Mi facevano sorridere... e scrivendoci, ci siamo aperti l'uno all'altra. Sono stato uno stupido a non cercare di tenerti nella mia vita. Ora mi sembra che ci venga data una seconda possibilità. Però non ti voglio fare pressioni... Tu hai bisogno di tempo per riprendere in mano la tua vita, per trovare una nuova normalità. Tu e Mario ne avete davvero bisogno. E... non so, forse sono pazzo e ciò che provo non è ricambiato..."

"Non è così," bisbigliò Cassidy, intimidita ma allo stesso tempo energizzata da quelle parole. Anni prima, quando Leo era nell'esercito, gli aveva scritto quelle lettere perché sentiva la sua mancanza e perché era fiera di lui. Non aveva mai sospettato che quella corrispondenza significasse tanto per lui.

Fu sommersa dal rimpianto. La sua vita sarebbe stata diversa, se lei avesse avuto il coraggio di farsi avanti con Leo in maniera più decisa.

"Mi fa piacere. Non voglio precipitare le cose. A te e a Mario serve tempo e io ve lo darò. Sperò però che mi consentirai di esserti amico mentre ti rimetti in carreggiata."

"Certo," gli disse Cassidy.

"Bene. Ora... torniamo al bunker. Se in qualsiasi momento ti senti nervosa o sospetti che ci sia qualcosa che non va, puoi venire qui. Non mi importa se è notte fonda: puoi prendere su, venire al garage e rinchiuderti qui. Da dentro puoi chiamarmi e io farò tutto ciò che posso per capire cosa stia succedendo. Sai, in realtà, puoi venire qui anche senza un motivo preciso. Bull e gli altri mi hanno detto che le loro compagne a volte hanno attacchi di panico, per via di ciò che è successo loro."

Cassidy annuì. I ragazzi le avevano raccontato le brutte esperienze che avevano vissuto le loro mogli. Skylar era stata rapita da un pedofilo che in realtà puntava alla piccola Sandra. Taylor era finita nel mirino di un serial killer che l'aveva tormentata per mesi. Molly era stata perseguitata dal suo ex, che le aveva poi sparato e l'aveva data per morta. Visti quei loro trascorsi, Cassidy si era sentita un po' a disagio di fronte al prospetto di conoscerle, ma per la stessa ragione sentiva anche un forte legame con le tre donne: anche loro, come lei, sapevano cosa significava sentirsi indifese e non avere il controllo sulla propria vita.

"Grazie," disse a Leo, "anche se al momento, per fortuna, non ho attacchi di panico."

"Vorrei averci messo meno tempo a trovarti," ribatté lui.

Agendo d'istinto, Cassidy lo abbracciò e gli posò la testa sul petto. Leo ricambiò l'abbraccio ed emise un sospiro di appagamento. Lì, in piedi al centro del bunker, Cassidy si sentiva come dentro a una bolla. Michael era morto. Lloyd non poteva trovarla. Martin non avrebbe più toccato Mario, né lo avrebbe spedito nelle zone più malfamate di Kingston a consegnare droga. Lei e il figlio potevano rilassarsi e abbassare la guardia.

Molti aspetti della loro nuova vita dovevano ancora essere definiti, ma Cassidy sapeva che, se in quel momento era lì e poteva sentirsi al sicuro, il merito era di Leo e dei suoi amici.

Lui non era tenuto a consentirle l'accesso nel bunker, ma Cassidy non poteva negare che l'idea che ci fosse un posto dove lei e Mario potessero rifugiarsi in caso di pericolo la faceva sentire meglio. Per quanto, razionalmente, fosse consapevole di essere lontana dalla Giamaica, negli ultimi giorni le era successo piuttosto spesso di avere il batticuore al pensiero di ciò da cui era fuggita.

Passarono lunghi e lenti momenti, poi Leo si scostò da lei e Cassidy fece altrettanto. "Andiamo a dare un'occhiata a Mario. A volte, Sandra può essere *davvero* un po' prepotente... e poi devi assaggiare i maccheroni al formaggio di Archer."

"E la zuppa di pollo e verdure è così buona come dice Sandra?" gli chiese.

"Di più," rispose lui con un sorriso.

La porta blindata si chiuse dietro di loro con un suono fragoroso ed entrambi camminarono verso le scale. Sfilando accanto ai vistosi giochi sparsi per il seminterrato, Cassidy sorrise ancora. Leo e i suoi amici non avevano certo badato a spese, ma anche quello era un segno del profondo rispetto che nutrivano verso i loro dipendenti. L'Assistenza Silverstone era un posto insolito. Cassidy era stata piacevolmente sorpresa di scoprire che tutti ci passavano molto tempo anche fuori dall'orario di lavoro e che spesso erano lì in compagnia dei loro familiari. I ragazzi erano riusciti a creare una comunità e lei trovava difficile credere che lei e Mario fossero davvero stati invitati a farne parte.

Mentre seguiva Leo su per le scale, non poté fare a meno di lasciare che il proprio sguardo ne percorresse il corpo... per soffermarsi sul lato B. Da quando aveva lasciato la Giamaica, riusciva a pensare ad altro che non fosse la propria sicurezza. Leo era un gran bell'uomo. Pur con i suoi quarantacinque anni, poteva dare del filo da torcere a più di un ventenne.

Mentre sentiva la scintilla del desiderio riaccendersi dopo tanto tempo, Cassidy sorrise. Che posto strano era il mondo... Era uscita viva da una situazione che per la maggior parte della gente era inimmaginabile, solo per ritrovarsi al punto di partenza: infatuata di Leo Zanardi come lo era stata durante il primo anno delle superiori. Per di più, Leo sembrava ancora incarnare il suo ideale di maschio: protettivo, dominante, a suo agio con i bambini e disposto a esserle amico.

Cassidy ignorava come si sarebbe evoluta quella nuova fase della sua vita, ma senza dubbio sperava che Leo ne facesse parte. Se non poteva averlo come amante, si sarebbe accontentata di averlo come amico... anche perché ormai non riusciva più a immaginare una vita senza di lui.

CAPITOLO DIECI

Cassidy fece un profondo respiro. Era passata una settimana dal suo rientro negli Stati Uniti ed era giunto il momento di chiamare i suoi genitori. Non sapeva spiegarsi perché esattamente avesse procrastinato. Forse perché non aveva idea di come raccontare loro la vita che aveva vissuto negli ultimi cinque anni. Si vergognava molto per ciò che aveva fatto, per il guaio in cui aveva messo se stessa e Mario. Inoltre, era certa che i genitori, in particolare la madre, avrebbero sofferto molto per non aver avuto la possibilità di aiutarli.

Era stata costretta a dir loro una montagna di bugie. Ogni volta che Lloyd le aveva permesso di telefonare a caso, era poi rimasto ad ascoltare attentamente le loro conversazioni, piantandosi davanti a lei e ricordandole, con la sua sola e ingombrante presenza, che non era libera di parlare della situazione in cui si trovava.

In quel momento, Mario era nell'appartamento di Tiana, che si era offerta di tenerlo con sé per dare a Cassidy la privacy che quella telefonata richiedeva. Voleva che Mario conoscesse i suoi nonni, ma quella prima telefonata si preannunciava complicata e non c'era bisogno che lui assistesse. Il piccolo avrebbe avuto altre occasioni per parlare con loro.

Cassidy prese coraggio e digitò il numero di telefono.

Ci fu uno squillo. Poi un altro. Dopo il terzo, proprio mentre Cassidy cominciava a provare sollievo al pensiero che il momento cruciale non fosse ancora venuto, la madre rispose.

"Pronto?"

Il suono di quella voce le impedì di parlare. Aveva smesso di chiamare i genitori semplicemente perché era diventato un onere troppo doloroso; sentire di nuovo la voce della mamma dopo tanto tempo le provocò emozioni di un'intensità quasi insostenibile.

"Pronto? Chi parla?"

Cassidy sentì in sottofondo il padre che chiedeva: "Alice, chi è?"

"Non lo so," rispose la madre. "Sembra non esserci nessuno dall'altra parte."

"Mamma?" sussurrò Cassidy con un grande sforzo.

"Cassidy?" chiese la madre, lo shock percepibile nel tono della voce. "Sei tu?"

"Sì," rispose lei.

"Oh! Julio, è Cassidy!" gridò Alice. "Santo cielo, sono così felice di sentirti! È passata un'eternità!"

"Lo so, scusami."

"Non scusarti... Sono contentissima che tu abbia chiamato. Come stai? Come va la vita in Giamaica?"

Cassidy fece un profondo respiro e disse: "Ci sono molte cose di cui dobbiamo parlare."

"Oh... conosco quel tono di voce," disse Alice. "C'è un problema."

"Beh, c'era... ora non c'è più," ribatté Cassidy in tutta sincerità.

"D'accordo, piccola. Ora mi siedo e metto il vivavoce, così ti sentirà anche papà. Avanti, vuota il sacco."

Lo vuotò.

Cassidy raccontò *tutto*. I genitori sapevano già che la ragione per cui aveva lasciato il Texas era che voleva allontanarsi dall'ex marito e dall'atmosfera soffocante di El Paso. Sapevano anche che aveva trovato lavoro come tata e maestra nella residenza di un ricco uomo giamaicano... ma lì terminava la parte di verità che lei aveva condiviso con loro. Perciò spiegò che Michael si era poi rivelato un trafficante di droga. Disse loro che lei e Mario erano stati tenuti prigionieri nella villa e che, in passato, quando li aveva chiamati al telefono, le loro conversazioni erano sempre state ascoltate dagli uomini di Michael. Rivelò persino che aveva scritto all'FBI per cercare aiuto.

"È incredibile," disse la madre con voce incerta; quel commento le era già uscito diverse volte durante il racconto. "Ma tu stai bene? Davvero bene?"

"Sì... e mi dispiace dirvi tutto solo adesso."

"È chiaro che prima non avresti potuto," la rassicurò il padre, anch'egli con voce tremante.

"Oh, tesoro mio... mi dispiace per tutto quello che hai dovuto passare."

"Ora va bene," disse Cassidy. "Stiamo bene."

"Quando possiamo incontrarci?"

Quella era la parte più difficile. Lei aveva una voglia *disperata* di rivederli... ma ne aveva parlato a lungo con Leo: per via di tutto ciò che le era successo, perché quando aveva chiamato i genitori dalla villa, Cassidy aveva sempre dovuto usare il telefono di Lloyd... con ogni probabilità, lui sapeva dove vivevano.

Sia Cassidy che i genitori sarebbero stati più al sicuro se lei si fosse tenuta alla larga per un po'.

"Non sarebbe una mossa saggia, in questo momento," disse lei.

"Ma hai detto che stai bene, che il trafficante è morto," protestò Julio.

"Io sto bene, infatti, ma Michael aveva sotto di sé un sacco di brutta gente, papà. Stavano insegnando a Mario a spacciare. Mi hanno *venduta* a uno degli uomini che mi hanno salvata, come se non fossi nient'altro che un pezzo di carne. Quelle sono persone senza scrupoli e io non vorrei mai e poi mai che si avvicinassero a voi."

"I ragazzi della Silverstone dicono che è meglio se cambiate numero di telefono; se non lo fate, vi possono rintracciare facilmente, visto che in passato vi telefonavo dal cellulare di uno dei miei aguzzini. Fate in modo che il nuovo numero resti anonimo. Inoltre, l'ideale sarebbe che lasciaste El Paso per un po'. Forse potete far visita ai nostri parenti in Messico? Se preferite, i ragazzi possono fare in modo che vi trasferiate per qualche tempo in un luogo sicuro."

Cassidy sentì la madre trattenere il fiato. Non lo sopportava. Non sopportava che le scelte sbagliate che lei stessa aveva fatto finissero per mettere in pericolo i suoi genitori. Dentro di sé, era convinta che né Lloyd né nessun altro membro dell'organizzazione di Michael si sarebbe perso la briga di rintracciare mamma e papà, ma d'altronde non era certo disposta a correre il rischio. Se a loro fosse successo qualcosa per colpa sua, non avrebbe potuto perdonarselo.

Ci fu un lungo momento di silenzio, poi suo padre le chiese: "Credi davvero che sia necessario?"

"Sì, purtroppo. Papà, ho vissuto con loro per anni e so di cosa sono capaci. Sono... tutt'altro che brave persone." Si trattava indubbiamente di un eufemismo colossale.

"Ci penseremo su," disse alla fine il padre.

Cassidy rilassò le spalle, seppur di poco.

"Hai chiamato Alfred per dirgli che sei tornata negli Stati Uniti?" le chiese la madre.

Cassidy arricciò il naso. "Beh... so che sarei tenuta a farlo, almeno legalmente... ma in tutta onestà non credo che a lui interessi molto... né di me, *né di Mario*."

"Forse, ora che Mario è cresciuto, si troveranno meglio insieme," suggerì timidamente Alice.

Cassidy si sforzò di non sospirare. I suoi genitori avrebbero sempre avuto un debole per Alfred, cosa che lei non poteva capire. Il fatto che lui fosse ricco non lo rendeva una brava persona. Mamma e papà, tuttavia, erano all'antica: volevano che qualcuno "si prendesse cura" di lei, non importava loro se ciò avveniva all'interno di un rapporto di coppia che di sano aveva ben poco.

D'altronde, non era quello il momento giusto per avventurarsi in una discussione al riguardo. Prima di partire per la Giamaica, Cassidy aveva fatto del suo meglio per spiegare ai genitori le ragioni che l'avevano portata a chiedere il divorzio, ma sembrava che loro nutrissero ancora la speranza di una riconciliazione tra lei e Alfred.

Decisa a cambiare argomento, Cassidy chiese: "Ti ricordi Leo Zanardi?"

"È molto che non parlo con i suoi genitori, negli anni ci siamo un po' persi di vista... ma certo che me lo ricordo," rispose la madre.

Cassidy non era intenzionata a rivelare che era stato lui a salvarla, ma voleva comunque dire ai genitori che lei e Leo si erano riavvicinati. "Beh... ci siamo incontrati per caso e mi ha invitato a Indianapolis, dove vive. Gestisce insieme ad alcuni amici una ditta di servizio carroattrezzi, si chiama Assistenza Silverstone... e per la prima volta da tanti anni a questa parte, mi sento al sicuro," ammise Cassidy.

"Sono contenta per te, piccola," commentò la madre. "Quanto a Mario, sei sicura che stia bene?"

"È un bambino davvero in gamba," disse lei, "è molto sveglio e ha un'indole creativa. Vuole diventare un ballerino... non potrei essere più fiera di come si è comportato in questi anni difficili."

"Ci manchi," intervenne il padre.

"Mi mancate anche voi. Vi voglio tanto bene... e mi dispiace per tutto quello che è successo."

"Non c'è niente di cui tu ti debba dispiacere," ribatté Julio con fermezza. "Non hai fatto nulla di male."

"Mi sembra di sentir parlare Leo," disse Cassidy senza pensarci.

"A me è sempre piaciuto," commentò Alice. "Era un ragazzo

rispettoso e con la testa sulle spalle, soprattutto se pensi alla famiglia da cui proviene... È una vergogna che suo zio abbia fatto quelle cose e sia finito in prigione... e poi qui tutti sanno che i suoi genitori si odiano a vicenda e litigano di continuo, anche se si ostinano a non divorziare."

Parlare della famiglia di Leo senza che lui fosse presente metteva Cassidy a disagio. Per la prima volta da quando aveva rivisto Leo, ricordò, piuttosto vagamente per la verità, che lui aveva uno zio in carcere per violenza domestica. In effetti, il fatto che Leo provenisse da una famiglia turbolenta la stupiva un po'. Alice aveva ragione: senza dubbio, Leo era un uomo con la testa sulle spalle. Durante la missione in Giamaica, c'erano stati momenti in cui avrebbe potuto perdere le staffe, soprattutto in occasione degli scontri con Lloyd, ma era sempre riuscito a restare calmo. Parte del suo autocontrollo doveva derivargli dalla volontà di non spaventare Mario, ma comunque era chiaro che Leo era in grado di dominare i propri istinti.

"Vi voglio bene," ripeté Cassidy. "Mi dispiace avervi deluso in passato... ma finalmente ho imboccato la strada giusta. Forse a quarantadue anni è un po' tardi per farlo, ma ho intenzione di rendervi fieri di me."

"Siamo *già* fieri di te," ribatté bruscamente il padre.

"Grazie, papà," disse lei con voce incrinata dalla commozione.

"Abbi cura di te e del nostro nipotino," intervenne la madre. "Chiamaci, quando puoi... vogliamo entrambi sentirti più spesso."

"Lo farò, mamma. Voi riguardatevi e state attenti. Dicevo sul serio riguardo a cambiare numero di telefono e ad andare fuori città... solo per un po', non per sempre."

"Ti terremo informata," la rassicurò Julio.

Cassidy trattenne un altro sospiro. Sperava davvero che prendessero sul serio la sua preoccupazione. Forse avrebbe dovuto parlare più diffusamente dei terribili anni che aveva passato in

Giamaica, d'altronde voleva che mamma e papà fossero cauti, ma non che vivessero nella paura.

"Ti vogliamo bene," le sussurrò la madre; Cassidy capì che la madre era sul punto di piangere.

"Anch'io ve ne voglio. Vi richiamerò presto."

"Ciao."

"Ciao."

Quando chiuse la telefonata, Cassidy si sentiva esausta. Guardò l'orologio e vide che era passata un'ora e mezza. Non si era resa conto di aver parlato tanto a lungo, ma del resto aveva atteso fin troppo prima di decidersi a farlo.

D'istinto, riprese in mano il telefono e batté il dito sul nome di Leo.

"Tutto ok, Cass?" le chiese lui anziché salutarla.

Cassidy sorrise. "Sì. Volevo solo dirti che ho parlato con i miei?"

"E...?"

"È andata bene."

"Mi fa piacere," disse Leo. "Ti va di raccontarmi un po'?"

Cassidy ripercorse la conversazione e quando ebbe finito si sentì come alleggerita di un grosso peso. "Non se la sono presa perché ho dovuto mentire per così tanto tempo. Penso che papà sia dell'idea di andare in Messico per un po', ma non posso dirlo con certezza."

"Bene," disse Leo. "Richiamali fra un paio di giorni. Se decidono di spostarsi da El Paso e hanno bisogno di un posto sicuro, posso occuparmene io."

Cassidy non poté che sentirsi sollevata e chiuse gli occhi. Ancora una volta, Leo stava proteggendo qualcuno che lei amava. Era davvero un uomo speciale. "Ok. Ah, già... si ricordano di te. Mamma ha detto che le sei sempre piaciuto."

"Anche loro mi piacevano. Li ho incontrati solo un paio di volte, ma ero colpito dalle attenzioni che tuo padre mostrava verso tua madre. Ricordo che la riparava con il proprio corpo quando temeva che qualcuno potesse urtarla, che la teneva per mano... cose così."

Cassidy non aveva mai fatto caso a quell'aspetto del rapporto tra i suoi genitori, ma quell'osservazione da parte di Leo la spinse a constatare che papà era sempre stato protettivo nei confronti di mamma. Ricordò che si tenevano spesso per mano anche in casa, il che, quando era adolescente, le sembrava decisamente sdolcinato.

"Se non sbaglio, i tuoi non erano così..."

Leo fece una risatina, ma dal suono si sarebbe detto che fosse tutto fuorché divertito. "Non sbagli. Litigavano e si urlavano contro tutto il tempo. Io pregavo perché si lasciassero, ma non è mai successo. Non mi è dispiaciuto affatto andarmene, finite le superiori."

"Come hai fatto a uscirne tanto... normale?" chiese Cassidy, ma subito si rimproverò per ciò che aveva detto. "Scusami, è una domanda maleducata, non rispondere."

"Non c'è problema. Forse, essendo cresciuto in mezzo a brutti esempi di rapporti di coppie, ho deciso che non avrei commesso gli stessi errori. Una volta mio zio mi disse che ero un buono a nulla... è stato allora che ho cominciato a impegnarmi a scuola... e ho sempre fatto del mio meglio per comportarmi bene con le mie fidanzate proprio perché mio padre maltrattava mia madre. In realtà, non so perché sono come sono... ma so che non volevo essere come *loro*."

"Avevo una grossa cotta per te," ammise Cassidy. Non glielo avrebbe mai detto faccia a faccia, ma al telefono era più facile per lei essere coraggiosa, visto che non doveva guardarlo negli occhi."

"Ah, sì?" chiese conferma lui.

"Già... ma sapevo che mi ritenevi troppo piccola per te."

"Nonostante ciò, mi piacevi," disse lui.

"Davvero?"

"Sì. Però non sarei stato corretto nei tuoi confronti se mi fossi fatto avanti. Avevo deciso di lasciare El Paso, mentre a te mancavano tre anni per finire le superiori. E poi sentivo che avrei fatto una fatica enorme ad andarmene, se fossimo stati insieme."

Il cuore di Cassidy cominciò a battere talmente forte da indurla a portarsi una mano al petto, nel tentativo di calmarsi.

"Cass? Scusami... Ti sto spaventando?"

"No!" esclamò lei. "Beh, forse un pochino... Non hai idea di quanto spesso io abbia pensato a te," gli disse a voce bassa. "Eri il ragazzo dei miei sogni. Scrivevo i nostri nomi sul diario. Ero una sfigata, ma credo che in fondo mi fossi resa conto che tu eri quello giusto. Eri diverso dagli altri ragazzi. Eri... intenso... e alcune delle mie amiche erano spaventate da te. Io però osservavo come ti comportavi con le altre ragazze: non alzavi mai la voce e non le umiliavi; spesso loro ti restavano amiche dopo che avevate rotto. Per me contava molto."

Leo non commentò; Cassidy lo sentiva solo respirare dall'altra parte del cavo. "Leo?"

"Ci sono," rispose immediatamente lui. "Avrei dovuto seguire il mio cuore, così tu non avresti sposato quel bastardo che ti ha trattato come una pezza da piedi. Non saresti dovuta fuggire in Giamaica, né avresti dovuto passare cinque anni della tua vita in preda alla paura. Mario avrebbe potuto essere mio figlio. Cazzo, sono uno stupido."

Quelle parole le fecero venire la pelle d'oca sulle braccia. Leo sembrava davvero... arrabbiato, il che, però non la inquietava, né la spaventava; anzi, con sua grande sorpresa, si stava eccitando. Era passato talmente tanto tempo dall'ultima volta che aveva provato desiderio sessuale, che quasi non riconobbe quella sensazione.

"Mia madre mi ha sempre detto che tutto succede per una ragione," disse a Leo. "Eravamo entrambi giovani... se ci fossimo messi insieme allora, chissà cosa sarebbe successo."

"Da ragazzo sapevo che tu eri una persona speciale, ma ero troppo fifone per avventurarmi in una relazione seria. Ora non più," disse Leo.

Cassidy si mordicchiò un labbro, curiosa di sapere cosa intendesse. Si chiese se fosse pronta per una storia d'amore, ma non seppe darsi una risposta.

Tacque per un lungo momento, al che Leo diresse altrove la conversazione. "Sono contento che tra te e i tuoi genitori vada tutto bene."

"Anch'io."

"Che ne dici se stasera porto te e Mario fuori a cena? Non siamo ancora stati al Rosie's Diner. Archer è un grande cuoco, ma secondo me Rosie lo batte."

"Certo. Mario sarà felice di vederti." Era vero. Per quanto i due potessero sembrare un'accoppiata improbabile, Mario aveva preso Leo in simpatia e la loro sembrava un'amicizia di vecchia data. Come Cassidy sapeva bene, la ragione era da ricercarsi nella capacità che Leo aveva di ascoltare il piccolo, di ascoltarlo *veramente*. Inoltre, Leo non screditava Mario per l'interesse che mostrava verso le Barbie... o, più di recente, verso i video di ginnastica artistica che il bambino guardava su YouTube.

Se lei glielo avesse permesso, Mario sarebbe rimasto seduto davanti al computer tutto il giorno a guardare le vecchie esibizioni di Nadia Comăneci, Mary Lou Retton, Bart Conner e Paul Hamm, e anche quelle di ginnasti più recenti, come Simone Biles e Jake Dalton. Cassidy non aveva dubbi sul fatto che Leo non avesse idea di chi fossero quegli atleti, la prima volta che Mario si era messo a parlare di loro a macchinetta; la volta successiva, tuttavia, Leo si era chiaramente informato: aveva snocciolato le loro statistiche con la stessa naturalezza con cui pronunciava il proprio nome.

Il modo in cui Leo incoraggiava Mario a coltivare le proprie passioni non faceva che aumentare la stima che Cassidy già aveva di lui. Chiunque volesse arrivarle al cuore doveva passare attraverso suo figlio... e Leo sembrava aver trovato la via senza alcuno sforzo.

"Tra poco devo uscire con il carroattrezzi per un intervento. Va bene se vi passo a prendere più o meno fra un'ora e mezza? O è troppo presto?"

"È perfetto," disse Cassidy. Avrebbe avuto tutto il tempo per farsi la doccia e scegliere qualcosa di carino da indossare. Era stata al negozio di abiti usati con Skylar e aveva trovato un sacco di bei capi; aveva anche comprato altri vestiti per Mario. Aveva dovuto chiedere un prestito a Leo e sperava di potergli restituire i soldi quanto prima.

"In gamba. A dopo," la salutò Leo.

"Anche tu. Ciao."

Cassidy chiuse la telefonata e rimase seduta sul divano, fissando il vuoto per un paio di lunghi minuti. Senza dubbio, non aveva avuto una vita facile, ma si rifiutava di lasciare che il pantano dei pensieri negativi la rallentasse. Le stavano succedendo molte belle cose e davvero non voleva rimuginare sulle sfortune che aveva avuto.

Alla fine si risolse ad alzarsi dal divano e si diresse in camera da letto. Si sarebbe fatta la doccia, poi sarebbe andata a prendere Mario e gli avrebbe dato la buona notizia che Leo li aveva invitati a cena. Il piccolo ne sarebbe stato felice e anche lui avrebbe avuto il tempo di docciarsi... di solito, a Mario serviva più tempo per prepararsi di quanto non ne servisse a lei.

Il pensiero delle peculiarità del suo bambino le strappò un sorriso, dopodiché Cassidy si spogliò e attese che l'acqua della doccia si scaldasse. Per cinque anni, non si era sentita a suo agio quando era nuda, persino nell'intimità del bagno. Si era abituata a temere che qualcuno fosse in ascolto o la stesse spiando. Invece, lì dov'era in quel momento, sola nel bagno di quel piccolo appartamento e sempre più lontana dal passato, Cassidy si rese conto che avrebbe potuto mettersi a ballare e nessuno se ne sarebbe accorto. Era una sensazione stupenda... e se aveva la possibilità di provarla, il merito era di Leo e dei suoi amici.

Leo. Anche solo pensare a lui le innescava brividi di piacere. Entrò nella doccia e piegò indietro la testa per bagnarsi i capelli. Ripensò a ciò che le aveva detto. Leo rimpiangeva di non averla mai invitata a uscire. Santo cielo, se davvero lo avesse fatto quando lei era una matricola, Cassidy probabilmente sarebbe svenuta. Allora era persino troppo ingenua per la sua età... una ragazzina che disegnava cuori e scriveva *Cassidy Zanardi* sul diario di scuola.

Gli anni erano passati, Cassidy era diventata più saggia e lo stesso valeva per Leo. Eppure la cotta per lui c'era *ancora*. Se ciò che Leo le aveva detto era vero, significava che l'interesse che lei provava era ricambiato.

Cassidy chiuse gli occhi e lasciò che una mano le scendesse lungo il corpo. Immaginò Leo che le stava sopra e la toccava dappertutto. Quegli occhi di un marrone intenso le impedivano di guardare altrove, mentre lui la penetrava lentamente. Non le avrebbe fatto male, né avrebbe fatto nulla che potesse metterla a disagio. L'avrebbe amata con dolcezza e premura, poi i movimenti delicati si sarebbero via via trasformati in una scopata forsennata. Mentre lui la montava, Cassidy si sarebbe aggrappata forte a quei glutei duri come il marmo. Leo l'avrebbe fatta sentire appagata... l'avrebbe fatta venire ogni volta... ne era certa.

Prima di rendersene conto, Cassidy si mise a tremare, trasportata dall'orgasmo più intenso che avesse avuto da anni a quella parte. A bagnarle le dita non era solo l'acqua e ci mancò poco che non rovinasse sotto il getto della doccia.

Si era già masturbata ed era venuta pensando a Leo, ma era passato tanto tempo e non riusciva nemmeno a ricordare l'ultima volta che l'aveva fatto.

Rilassata, per quanto ancora infuocata, Cassidy si abbandonò al getto dell'acqua calda e finì di fare la doccia. Non aveva idea di come sarebbero andate le cose tra lei e Leo. Non si sentiva pronta a buttarsi in una relazione... non ancora, almeno... ma non era certo contraria all'idea di scoprire se l'intesa che c'era tra di loro avrebbe continuato a crescere o si sarebbe piuttosto stabilizzata in una bella amicizia.

Cassidy uscì dalla doccia sorridendo, si asciugò e si diresse verso l'armadio. Doveva decidere cosa mettersi, passare a prendere Mario e fargli fretta perché fosse pronto all'arrivo di Leo... e doveva anche cercare di calmarsi, in modo da potersi godere la cena senza pensare troppo a quanto era appena successo nella doccia.

Nel complesso, le cose si stavano mettendo bene. In effetti, per la prima volta dopo anni, Cassidy sentiva di poter guardare al futuro con entusiasmo.

———

Lloyd Robinson era tutt'altro che felice. La situazione si era deteriorata e l'intera organizzazione di Michael era piombata nel caos più completo dopo che il cadavere del boss era stato rinvenuto. Anziché cooperare, tutti gli scagnozzi di Michael si erano scagliati gli uni contro gli altri, in una lotta sanguinosa per il controllo della villa e delle persone che ci vivevano.

Lloyd era riuscito a svuotare la cassaforte di Michael e con l'aiuto di Martin aveva messo le mani su centinaia di migliaia di dollari che provenivano dal giro di droga. Sfortunatamente, alcuni pezzi grossi dell'*entourage* di Michael avevano cominciato a sospettare di loro e perciò i due erano finiti in cima alla lista nera della malavita di Kingston.

Al momento, sedevano nella stanza di uno squallido motel, in uno dei peggiori quartieri della città. Da giorni mantenevano un profilo basso e cercavano di risparmiare il più possibile, in attesa di partire per gli Stati Uniti.

"Dobbiamo spostarci a nord, a Ocho Rios," disse Martin.

"Esatto," replicò Lloyd. "Resteremo lì finché le acque non si saranno calmate, poi prenderemo un volo per il Texas."

Martin annuì. All'inizio aveva avuto delle riserve sul piano di Lloyd, poi però aveva cambiato opinione. "Credi che riusciremo a trovare G?"

"Che si fotta," sbottò Lloyd. "Sono pronto a scommettere che nulla di ciò che sappiamo su di lui è vero. Sono più interessato a Cassidy."

"E perché?"

"Perché in un modo o nell'altro c'è lei dietro tutto questo! Sai quanto disperatamente voleva andarsene. Secondo me, è riuscita a contattare qualcuno negli Stati Uniti... ecco perché è apparso G, perché Michael è morto e perché noi ora ci ritroviamo senza un lavoro. È tutta colpa *sua*... e la pagherà."

"Come?"

"Perdendo ciò che ha di più caro di più caro," rispose Lloyd sogghignando.

"Il moccioso?"

"Già, proprio lui. Lo riporteremo in Giamaica e ne faremo il più grande trafficante di droga del paese!"

Martin lo guardò confuso. "Perché non lo facciamo semplicemente fuori?"

"No. Voglio rapire quella cacatina... e voglio che la madre sappia quali sono i nostri piani per lui. Voglio farla *crepare* sapendo che tutto ciò che succederà a Mario, gli succederà per colpa *sua*." Al pensiero di avere Cassidy Hewitt alla sua mercé, Lloyd cominciò a indurirsi. "Soffrirà il doppio, sapendo che il suo tesoruccio finirà di nuovo risucchiato nel mondo del traffico di droga e che da grande diventerà uno spietato criminale. Nulla potrebbe farla stare peggio."

Martin non gli sembrò convinto. "Sai dov'è Cassidy?"

La domanda irritò Lloyd, che però mantenne la calma. Martin non era un genio, ma era obbediente. Era uno che faceva quello che gli dicevano e al momento Lloyd non poteva fare a meno di lui. "Non ancora, ma lo scoprirò."

"E come?"

"Ho il numero dei suoi genitori. Li chiamava sempre dal mio telefono. Il prefisso è quello di El Paso, perciò sarà lì che andremo a cercarli."

Solo a quel punto negli occhi di Martin si accese una luce. Estorcere informazioni era il suo campo. Lloyd avrebbe lasciato che il suo compare torturasse i genitori di Cassidy, poi se la sarebbe spassata con quella cagna della loro figlia.

"Per prima cosa, andremo a Ocho Rios per riorganizzarci," continuò Lloyd. "Forse lì possiamo trovare qualcuno disposto a darci una mano. Poi faremo la nostra mossa. Voglio che Cassidy si tranquillizzi, che si senta a suo agio con la sua nuova vita... e che abbassi la guardia. La colpiremo quando meno se lo aspetta. Sarà un gioco da ragazzi."

"Sembra divertente," commentò Martin. "Ci faremo una scopata prima di accopparla?"

Lloyd lo guardò come se avesse appena detto una totale idiozia. "Certo. Prima me la farò io, poi farai un giro anche tu... e chiunque altro si sarà unito a noi. E solo *alla fine*, dopo che le avremo illustrato per filo e per segno che progetti abbiamo per il ragazzo, la uccideremo."

"Fico," mugugnò Martin.

Lloyd notò l'alzabandiera sotto i pantaloni di Martin, mentre un'altra contrazione mosse il suo stesso uccello. Era da tempo che fantasticava di far abbassare la cresta a Cassidy e solo le direttive di Michael l'avevano distolto dall'idea... ma Michael era morto e la cagnetta sarebbe stata finalmente *sua*, in un modo o nell'altro. Imparare a rispettarlo sarebbe stata l'ultima cosa che Cassidy avrebbe fatto in vita sua.

Lloyd chiuse la lampo della borsa con i soldi che aveva rubato al suo capo morto stecchito e con un gesto indicò la porta. "Avanti, diamoci una mossa. Abbiamo dei piani da definire."

CAPITOLO UNDICI

Gramps fissava lo schermo del telefono, incapace di arginare il sorriso che avanzava sul suo volto.

Mario: c'è un ragno nella doccia, puoi venire?

Il figlio di Cassidy aveva preso l'abitudine di mandargli messaggi quasi ogni sera. In un primo momento, la cosa aveva impensierito Gramps, perché a ogni messaggio gli veniva il timore che fosse successo qualcosa di male. Mario gli scriveva che aveva sentito uno strano rumore o che la madre stava piangendo, al che Gramps si precipitava al loro appartamento, solo per trovare Cassidy stupita dal fatto che lui fosse lì... e Mario che faceva finta, in maniera poco convincente, di non avere colpe.

Eppure non riusciva a prendersela con il piccolo, visto che la conseguenza di quei falsi allarmi, per Gramps, era di ritrovarsi proprio dove voleva essere: in compagnia della donna e del bambino che stavano diventando le persone più importanti della sua vita.

Ridacchiando, Gramps rispose al messaggio.

Gramps: Sono certo che se lo dici alla mamma, lei lo toglierà di mezzo.

Mario: Ha più paura di me. Per favore...

Gramps: Arrivo.

. . .

La replica di Mario fu una sfilza di faccine.

Gramps era consapevole che la cosa più giusta sarebbe stata stroncare sul nascere quell'atteggiamento, ma in tutta onestà, non voleva farlo. Era *contento* che Mario lo cercasse e gli piaceva trascorrere del tempo con lui. Erano passate due settimane dal rientro dalla Giamaica e Gramps era colpito dalla rapidità con cui Cassidy si era costruita una nuova routine.

Aveva tenuto Mario con sé, optando per farlo studiare a casa, per il momento. Non era pronta ad accettare il fatto che Mario andasse a scuola a tempo pieno, né i due volevano restare separati l'uno dall'altra per intere giornate. La mattina e il primo pomeriggio, Cassidy faceva da babysitter a due bambini, poi andava con Mario al garage, dove quasi sempre incontravano Archer... e Gramps, visto che lui non era in grado di starle lontano. Cassidy e Mario rientravano nel loro appartamento all'ora di cena.

Poi, immancabilmente, verso le otto di sera Gramps riceveva un messaggio di Mario che gli chiedeva di andare da loro.

Bull, Eagle e Smoke non sapevano quanto tempo Gramps passasse con Cassidy e Mario; non che fossero particolarmente interessati, visto che erano piuttosto occupati con le rispettive mogli. Anche se i quattro amici si parlavano ogni giorno e continuavano a essere presenti all'Assistenza Silverstone, a Gramps sembrava evidente che le priorità degli altri tre fossero diverse. Era contento per loro e gioiva nel vederli felici. La simpatia e l'affetto che provava per Skylar, Taylor e Molly erano genuini. Inoltre, le tre ragazze non avrebbero potuto accogliere Cassidy e Mario più calorosamente. A ogni modo, il fatto che i suoi tre compagni fossero presi dalle rispettive vite di coppia rendeva Gramps libero di trascorrere con Cassidy tutto il tempo che voleva.

Non gli ci voleva molto per raggiungere Southpoint. A quell'ora della sera, c'era poco traffico e comunque l'appartamento di Cassidy non distava molto dal suo appartamentino.

Sorrise mentre parcheggiava, poi raggiunse le scale e le salì due scalini alla volta. Percorse a grandi passi il corridoio esterno, fino a raggiungere l'appartamento di Cassidy, che era l'ultimo. Bussò. Sentì Cassidy al di là della porta togliere il catenaccio e imprecare, il che ebbe l'effetto di ingrandirgli ulteriormente il sorriso.

Lei lo guardò imbarazzata non appena aprì la porta. "Mi dispiace," gli disse.

Gramps scosse la testa. "Niente di cui dispiacersi."

"Cosa ti ha raccontato *stavolta?*" gli chiese Cassidy. "Una perdita d'acqua in bagno? Ombre in agguato qui fuori?"

"Ragno nella doccia," rispose lui.

"Oddio, che follia... gli parlerò," disse Cassidy con tono di promessa.

Gramps fece un passo verso di lei, che immediatamente si ritrasse. "Va bene così, Cass. Sta cercando di ambientarsi."

"Ti sta rompendo le scatole," lo corresse Cassidy. "Tu hai la tua vita... Non puoi venire qui tutte le sere a farci da balia."

"Non vi faccio da balia," ribatté Gramps con tono serio.

"Ah, no? E allora *cosa* ci fai qui?" chiese lei.

Cogliendo al volo l'occasione, Gramps alzò una mano verso di lei e le accarezzò i capelli; quella sera erano più ribelli del solito, le incorniciavano le spalle in una confusione di riccioli. "Faccio compagnia a una vecchia amica e a suo figlio."

Cassidy si leccò le labbra e Gramps, osservando il movimento, non poté non desiderare di essere lui a inumidirgliele.

"Oh."

Il suono della voce di Cassidy convogliò un senso di sconforto che a Gramps non piacque. La strinse a sé e lei si arrese alla presa con un piccolo *uff*, per poi guardarlo timidamente.

"Credimi: non sarei qui se non volessi esserci," le disse. "I messaggi di Mario mi offrono una scusa per vederti. Te lo ripeto, nel caso in cui non fossi già stato abbastanza chiaro: mi piaci, Cass, e presto arriverà un momento in cui non riuscirò più a stare lontano da te."

Il respiro di Cassidy si fece affannato e i suoi occhi più

grandi, ma Gramps scorse in essi, oltre la sorpresa, anche la scintilla del desiderio. Non era il solo, dunque, a provare attrazione.

"Ti sto dando tempo per abituarti a me, a noi, alla tua nuova vita," le disse, "ma voglio che sia chiaro: non sono qui per assecondare le insicurezze di tuo figlio, ma perché è qui che voglio essere. Ridere con voi, assistere ai balli improvvisati di Mario, leggergli *Harry Potter* e fingermi interessato ai programmi TV che scegli di vedere, quando invece ciò che mi interessa veramente è capire ciò che ti appassiona... conoscere la donna che sei diventata... vedere se la nostra sintonia è frutto della mia immaginazione o se è reale."

Si rese conto di aver parlato a lungo, ma d'altronde sentiva l'urgenza di essere chiaro. Sentì Cassidy rannicchiarsi contro di lui, appoggiargli le unghie nel petto, come per impedirgli di scappare.

"Oh," ripeté lei.

"Già... oh," ne convenne Gramps.

"Leo!" lo chiamò Mario, interrompendo quello che era diventato un momento ad alta carica sessuale.

Gramps alzò lo sguardo e vide il piccolo in piedi all'entrata del piccolo soggiorno. Sembrava vagamente intimidito, ma comunque felice di vedere Gramps.

"Ciao, campione. E così c'è un ragno?" gli chiese.

Mario annuì. "C'era... ma si è infilato nello scarico della doccia dopo che ti ho scritto."

Gramps si schiarì la gola, quasi a riprenderlo.

"Hai chiesto a Leo di venire perché hai visto un ragno?" Cassidy gli aveva tolto le mani dal petto e si era girata quando Mario lo aveva chiamato; Gramps, registrando il senso di solitudine che gli aveva provocato il distacco da lei, capì di essere spacciato.

Il piccolo si mordicchiò il labbro, volgendo lo sguardo al pavimento. "Era un ragno gigante e so che tu odi i ragni... Ti ricordi quello che abbiamo visto quella sera in Giamaica? Hai detto che sembrava che ti guardasse come se fosse arrabbiato con te."

Cassidy fece una risatina. "Sì, mi ricordo... Quel ragno *era* arrabbiato e mi guardava *davvero*." Poi si girò verso Gramps. "Già che sei qui, ti va di restare un po'? Ho fatto i brownie... in realtà sono precotti, ma non sono niente male."

"Mi piacerebbe molto," rispose lui.

"Siii!" esclamò Mario. "Ho scoperto un nuovo canale su YouTube... Aspetta di vedere i nuovi passi che ho imparato oggi!" Dopodiché si girò a sparì dalla loro vista, probabilmente per recuperare il telefono, su cui senza dubbio la pagina con la musica su cui Mario voleva esibirsi era già aperta.

"Non avrei dovuto permetterti di regalargli quel telefono," disse Cassidy scuotendo la testa.

"Sì che avresti dovuto," ribatté Gramps. "Sai meglio di me che per voi due è un sollievo avere la possibilità di tenervi in contatto quando siete distanti. Ne avevate bisogno, dopo quello che avete passato in Giamaica."

Lei sospirò. "Hai ragione... ma mi sta facendo impazzire con questo YouTube... e poi deve smetterla di scriverti ogni sera."

"In effetti, volevo parlartene," disse Gramps, al che Cassidy si rabbuiò in volto. Gramps si affrettò a spiegare: "Volevo dirti che potete venire da me, qualche volta. La casa non è grande, non certo come quella di Smoke, ma è accogliente. Ho un soggiorno più grande del tuo, dove Mario avrebbe più spazio per esercitarsi a ballare."

Lei sorrise timidamente. "Sarebbe bello, grazie."

Gramps le si avvicinò, mosso dall'urgenza di avere un altro contatto fisico con lei. Era incredibile come il tocco di Cassidy lo placasse. Lei gli si concesse senza indugio, appoggiandogli la testa sulla spalla. Gramps inspirò profondamente, a occhi chiusi. Non era mai stato un tipo da abbracci. Non avevano mai significato molto per lui. In passato, con le donne con cui era stato, non aveva mai dato tanta importanza al contatto fisico fuori dal letto. Non le aveva tenute per mano, né aveva sentito l'impulso di stringerle a sé. Eppure, quando era con Cassidy, non riusciva a staccarsene. Fortunatamente, pareva che quella ricerca di prossimità fisica non dispiacesse neanche a lei.

"Hai parlato con i tuoi di recente?" le chiese a bassa voce.

Cassidy annuì con la testa ancora appoggiata a lui. "Sì, poco fa. Credo che Mario ti abbia scritto mentre ero al telefono con loro."

"Come stanno?"

"Bene. Hanno cambiato numero di telefono e si stanno organizzando per fare una lunga vacanza in Messico, il che mi fa tirare un grosso sospiro di sollievo. Sono davvero felice di poter parlare con loro di tutto, liberamente e con sincerità. Mamma mi ha promesso di non tirare più fuori Alfred, finalmente ha capito quanto il nostro matrimonio sia stato orribile per me. Mi mancano e mi rattrista che non possano vedere e conoscere Mario... ma decisamente non sono pronta per affrontare un viaggio."

"Se vuoi vederli, basta che tu me lo dica: ti accompagnerò da loro e ti riporterò indietro," le disse Gramps.

Cassidy alzò lo sguardo verso di lui. "Apprezzo l'offerta, ma mi sembra di aver approfittato già troppo della tua generosità. Vorrei poterti dire che mi sdebiterò, ma sappiamo entrambi che è improbabile."

"Hai più pensato a ciò che vuoi fare in futuro?" chiese Gramps.

Cassidy scrollò le spalle e gli appoggiò di nuovo la guancia al petto. "Mi piace fare la babysitter. Sono entrata a casa di Michael come tata e tutrice e non mi dispiacerebbe fare qualcosa del genere anche qui, anche se non mi va di lavorare in una scuola materna. Inoltre, vorrei un lavoro che avesse orari flessibili. Quando Mario comincerà ad andare a scuola, vorrei poter dare una mano in classe, andare alle gite... cose così. Se avessi un lavoro da otto ore al giorno, non potrei farlo. Sì, lo so... faccio la difficile anche se non potrei permettermelo, ma Mario sta diventando un ometto sotto ai miei occhi e temo che, se mi distraggo, me lo ritroverò presto diciottenne e alle prese con cose più importanti che non stare con quella vecchia decrepita di sua madre."

A Gramps venne un'idea, ma in quel momento preferì tacerla, per non alimentare in Cassidy eccessive speranze. "Sono certo che troverai la soluzione perfetta per te," commentò invece, per la verità un po' fiaccamente.

"Lo spero. Comunque sia... i miei genitori stanno bene. È bello poter parlare con loro ogni volta che ne ho voglia e non dover mentire sulla mia vita... e poi sono davvero contenta che abbiano deciso di allontanarsi per un po' da El Paso."

"Cercherò di informarmi su come stanno andando le cose in Giamaica e su cosa è successo all'impero di Coke. Chiederò ai ragazzi della narcotici di sondare il terreno per capire se tu o i tuoi genitori siate effettivamente in pericolo. Penso ancora che facciano bene a non farsi vedere per un po', ma è chiaro che non possono rimanere in Messico a far visita ai parenti per sempre."

"Grazie," disse Cassidy con fervore.

"L'ultima cosa di cui hai bisogno sono altre brutte avventure. Farò tutto ciò che posso perché la tua vita d'ora in poi sia più serena. Domani Mario ha la prima lezione di danza, giusto?" le chiese Gramps.

"Già. Non sta nella pelle. Molly mi ha aiutata a trovare la scuola, penso sia una palestra multiuso. Organizzano corsi di ginnastica artistica, danza... persino corsi per cheerleader. La lezione di Mario è tra quella di ginnastica acrobatica e cheerleader." Cassidy abbassò la voce. "Grazie per aver pagato le prime lezioni, da sola non ce l'avrei mai fatta."

"È un piacere, per me. Mario se lo merita... e credo che gli farà benissimo conoscere altri bambini," disse Gramps.

Cassidy sospirò. "So che devo lasciarlo andare... È solo che per un sacco di tempo mi è sembrato che fossimo io e lui contro il mondo."

"Sei una brava mamma," le disse Gramps senza esitazione. "È chiaro che lui ti adora. Entrambi ci metterete un po' ad abituarvi a questa nuova normalità."

"Lo so. Mi dispiace davvero che continui a trovare delle scuse per farti venire qui."

"Non sarei qui se non volessi esserci," le disse ancora Gramps per rassicurarla.

"Leo! Mamma!" li chiamò Mario dalla sua camera. "*Venite!*"

Cassidy ridacchiò. "Sembra che siamo in ritardo per lo spettacolo di stasera."

"Già," concordò Gramps. Sentì un forte impulso a chinarsi e baciarla, ma lo soppresse, lasciò cadere le braccia e la invitò a precederlo in direzione del corridoio. Lei gli sorrise e si avviò verso la stanza del figlio.

Sospirando, Gramps si chiese quando mai avesse perso il proprio tocco magico. Non gli era mai stato difficile fare in modo che una donna sapesse che lui la voleva. Cassidy, tuttavia, era diversa. Speciale. Gramps non voleva giocarsela, perciò stava procedendo a passo di lumaca. Del resto, sapeva che valeva la pena pazientare. Per Cassidy Mario, valeva la pena fare qualsiasi cosa.

———

"C'è Leo!" gridò con entusiasmo Mario il giorno dopo, quando lui e la madre uscirono dall'appartamento. Il piccolo corse lungo il corridoio e scese le scale due gradini alla volta, per poi gettarsi tra le sue braccia. Leo li stava aspettando in piedi, appoggiato al cofano della Nissan Frontier con le braccia incrociate; sembrava fosse lì da un po'.

Cassidy scese le scale con più compostezza e gli si avvicinò sorridendo. "Che ci fai qui?"

"Non penserai mica che voglia perdermi la prima lezione di danza di Mario?" Aprì le braccia e Cassidy entrò nel suo abbraccio senza nemmeno pensarci. Abbracciarlo le sembrava naturale, non le creava nemmeno il minimo imbarazzo.

"Stavo per cercare un passaggio con Uber," le disse.

"Come vedi, non è necessario," le disse lui con tranquillità.

In un batter d'occhi, Mario salì sul sedile posteriore dell'auto e sbatté la portiera.

"Pare non gli dispiaccia andare a lezione di ballo," osservò Leo.

"Dici?" chiese retoricamente lei. Poi corrugò la fronte. "Spero solo che la presenza di altri bambini non lo intimidisca. Certo la carica non gli manca, ma non so se riuscirà a mostrare il suo talento nel contesto di una lezione di gruppo."

"Se la caverà più che bene," disse Leo; le aveva appoggiato la mano su un fianco e le loro fronti si toccavano. "È da due settimane che lo guardiamo esibirsi tutte le sere. Con l'entusiasmo e la voglia di ballare che ha, sicuramente troverà quest'esperienza utile e divertente, a prescindere dal talento che riuscirà a mostrare."

"Lo spero davvero."

"Io non ho dubbi al riguardo. Su, andiamo... se non ci diamo una mossa, tuo figlio potrebbe avere un infarto."

Cassidy fece una risatina. "Gli ci è voluta un'eternità per scegliere cosa indossare... ed è stato in bagno almeno un'ora solo per sistemarsi i capelli."

"Secondo me, ti ci dovrai abituare," disse Leo, aprendo per lei lo sportello dell'auto.

Cassidy alzò gli occhi al cielo mentre saliva a bordo.

In macchina, Mario non fece altro che parlare dei balli che avrebbe potuto imparare. Era emozionato e disse che non sapeva se sarebbe stato abbastanza bravo, visto che non aveva mai preso lezioni."

Leo trovò un posto nel parcheggio della palestra, che era sorprendentemente pieno, e si girò verso il piccolo. "Ascoltami... Mi stai ascoltando?"

Mario annuì.

"Può anche darsi che tu non sia il più bravo della classe, ma dopo averti visto ballare ogni sera nelle ultime due settimane, sono certo che non sarai nemmeno il più scarso. Può essere che altri bambini ti prendano in giro o si mostrino invidiosi delle tue doti. Ciò che importa, comunque, è divertirsi e non mollare. Mario, la vita è troppo breve per lasciarsi risucchiare dai pensieri negativi... Credo che tu lo sappia meglio di tanti tuoi coetanei. Sii aperto e positivo, incoraggia i tuoi compagni e rallegrati per loro quando fanno qualcosa di buono. Capito?"

"Capito," confermò Mario.

Cassidy si girò dall'altra parte, così che i due non vedessero che le si erano inumiditi gli occhi. Che uomo fantastico che era Leo...In qualche modo, riusciva a essere a un tempo risoluto e incoraggiante: esattamente ciò di cui Mario aveva bisogno. Ciò di cui *lei* aveva bisogno.

"Avanti, andiamo a vedere di che si tratta," disse Leo al bambino.

Mario annuì e allungò la mano verso la leva dello sportello.

"Tutto bene?" chiese Leo rivolto a Cassidy.

Lei fece un profondo respiro. "Sì, tutto bene."

"Ottimo. Su, mammina, andiamo a vedere il tuo uccellino che spicca il volo."

Cassidy adorava il fatto che Leo, pur essendo perfettamente a suo agio nel ruolo di maschio dominante, fosse anche un uomo dolce e gentile, come adorava la tolleranza che lui mostrava nei confronti dei tratti più femminili della personalità di Mario. Non sembrava affatto seccato dall'aver passato le sere delle ultime settimane a guardare il piccolo danzare su pezzi hip-hop che, con ogni probabilità, Leo non aveva mai sentito prima... e quando lei gli aveva detto che Mario era stato un'ora davanti allo specchio prima di andare alla lezione, lui non aveva battuto ciglio. Cassidy era pronta a scommettere che Leo non avrebbe passato davanti allo specchio o all'armadio più di un minuto e mezzo al giorno.

Mario attraversò il parcheggio praticamente di corsa. A pochi passi dall'entrata della palestra, però, sembrò avere un blocco: tutto d'un tratto si fermò, strinse le spalle e si mise a fissare il suolo.

Leo gli mise una mano sulla spalla e disse: "Ce la puoi fare, campione. Rispetto a quando ti mandavano in giro per Kingston da solo, questa sarà una passeggiata in scioltezza."

Cassidy non avrebbe mai ricordato a Mario ciò che il piccolo era stato costretto a fare in Giamaica, ma le parole di Leo sembrarono colpire nel segno. Il piccolo annuì e rialzò la testa.

Leo aprì la porta e madre e figlio entrarono in quello che pareva un mondo in preda al caos. Il volume della musica che usciva dagli amplificatori era alto e c'erano bambine dappertutto. Molte portavano i capelli raccolti in chignon, tutte indossavano il body o i fuseaux e molte erano scalze. Sorridevano. L'atmosfera era positiva ed elettrizzante e Cassidy non avrebbe potuto esserne più felice.

Anche Mario sembrava entusiasta. Era di fianco alla madre e lei lo osservava. Erano arrivati con un leggero anticipo sull'orario d'inizio della lezione e qualcuno indicò al trio delle tribune a fianco del grande spazio centrale.

Gli occhi di Mario si ingrandirono mentre scrutava la scena. Da una parte, le bambine camminavano in equilibrio sulla trave e roteavano a turno intorno alle parallele asimmetriche. A sinistra delle parallele c'era un letto di blocchi di gommapiuma su cui le giovani atlete atterravano di schiena dopo aver volteggiato nell'aria.

Tuttavia, l'attenzione di Mario fu catturata soprattutto dall'esercizio che si stava volgendo sul lungo materassino vicino a lui. Lì, delle bambine tra i cinque e gli undici anni facevano acrobazie di ogni tipo: capriole, salti mortali, movimenti in verticale e altre piroette complesse.

Cassidy spostò lo sguardo da Mario allo spettacolo che avevano dinanzi, poi tornò con gli occhi al figlio. "Ti piace?"

"È fantastico!" esclamò Mario. "Guardale! Guarda!"

Cassidy si voltò e vide una bambina esibirsi in un impressionante numero che includeva una serie di salti e giravolte, da un capo all'altro del materassino; la piccola atterrò sui piedi, un enorme sorriso a illuminarle il viso, poi fu attorniata da almeno dieci compagne che volevano congratularsi con lei.

"Incredibile," commentò Cassidy.

"Già," concordò Mario, evidentemente rapito dalla coreografia che gli si dipanava davanti agli occhi.

Un fischio risuonò nell'aria e quasi all'istante tutte le ragazze si spostarono ai lati della pedana, per lasciare il posto a un altro gruppo di bambine che si erano alzati dalla tribuna.

"Pare sia il tuo turno," disse Cassidy al figlio.

Mario annuì e lei gli vide riaccendersi negli occhi una luce che si era spenta da molto tempo. Constatare quanto il bambino fosse felice in quel momento fu per lei quasi doloroso, perché implicava riconoscere, ancora una volta, che Mario era stato privato per anni della spensieratezza che gli sarebbe spettata.

"Calma, Cass," disse Leo mentre Mario scendeva dalla tribuna per prendere parte alla lezione di danza.

"Sento di non essere stata all'altezza del mio ruolo di madre," sussurrò lei.

"Non è così," disse Leo con fermezza. Scivolò lungo la panca per starle più vicino e le mise un braccio intorno alla vita. Percepì la mano di Leo enorme sul proprio corpo e per quanto la sua presenza alleviasse il dolore che lei provava, sembrava non poterlo estinguere.

"Guardalo," disse lei a bassa voce. "Vedi com'è felice?"

Dapprima, Mario era rimasto in disparte rispetto al resto della classe, ma presto un gruppetto di bambine lo aveva raggiunto e in meno di un minuto sul viso del piccolo erano sbocciate risate e sorrisi.

"Non avrei mai dovuto portarlo in Giamaica. Pensavo che sarebbe stato un bene per lui... e invece non ho fatto altro che metterlo in pericolo di vita... e tutto solo perché volevo scappare da qui."

Leo le portò le dita sul mento e la indusse a girarsi per guardarlo. "Se tu fossi una veggente e potessi leggere il futuro, forse saresti d'accordo con te e sarei qui a rinfacciarti di aver fatto le scelte più sbagliate... ma *nessuno* può leggere il futuro, Cass. Hai fatto ciò che ritenevi necessario per non impazzire, vista la situazione in cui eri a El Paso. Non è stata certo colpa tua se in Giamaica ti hanno praticamente tenuta prigioniera in un posto dove tu e Mario eravate continuamente in pericolo. Ma il fatto che ora Mario sia qui, a ridere e a divertirsi come non mai, mi conferma che, malgrado tutto quello che ti è successo, hai fatto un ottimo lavoro con lui e sei riuscita a crescerlo pur nelle peggiori circostanze."

"Giuro che non farò *mai più* nulla che possa metterlo nei guai. D'ora in poi, lui viene prima di tutto."

Leo annuì. "Io ti credo. È la ragione per cui sei una madre tanto brava. Spero però che tu non stia pensando di rimanere single per tutta la vita. Puoi mettere Mario al primo posto anche se hai una relazione."

Cassidy non era certa di essere pronta per una conversazione di quel tipo. Decise comunque di parlare con onestà. "È passato talmente tanto tempo dall'ultima volta che ho avuto una relazione che non so se potrò mai più essere una buona compagna."

"Sì che potrai," insisté Leo. "Qualsiasi uomo che aspiri a stare con te, dovrà capire che tu e Mario siete una cosa sola, che non può avere, né amare, l'una senza l'altro."

Cassidy sentì la gola secca.

"Dovrà anche sostenervi i vostri progetti e fare in modo che vi sentiate sicuri mentre cercate di realizzarvi."

"Leo," sussurrò lei.

"Lascia che sia io quell'uomo," proseguì lui a voce bassa, lo sguardo sempre fisso negli occhi di Cassidy. "Non voglio spingere troppo sull'acceleratore, ma è bene che tu sappia che non starei con voi tutto questo tempo se fossi semplicemente interessato e rinfocolare una vecchia amicizia. Lascia che ti convinca che puoi dare a Mario un posto sicuro per diventare grande e allo stesso tempo afferrare la felicità per te stessa."

"Tu pensi di potermi rendere felice?" gli chiese lei per provocarlo.

"Sì che posso, dannazione," disse Leo. "Dammi la possibilità di dimostrartelo."

"Te la sto dando," sussurrò lei.

Era tutto vero? Stava succedendo lì, in quel momento?

Lei si chinò verso di lei, lentamente, per darle modo di ritrarsi. Cassidy, però, non voleva ritrarsi. Era praticamente da tutta la vita che desiderava Leo. Non era certa di essere la donna giusta per lui, ma non era abbastanza forte per rifiutarlo.

Le loro labbra si toccarono per un istante, poi fu lui a ritrarsi e Cassidy non poté che inseguirne il movimento. Voleva di più. Ne aveva *bisogno*.

"Calma, Cass," le disse lui. "Anche io voglio di più, ma metteremmo Mario in imbarazzo."

Cassidy sbatté le palpebre più volte e deglutì. Santo cielo, era passata in un batter d'occhi dal ripromettersi di mettere Mario al primo posto al voler baciare appassionatamente Leo, lì sulla tribuna, di fronte allo stesso Mario. Quando si voltò di nuovo verso la pedana, si rese conto di stare arrossendo.

Leo ridacchiò. Le si avvicinò ancora e le strinse il fianco su cui teneva la mano. Le sembrò che quelle dita le bruciassero la pelle sotto i jeans. Leo le strofinò il naso sul collo, dopo averle sistemato una ciocca di capelli dietro l'orecchio. Cassidy rabbrividì di piacere e per tutta risposta gli mise una mano su una coscia, affondando le unghie nel tessuto dei pantaloni.

"Non immagini quanto sia stato difficile per me tenere le mani a posto," disse Leo; il suo respiro caldo le fece il solletico sul collo. "Tutto di te mi eccita. Il tuo temperamento, il coraggio che dimostri, il modo in cui ti sei aperta all'amicizia di Skylar, Taylor e Molly... tutto. Il fatto che ci conosciamo da decenni e che abbiamo le stesse origini è la ciliegina sulla torta."

Alzò la testa e il desiderio che lei gli lesse negli occhi la fece contorcere sulla panca di legno su cui entrambi sedevano.

"Ti avverto, Cass, quando prendo una decisione, poi mi impegno al cento per cento."

"Non lo stai già facendo?" gli chiese lei con la voce spezzata.

Lui sorrise. "Nah."

"Signore, aiutami," mormorò Cassidy.

Il sorriso di Leo si ingrandì. "Andrà tutto bene."

"Promesso?" Si sentì costretta a chiederlo.

"Promesso," rispose lui, la voce ferma come se stesse prestando un giuramento. "Ora... faremmo bene a guardare almeno un po' della prima lezione di Mario, altrimenti più tardi, mentre torniamo a casa, lui ci chiederà cosa ne pensiamo e noi faremo la figura degli scemi."

Cassidy annuì e si concentrò sulla lezione di Mario. Il piccolo era al centro della seconda fila. Era l'unico maschio del gruppo, ma la cosa non sembrava creargli problemi. Roteava il bacino, imitando i movimenti dell'insegnante, e sembrava al settimo cielo. Cassidy era felicissima di vederlo perfettamente a suo agio.

Per tutta la durata della lezione, Leo le tenne la mano sul fianco. Aveva spostato il pollice sulla pelle nuda appena sopra la cintura dei jeans. Di tanto in tanto, le faceva piccole carezze che le innescavano brividi lungo la schiena. Cassidy si appoggiò a lui sempre di più, via via che la classe procedeva.

Se un mese prima qualcuno le avesse detto che la sua vita avrebbe preso quella piega, Cassidy avrebbe accusato il suo interlocutore di aver preso la droga che Michael vendeva. Eppure, era tutto reale e lei era determinata a battersi perché la sua vita *restasse* com'era.

Nei tre quarti d'ora che seguirono, Cassidy riuscì a intrattenere con Leo una conversazione abbastanza normale. Parlarono di Mario e di quanto ballasse bene, poi passarono a Kevin, il figlio di Eagle e Taylor, che sembrava non aver ereditato la prosopagnosia della madre. Leo le disse del sollievo che Taylor aveva manifestato quando aveva visto la piccola voglia sul viso di Kevin, dal momento che significava che lei sarebbe sempre stata in grado di riconoscerlo. Parlarono anche del doppio matrimonio che si era celebrato poco prima della missione in Giamaica e persino delle bizzarre voglie da gravidanza di Molly.

A quel punto, Cassidy aveva raccontato a Leo di quando lei

stessa era incinta... e di come Alfred non avesse fatto praticamente nulla per aiutarla.

Leo prese talmente male la faccenda di Alfred che Cassidy pensò che si alzasse e cominciasse a dare la caccia all'ex marito in quel preciso istante, perciò si affrettò a cambiare argomento, passando agli aneddoti più divertenti di Mario da piccolo.

Alla fine della lezione di danza, Cassidy aveva imparato molto sull'adolescenza di Leo e sulla sua esperienza nell'esercito, compresa un'emozionante storia su come una volta lui e i suoi amici erano stati tenuti in ostaggio in Medio Oriente e si erano salvati la vita a vicenda. Cassidy era felice che Leo fosse tanto legato agli altri ragazzi della Silverstone e sperava che il loro affiatamento continuasse per sempre.

Mario salì in tribuna e li raggiunse con un grande sorriso stampato sul volto. "Mamma, mi hai guardato?"

"Certo," gli rispose, ricambiando il sorriso. "Sono sempre stata seduta qui."

Lo sguardo del piccolo cadde sulla mano che Leo teneva ancora sul fianco della madre e il sorriso di Mario si ingrandì ulteriormente. Non commentò, tuttavia, si sedette semplicemente accanto a lei, appoggiandole la testa su una spalla. "È stato divertentissimo," disse.

"Sono contenta."

"Non sono il migliore del gruppo, come aveva detto Leo, ma non sono nemmeno il peggiore. Per me era la prima lezione di sempre, ma credo che i video che ho guardato mi abbiano aiutato. Allison, la bambina che era vicino a me, ha detto che sono davvero bravo e..." La voce del piccolo scemò mentre gli studenti della lezione successiva cominciavano a scaldarsi sui materassini.

Si trattava chiaramente del gruppo di cheerleader e ancora una volta Mario fu rapito dallo spettacolo che gli si presentava davanti.

"Guarda, mamma... ci sono anche dei maschi!"

"Vedo," disse Cassidy.

Le bambine più piccole stavano provando i cori, ma gli studenti più grandi, già adolescenti, abbinavano i cori alle acrobazie. C'era un gruppo di ragazzi che sostenevano delle ragazze sulle loro spalle, aiutandole a saltare; quelle giravano su se stesse prima di atterrare tra le braccia degli stessi ragazzi. Tutti sorridevano e si stavano chiaramente divertendo un mondo.

"Wow, hai visto?" chiese Mario.

Cassidy gli lanciò un'occhiata, che però non fu ricambiata, poi guardò Leo. Lui alternava lo sguardo tra la madre e il figlio e dall'espressione che aveva sul volto si capiva chiaramente che trovava la scena piuttosto spassosa; lei non poté che ricambiare il sorriso.

"Ballano, cantano i cori *e* fanno le acrobazie," disse Mario ammirato. "Voglio diventare come loro."

"Pare che abbiamo scoperto quale sarà la sua prossima passione," osservò Leo.

Cassidy si scoprì meno possessiva nei confronti di Mario di quanto non lo fosse stata in passato. Se qualcun altro avesse osato usare il pronome *noi* a uno stadio tanto precoce della relazione, lei avrebbe probabilmente roteato gli occhi e si sarebbe sentita anche vagamente offesa, soprattutto considerando ciò che lei e Mario avevano dovuto affrontare. Eppure, in quell'occasione, Cassidy riconobbe a Leo il diritto di usare il plurale: era grazie a lui, d'altronde, se nelle loro vite c'era stata una svolta tanto positiva.

"Concordo," disse lei prima di voltarsi verso Mario. "Vorresti provare a fare il corso per cheerleader?"

Il piccolo annuì, senza distogliere gli occhi dalla coreografia.

"Ti piace più del ballo? Odio doverlo ammettere, ma al momento posso permettermi di iscriverti a un solo corso."

Allora Mario la guardò. "Voglio fare cheerleader. Comprende il ballo *e* le acrobazie. Posso cercare un lavoro e aiutarti con i soldi."

Cassidy stava per dirgli che non ce ne sarebbe stato bisogno, che avrebbe trovato il modo di pagare per le lezioni, ma Leo la anticipò. Le allungò un braccio dietro la schiena e appoggiò una mano sulla coscia di Mario. "Ti preoccuperai di trovare un lavoro quando sarai più grande. Ora, per i soldi, ci siamo io e tua madre."

Mario abbassò timidamente lo sguardo e Cassidy, avendo intuito dove li avrebbe portati la conversazione, si preparò psicologicamente.

"Tu e la mamma state insieme?"

"Sì," rispose Leo senza esitazione.

"La farai soffrire? Perché se è così, te ne puoi andare anche subito. Non abbiamo bisogno di te."

A Cassidy si strinse il cuore. Sapeva perfettamente che Mario *voleva bene* a Leo, altrimenti non gli avrebbe scritto messaggi ogni sera. Eppure il suo bambino stava ancora facendo ciò che riteneva necessario per proteggerla.

"Non farò *mai* soffrire tua madre," ribatté Leo con fermezza. "La conosco da quando andavamo a scuola. Lo sapevi?"

Mario annuì. "Mamma me l'ha detto."

"Bene. Allora sai che siamo amici da tanto tempo. Avrei dovuto chiederle di uscire quando eravamo più giovani, ma non l'ho fatto. Entrambi abbiamo continuato le nostre vite e ora ci è stata data una seconda opportunità per capire se ciò che proviamo l'uno per l'altra è amore o qualcos'altro... ma devi sapere che non ho aspettato per quasi trent'anni di ritrovarla solo per farle dietrofront e ferirla. Non sono uno stupido."

"Ok."

"Ok," gli fece eco Leo. "Ah, c'è un'altra cosa... non mi metterò mai in mezzo a voi due. L'amore che lei prova per te, non lo proverà mai per nessun altro. Punto."

"Nemmeno per un altro uomo?" chiese Mario, rivolto a Cassidy.

Lei annuì. "Sì."

Mario emise un sospiro, che a lei parve di sollievo, come se quelle parole fossero esattamente ciò di cui aveva bisogno.

"Questo vuol dire che verrai da noi tutte le sera senza che io debba più inventare scuse?"

Sia Cassidy che Leo risero.

"Precisamente. Credi che ti andrà di venire a casa mia ogni tanto? Possiamo sistemare una camera da letto come piace a te."

"Possiamo anche verniciarla di rosa con i cerchi viola e gialli, di modo che sembri una discoteca?" chiese Mario.

Cassidy ebbe un sussulto, ma Leo gli rispose imperturbato: "Come vuoi tu."

"Grande," disse Mario sottovoce. Poi si chinò verso entrambi e disse: "Scherzavo, comunque. Tutta rosa andrà benissimo."

Tutti e tre risero.

"Beh, aspettiamo a ristrutturare la casa di Leo," intervenne Cassidy. "Ci frequentiamo da poco e vogliamo procedere con calma."

Mario lanciò alla madre un'occhiata scettica e lei non poté che sorridere.

Leo rise, divertito dal modo in cui madre e figlio interagivano. "Su, andiamo a parlare con chi di dovere del cambio di corso. Non so che disponibilità abbiano per i corsi di cheerleader, ma lo scopriremo presto."

Si alzò in piedi e senza indugiare prese Cassidy per mano, aiutandola a scendere dalla tribuna. Appena furono al livello della pedana, Leo le spostò la mano sulla schiena e camminarono fianco a fianco verso la reception. Nel giro di un'ora, il ruolo che Leo ricopriva nella vita di Cassidy era cambiato: da un buon amico era diventato un compagno, la persona con cui avrebbe passato le sue serate. Le era difficile pensare che solo poche settimane prima viveva da prigioniera. Negli ultimi tempi aveva trovato una casa e degli amici, Mario si divertiva ed era al sicuro... e pareva anche che lei si fosse trovata un ragazzo.

Eppure Cassidy riusciva a stare al passo con tutti quei cambiamenti. Era felice, per la prima volta da un tempo che le sembrava immemorabile. Non c'erano telecamere che la spiavano e non doveva farsi prendere dal panico ogni volta che perdeva di vista Mario.

Guardò Leo e arrossì, mentre si chiedeva se fare l'amore con lui sarebbe stata un'esperienza all'altezza delle aspettative, o persino migliore di anni di sogni proibiti e fantasie. Sentì che presto lo avrebbe scoperto.

CAPITOLO DODICI

Era passata una settimana da quando Mario si era iscritto al corso di cheerleading e Gramps era al garage, in piedi nel corridoio del seminterrato, che osservava Cassidy badare a una bambina di nome Betty e a Kevin, il figlio di Taylor.

Gramps aveva parlato del suo piano ai ragazzi, che gli avevano dato il loro sostegno. L'idea iniziale era di aspettare ancora un po' per parlarne anche a Cassidy, ma lui non poteva più aspettare.

"Ehi, Cass, vorrei dirti una cosa."

Lei alzò lo sguardo e Gramps si rimproverò subito di non aver aspettato. Gli sembrò preoccupata, come se si aspettasse da lui una brutta notizia.

C'erano giorni in cui Cassidy sembrava essersi calata nella sua nuova vita senza alcun problema, ma altre volte, come in quel momento, sembrava che bastasse un nonnulla per riportare alla superficie l'angoscia degli anni trascorsi nella villa di Michael Coke. Era come se temesse di aver detto o fatto qualcosa di sbagliato... qualcosa per cui lei e Mario avrebbero dovuto pagare le conseguenze.

Lui cercava di non darci troppa importanza. Le ci sarebbe

voluto ancora tempo per disinnescare la reazione automatica che aveva quando si sentiva colta di sorpresa.

"Va tutto bene," si affrettò a rassicurarla.

La vide annuire mentre la tensione le scivolava via dalle spalle.

Molly spuntò dalle scale e sorrise a Cassidy. "Ciao, bella." Le diede un piccolo abbraccio. "Gramps mi ha chiesto di stare un po' con i due angioletti mentre voi fate due chiacchiere."

Betty era la figlia di uno dei dipendenti e, per quanto ne sapeva Gramps, aveva tre o quattro anni; saltò in piedi e si allontanò da Cassidy, che stava giocando con lei sul pavimento, per abbracciare Molly. Kevin dormiva su un piumone poco distante, ignaro di ciò che gli succedeva intorno.

"Uhm... ok, certo. Non c'è problema," disse Cassidy.

Gramps detestava vederla in preda all'incertezza. La tirò a sé e passò una mano tra i capelli, facendo in modo che lei alzasse la testa e lo guardasse negli occhi. "Va tutto bene," le ripeté.

"Ok."

"Cacchio," mormorò Gramps, sapendo che lei si sarebbe sentita meglio solo dopo aver sentito la proposta.

"Grazie per dare un'occhiata ai bambini," disse a Molly, poi invitò Molly a procedere verso il bunker.

Aprì la porta ponendo il dito sul controllo biometrico e tirò Cass dietro di sé mentre entrava. Bull, Eagle e Smoke erano ancora seduti al tavolo dove li aveva lasciati circa un minuto prima, quando era uscito per chiamare Cassidy. I tre amici si alzarono.

"Che succede?" chiese Bull.

Si sovrappose alla sua voce la domanda di Eagle: "Dov'è Kevin?"

"Molly sta bene, vero?" li incalzò anche Smoke.

Gramps non riuscì a trattenere un sorriso. I suoi compagni di squadra erano decisamente cambiati. In passato, a preoccuparli sarebbe stata piuttosto l'identità del loro prossimo bersaglio o la destinazione della missione che li aspettava. Come le loro

reazioni dimostravano, invece, i tre erano in ansia per le mogli...
e non c'era nulla di male. Non per Gramps, almeno.

"Tutto regolare," li tranquillizzò Gramps, camminando con
Cassidy verso una sedia.

"Allora perché lei sembra tanto preoccupata?" domandò
Eagle.

"Immagino sia perché in quella fottuta villa in Giamaica, non
era mai un buon segno quando qualcuno le diceva che aveva
bisogno di parlare con lei," spiegò Gramps. "Deve solo abituarsi
all'idea che lei e Mario qui sono al sicuro e che nessuno può
costringerli a fare qualcosa che non vogliono," aggiunse mentre
teneva le mani sullo schienale della sedia che aveva offerto a
Cassidy. Si sedette accanto a lei e le prese la mano. Non voleva
prolungare ulteriormente quel momento, soprattutto vista l'ansia
con cui Cassidy lo stava vivendo.

"Scusatemi, mi dispiace essere tanto... insicura," disse lei.

"Nessuno te ne fa una colpa," replicò Gramps. "Ti ci vorrà
ancora un po' per convincerti fino in fondo che tu e tuo figlio
non avete nulla da temere quando siete con noi. A ogni modo...
volevo dirti che ci piacerebbe assumerti," le disse. "A noi come
Assistenza Silverstone, intendo. Molti dei dipendenti hanno figli
e di questi tempi gli asili non sono certo a buon mercato.
Abbiamo discusso se sia meglio allestire una specie di centro per
l'infanzia in questo edificio o piuttosto costruire un'altra strut-
tura tra questo e l'altro garage. All'inizio non sarà un lavoro a
tempo pieno, probabilmente, ma a lungo termine, l'idea è quella.
Vorremmo che tu dirigessi il centro. Cominceresti da sola, ma
siamo disposti ad assumere personale, in base alla mole di lavoro
che ci sarà."

Cassidy lo guardò spiazzata.

"Avrai un contratto in piena regola," intervenne Bull, "con
tutti i benefici che ne derivano, come tutti gli altri dipendenti:
assicurazione sanitaria, fondo pensione... le solite cose."

"Quando assumeremo altri dipendenti, avrai orari flessibili, così da poter fare la tua parte alla scuola di Mario o accudirlo quando è malato, per esempio," aggiunse Eagle.

"E poi, naturalmente, tuo figlio sarà il benvenuto se quando esce da scuola vuole venire qui," disse Smoke.

"Io... io non so che dire," disse a fatica Cassidy.

"Il tuo amore per i bambini è evidente e sei molto brava con loro," spiegò ancora Gramps. "Inoltre, quest'offerta non c'entra niente con noi due. Sì, insomma, se tra di non le cose non funzionano, il lavoro rimarrà comunque tuo. Non ci sono obblighi tra di noi."

Cassidy si sforzò di deglutire e lui vide le lacrime che le si formavano negli occhi.

"Cacchio," mormorò Gramps allungando le braccia verso di lei. La invitò a sederglisi sulle ginocchia. "Parla con me," la esortò. "Che c'è che non va? Se non vuoi il lavoro, va bene lo stesso... Troveremo qualcos'altro."

"Se non voglio il lavoro?" chiese lei in lacrime, "*Certo* che lo voglio. Non riesco a credere che stia succedendo davvero."

"Probabilmente dovrai recuperare titoli di studio e scartoffie varie," disse Eagle. "Vogliamo fare tutto alla luce del sole."

Cassidy annuì. "Naturalmente. Ho fatto un corso di laurea online quando ero a El Paso, ma può essere che i servizi per l'infanzia siano regolamentati diversamente qui in Indiana."

"Non siamo pronti ad aprire immediatamente," le disse Gramps. "Presto incontreremo un architetto e sentiremo cosa ci dirà riguardo agli spazi. Perciò c'è tempo per occuparsi di tutta la parte burocratica."

Cassidy guardò gli altri tre, senza mostrare alcuna intenzione di alzarsi dal grembo di Gramps. "Vi ringrazio molto."

Tutti minimizzarono a cenni il ringraziamento.

"Dico davvero," insisté lei. "Mi state dando un aiuto enorme, non mi aspettavo nulla del genere."

"Anche tu ci darai un aiuto enorme, lavorando qui," disse Bull.

Cassidy scosse la testa. "No, non è così."

"Sì, invece," ribadì lui. "Archer è un cuoco eccezionale e nella tavola calda in cui lavorava era sprecato. Assumendolo, abbiamo reso più contenti i dipendenti... e se i dipendenti sono più contenti, si impegnano di più, sono più leali e non si lamentano se a volte chiediamo loro di fermarsi oltre l'orario di lavoro o di fare turni più lunghi. Aprire un centro per l'infanzia significherà riorganizzare gli orari e coprire ulteriori spese, ma l'ultima cosa che vogliamo è che i nostri autisti siano preoccupati per i loro figli mentre lavorano, perché l'ansia aumenta il rischio di errori e incidenti."

Cassidy ridacchiò e si asciugò le lacrime. "Potete sforzarvi quanto volete di convincermi che voi quattro siete tipi tosti, ma ho capito di che pasta siete fatti."

"E di che pasta siamo fatti?" domandò Eagle.

"In fondo in fondo siete dei teneroni."

Tutti scoppiarono a ridere.

"Teneroni," ripeté lei.

"Se lo dici tu," disse Bull con un sorrisetto stampato sul volto.

"Già. Teneroni," concordò Eagle impassibile.

Gramps roteò gli occhi, ma decise di non mettersi a spiegare che, in realtà, i ragazzi della Silverstone erano ben altro che teneroni. D'altronde, Cassidy lo sapeva perfettamente.

"Benvenuta in famiglia, Cass," disse Smoke sorridendo, poi si alzò e le porse la mano.

Anche Cassidy si alzò, non senza l'aiuto di Gramps, sul quale era rimasta seduta, e strinse la mano a Smoke. Fece lo stesso con Bull e Eagle, quando le si avvicinarono.

Dopodiché si girò raggiante verso Gramps e porse la mano anche a lui.

Gramps non la strinse, preferendo stringere le braccia intorno alla vita di Cassidy e la piegò all'indietro. Lei emise un gridolino di sorpresa e si aggrappò ai suoi bicipiti. "Cosa..."

Gramps non le diede l'opportunità di dire altro. Le coprì le labbra con le proprie e la baciò come voleva fare da ormai una settimana.

Dopo la conversazione che avevano avuto in palestra, le cose tra di loro erano andate bene. Eppure, stranamente, nonostante si fossero detti che stavano insieme, Gramps non aveva sentito l'urgenza di accelerare dal punto di vista fisico. Si erano accoccolati l'uno all'altra mentre guardavano la TV e si tenevano per mano. Cassidy e Mario erano stati a dormire da lui un paio di volte, mentre le altre notti Gramps si era accertato che fossero al sicuro nel loro appartamento e poi era rincasato da solo.

In quel momento, invece, qualcosa si impossessò di lui... D'altronde, non voleva suggellare il loro accordo con una stretta di mano. Era l'occasione perfetta per baciarla di nuovo, un'occasione che lui non poteva lasciarsi scappare.

Cassidy aveva tutto ciò che lui, senza mai saperlo, aveva sempre desiderato in una donna.

Gramps si rese vagamente conto che i tre amici stavano uscendo dal bunker, ma non si fermò. Cassidy, dal canto suo, dopo un primo momento di sorpresa ed esitazione, lo aveva abbracciato e aveva partecipato al bacio come se non potesse averne abbastanza, il che, senza dubbio, valeva anche per Gramps.

Non gli era mai successo di eccitarsi a tal punto durante un bacio. Del resto, non aveva mai baciato Cassidy in quel modo: come se avesse bisogno di lei per respirare, come se la sua stessa sopravvivenza dipendesse dal contatto tra i loro corpi.

Raddrizzò la schiena, trascinando con sé Cassidy, ma ciò non pose fine al loro bacio. Gramps la sollevò da terra e la mise a sedere sul tavolo. Lei rovesciò indietro la testa, concedendosi a lui senza riserve.

Le mani di Cassidy gli si intrufolarono sotto la maglietta e lui rabbrividì quando sentì sulla pelle la freschezza dei palmi. La leggera pressione delle unghie nella carne gli generò il pensiero di come Cassidy si sarebbe sentita la prima volta che lui fosse sprofondato dentro di lei.

Gramps interruppe il bacio per affondarle con il viso nel collo. Doveva riprendere il controllo su di sé e sulla situazione.

Non voleva che la loro prima volta fosse sul tavolo del bunker, ma sapeva di essere a un passo dal prenderla lì dov'erano. Per quanto pazientasse da settimane, era consapevole di essere giunto al limite. Aveva bisogno di Cassidy, di avvicinarsi a lei il più possibile.

"Leo?" lo chiamò lei.

"Un attimo," disse lui con un filo di voce roca. Gli sembrava che l'erezione fosse sul punto di fargli esplodere i pantaloni, tanto gli si era indurito l'uccello... e dire che lei non glielo aveva nemmeno toccato.

Gramps si passò la lingua sulle labbra e sentì il sapore di Cassidy. Gli venne voglia di assaporarla tutta, di leccarla e gustarne gli umori mentre la guardava venire. Quel pensiero si tradusse in un gemito di libidine.

Le mani di Cassidy scivolarono via da sotto la maglietta e carezzevoli gli raggiunsero la schiena. Andavano su e giù, come per ammansirlo, come se lei stesse cercando di rassicurarlo, pur non avendo idea di ciò che gli passava per la testa. La sua Cass aveva l'anima della nutrice e Gramps non poté che chiedersi come fosse riuscita a mantenersi tanto... *incontaminata*.

Lui alzò lentamente la testa per incontrarne lo sguardo. "Per la cronaca... è *così* che io e te dobbiamo siglare un accordo, non con una stretta di mano."

Lei fece un ampio sorriso. "Me lo ricorderò. Stai bene?"

"Sì, Cass, è solo che tu mi... travolgi."

Lei si imbronciò.

"Non è una cosa brutta," si affrettò a rassicurarla Gramps. "Sto solo prendendo atto del fatto che nessuna donna mi ha mai fatto sentire... *così*. Immagino che avresti avuto lo stesso effetto su di me anche quando avevo diciott'anni; io lo sapevo... ed è per questo che ai tempi mi sono imposto di non avvicinarmi a te."

Erano parole toccanti e lei lo lasciò continuare.

"Sapevo che se ci fossimo messi insieme allora, non ti avrei più lasciata andare... ma tu avevi dei progetti, come ne avevo io. Volevo andarmene da El Paso, conoscere il mondo. Se tu fossi entrata nella mia vita, non avrei più voluto nessun altra donna, perciò mi sono tenuto alla larga da te. In seguito me ne sono pentito, ma negli anni non ho mai avuto modo di rimediare. Poi ti sei sposata e... fine della storia."

"Leo," sussurrò lei.

"Quando ho scoperto che l'americana che scriveva all'FBI in cerca d'aiuto eri tu, nulla avrebbe potuto trattenermi. Comunque non mi ero sbagliato, a quanto pare."

"Su cosa?" chiese Cassidy dopo aver atteso invano che lui sviluppasse quel pensiero.

"Sul fatto che con te nella mia vita, non vorrò più nessun altra. Lo senti anche tu?" domandò Gramps, ben consapevole di non essere stato molto chiaro, ma incapace di spiegarsi meglio.

D'altronde, non ce n'era bisogno. Non con lei. Cassidy annuì, leccandosi le labbra. "Se sento che tutto sta cambiando? Se mi sembra che le nostre anime si combinino perfettamente come due pezzi dello stesso puzzle? Sì."

"Grazie, dannazione," disse Gramps prima di abbassare nuovamente il capo su di lei.

Quel secondo bacio fu più dolce, ma non meno potente. Quando si staccarono, a entrambi mancava il fiato.

Cassidy lo guardò sorridendo. "Pomiciare nel vostro bunker super-segreto è piuttosto spassoso."

Lui ridacchiò. "Devo dire che non mi sono mai divertito tanto, qui dentro."

Dopo aver fatto un profondo respiro, Cassidy gli disse con tono basso e serio: "Ti voglio, Leo, ma Mario viene prima di tutto."

Gramps annuì. "Com'è giusto che sia," concordò.

"Mi sono sempre sentita come se fossimo io e lui contro il resto del mondo," proseguì lei. "Non so come e quando io e te potremo..."

Lui le appoggiò l'indice sulle labbra, impedendole di parlare. "Mai e poi mai ti chiederei di fare qualcosa che possa confondere o agitare Mario. Tra di noi non cambierà nulla. Continuerò a venire nel tuo appartamento e a tornare a casa quando è ora di andare a letto. Tu e Mario potete venire da me, io vi preparerò la cena e decoreremo insieme la stanza di Mario. Potete restare a dormire da me o, se preferite, vi riporterò a casa."

"Per me è tutto nuovo, ma so per certo che non si tratta di una storiella da poco. Io ti voglio, Cass. Ti desidero a tal punto che anche in questo momento mi sto eccitando al solo pensiero di fare l'amore con te. Ma non sono più un ragazzino arrapato. Posso usare la mia mano, sai, so avere cura di me stesso. Quando lo faremo per la prima volta, sarà perché entrambi ci sentiremo nel posto giusto al momento giusto. Non dovremmo preoccuparci di Mario, né di stare premendo troppo sull'acceleratore. Forse sarà stanotte, forse fra due mesi... ma non ha nulla a che fare con quello che provo per te. Ok?"

Lei annuì e Gramps poté scorgerle negli occhi il lume del sollievo. "Non voglio che mi consideri una che si diverte a stuzzicare."

A Gramps uscì una risatina nasale. "Macché. Sei una donna adulta che ha un figlio di cui deve prendersi cura. Ti rispetto troppo per portarti in uno sgabuzzino appena abbiamo dieci minuti liberi o cose del genere... Non dico che non potremo mai concederci una sveltina, ma ora non è il momento. Ora è il nostro inizio. Dieci minuti non mi basterebbero per fare l'amore con te come vorrei."

"Nemmeno a me," ricambiò lei.

"Dannazione," disse Gramps. "Ho quarantacinque anni e mi stai facendo venire nelle mutande."

Cassidy ridacchiò, poi si fece avanti per abbracciarlo. Fu un abbraccio intenso. "Non pensavo che sarei stata ancora felice," bisbigliò. "Ora, invece, non riesco a immaginare nient'altro che la felicità."

Lui si ripromise di fare tutto il possibile perché lei si sentisse in quel modo per tutta la vita. Cassidy aveva attraversato l'inferno ed era giunto il momento che alzasse gli occhi verso la luce alla fine del tunnel.

Rendendosi conto che, se non si fosse allontanato fisicamente da lei, avrebbe *davvero* finito per prenderla lì nel bunker, Gramps indietreggiò di un passo e alzò la mano in segno di resa. La aiutò a scendere dal tavolo e si diresse alla porta.

"Grazie per avermi offerto il lavoro, Leo. Dico sul serio."

Lui si fermò prima di aprire la porta. "Prego. Devi sapere, comunque, che non te l'abbiamo offerto solo perché sei la mia ragazza. Siamo veramente convinti che tu sia la scelta giusta per l'Assistenza Silverstone e che farai un ottimo lavoro."

"Questo mi conferma che ho fatto bene ad accettare," commentò lei.

"Ottimo. Hai fame?" chiese Gramps. Credo che Archer per pranzo abbia preparato la sua pizza speciale senza glutine. Non c'è farina, l'impasto è a base di cavolfiore. All'inizio non mi attirava molto, ma dopo averla assaggiata posso dirti che è buonissima. La crosta ha la stessa consistenza del pane."

"Ho una fame da lupi. Sai, probabilmente dovrò chiedere a Mario di sospendere l'allenamento."

"L'hai iscritto a scuola, vero? Se non sbaglio, comincerà la prossima settimana."

Cassidy annuì. "Già."

"Se la caverà bene," disse Gramps.

"Lo so. Fargli fare la quinta elementare è la cosa giusta. Sono certa che, come capacità di apprendimento, potrebbe benissimo cominciare dalla prima media, visto che in Giamaica ho lavorato sodo per farlo studiare, ma dal punto di vista dell'interazione sociale credo che si troverà più a suo agio con bambini un po' più piccoli."

"Hai paura che venga bullizzato?" le chiese Gramps.

Lei si mordicchiò il labbro. "Adoro il modo in cui si presenta e anche il fatto che non abbia remore a esprimersi per quello che è... ma so anche come sono fatti i bambini. Lo prenderanno in giro, lo chiameranno *gay*... e io non voglio che diventi insicuro. Gli voglio bene così com'è e spero che anche lui si voglia sempre bene."

"Ce la farà. Sai perché ne sono certo?"

"Perché?"

"Perché ha te. Molti bambini non hanno genitori comprensivi come lo sei tu... e poi Mario ha dalla sua anche noi: la Silverstone. Impediremo a qualsiasi bullo di dargli fastidio."

Cassidy arricciò il naso e lo guardò. "Non vorrete mica giustiziare chiunque se la prenda con lui... vero?"

Per un istante, Gramps restò basito. Cassidy davvero pensava che lui e i suoi amici fossero capaci di spingersi a tanto?

Poi lei sorrise furbescamente. "Scherzavo."

"Dannazione, Cass... sbaglio o hai appena fatto dell'ironia sul nostro lavoro?"

"Devi prenderti meno sul serio," disse lei con benevola impertinenza. "E poi, per la cronaca, io sono contraria alla violenza per principio... ma spaventare a morte chiunque osi dire al mio bambino che non è assolutamente perfetto... beh, quello si può fare."

"Wow, ragazza, sei agguerrita," ribatté Gramps sorridendole.

"Nessuno può prendersela con mio figlio. Mario va benissimo così com'è."

"Grazie. È piacevole sapere di avere un paladino... ecco perché sono disposta a fare di tutto pur di proteggere il mio bambino."

"Avanti, mamma orsa... è ora di dare da mangiare a te e al tuo orsetto. La prossima settimana ve la caverete tutti e due alla grande."

"Lo spero," mormorò Cassidy.

Gramps avrebbe voluto fare di più per confortarla, ma non sapeva bene cosa dire. Nei giorni a venire, avrebbe tenuto d'occhio la situazione. Sia Cassidy che Mario stavano per affrontare qualcosa di nuovo e avrebbero dovuto convincersi del fatto che Gramps avrebbe coperto le spalle al piccolo e sostenuto Cassidy.

Smoke doveva aver chiesto a Molly e ai due bambini di tornare al piano di sopra, visto che il seminterrato era deserto quando Gramps e Cassidy lo attraversarono. Salirono le scale.

Pensando a come si stavano mettendo le cose tra lui e Cassidy, Gramps si sentì bene. Chiaramente erano sulla stessa lunghezza d'onda e lui non aveva dubbi sul fatto che, da un punto di vista fisico, tra di loro c'era un'alchimia esplosiva. Gramps aveva sempre avuto un rapporto particolare con l'attesa. La adorava. Da bambino, nelle settimane che precedevano il Natale, gli veniva una specie di piacevole nodo allo stomaco. Aprire i regali lo rendeva felice, ma aspettare il momento di aprirli non era un piacere da meno. Nell'esercito, godeva negli istanti che precedevano l'azione. Ciò che più apprezzava delle missioni con la Silverstone, poi, era la fase di pianificazione.

In quel momento provava un piacere simile. L'attesa gli cresceva dentro. Sapere che prima o poi lui e Cassidy avrebbero fatto l'amore gli procurava un gradevole senso di scombussolamento. Sarebbe successo al momento giusto e sarebbe stato ancora più bello proprio perché avevano deciso di non bruciare i tempi. Intanto se la sarebbe spassata baciandola, accarezzandola di sfuggita e osservando il desiderio arderle negli occhi, proprio come ardeva, ne era certo, nei suoi.

"Hai un'espressione che mi rende nervosa," gli disse Cassidy guardandolo.

Gramps fece spallucce. "Non dovrebbe. L'unica cosa che ho davvero a cuore sono i tuoi interessi. Sempre."

Per tutta risposta, Cassidy gli infilò le dita tra la cintura dei pantaloni e la pelle nuda della schiena, mentre lo seguiva in direzione della cucina. La lieve trazione che sentiva alle spalle gli ricordò con discrezione che lei era sua. Gramps non si sarebbe tirato indietro, né l'avrebbe lasciata a qualcun altro. Chi prima arriva, meglio alloggia. Punto e basta.

————

Lloyd lanciò un'occhiataccia a Martin. Dopo due settimane in clandestinità, entrambi erano piuttosto male in arnese. In Giamaica, la situazione era andata peggiorando. L'organizzazione di Coke era in subbuglio e il fatto che i pezzi grossi sapessero che loro due se l'erano svignata con un mucchio di soldi complicava il piano di lasciare il paese quatti quatti.

Coke aveva conoscenze *ovunque*, in ogni città. Nelle stazioni degli autobus, negli aeroporti... tutta gente che lui aveva pagato come spie, perciò uscire dalla Giamaica si stava rivelando più difficile di quanto Lloyd non avesse immaginato.

Lloyd, però, si era tenuto occupato durante la latitanza. Aveva stretto contatti a El Paso, dove sapeva che i genitori di Cassidy vivevano. La mente dell'organizzazione sarà anche stato Coke, ma negli anni Lloyd ce l'aveva messa tutta per coltivare alcuni rapporti strategici in Giamaica; finalmente era giunto il momento di mieterne i frutti.

Di lì a una settimana, lui e Martin avrebbero incontrato un pilota in un aeroscalo privato. Sarebbero volati in Messico, poi un loro contatto li avrebbe portati a El Paso, dove un trafficante di droga li avrebbe aiutati a trovare gli Hewitt.

A Lloyd la pazienza non mancava, ma più a lungo era costretto a nascondersi come se *lui* fosse il criminale, più si innervosiva. Perché Cassidy e il moccioso potevano vivere da persone libere e lui no? Le donne erano creature inferiori. Meno forti, meno intelligenti. Per quel che lo riguardava, il mondo sarebbe stato un posto migliore se alle donne non fosse mai stato riconosciuto il diritto al voto... o molti degli altri diritti che *gli uomini* erano morti per conquistare.

Se Cassidy sperava di poter appoggiarsi a uno stronzo qualsiasi, mandando a rotoli tutto ciò che Lloyd si era guadagnato lavorando sodo per anni e anni, per poi darsela a gambe senza pagare lo scotto... beh, si sbagliava di grosso.

"Qual è il piano, una volta che saremo in Texas?" chiese Martin.

Lloyd represse l'irritazione. Glielo aveva già detto, il piano. Beh, sì... gli aveva detto la parte del piano che era *disposto* a dirgli. Però aveva dato a Martin un assaggio di ciò sapeva piacergli: aveva l'indole del picchiatore, gli prudevano sempre le mani.

"Quando li troveremo," gli disse Lloyd, "saremo gentili e chiederemo loro dov'è Cassidy. Se non ce lo dicono, passeremo alla forma di persuasione che tu conosci meglio."

L'altro sorrise. "Ci diranno dov'è," disse sicuro di sé. "So come far parlare la gente."

"Non ho dubbi," concordò Lloyd. Non era necessario che Martin fosse a conoscenza di tutti i dettagli del viaggio. Il suo compito era fare quello che gli veniva detto e ottenere le informazioni che servivano a Lloyd.

Naturalmente, Martin non sapeva che *lui* non sarebbe mai tornato in Giamaica. Lloyd e Mario sì... ma non lui.

Lloyd non aveva bisogno che Martin gli stesse intorno come un brutto, persistente ricordo. All'inizio aveva pensato di tenere Martin con sé, ma dopo tutto quel tempo passato solo con lui, si era accorto di faticare a sopportarlo. Era dannatamente fastidioso. Gli serviva per trovare Cassidy, fargliela pagare e mettere le mani sul moccioso, dopodiché sarebbe diventato inutile.

Indifferente al pensiero di aver appena condannato a morte il proprio braccio destro, Lloyd gli sorrise. "Fra non molto saremo fuori da questa topaia."

"Non vedo l'ora," disse Martin sdraiandosi sul pavimento. Si coprì il viso con un cappello per ripararsi dalla luce.

Tanto meglio che si facesse una dormita; Lloyd era stanco della sua compagnia.

Appoggiò la testa al muro e anche lui chiuse gli occhi. Però non dormì. Troppi erano i piani che gli si affollavano nella testa: piani per vendicarsi di quella cagna che *senza dubbio* era dietro la distruzione dell'organizzazione di Coke. Lloyd non sapeva come ci fosse riuscita, ma non gli importava. La vita di Cassidy si avvicinava lentamente alla fine.

CAPITOLO TREDICI

"Mario sta bene," disse Leo a bassa voce. "Respira, Cass."

Lei ci provò, ma le mancava l'aria e non era certo una bella situazione. Quella stessa mattina, aveva lasciato Mario davanti alla scuola elementare di Eastlake, per il suo primo giorno di lezioni. Da quel momento in poi, Cassidy non aveva smesso di preoccuparsi. Gli altri bambini si conoscevano già... Forse Mario avrebbe fatto fatica a mettersi in pari con il programma e si sarebbe sentito stupido. Sarebbe riuscito a farsi degli amici? Lo avrebbero preso in giro?

Per lei era stata una giornata interminabile e Leo le era sempre stato accanto. Cassidy si rendeva conto che, con ogni probabilità, lo stava facendo diventare matto. Apprezzava i suoi tentativi di distrarla, anche se non funzionavano. Lei aveva già tirato a lustro l'appartamento, preparato una torta, infornato decine di biscotti e cercato su internet accessori per cheerleader da poter regalare a Mario per Natale, che peraltro non era certo alle porte; per tutto il giorno, non era riuscita a stare seduta nemmeno per cinque minuti di fila.

Mario aveva insistito per tornare a casa in autobus, nonostante Cassidy si fosse offerta di passarlo a prendere all'uscita della scuola. Inoltre, si era mostrato entusiasta di riprendere gli studi, cosa di cui Cassidy era rimasta stupita e che l'aveva indotta a chiedersi se lei stessa non avesse esagerato nello spronarlo e nel tessere le lodi della scuola; d'altronde, non voleva certo che il piccolo temesse quel giorno come lo temeva lei.

Skylar l'aveva chiamata la sera prima, assicurandole che avrebbe tenuto d'occhio Mario tutto il giorno e che l'avrebbe avvertita, qualora lui le fosse sembrato a disagio. Di certo, sapere che c'era l'amica a vigilare sul suo bambino era per lei motivo di sollievo, anche se era consapevole del fatto che Skylar sarebbe stata piuttosto impegnata con i suoi alunni.

"Mi spiace essere stata insopportabile oggi," disse a Leo.

Lui la abbracciò da dietro. Erano in piedi, appena fuori dall'appartamento di Cassidy, in attesa dell'autobus che avrebbe riportato a casa Mario. La fermata era a lato del parcheggio. Dalla loro postazione, avrebbero potuto vedere Mario scendere dall'autobus, attraversare il parcheggio e salire le scale. Lei dava le spalle a Leo, che le aveva posato il mento sul capo. Cassidy si sentiva circondata da lui, il che la confortava non poco.

"Tu e Mario avete passato insieme ogni giorno degli ultimi cinque anni. È normale che tu sia nervosa... ma tuo figlio è in gamba; è un bravo ragazzo e piace alla gente. Sicuramente oggi per lui è stata una bella giornata."

Cassidy annuì ma si agitò tra le braccia di Leo. "L'autobus è in ritardo? Dovrebbe già essere arrivato, no?"

"Rilassati. Mi hai chiesto che ore sono trenta secondi fa. L'autobus non è in ritardo."

"Che ansia," disse lei con un piagnucolio.

Percepì dietro di sé la risata di Leo. "Non è nulla in confronto a ciò che avete passato," ribatté lui.

Cassidy fece un profondo respiro. Leo aveva ragione. Stava dando di matto senza averne motivo. Era una cosa ridicola e Cassidy avrebbe fatto bene a darsi una calmata. Mario aveva il telefono con sé. Verso l'ora di pranzo le aveva mandato un messaggio con scritto che andava tutto bene. Non le aveva chiesto di passarlo a prendere, né l'aveva chiamata in lacrime. Il piccolo stava *bene*.

Poi lo sentì. Il borbottio dell'autobus che imboccava la strada che fiancheggiava il complesso residenziale.

"Calma, Cass. Eccolo che arriva."

Si rese conto di aver contratto i muscoli, pronta a correre giù per le scale, incontro a Mario. Teneva gli occhi fissi sul punto in cui il piccolo sarebbe apparso, attendendo quel momento con il fiato sospeso.

Lo sentì prim'ancora di vederlo. La caratteristica risata di Mario risuonò contro le pareti di cemento dell'edificio. Quando finalmente lo avvistò, Mario camminava in compagnia di due ragazzini che Cassidy conosceva: un bambino afroamericano, che viveva in un altro edificio del complesso, e una bambina che abitava al pianterreno dello stesso edificio in cui stavano lei e Mario. La bambina proveniva da una famiglia che era immigrata negli Stati Uniti da un paese del Medio Oriente, Cassidy non sapeva quale; la piccola portava il velo islamico, che Cassidy aveva visto indosso anche alle altre donne della famiglia. Mario rideva e scherzava con i suoi nuovi amici. Cassidy chiuse gli occhi, provando dentro di sé un immenso senso di gratitudine.

Mario era sempre stato molto ben disposto verso gli altri. Non dava importanza al colore della pelle o all'abbigliamento delle persone e cercava di essere amico di tutti. Aveva conosciuto i due bambini qualche tempo prima e Cassidy non poteva che rallegrarsi che il figlio avesse legato con loro.

Si voltò e sentì Leo allontanarsi da lei, seppur di poco. Le poggiò la mano sulla parte bassa della schiena, mentre aspettavano che Mario salutasse gli amici e salisse le scale. Nell'istante in cui il piccolo vide che lei e Leo lo stavano aspettando, sorrise raggiante e si avviò correndo verso di loro.

Le corse in grembo a una tale velocità che Cassidy dovette fare un passo indietro per attutire l'urto e restare in equilibrio; dietro di lei, comunque, c'era Leo, pronto a sorreggerli entrambi.

"Mamma! A scuola mi sono divertito un mondo!"

"Mi fa piacere," gli disse Cassidy.

"Non conoscevo nessuno dei miei compagni, ma più o meno tutti mi hanno accolto bene."

"Più o meno?" gli chiese lei, focalizzandosi su quel punto.

"Beh, sì... Timmy è un rompiscatole e mi sa che sto antipatico a Becky... ma Frankie ha detto che a lei stanno tutti antipatici, quindi non me la devo prendere. E poi... indovina!"

"Non so," rispose Cassidy, incapace di celare la contentezza.

"A pranzo ho incontrato Sandra. Lei è solo in prima... ma quando mi ha visto è venuta a salutarmi."

"Carino," commentò lei.

Mario alzò lo sguardo verso Leo. "Ciao!"

"Ciao, ragazzo. Sembra sia stata una buona giornata. Ti è piaciuta la maestra?"

"Non è niente male. Quello che mi è piaciuto di più è il signor Smithton. Insegna educazione civica. È alto più o meno come te e ha i denti così bianchi che quando parla sbrilluccicano... e quando ride, in classe si sente l'eco."

Cassidy sapeva che in quinta elementare, durante la mattina, si alternavano gli insegnanti di inglese, di matematica e di educazione civica, mentre il pomeriggio gli alunni avevano lezione di economia domestica. Lei aveva temuto che avere insegnanti diversi potesse disorientare Mario, ma sembrava che per il piccolo non fosse assolutamente un problema. "Hai fame?"

"Ma certo!" esclamò lui.

Leo ridacchiò dietro di loro, ma Cassidy si limitò a scuotere la testa. Era stata una domanda sciocca... Mario aveva *sempre* fame. Secondo lei, si trattava di un effetto collaterale dell'esperienza in Giamaica, quando a entrambi era strettamente proibito andare in cucina per uno spuntino tra i pasti. Mario era nell'età della crescita e il suo metabolismo necessitava di moltissime calorie.

"Andiamo, allora... oggi ho preparato i biscotti."

Mario inarcò un sopracciglio, poi le sprofondò in grembo e la strinse forte. "Eri nervosa per me, mamma?" le chiese a bassa voce.

Cassidy gli accarezzò la testa. "Certo... Volevo che tu ti divertissi e non ti spaventassi... anche se sembra che dei due sia stata io l'unica a preoccuparmi."

Mario alzò gli occhi e la guardò con aria seria. "Però mi sei mancata."

"Lo so, piccolo... ma è importante che tu vada a scuola. Che tu ci creda o no, in un futuro non troppo distante potrebbe benissimo succedere che la tua mamma ti metta in imbarazzo... che tu non la voglia più troppo vicino."

"Non succederà mai," disse Mario con fermezza. "Ti voglio bene, mamma, e te ne vorrò sempre."

Cassidy chiuse gli occhi. Amava il figlio con tutta sé stessa. Mario aveva il cuore buono e lei temeva continuamente che qualcuno potesse ferirlo. "Ti voglio bene anch'io. Andiamo, i biscotti ci aspettano."

Mario si scostò subito da lei, emettendo un gridolino di gioia. Si precipitò in casa sfrecciando davanti a loro.

"Visto? Te l'avevo detto che se la sarebbe cavata," disse Leo.

Cassidy lo guardò. "Volevo crederti, ma i bambini sanno essere odiosi con i loro coetanei... È solo che... non volevo che per lui la scuola si trasformasse in un luogo da temere ogni giorno."

Leo si chinò per baciarla delicatamente sulle labbra; era un gesto che lui faceva spesso e a Cassidy piaceva molto. Leo cercava continuamente il contatto fisico: le toccava la schiena, la prendeva per mano, le appoggiava il palmo sulla coscia quando erano seduti l'una accanto all'altro. Era da moltissimo tempo che lei non era oggetto di manifestazioni d'affetto da parte di un uomo e le ci era voluto un po' per abituarcisi. Leo non aveva avuto alcuna remora a parlarle di sesso e di quanto a lei sarebbe piaciuto quando l'avrebbero fatto, ma non aveva cercato di portarsela a letto; Cassidy ne era sorpresa, ma apprezzava che lui fosse disposto a dare tempo al tempo.

"Andiamo... l'odore di quei biscotti mi stuzzica," disse Leo con un largo sorriso.

Era stupefacente come l'uomo che aveva ucciso Michael Coke fosse lo stesso che a volte aveva atteggiamenti tanto bambineschi. Eppure, sapere che in Leo convivevano pericolo e tenerezza era per Cassidy tutt'altro che un deterrente. Non dubitava che, se qualcuno avesse minacciato lei o Mario, Leo sarebbe stato lì a proteggerli.

Quel senso di protezione che emanava da Leo le *piaceva* e Cassidy non aveva alcun problema al riguardo. Si era sentita sola troppo a lungo e l'ansia di dover tenere Mario lontano dal pericolo l'aveva logorata fino a trasformarla nell'ombra della persona che un tempo era stata. Forse, il fatto che una donna volesse un uomo in grado di proteggerla sarebbe parso *démodé* ai più, ma Cassidy aveva cresciuto da sola un figlio e il peso di quell'enorme responsabilità l'aveva indebolita. Era ben disposta a condividerlo con Leo, soprattutto perché sapeva che lui aveva a cuore Mario... e non si trattava certo di una strategia per portarsela a letto. L'affetto e la simpatia che Leo provava per Mario erano genuini, il che per lei faceva una differenza grande come il mondo.

Prima della Giamaica, c'erano stati momenti in cui Cassidy aveva avuto l'impressione che Alfred non provasse nulla del genere, benché Mario fosse *suo* figlio. Il piccolo l'aveva percepito, Cassidy ne era certa. Dopo il divorzio, quando il padre si presentava per le visite a cui aveva diritto per legge, Mario si era mostrato distante e intimidito. Né Alfred aveva mosso obiezioni alla notizia che lei si sarebbe trasferita in Giamaica con il piccolo; anzi, a lei era sembrato quasi sollevato.

Cassidy e Leo entrarono a braccetto nell'appartamento. Dopo aver chiuso la porta, Leo si chinò ancora per darle un bacetto, poi si avviò verso la cucina, dov'era Mario. Cassidy si soffermò a guardarli per un istante e Leo la notò.

"Vieni qui," la esortò, invitandola con un gesto della mano a unirsi a loro.

Cassidy lo accontentò e scoppiò a ridere quando, arrivata in

cucina, Leo le strinse un braccio intorno alla vita e cominciò a
farle il solletico. Mario si avvicinò e i due fecero comunella
contro di lei, che rise finché non le vennero le lacrime agli occhi,
al che si ribellò e si vendicò su Mario, solleticandolo e costrin-
gendolo presto alla resa. Madre e figlio poi si allearono contro
Leo, che però era grande e grosso per loro... in breve finirono
tutti e tre ammucchiati sul pavimento. Non era certo una posizione confortevole, ma in quel momento Cassidy si sentì felice
come non mai.

"Vai a prepararti per la lezione di ginnastica," disse Leo a
Mario. Il piccolo saltò su dal pavimento come una molla e corse
via dalla cucina.

"Finirai per viziarlo," disse Cassidy con vago disappunto.

"Cass, al ragazzo piacciono le acrobazie, il cheerleading e il
ballo. Con tutto quello che ha passato, sarà *molto* dura viziarlo.
Queste sono solo piccole concessioni... e poi, mi sembra che non
sia mai tanto felice come quando sta su quei tappetini a cercare
di fare la ruota... o come si chiamano quelle capriole su cui si
esercita."

Leo non aveva tutti i torti. "Devo trovarmi una macchina...
Non puoi continuare ad accompagnarci alla palestra con la tua
ogni pomeriggio dopo la scuola."

"Perché no?" chiese lui.

Cassidy alzò lo sguardo e fissò Leo in preda alla confusione.
"Come *perché no?*"

"Perché non posso accompagnarvi in palestra con la mia
macchina?"

"Perché..." Cassidy riprese fiato. "Perché hai una vita. Hai
delle cose da fare, Hai un'azienda da mandare avanti."

Allora Leo la stupì. "Non avevo una vita prima che tu e
Mario entraste a farne parte. La cosa migliore che può succe-
dermi è guardare tuo figlio sbocciarmi davanti agli occhi: essere
presente quando padroneggia un nuovo passo di danza, quando
qualcuno si congratula con lui perché ha imparato un nuovo
salto su cui si è esercitato a lungo... La gioia che irradia mentre

balla è un tesoro da custodire gelosamente e io stesso non posso che gioire nel vederlo tanto felice. L'Assistenza Silverstone va benissimo anche senza di me. Abbiamo assunto i migliori proprio per non doverli tenere continuamente d'occhio.

"Se ti sembra che vi stia troppo intorno, non devi fare altro che dirmelo e io mi farò da parte. Detto questo, credo anch'io che ti serva una macchina, per il semplice fatto che è giusto che tu sia indipendente e non ti senta di dover rendere conto dei tuoi orari e spostamenti a nessuno. Lo hai fatto per troppo tempo e mi rifiuto di pensare che tu debba farlo ancora. Posso darti una mano a comprare una macchina che non costi troppo. Sono certo che il nostro amico Stan ci aiuterà. Ha una carrozzeria ed è un mago quando si tratta di rimettere in sesto e rendere sicure auto che hanno già qualche anno."

Cassidy lo guardò sbattendo le palpebre più volte. Il fatto che entrambi fossero ancora seduti sul pavimento della piccola cucina non impedì a Cassidy di gettarglisi tra le braccia. Lui la prese agevolmente.

"Non so che ne sarebbe stato di noi, se non ci fossi stato tu," disse lei sottovoce.

"Te la saresti comunque cavata bene, non ne dubito; visto l'amore che provi per tuo figlio, non sarebbe potuto essere altrimenti."

"Non ne sono tanto sicura," commentò lei.

"Io sì," ribatté Leo, che poi si alzò in piedi, continuando a tenerla in braccio. Fece sembrare quel gesto quasi naturale. "Mi sto innamorando di te, Cassidy. So che sta succedendo in fretta, ma in un certo senso mi sento come se fossi stato innamorato di te tutta la vita. Voglio bene a Mario. Lo adoro perché è se stesso e sembra sbattersene di quello che pensano gli altri. È merito tuo, sei tu che gli hai dato la forza di essere se stesso. Lo so che ti senti in colpa per averlo portato in Giamaica, ma bisogna che tu te ne faccia una ragione: tuo figlio è fantastico."

Cassidy sarebbe volentieri rimasta ad ascoltarlo tessere le lodi

di Mario, ma si era arenata sulla prima frase di Leo. "Ti stai innamorando di me? Ma com'è possibile?"

"Mi sei entrata nella testa quando avevo diciott'anni e non te
ne sei più andata. Quando ero nell'esercito, mi hai scritto lettere
che mi hanno fatto sorridere. Sei riuscita ad alleviare il dolore
che provavo per via dei continui litigi dei miei e non ti è mai
importato che avessi uno zio in prigione. Mi hai incoraggiato e
mi hai fatto abbassare la testa quando pensavo di essere chissà
chi... e quando ti sei sposata è stato un brutto colpo. Ti avevo
perso... e lo sapevo. È stata una gran brutta notizia per me... Sì,
insomma, era solo colpa mia, ma questo non cambiava la
situazione."

"Leo," sussurrò Cassidy.

"Va bene così. Non te l'ho detto per farti sentire in colpa e
perché mi aspetto che anche tu lo dica a me. Volevo solo che lo
sapessi. Non sto con te per farmi una scopata... Senza offesa, ma
se il mio obiettivo fosse quello, per raggiungerlo non mi dovrei
prendere la briga di fare tutto quello che faccio per te e Mario."
Sorrise e le fece l'occhiolino, nel tentativo di mitigare il bruciore
che quelle parole avevano provocato in lei. "Sono qui perché ho
scelto di esserci. Perché non ho mai sorriso tanto in vita mia
come da quando ho conosciuto te e Mario. Perché voi due mi
fate sentire di nuovo vivo."

Cassidy voleva dirgli che anche lei si stava innamorando di
lui, ma le parole non riuscirono ad oltrepassare il nodo che le si
era formato in gola. Un tempo aveva pensato anche di amare
Alfred... e poi era andata a finire com'era andata a finire.

D'altronde, Leo non era Alfred. Neanche lontanamente... e
Cassidy era stata un po' innamorata di Leo per gran parte della
propria vita. Eppure era terrorizzata dall'idea che, se avesse dato
voce a quel sentimento, avrebbe perso Leo, in un modo o
nell'altro.

Fortunatamente per lei, arrivò Mario a soccorrerla da
quell'*impasse*. Il piccolo piombò in soggiorno ed esclamò: "Sono
pronto!"

Leo alzò una mano e prima di voltarsi verso Mario le carezzò una guancia con il pollice, in un gesto che le parve durare solo una frazione di secondo. "Bel look, campione!"

Mario drizzò la schiena e alzò il mento, come per mettersi in posa per Leo. Indossava una maglietta gialla, che era infilata nei bermuda rosa brillante. Aveva le scarpe da ginnastica e dei calzini bianchissimi. Nel complesso, sembrava fosse caduto in una vasca di vernice fluorescente.

"È un po' vistoso, Mario," commentò Cassidy ridacchiando.

"Lo so! Non sono colori bellissimi?" disse Mario, incurante di cosa la madre pensasse dell'abbigliamento che lui aveva scelto.

"Certo, ragazzo. Ti ho portato dei cracker con il burro d'arachidi. Per quanto io adori i biscotti che fa tua madre, agli atleti servono proteine per avere energia e rafforzare il fisico," disse Leo, allungandogli un sacchetto che aveva prelevato dal top della cucina.

Cassidy fu lieta di notare che Leo pensava a Mario tanto quanto lei. Avevano parlato dell'alimentazione del piccolo ed entrambi erano d'accordo che Mario dovesse mettere su qualche chilo; Leo, però, si preoccupava che li mettesse su mangiando cibo sano anziché snack e merendine varie... e Cassidy non poteva che rallegrarsene. Come madre, lei tendeva a viziare il bambino, concedendogli tutto ciò di cui era stato privato per anni. Leo riusciva in qualche modo a bilanciare il suo istinto materno.

In realtà, Leo riusciva a bilanciare molti altri aspetto del loro rapporto madre-figlio. Da quando erano arrivati a Indianapolis, i tre avevano passato insieme praticamente ogni sera e la mattina, al risveglio, sia Cassidy che Mario pensavano sempre a lui.

Leo aveva preso Mario sotto la sua ala protettrice e la stava aiutando a realizzarsi. Il piccolo, per sua natura, tendeva a pensare positivo, ma se la sua transizione verso una vita normale negli Stati Uniti stava procedendo bene, il merito era soprattutto di Leo. Mario non aveva avuto un solo incubo da quando si erano trasferiti in Indiana e Cassidy si sarebbe innamorata di Leo anche solo per quella ragione.

All'improvviso, sentì l'urgenza di dirgli che lo amava, ma quella non era la situazione adatta per farlo. Mario scalpitava per andare in palestra e Cassidy preferiva dire per la prima volta a Leo quanto tenesse a lui in un momento un po' più intimo. Non sapeva quando esattamente quel momento sarebbe arrivato, ma sentiva che stava per arrivare. Non sarebbe riuscita a tenere per sé i propri sentimenti ancora a lungo. Leo meritava di sapere che lei lo riteneva un uomo fantastico. Cassidy non si sentiva alla sua altezza, ma se lui la voleva, allora lei non se lo sarebbe certo lasciato scappare. Era in grado di riconoscere un uomo buono, quando ne vedeva uno... e Leo era il migliore su cui avesse mai posato gli occhi.

CAPITOLO QUATTORDICI

"Grazie a tutte per essere qui," disse Cassidy a Skylar, Taylor e Molly. Erano sedute sulla tribuna della palestra e guardavano la lezione di cheerleading di Mario. Era passata una settimana dal primo giorno di scuola e l'entusiasmo del piccolo non era diminuito. Era il primo sabato che Mario faceva lezione di cheerleading. Durante la settimana, le sessioni di pratica, che Mario frequentava dopo essere uscito da scuola, duravano un'ora; il sabato, invece, l'allenamento durava due ore. Leo avrebbe dovuto accompagnarli in macchina in palestra, per poi assistere con Cassidy alla lezione, ma c'era stato un imprevisto al lavoro e al momento i ragazzi della Silverstone erano a una riunione straordinaria nel bunker.

Cassidy non gli aveva chiesto di cosa si trattasse. Lo sapeva già. I quattro dovevano discutere di una potenziale nuova missione. Se da una parte lei detestava l'idea, per il semplice fatto che non voleva che nessuno di loro corresse dei rischi, dall'altra non poteva non ripensare alla situazione in cui *lei stessa* si era trovata. Se loro non avessero corso dei rischi per andare a prenderla, lei e Mario in quel momento sarebbero stati ancora nei guai.

Tiana non avrebbe avuto problemi ad accompagnare lei e

Mario alla palestra, ma Molly si era offerta, poi Taylor e Skylar avevano detto che si sarebbero unite volentieri. Poco dopo tutti e sei, compreso il piccolo Kevin, erano a bordo del SUV di Molly, diretti verso la palestra.

"Volevo venire a vedere fin da quando mi hai detto che Mario faceva un corso di cheerleading," disse Molly; si teneva una mano sul pancione e guardava ammirata le acrobazie di fronte a lei.

"Fanno sul serio," osservò Skylar. "Sì, insomma, pensavo si trattasse solo di un manipolo di bambini che saltavano su e giù battendo le mani."

"Lo pensavo anch'io, all'inizio," ammise Cassidy, "ma mi sono presto resa conto che mi sbagliavo di grosso." In quel momento, Mario era in piedi con altri bambini della sua età, tutti intenti a guardare un gruppo di atleti più grandi che stavano mostrando loro come prendere al volo una saltatrice; la ragazza veniva gettata in aria e prima di atterrare tra le braccia dei compagni si esibiva in un giro della morte o in qualche altra acrobazia.

"Sembra un po' pericoloso," disse Taylor con qualche esitazione.

Cassidy annuì, benché il suo concetto di pericolo differisse leggermente da quello che avevano le amiche. Consegnare droga nei peggiori quartieri di Kingston era pericoloso. Il cheerleading non ci si avvicinava nemmeno.

"E così... come te la passi?" chiese Taylor.

Cassidy sorrise. Era bello avere qualcuno con cui parlare. "Bene," disse.

"Ti sei ambientata nella tua nuova casa?" le domandò Skylar.

"Sì. Tiana, Maria e tutti gli altri mi hanno accolto calorosamente e mi sono stati di grande aiuto."

"So che non è la zona migliore di Indianapolis," osservò Skylar con una piccola smorfia.

A Cassidy scappò una risata. "Dici davvero? In Giamaica vivevamo in una reggia, ma era anche una prigione. A separarci dal mondo esterno c'erano dei muri enormi, ma non ci sentivamo affatto protetti. Il nuovo appartamento mi sembra molto più sicuro di quanto non fosse la villa di Michael."

Le tre amiche conoscevano la storia ed erano al corrente di ciò che i loro uomini avevano fatto per portare in salvo Cassidy. Lei sapeva che, il più delle volte, non trapelava alcun dettaglio sulle missioni, ma quando i ragazzi si erano presentati a Indianapolis con lei e Mario, si erano trovati in qualche modo a *dover* spiegare alle rispettive mogli cosa fosse successo.

"Credi che qualcuno verrà a cercarti?" le chiese Molly.

Cassidy sospirò. "Sinceramente? Non lo so... Vorrei dirti di no, perché ora siamo troppo lontani dalla Giamaica, ma dopo aver vissuto in quell'ambiente per anni, mi aspetto di tutto dagli uomini di Michael. Hanno i mezzi per venire a cercarmi, ma lo faranno? Non so."

"Non sei spaventata?" chiese Taylor. Cassidy ebbe l'impressione che, nel farle quella domanda, si stringesse Kevin al petto più forte di quanto non avesse fatto fino a quel momento.

"Un po'. Più che spaventata, sono in ansia. Sono *contenta* che i miei abbiano deciso di lasciare El Paso per qualche tempo, visto che il capo della sicurezza di Michael sicuramente ha il loro numero di telefono. Detesto non poter dire loro quanto a lungo sarebbe meglio che stessero via... Per il momento, dicono che questa è una buona scusa per far visita a parenti che non vedono da anni."

"Michael e i suoi uomini hanno fatto del loro meglio per rovinare la vita a me e a Mario. E perché? Solo perché erano nella posizione di poterlo fare. Perché ritengono che le donne siano esseri inferiori. Perché mi consideravano una loro proprietà, qualcosa di meno importante della droga che vendevano e dei soldi che guadagnavano. Non mi meraviglia *affatto* che persone del genere si siano messe in testa che io non avevo il diritto di andarmene... Ora, probabilmente, hanno capito che io c'entro qualcosa con la morte del loro capo. Già questo può bastare a convincerli che io devo pagare e può indurli a colpire le persone a cui tengo."

"Allora perché non sei terrorizzata?" domandò Molly.

"Perché c'è lui," rispose Cassidy, gesticolando in direzione della pedana, dove Mario sorrideva e sembrava si divertisse come non aveva mai fatto in vita sua. "Mario merita di vivere una vita senza paura. Se io mi mostrassi spaventata e non facessi altro che guardarmi le spalle, finirei per trasmettergli il mio stato d'animo. È un bambino molto sensibile, se ne accorgerebbe. Ma c'è anche un'altra ragione... Volete saperla?"

Le tre donne annuirono e i loro occhi si fissarono su di lei.

"Leo. Stargli intorno mi fa sentire... protetta. So che non dovrei sentirmi così, ma è la verità."

"Non c'è niente di male ad ammetterlo," disse Molly. "Quando sono stata rapita, sapevo che Mark sarebbe venuto a salvarmi. Speravo solo che arrivasse in tempo... ma non avevo dubbi sul fatto che, comunque fossero andate le cose, lui non avrebbe smesso di cercarmi finché non mi avesse trovato."

"Spesso mi chiedono se ho paura ad andare in giro, visto che non riconosco nessuno," intervenne Taylor, "e la risposta, spesso, è sì... ma se c'è Eagle con me? Non ho mai paura. Anche solo averlo vicino mi fa sentire invincibile."

"Come potremmo sentirci in pericolo con a fianco i nostri uomini?" aggiunse Skylar. "E poi Gramps è alto... quanto? Due metri e mezzo? Svetta su tutti... Nessuno oserà torcerti un capello con un uomo del genere accanto a te!"

Tutti risero. "Beh, non è *così* alto," precisò Cassidy con un sorriso. Poi si ricompose. "Ragazze, posso farvi una domanda?"

"Chiedi quello che vuoi."

"Certo."

"Spara."

Le amiche che aveva trovato le piacevano davvero. "A volte ho l'impressione che Leo si aspetti che io mi faccia dei problemi per quello che lui e gli altri fanno durante le loro missioni. Dovrei farmene? Il fatto che non disapprovi il loro doppio lavoro mi rende una brutta persona?"

Skylar fece una smorfia e alzò una mano. "Me ne occupo io,"

disse rivolta a Molly e Taylor, che annuirono. "Temo di essere io la responsabile per le preoccupazioni di Leo. Quando Carson mi ha rivelato la verità sulla Silverstone, non l'ho presa proprio bene... L'ho allontanato da me, non ero sicura di poter accettare quello che faceva. Sono cresciuta in un ambiente piuttosto ovattato e per me non è stato facile comprendere come Carson potesse giustificare il fatto che lui e i suoi amici se ne andassero in giro ad ammazzare gente."

"Inoltre, visto che ero in preda all'angoscia, devo aver ignorato la parte in cui mi diceva che lavoravano per l'FBI. Mi ero fatta l'idea che la Silverstone fosse un gruppo di giustizieri che giravano il mondo decidendo arbitrariamente chi meritasse di morire. Avrei dovuto riflettere, prima di agire. Sì, insomma... io amo Carson... ma proprio per questa ragione era difficile per me accettare che fosse un assassino. È stato Gramps a chiamarmi e ad aiutarmi a capire. Poi i ragazzi sono partiti per una missione prima che io riuscissi a parlare con Carson... e mentre lui era lontano, io sono stata rapita."

"Dille la faccenda della scala da uno a dieci," la incalzò Taylor.

Cassidy era sorpresa. Tra tutte e tre, Skylar le sembrava la meno incline a criticare l'operato della Silverstone. Skylar insegnava in un quartiere degradato ed era di mentalità molto aperta. Cassidy non si aspettava di scoprire che l'amica potesse rimproverare ai ragazzi di far fuori i peggiori criminali che c'erano in giro.

"Giusto. Allora... quando ho chiesto a Carson perché non avesse ucciso il pedofilo che aveva rapito me e Sandra, lui mi ha detto che decideva cosa fare in base a una scala della cattiveria," spiegò Skylar.

"Una scala?" chiese Cassidy.

"Già. Io pensavo che Jay Ricketts, il mio rapitore, fosse almeno un otto o un nove... Sì, insomma, cosa c'è di peggio di un pedofilo? Carson, invece, mi ha detto che per lui era un tre o un quattro... e che lui e i ragazzi in genere davano la caccia a numeri nove e dieci. Lì per lì, è stato terribile, ma poi quelle parole mi hanno fatto sentire un po' meglio e mi hanno fatto capire l'importanza di quello che fanno i ragazzi."

"Però, quando Eagle ha ucciso il tizio che mi perseguitava," intervenne Taylor, "mi ha detto che non condivideva l'idea della 'scala' di Bull. Secondo Eagle, chiunque osasse farmi del male avrebbe dovuto pagare con la vita."

"Certo... Quel Brett Williams si è rivelato almeno un numero undici," disse Skylar seccamente.

"Già, ma all'epoca noi non sapevamo che era un serial killer prolifico e che il suo piano fosse di torturarmi e uccidermi."

"È vero," concordò Skylar.

"A differenza di Skylar, io non ho mai avuto riserve sulla Silverstone... forse è stato a causa del modo in cui io e Mark ci siamo incontrati," intervenne Molly. "Sai, ero prigioniera in un pozzo in Africa e avevo perso ogni speranza che qualcuno venisse a salvarmi... quando lui è letteralmente caduto dal cielo... proprio su di me!"

Cassidy era incantata. Conosceva a grandi linee le storie delle tre amiche, ma sentirle raccontare direttamente da loro e con tale... leggerezza fu quasi illuminante.

Voleva essere come loro e poter parlare liberamente di ciò che le era accaduto in Giamaica senza che le venisse un nodo allo stomaco o la nausea.

"Sapevo bene che Mark e gli altri non erano nella giungla per un'escursione," continuò Molly. "Per loro non era stato un problema uccidere quelli che avevano rapito le studentesse; anzi, erano lì proprio per quella ragione e più precisamente per far fuori il capo dei terroristi. Portarmi via con loro è stato un extra, sebbene a me molto gradito."

Tutte sorrisero.

"Mi sembra di capire il vostro punto di vista: non è un problema se quello che fanno non mi scandalizza," concluse Cassidy.

"I nostri compagni sono *brave persone*," insisté Skylar. "All'inizio avrò anche avuto delle remore sul loro secondo lavoro, ma poi ho compreso. Se non fosse per i ragazzi, ora non sarei qui seduta con tre delle migliori amiche che abbia mai avuto."

Cassidy strinse le labbra, cercando di controllare l'emozione. Il fatto che Skylar la includesse nella lista voleva dire molto per lei, anche perché era da tempo che non aveva una vera amica.

"Bene, ora che abbiamo esaurito l'argomento Silverstone..." disse Molly con un piccolo sorriso, "dicci un po' come vanno le cose con Gramps. È evidente che lui tiene a te, quindi voi due siete... più che amici?"

Cassidy non poté non ricambiare il sorriso. "Già," confermò timidamente.

"Wow!" esclamò Skylar alzando i pugni.

"Ehi, Sky, vacci piano," la rimproverò Taylor. "Così sveglierai Kevin!"

"Scusa! Ma è una notizia fantastica," disse Skylar, smorzando un po' il tono. "Racconta!"

"Sapete già che io e Leo eravamo a scuola insieme," cominciò Cassidy.

"Scommetto che era bello già allora... Vero?" chiese Taylor.

"Oh, sì," rispose Cassidy con un sospiro.

Le altre sorrisero di gusto.

"Io ero al primo anno e lui all'ultimo. La differenza d'età, però, non sembrava impensierirlo. Era sempre carino con me e credo di aver scritto *Cassidy Zanardi* sul diario almeno un centinaio di volte."

"Poi lui è entrato nell'esercito e tramite i miei genitori, che conoscevano i suoi, ho avuto il suo indirizzo. Gli ho scritto e per un po' ci siamo tenuti in contatto, poi ho cominciato ad avere meno tempo... e immagino sia stato così anche per lui."

"Ti sei sposata e tuo marito non era contento che scrivessi a un altro uomo," ipotizzò Skylar.

Cassidy annuì. "Mi sentivo in colpa perché mi dava più gioia ricevere una lettera da Leo che passare del tempo con mio marito. Immagino che avrei dovuto dare più peso a questa cosa, ma invece mi sono come assuefatta al rapporto con Alfred, accettando ogni sua richiesta. Ha fatto in modo che mi allontanassi da tutti i miei amici e in generale mi ha fatto diventare una stronza. Quando è nato Mario, per un po' le cose sono andate meglio, ma poi la situazione è tornata a peggiorare. Dopo il divorzio, tutti quelli che conoscevo mi dicevano che avevo fatto una stupidaggine a lasciare Alfred. Avevo bisogno di staccare e ho pensato che in Giamaica mi sarei divertita. Il resto della storia lo conoscete."

"Mi dispiace per quello che hai dovuto passare, ma non posso che pensare che fosse destino," disse Taylor. "Quante possibilità ci sono che il tipo per cui avevi una cotta alle superiori finisca per diventare il tuo salvatore?"

"È vero," concordò Cassidy. "È una faccenda che ha dell'incredibile."

"Ma ora voi due state insieme *insieme?*" chiese Molly.

Cassidy scrollò le spalle. "Suppongo di sì."

"*Supponi* di sì?" le fece eco Skylar, poi scosse la testa. "Cara, se non lo sai *per certo*, vuol dire che devi migliorare la tua strategia."

"Finora ci siamo andati piano. È solo che passare ai fatti sembra a entrambi strano... con Mario sempre intorno..."

"Cambierai idea," disse Taylor sorridendole. "Credimi, so come ti senti. Per un bel po' di tempo, in presenza di Kevin, qualsiasi cosa tra me e Eagle che andasse oltre il bacio mi metteva a disagio. Anche se Kevin è solo un bambino, temevo che vederci o sentirci fare l'amore lo danneggiasse emotivamente. Poi una notte, dopo averlo allattato e rimesso nella culla, non ho resistito e sono saltata addosso al povero Eagle. Abbiamo fatto l'amore per ore e ore. E sai Kevin cos'ha fatto? Ha dormito tutto il tempo. So che con Mario la situazione è un po' diversa, visto che non è un neonato, ma secondo me potete stare tranquilli, a meno che non facciate sesso sfrenato in soggiorno all'ora di cena."

Cassidy arrossì. Era la prima volta che aveva una conversazione sul sesso tanto franca. Però ebbe un effetto liberatorio. "Lo desidero," ammise, "ma non so come fare il primo passo."

"Non credo che tu debba fare molto," disse Molly con una punta di sarcasmo. "Ho visto come ti guarda Gramps. È attentissimo a te, sa sempre dove sei e cosa stai facendo. Una volta, al garage, ho notato che si è alzato dalla sedia e ha interrotto la conversazione che stava avendo con uno degli autisti per prendere il tuo bicchiere, andare al frigorifero, riempirtelo d'acqua e portartelo, per poi tornare alla conversazione come se niente fosse. Smoke lo ha preso un po' in giro e Gramps ha fatto spallucce, dicendo che non voleva che tu soffrissi la sete. La prossima volta che è nel tuo appartamento e si alza, prendilo di sorpresa e bacialo. Non si sottrarrà."

"Sappiate però che i muri degli appartamenti di quel complesso residenziale sono piuttosto sottili," disse Skylar. "Mi è capitato più di una volta di sentire Tiana e Maria mentre si godevano la compagnia di uomini. Forse è meglio che tu faccia la tua mossa quando siete a casa *sua*."

Cassidy annuì. Aveva già notato che le pareti dell'appartamento erano sottili e l'ultima cosa che voleva era che Mario si svegliasse per via di insoliti rumori e che venisse in soggiorno per scoprirne la fonte. Gli ci era voluto già abbastanza tempo per abituarsi a dormire in una camera da solo.

Il piccolo si era ambientato ancora meglio a casa di Leo. Adorava decorare la propria stanza come più gli piaceva e non gli creava alcun problema dormire da solo, quando passavano la notte lì.

"E se poi Leo non vuole farlo? Morirei dalla vergogna," ammise Cassidy.

"Credimi: vuole," disse Skylar.

Cassidy fece un profondo respiro e annuì. Anche lei lo voleva. I baci non le bastavano più. Voleva tutto di lui. Dopo un'attesa di vent'anni, non poteva più aspettare.

"Puoi farcela! Ottimo lavoro, Jake! Credici, Beth!"

Cassidy riconobbe la voce di Mario e si voltò verso la pedana. Gli atleti più piccoli erano ancora una volta raccolti intorno ai più grandi, che si stavano esibendo in alcune mosse complicate con la musica in sottofondo. Alcuni ragazzi prendevano al volo le ragazze che venivano lanciate in aria, mentre altri le tenevano sulle spalle; tra un salto e l'altro, tutti facevano giravolte sui tappetini.

I più piccoli assistevano alle evoluzioni in silenzio, con gli occhi spalancati... tutti, tranne Mario, che invece sorrideva, applaudiva e lanciava grida di incoraggiamento ai più grandi.

"Oddio! Fantastico, Harriot! Continua così! Bellissimo! Vai alla grande, Josh! Bene così, Sarah, non pensarci e riprovaci!"

Sentire il suo bambino che teneva su il morale di tutti la commosse. Cassidy sapeva bene che Mario avrebbe voluto unirsi agli atleti più grandi anziché restare a bordo pedana, ma ciò non gli impediva di incitare i compagni.

"È un ragazzo formidabile," disse Molly. "Vorrei che mia figlia venisse su come lui."

"Di certo Kevin potrà contare su un ottimo esempio," aggiunse Taylor.

"Vorrei averlo nella mia classe," chiosò Skylar.

Guardare Mario realizzarsi era la cosa più bella che le fosse mai successa. Le lezioni di cheerleading, ginnastica e danza erano costose, ma a Leo sembrava non importare. A prescindere dai costi, comunque, lei avrebbe fatto tutto il possibile perché Mario continuasse con le lezioni, anche se le cose tra lei e Leo non avessero funzionato. Era disposta a fare i salti mortali per mantenere sul viso di Mario il sorriso che lo illuminava proprio in quel momento. Non era appassionato di macchine, di sport o degli altri passatempi che i padri tendevano a voler coltivare nei loro figli maschi, ma Cassidy era certa che a Leo non importasse; anzi, Leo aveva incoraggiato Mario fin da quando lo aveva conosciuto, lo aveva spronato a essere se stesso e non aveva mai cercato di appiccicargli addosso le etichette che la società giudicava accettabili.

Era una delle ragioni per cui Cassidy amava Leo... e non vedeva l'ora di esprimergli tutta la gratitudine per ciò che Leo aveva fatto per lei e Mario a partire da quando li aveva trovati in Giamaica.

Cassidy aveva stampato sul viso un sorriso sciocco che non riusciva a togliersi. Non sapeva come, né quando, ma avrebbe mostrato a Leo tutto l'amore che provava per lui, un amore che si portava dentro sin da quando aveva quindici anni. Leo Zanardi era l'uomo perfetto per lei e più Cassidy gli stava intorno, più ne era sicura.

C'erano stati giorni, in un passato tutt'altro che remoto, in cui Cassidy aveva perso persino la speranza di veder crescere il figlio. In quel momento, però, le sembrava di vivere il suo sogno americano. Sì, viveva in un appartamento un po' malandato e aveva mobili e vestiti di seconda mano, ma poteva contare su degli amici veri, su persone che avevano a cuore lei e la sua storia; aveva un lavoro che le consentiva di guadagnare i soldi che le servivano... e suo figlio stava finalmente vivendo la vita che lei aveva sempre voluto fargli vivere.

Era ora di abbandonare le incertezze sul suo rapporto con Leo e di buttarsi. Lui non l'avrebbe rifiutata... e lei lo sapeva anche senza le rassicurazioni di Skylar, Taylor e Molly. Non doveva fare altro che allungare la mano e prendersi ciò che voleva. E ciò che voleva era Leo.

CAPITOLO QUINDICI

Qualcosa era cambiato in Cassidy, ma Gramps non sapeva dire cosa. Si comportava in modo un po' strano da quando era stata alla lezione di cheerleading di Mario in compagnia di Taylor, Skylar e Molly.

Gli era dispiaciuto non potersi unire a loro, ma Willis aveva fornito ai ragazzi informazioni su un nuovo potenziale obiettivo, perciò i quattro si erano riuniti nel bunker per discuterne insieme.

La discussione, però, aveva subito diverse interruzioni. Eagle aveva costantemente mandato messaggi a Taylor per sapere se lei e Kevin stessero bene. Smoke era preoccupato per Molly, che quella mattina aveva avuto la nausea; anche se non aveva vomitato, né era stata particolarmente male, Smoke aveva avuto la testa da un'altra parte durante tutta la riunione. Bull, dal canto suo, si era opposto a missioni di lunga durata, insistendo che non se la sentiva di lasciare Skylar da sola per molto tempo.

Tutti e quattro erano distratti, il che decisamente non era l'ideale quando si trattava di discutere una possibile missione. Era evidente a tutti che i tempi erano maturi per un cambiamento, ma nessuno di loro aveva voluto dare voce a quel sentire comune.

Era stato Gramps a dichiarare chiusa la riunione, dopo aver ricevuto un messaggio con cui Cassidy lo informava che Mario durante la lezione era stato grandioso e che Molly avrebbe riaccompagnato a casa lei e il bambino. Nel messaggio, Cassidy aveva scritto la parola *grandioso* a lettere maiuscole e Gramps si era incuriosito; non vedeva l'ora di ascoltare il resoconto della mattinata direttamente da Mario.

A partire da quel giorno, Gramps aveva avuto l'impressione che Cassidy lo guardasse più spesso di quanto non avesse fatto in precedenza. Quando glielo aveva fatto presente, lei si era limitata a scrollare le spalle e a dire che andava tutto bene. Naturalmente, quella reticenza aveva reso Gramps ancora più nervoso. La sua esperienza gli suggeriva che, quando una donna diceva che tutto andava *bene*, molto probabilmente c'era qualcosa che *non* andava bene. Perciò era preoccupato.

Quella sera, di rientro da un'altra sessione di cheerleading, si erano concessi una scorpacciata di pizza. Placata la fame, Mario aveva chiesto il permesso di andare al piano di sopra per esercitarsi sui nuovi passi che aveva imparato a lezione. Per un po', Gramps lo aveva sentito saltellare in camera conteggiando i passi a voce alta, poi, verso le dieci, al piano di sopra era calato il silenzio.

Gramps e Cassidy erano seduti l'uno accanto all'altra sul divano. Ufficialmente, stavano guardando alla TV un programma di cabaret, anche se Gramps non aveva idea di cosa si trattasse, visto che tutta la sua attenzione era concentrata sulla donna che aveva di fianco.

Stava diventando sempre più difficile tenere le mani a posto, principalmente perché i due passavano insieme quasi tutto il loro tempo. La mattina, lei lo accompagnava al garage, dove teneva d'occhio i bambini presenti, mentre Gramps andava in giro per fare interventi con il carroattrezzi o discuteva di questioni di lavoro con i ragazzi. Poi andavano insieme a prendere Mario da scuola, lo portavano in palestra e dopo cenavano tutti insieme. Più spesso che no, lui passava la notte a casa loro, dormendo sul divano; in alternativa, era lei a dormire da Gramps, nella camera degli ospiti.

Dormire in stanze separate, però, cominciava a creargli problemi. Cassidy gli piaceva. Adorava parlare con lei, stare in sua compagnia e vederla ridere per qualcosa che Mario aveva detto o fatto. In realtà, spesso non c'era nemmeno bisogno di dirsi niente: averla vicino bastava ad allietarlo.

E la desiderava. Più di quanto non avesse mai desiderato una donna. Era sufficiente che gli cadesse l'occhio sulla sua scollatura e subito lui si eccitava. Negli ultimi tempi, si era masturbato come non mai, semplicemente perché gli sembrava l'unico modo per evitare di avere continue erezioni che lo avrebbero imbarazzato.

Gramps non voleva metterle fretta, né voleva che lei gli si concedesse perché gli era grata per averla salvata o perché si sentiva in debito con lui. Non gli era mai capitato di vivere in una tale incertezza. In passato, si era sempre preso ciò che aveva voluto. Eppure, con Cassidy, tutto ciò che aveva fatto in passato sembrava non avere più valore.

Inoltre, era chiaro che Cassidy aveva qualcosa che le frullava per la testa, ma si rifiutava di parlargliene, cosa che contribuiva a farlo impazzire. Gramps voleva liberarla da tutte le sue paure, facilitarle la vita il più possibile... ma se lei gli nascondeva qualcosa, gli sarebbe stato impossibile aiutarla. Gramps non riusciva ad accettarlo.

Allungò un braccio, le prese la mano e se la portò alla bocca per baciarne il dorso. Cassidy lo guardò sorpresa, ma lui non le lasciò andare la mano.

"Parla con me," la esortò.

Sul viso di Cassidy, la sorpresa si fece confusione. "Di cosa?"

"Di ciò che ti preoccupa, del perché, quando ti chiedo se c'è qualcosa che non va, mi rispondi che è tutto ok. Non è *ok*, lo sento. Dimmi qual è il problema, così posso cercare di risolverlo. C'entra Mario? Mi sembrava che a scuola tutto filasse liscio."

Cassidy scosse la testa. "Infatti è così."

"Che c'è, allora? Parla con me, Cass."

Gramps rimase in silenzio, in attesa che lei prendesse coraggio. Non sopportava il fatto che lei dubitasse tanto. Voleva che Cassidy si fidasse di lui, che non esitasse a raccontargli qualsiasi cosa... in quel momento, invece, lei era chiaramente a disagio. Per Gramps, era un brutto colpo.

Lei fece un profondo respiro, poi lo guardò negli occhi e gli disse: "Ti voglio."

Gramps fu colto di sorpresa. "Cosa?"

Lei arrossì, ma non distolse lo sguardo. "Un paio di settimane fa hai detto che ti stavi innamorando di me. Io credo di essere innamorata di te da quando avevo quindici anni," gli confessò Cassidy. "Non so cosa ci trovi in me... Sono una persona incasinata e negli ultimi anni ho fatto diverse stupidaggini... ma quest'ultimo mese è stato il più bello della mia vita."

Tolse la mano dalla sua e... lo spiazzò ancora di più quando gliela mise sulla patta dei jeans. Mentre armeggiava maldestramente con il bottone, le tremavano le mani. Lui gliele afferrò.

Le si inumidirono gli occhi e guardò dall'altra parte. Gramps non sopportava di farla sentire tanto in imbarazzo, ma prima di continuare voleva assicurarsi che Cassidy fosse sulla sua stessa lunghezza d'onda.

"Guardami," la esortò Gramps.

Le ci volle un momento, ma poi lentamente alzò lo sguardo per incontrare il suo.

"Non ho cercato più intimità con te solo perché volevo che anche tu fossi sicura di volerla," le disse dolcemente. "Se lo facciamo, il gioco è fatto. Non si torna indietro. È proprio come quando avevo diciott'anni e sapevo che se ci fossimo messi insieme, non sarei più stato in grado di allontanarmi da te... ora so che se entro nella tua calda, bagnata e deliziosa passera, non ci saranno altre donne nella mia vita. Sei quella giusta. Dovevo lasciarti il tempo che ti serviva per convincerti al cento per cento che anche io sono quello giusto per te.

"Non sono Alfred, né Michael, né un altro dei coglioni che

hanno giocato con te in passato. Io, per conto mio, ho inclinazioni dispotiche, sono iperprotettivo e ho maniere di gran lunga troppo spicce... ma ti do la mia parola che farò tutto ciò che è in mio potere per fare in modo che tu e Mario d'ora in avanti abbiate solo cose belle dalla vita. Se tu non sei pronta a impegnarti, se non sei sicura di volere una relazione seria con me, se non riesci a immaginarti di portare al dito, per il resto dei tuoi giorni, l'anello che ti darò... beh, è meglio che aspettiamo. Io sono pronto ad accettarlo; ciò che *non* posso accettare è intravedere il paradiso per poi esserne privato subito dopo."

Cassidy lo guardò senza sbattere le ciglia. Gramps non sapeva cosa le passasse per la testa. Cassidy era maestra nell'arte di celare le proprie emozioni, probabilmente perché in passato aveva dovuto costantemente proteggersi, cosa che di per sé lo faceva infuriare.

"Ti amo, Cassidy," continuò Gramps, "e voglio bene a Mario. Non mi sono mai sentito così vivo. Improvvisamente, la mia vita non consiste più di solo lavoro. Mi sveglio con il sorriso perché so che presto vi vedrò e mi addormento ripensando ai momenti che abbiamo trascorso insieme durante la giornata. Ti voglio. Più di quanto non abbia mai voluto una donna. Ma ti voglio nella mia vita, non solo nel mio letto. Se invece il tuo *ti voglio* significa solo che vuoi venire a letto con me... allora la mia risposta è no. Non mi accontenterò di quello. Io voglio tutto di te. Ogni più piccolo particolare. Il buono, il brutto e il cattivo."

Gramps le lasciò i polsi e trattenne il respiro, in attesa di un responso. Se Cassidy si fosse tirata indietro, sarebbe stata una disfatta per lui, ma non si sarebbe comunque arreso; le avrebbe lasciato spazio e avrebbe fatto del suo meglio per convincerla a concedergli una *chance*. Non voleva chiederle più di quanto lei non fosse disposta a dare... ma, d'altronde, lui voleva tutto.

Cassidy si passò la lingua sulle labbra e gli posò ancora le dita sull'orlo della cinta. Poi parlò senza muoversi. "È da sei anni che non sto con un uomo," gli sussurrò mentre arrossiva.

Gramps non poteva a farci nulla: la trovava adorabile.

"Inoltre, prima di allora, ero stata solo con Alfred. È stato lui la mia prima volta e... a dirla tutta, non è mai stato un granché il sesso tra di noi. A lui non interessava se ciò che facevamo a me piaceva o meno. Il suo unico scopo era venire. Il più delle volte, farlo con lui è stato imbarazzante, persino umiliante. Ho letto un sacco di libri e ho guardato un bel po' di film porno, nel tentativo di capire come potevo migliorare la situazione. La triste verità è che, in quei film, gli attori si avvicinavano più all'amore di quanto non facessimo io e Alfred nel nostro matrimonio."

Gramps si incupì, non certo perché Cassidy gli aveva appena detto che era ricorsa alla pornografia, né perché gli stava parlando di esperienze sessuali con altri uomini, ma perché non sopportava l'idea che lei non si fosse mai sentita amata.

"Nelle ultime settimane, stare con te mi ha fatto capire cosa sia una vera relazione. Non si tratta di fare sesso contro il muro e darsi orgasmi a vicenda. Si tratta di ridere insieme... di assistere mentre insegni a mio figlio a rispettare se stesso a prescindere da quanto possa essere diverso dagli altri. Si tratta di vedere Mario che sboccia sotto il tuo sguardo premuroso... di avere qualcuno che cucina anche per me e di sapere che, di qualsiasi cosa io abbia bisogno, mi basta chiedertelo."

"Ti amo, Leo. Pensavo di essere innamorata di Alfred, ma mi rendo conto che non era così. Ero solo disposta a tutto pur di avere una relazione, pur di stringere un legame forte con un uomo. Ciò che provo per te mi fa capire, senza ombra di dubbio, che allora non avevo idea di cosa fosse l'amore."

Cassidy riprese a muovere le dita e Gramps trattenne il fiato: bramava quel tocco più di quanto non avesse bisogno dell'aria per respirare.

"Più di tutto, però, voglio riscoprire cosa si prova a fare davvero l'amore. Voglio sapere come si sentono le donne in quei video, quando i loro partner le portano al limite... e voglio sapere come ti senti tu quando mi sei dentro. Praticamente, sogno di farlo con te da quando ho smesso di essere una bambina... ed è stata una tortura aspettare che tu facessi la prima mossa."

Gli abbassò la cerniera dei jeans lentamente, con calma, e Gramps fu sull'orlo di saltarle addosso. Detestava sapere che lei avesse frainteso le sue intenzioni. Non era uscita allo scoperto, né gli aveva detto le cose come stavano, ma era chiaro ciò che le aveva dato fastidio... Ecco il perché dei continui *tutto bene*... Non andava tutto bene e Gramps non poteva che rimproverarselo. Aveva deluso la propria donna.

Ma le cose sarebbero cambiate. Cassidy non si sarebbe mai più chiesta se il desiderio che provava per lui fosse reciproco.

Lei abbassò lo sguardo verso la patta aperta dei pantaloni. Allargò l'apertura e il pene di Gramps subito cominciò a gonfiarsi, come felice che la sua prigionia fosse finalmente giunta al termine. Il rossore sulle guance di Cassidy si fece più acceso e lei si leccò le labbra mentre teneva gli occhi fissi sul gonfiore. La sua mano si mosse lentamente, ma prima che arrivasse a toccarglielo, Gramps perse il controllo.

Non era più il momento di parlare.

Lei aveva preso una decisione.

Cassidy gli apparteneva. In quel momento. Per sempre.

Gramps fece la sua mossa: si alzò agilmente e si chinò, alzandola dal divano come se si trattasse di un bambino piccolo. La prese tra le braccia, quasi volesse cullarla, e si diresse verso le scale.

Percorse il corridoio e si fermò in prossimità della camera di Mario. Abbassò Cassidy fino a rimetterla in piedi, poi aprì uno spiraglio nella porta e diede un'occhiata a Mario. Era spaparanzato sul letto, con braccia e gambe sbilenche, indifferente alle cose del mondo, com'è di chi dorme il sonno degli innocenti. Evidentemente, il piccolo si sentiva sicuro in quella camera e in quella casa; il profondo sonno in cui era piombato ne era la conferma.

Gramps chiuse la porta senza fare rumore, poi riprese in braccio Cassidy e proseguì verso la propria camera da letto. Aveva sognato quel momento più volte di quante potesse contarne. Ogni volta che Cassidy si era avviata verso la camera degli ospiti e aveva chiuso la porta dietro di sé, per lui era stata una tortura. Avrebbe voluto prenderla e portarla nel proprio letto. Finalmente ne aveva la possibilità.

Aprì la porta di camera sua con un delicato tocco di spalla e la richiuse alle proprie spalle con un colpetto di bacino. Poi raggiunse il letto a grandi falcate e vi adagiò Cassidy. Si chinò su di lei. "Devi andare in bagno?"

Lei scosse la testa.

"È l'ultima occasione che hai per tirarti indietro," le disse, pur sentendo dentro di sé una voce che gli intimava di tacere, di prendere Cassidy.

"Scopami, Leo," gli sussurrò.

Non gli ci volle altro per lasciarsi andare. La prese per i fianchi e la trascinò verso il centro del letto. Le mise le mani sui jeans e nel giro di pochi secondi lei alzò il bacino di modo che lui potesse sfilarglieli; poi prese l'orlo della sua delicata camicetta bianca e gliela tirò su. L'istante dopo Cassidy era lì, sdraiata sul letto, con indosso nient'altro che un reggiseno bianco e un paio di mutandine nere leopardate; come abbinamento non era il massimo, ma rendeva il tutto più sexy. Più reale.

Leo sentì una fitta al pene, che sporgeva dai jeans aperti, e non poté più aspettare. Salì sul letto e le allargò le gambe. Senza dire nulla, abbassò il capo e strofinò il naso nel cotone che copriva la passera. Inalò a pieni polmoni e un basso brontolio gli rimbombò in gola.

"Leo?" gli chiese Cassidy... ma lui era troppo inebriato per risponderle.

Portò su le mani e senza troppa grazia le scostò le mutandine, in modo da potergliela vedere per la prima volta. Alla vista delle grandi labbra che rilucevano di umori vaginali, a Gramps venne l'acquolina in bocca.

Si mosse senza pensarci e la lingua fu subito sulla fessura. Non era la più comoda delle posizioni, visto che lui non aveva avuto la pazienza di toglierle la biancheria intima prima di mettersi all'opera; perciò non poteva penetrarla con la lingua, anche se riusciva a lavorare bene sul clitoride. Voleva che Cassidy venisse. Sentiva la necessità di mostrarle ciò che si era persa in tutti quegli anni.

Gramps si attaccò al grumo sensibile e lo succhiò vigorosamente.

Cassidy emise una specie di grido acuto e alzò il busto di scatto, quasi mettendosi a sedere. Lui le mise una mano sul ventre, per tenerla ferma, mentre con l'altra teneva scostate le mutandine.

"Lascia che me le tolga," lo pregò lei.

Leo scosse la testa. Aveva assaporato Cassidy e le avrebbe dato tregua solo una volta che si fosse smarrita nel piacere.

Mentre continuava a fenderle il clitoride con colpi di lingua, Gramps alzò gli occhi. Avvistò i capezzoli turgidi sotto il cotone del reggiseno. I loro sguardi si incontrarono; Cassidy aveva gli occhi grandi e le pupille dilatate, assorta com'era nel piacere che lui le stava dando.

"Leo," bisbigliò.

Lui non era in grado di fermarsi. Non in quel momento. Doveva farla venire, portarla al limite del piacere che lei conosceva. Continuando a guardarla negli occhi, Gramps moltiplicò i propri sforzi. Presto cominciarono a tremarle le cosce e i muscoli addominali, che Gramps sentiva sotto la propria mano, si tesero.

"Oddio," disse lei, "sto per venire."

Gramps voleva gridare per celebrare il proprio trionfo... ma non era talmente pieno di sé da illudersi che fosse tutto merito della sua tecnica. Era evidente che Cassidy non veniva da molto tempo... e in quel momento era matura per l'orgasmo, senza ombra di dubbio; ciononostante, non poteva negare di provare un gran piacere all'idea che sarebbe stato *lui* a darglielo.

Ci volle poco più di una trentina di secondi. Cassidy cadde supina, afferrandolo per i capelli mentre tremava come se avesse preso la scossa. L'inebriante odore che emanava dal suo sesso si espanse poco prima che lei prendesse il volo. Sgroppò contro di lui e ci mancò poco che non lo sbalzasse via; Gramps reagì con un sorriso, che però non gli impedì di succhiare il clitoride con maggior forza.

Sempre memore di Mario che dormiva poco distante da loro, Cassidy soffocò le proprie grida di piacere. Gramps si immaginò il giorno in cui non avrebbero dovuto preoccuparsi del rumore che facevano. In quel momento, tuttavia, nulla gli poteva sembrare più sensuale dell'immagine della sua donna adorabile che perdeva la testa sotto i colpi della propria lingua.

L'orgasmo che l'aveva travolta sembrò continuare indefinitamente, tra sussulti e contorsioni. Gramps le concesse una tregua solo quando la sentì piagnucolare. Si ritrasse, continuando a tenerle scostati gli slip, per osservare la passera grondante piacere. Non si trattenne: si abbassò nuovamente per darle un'ultima leccata lungo la fessura, calcando la lingua tra le labbra per raccogliere quanti più fluidi poté.

Cassidy gemette ancora.

Gramps capì che doveva possederla. Al più presto. Non poteva aspettare un solo altro secondo per entrarle dentro.

———

Giaceva esausta quando Leo si fece da parte per scendere dal letto. Si spogliò a tempo di record, senza distogliere lo sguardo da lei. Cassidy non aveva mai provato un orgasmo di tale intensità. Il piacere che si era data da sola, masturbandosi, non era nemmeno paragonabile a quello che Leo le aveva appena donato. Di solito, i suoi orgasmi erano lenti e appaganti... ma Leo, quando aveva capito che lei stava arrivando all'apice, non aveva tirato il freno a mano; anzi, l'aveva leccata e succhiata con rinnovata foga, fino a farla volare alta, in un'esplosione di godimento che aveva quasi rasentato il dolore.

I seni si alzavano e si abbassavano, mentre lei cercava di riprendere fiato, ammirata di fronte alla figura nuda di Leo. Era pressoché perfetto. Il petto era ricoperto da un accenno di peluria scura, resa più sexy, agli occhi di Cassidy, da generose striature di grigio. Le spalle erano ampie e gli addominali, sebbene non marmorei, erano ben visibili e lasciavano intuire che Leo faceva ginnastica e teneva alla propria immagine. A renderlo ancora più allettante era il solco a V disegnato dai muscoli dell'inguine.

Gli occhi di Cassidy continuarono a scendere oltre la vita e... si allargarono al cospetto dell'enorme uccello. Pur dalla distanza da cui lei, distesa sul letto, lo guardava, riusciva a vederlo pulsare. Il glande era rigonfio e arrossato, pareva quasi incollerito; Cassidy dubitò di riuscire fisicamente ad accoglierlo dentro di sé.

Per la prima volta da quando erano entrati in camera da letto, Cassidy si innervosì. Si mordicchiò il labbro. "Ci starà," disse Leo, quasi le avesse letto nel pensiero. Allungò le mani verso le mutandine e Cassidy arrossì mentre le sentiva scendere dal bacino, che sollevò, per facilitare a Leo l'operazione; in quel momento, sentì di non essere abbastanza per lui.

Aveva partorito, come varie smagliature che aveva sul corpo ancora le ricordavano. I seni avevano perso il brio di un tempo, ragione per cui ormai portava il reggiseno in ogni occasione.

Tutto d'un tratto, sentì di non essere all'altezza della situazione.

"Sei stupenda, cazzo," disse Leo con riverenza, mentre le percorreva il corpo con gli occhi. Le mise le mani dietro la schiena per slacciare il reggiseno. Lei lo guardò negli occhi.

Se Cassidy in quegli occhi avesse visto anche solo un'ombra di delusione, non ce l'avrebbe fatta a continuare; eppure, non ci vide altro che lussuria. Tutta diretta a lei.

Cassidy era completamente nuda, con il respiro affannato e il corpo ancora percorso dalle scosse d'assestamento dell'orgasmo avuto poco prima. Alfred non l'aveva mai leccata. La sola idea lo disgustava, perciò si era sempre rifiutato. Naturalmente, non era affatto disgustato quando era *lei* a usare la bocca; il più delle volte, gli interessava solo che lei lo facesse venire, dopodiché si addormentava, senza preoccuparsi di ricambiare la cortesia.

Leo si appoggiò al letto con un ginocchio e si fece strada tra le sue gambe. Cassidy abbassò lo sguardo e scoprì che, mentre lei si era smarrita nei propri pensieri, Leo si era infilato un profilattico. Per un breve istante, sentì una specie di delusione: non voleva che ci fosse nulla tra i loro corpi. Poi capì che era la cosa giusta da fare.

"Avrai voluto parlare con te di metodi contraccettivi, prima che arrivassimo a questo punto... ma sono stato un codardo e ho posticipato troppo," disse Leo.

L'ultima cosa che Cassidy avrebbe potuto pensare era che il macho che aveva fra le gambe fosse un codardo.

"Sono protetta," gli disse, notando l'uccello letteralmente trasalire di fronte alla notizia. "Quando io e Mario, appena arrivati a Indianapolis, siamo stati dal dottore, mi sono fatta prescrivere la pillola. L'aveva presa prima di andare in Giamaica, visto che non sapevo cosa sarebbe successo lì, ma naturalmente a Kingston non sono più riuscita a procurarmela."

Leo la riportò al presente posandole una mano sulla guancia. "Con me sarai sempre al sicuro," le sussurrò. "Ne parleremo dettagliatamente più tardi, ma ora non posso più aspettare, devo averti."

Cassidy era eccitata dal fatto che lui la desiderasse in quel modo. Lei provava lo stesso desiderio verso di lui. Sentiva l'amore per Leo spandersi dentro il proprio corpo.

Sentì la punta del pene strisciarle lungo il ventre e inspirò profondamente. Alzò lo sguardo, ma non vide altro che sottili iridi marroni; Leo aveva le pupille dilatate e le narici aperte, si capiva che stava facendo di tutto per mantenere il controllo.

"Fa' piano," sussurrò lei, allargando le gambe per invitarlo dentro di sé.

"Non sentirai male," le disse con tono solenne. "Non te ne farò *mai*."

Anziché penetrarla, Leo abbassò una mano e passò un dito lungo la fessura. Giochicchiò con gli umori che vi trovò, sfregando il dito e picchiettando il clitoride; Cassidy ebbe un sussulto, poi si rilassò.

"Dannazione, Cass... è davvero eccitante... e visto come mi stai stringendo il dito, mi strangolerai l'uccello quando lo metterò dentro."

Quelle parole le fecero stringere i muscoli e Gramps reagì con un altro gemito.

Poi non parlarono più. Gramps si dedicò a far sì che il corpo di Cassidy si riabituasse ad avere qualcosa dentro. Le dita diventarono due, la timida avanscoperta si fece autoritaria perlustrazione. Girò la mano e le due dita toccarono un punto che innescò in Cassidy uno scatto repentino.

Leo sorrise. "Trovato," disse, più a se stesso che non a lei.

Cassidy non sapeva di cosa stesse parlando, ma d'altronde pensare cominciò a risultarle difficile, quando il movimento della mano accelerò. Intervenne anche l'altra mano, in basso, a stuzzicarle il clitoride. Leo si stava dando da fare sul serio e Cassidy aveva l'impressione di avere già infradiciato le lenzuola con i propri umori. Il *ciac ciac* provocato dalle dita che affondavano in lei l'avrebbe imbarazzata, se non fosse stata al culmine dell'eccitazione.

Capì che Leo aveva trovato il suo punto G. L'aveva visto fare agli uomini nei film porno. Aveva immaginato che le reazioni delle donne in quei film fossero esagerazioni, mere finte attoriali. Eppure, se quelle attrici avevano provato anche solo una frazione di ciò che stava provando lei, allora poteva ricredersi. Si era sbagliata... e di grosso.

Cassidy si sentiva rivoltata come un calzino. Allargò ulteriormente le gambe, nel tentativo di consentire a Leo di arrivarle ancora più in profondità.

"Brava, amore, lasciati andare," sussurrò lui.

Lei riuscì a malapena a distinguere le parole dal fruscio di sottofondo che provocava il movimento di Leo, che le sembrava assordante. Non si era mai sentita così. All'inizio, le dita che la stavano penetrando le avevano fatto male, ma ora voleva di più. Ne aveva bisogno.

Cassidy apriva e chiudeva le gambe, stringeva i muscoli

attorno a quelle dita, poi li rilassava. Voleva che Leo smettesse e allo stesso tempo che continuasse. Poi un getto di liquido le inondò le cosce, proprio mentre l'euforia la invadeva. Fu come assalita da un'ondata di formicolio rovente e si smarrì nella sensazione più erotica che avesse mai provato.

Quando si riebbe, aveva ancora Leo tra le gambe. Le strisciò la punta del pene lungo la fessura fradicia. Era un punto sensibile, ma la paura di prendere dentro di sé tutta quella carne l'aveva abbandonata.

"Tranquilla, Cassidy," la rassicurò, fermandosi per un istante sulla soglia.

Per tutta risposta, Cassidy si mise seduta e gli prese il viso tra le mani. Leo si tenne stretto a lei con un braccio, mentre con la mano libera posizionò l'uccello in prossimità della fessura.

"Ti amo," gli disse lei a bassa voce. "Sono tua."

Quelle parole gli fecero rilasciare l'ultimo freno.

Si spinse dentro di lei in un solo, lungo affondo.

Nonostante le dimensioni di Leo l'avessero dapprima intimorita, quando lui la riempì Cassidy non sentì altro che piacere, tanto era pronta e bagnata.

Entrambi gemettero, mentre i peli dei loro pubi si incontravano. Cassidy sentiva i testicoli sbatterle tra le natiche. Alzò leggermente la schiena: lo voleva più in profondità. Provava un delizioso senso di pienezza.

Quando l'aveva penetrata, Leo aveva rovesciato la testa all'indietro, ma in quel momento si chinò verso di lei, per guardarla. "Non ti abbandonerò mai," le disse.

Cassidy stava per mettersi a piangere. Quella promessa la rendeva felice. "E tu sarai per sempre mio," ribatté.

"Tuo," confermò Leo, prima di tirare indietro il bacino e affondare di nuovo in lei.

Cassidy emise una specie di grugnito. Le piaceva che lui ci stesse andando giù pesante. Voleva... anzi, aveva bisogno di sentirsi posseduta da lui.

Nessuno dei due disse altro. Leo entrava e usciva da lei e

Cassidy faceva del suo meglio per assecondarne i colpi alzando a tempo il bacino. Erano perfettamente sincronizzati. A connetterli c'era qualcosa di più dei loro corpi.

Il primo orgasmo era stato stupendo e Cassidy non avrebbe avuto nulla in contrario se Leo si fosse concentrato sul proprio piacere; ma lui aveva altri piani. "Masturbati," le intimò.

"Cosa?" gli chiese lei, sbattendo più volte le palpebre.

"Toccati," insisté lui.

"Io sono a posto," obiettò lei. "Stavolta tocca a te."

"Ti sbagli," controbatté subito lui. "Tocca a tutti e due."

"Ma sono già venuta due volte," argomentò lei.

"Già... e ora voglio che vieni mentre ti sono dentro," disse Leo. "Toccati, Cassi. Stringiti attorno al mio uccello."

Poteva forse dirgli di no? Chiuse gli occhi, visto che provava un vago imbarazzo, e mise una mano tra i loro sessi; i peli pubici di Leo ne solleticarono il dorso, mentre Cassidy la muoveva incerta per stimolarsi il clitoride. Toccarlo le provocò un sussulto, visto che il grumo di nervi era ancora gonfio e sensibile.

Leo gemette. "Sì, cazzo, così... ora apri gli occhi e guardami mentre ti tocchi..."

Lei aprì immediatamente gli occhi e lo fissò: aveva chiazze rossastre sul viso e sulla parte superiore del torace e teneva la mascella serrata, digrignando i denti, in un modo che Cassidy trovava adorabile.

"Cazzo, sei bellissima," disse Leo con un filo di voce.

Lei respirava a fatica, ma non riusciva a distogliere lo sguardo da lui. Continuava a sentire l'uccello entrare e uscire dal proprio corpo. Leo la stava amando appassionatamente.

"Brava," la incoraggiò, "fatti godere."

"Sei *tu* a farmi godere," ribatté lei. "Mai provato nulla del genere."

"Bene," disse Leo con malcelato compiacimento.

Cassidy non trattenne un sorriso.

"Più veloce, Cass. Io ci sono quasi."

Lei pensò che Leo avesse una notevole capacità di resistenza e glielo disse.

"È da un po' che mi masturbo ogni mattina... a volte anche la sera," le disse senza alcun imbarazzo. "Mi ecciti troppo, ho *dovuto* farlo... ma l'ho fatto anche perché sapevo che altrimenti sarei venuto nell'istante preciso in cui ti fossi entrato dentro. D'altronde, sono solo un essere umano... quindi muoviti, amore mio, portami al culmine. Ti supplico."

Cassidy detestava l'idea che lui la supplicasse di fare qualcosa, quindi accelerò il movimento delle dita. Piegò le gambe e piantò i piedi nel materasso, assicurandosi un più ampio spazio di manovra. Alzò il sedere, grata a Leo per averle facilitato il cambio di posizione mettendole una mano dietro la schiena. Poi cominciò a toccarsi con frenesia, in cerca dell'orgasmo.

Arrivò; fu più dolce e delicato dei due che le aveva dato Leo, ma non meno piacevole.

"Sì, cazzo!" ruggì Leo mentre lei gli si agitava intorno all'uccello duro come il marmo. Assestò altri quattro vigorosi colpi, poi spinse dentro lei più che poté e lì rimase. Affascinata, Cassidy lo guardò venire, era teso in ogni parte del corpo. Avrebbe voluto sentire il liquido caldo inondarla, ma il preservativo la privò di quel piacere.

Subito dopo, le braccia di Leo cedettero e lui crollò, ma riuscì a farsi di lato per non rovinarle addosso. Se la strinse al petto ed entrambi giacquero a lungo in quella posizione, cercando di riprendere fiato.

Alla fine lui spostò la testa e la fissò con un'intensità che la mise a disagio.

"Che c'è?" chiese lei intimidita.

"Ti amo," le disse, "a tal punto che quasi mi spaventa."

La seconda parte della frase la sorprese. "Anch'io," concordò.

"Ma ce la faremo," aggiunse lui. "Vuoi sapere come faccio a saperlo?"

"Come?" chiese lei a bassa voce.

"Perché se questo fosse un errore non staremmo così bene,"

rispose Leo. "Non ti prometto che sarà tutto rose e fiori, ma farò di tutto per te... per noi. È una vita che ti aspetto. Ho visto cose brutte e ne ho fatte alcune di cui non vado fiero, ma tu e Mario siete la mia ricompensa."

A Cassidy si inumidirono gli occhi. "Leo," disse con la voce spezzata.

La fermò. "Sssssh... Va tutto bene."

Era vero. Per esperienza personale, Cassidy sapeva che i rapporti di coppia non sempre funzionavano. Eppure, per qualche ragione, in quel momento non aveva paura di ciò che li aspettava. Leo aveva ragione. Stare con lui le veniva naturale. Le sembrava opera del destino. Entrambi avevano sofferto molto, ma finalmente si erano trovati... e lei aveva intenzione di non perderlo più. Valeva la pena combattere per restare vicino a Leo... e lei non si sarebbe tirata indietro.

Rimasero in quella posizione per lunghi momenti, poi lui dovette alzarsi per occuparsi del preservativo. A Cassidy dispiacque quel distacco, ma un minuto dopo Leo tornò con una salvietta inumidita. La pulì con cura tra le gambe e Cassidy arrossì durante l'operazione, più di quanto non avesse fatto prima. Leo non commentò se non sorridendole teneramente, poi riportò la salvietta in bagno.

Si infilò un paio di pantaloncini e si chinò su di lei. "Torno subito, vado a dare un'occhiata a Mario." Dopodiché la baciò sulla fronte e sparì.

Alfred non si era mai comportato in quel modo. Nemmeno una volta. Quando Mario era piccolo e piangeva, l'ex marito aveva sempre dato per scontato che fosse lei a doversi alzare per andare a calmare il bambino. Se lei sentiva qualche strano rumore, lui non cercava mai di rassicurarla. Cassidy non aveva alcun dubbio: Leo non si sarebbe semplicemente voltato dall'altra parte cercando di riprendere sonno, qualora ci fosse stato anche solo il minimo sospetto che qualcosa potesse non andare per il verso giusto. Leo era un uomo su cui si poteva contare, sempre e comunque; il fatto che fosse andato a controllare che Mario stesse bene, nonostante non ci fosse alcuna ragione di dubitare che il piccolo stesse dormendo profondamente, non faceva che confermarlo.

Meno di tre minuti dopo, Leo fu di ritorno. Si tolse i pantaloncini e si rimise sul letto accanto a lei. Allungò una mano e prese il cellulare, digitò qualcosa e poi lo ripose sul comodino. Poi la strinse ancora al proprio petto e Cassidy sospirò appagata.

"Non so come la pensi riguardo al fatto che Mario possa scoprire che sei a letto con me, perciò ho puntato la sveglia alle sei e mezzo, nel caso tu ti voglia spostare prima che lui si svegli."

Il cuore di Cassidy si sciolse un altro po'.

"Vorrei che vi trasferiste qui... ma d'altronde so che avete bisogno della vostra indipendenza. Sono disposto a pazientare riguardo alla faccenda della convivenza, ma vorrei chiederti di sondare il terreno con Mario, per capire cosa ne pensa. Se ritieni che non sia pronto ad accettare una relazione duratura tra di noi, ci muoveremo con calma e delicatezza... ma davvero non voglio passare nemmeno un'altra notte senza stringerti tra le mie braccia."

Lei alzò la testa per guardarlo. Il solo pensiero che Leo stesse pensando a Mario bastò a calmarla di fronte a quella che a tutti gli effetti era una proposta di vivere insieme; in un'altra situazione, la sola idea l'avrebbe gettata nel panico.

"Non mi va di agire alle sue spalle," disse Leo. "Mi rendo conto che avrà bisogno di un po' di tempo. Da che lui ricorda, tu sei sempre stata la sua unica compagna di squadra. Io voglio entrare a far parte della squadra, ma non vorrei mai che si sentisse messo in disparte."

"Grazie," disse lei a bassa voce.

"Non mi devi ringraziare. Mi piace quel ragazzo... Sono avido, voglio prendermi tutto il pacchetto: tu, Mario, noi tre che viviamo insieme come una famiglia. Vi darò tutto il tempo che vi serve per abituarvi all'idea, ma voglio che tu sappia che il mio obiettivo finale è quello: voi che vi trasferite qui e io e te che ci sposiamo e che viviamo per sempre insieme."

"Ti amo." Furono le uniche parole che lei poté proferire. Voleva dirgli che era pronta a trasferirsi da lui anche in quel preciso momento, ma sapeva che non era vero.

"Ti amo anch'io," ricambiò Leo. "Ragioneremo su modi e tempi. Qualche volta resterò io a dormire da voi e voi rimarrete spesso qui. Funzionerà."

Mostrava una tale fiducia in sé che Cassidy non poté fare a meno di rilassarsi contro il suo corpo. Sapeva bene che le cose non sarebbero state tanto semplici, ma in quel momento non aveva energie sufficienti per preoccuparsi. Era reduce da tre orgasmi ed era stata scopata fino allo sfinimento. A suo tempo si sarebbe preoccupata di come portare avanti quel nuovo amore; per il momento, le bastava sapere che lei e Mario erano al centro delle preoccupazioni di Leo.

Si assopì cullata dai rintocchi del cuore di Leo, che le batteva proprio sotto l'orecchio. Ad attenderla c'era il sonno più sereno che avesse mai dormito.

CAPITOLO SEDICI

Erano le tre di notte e Lloyd era accovacciato nel giardino con Martin. Ci avevano messo un po' per trovare Alice e Julio Hewitt a El Paso, ma finalmente c'erano riusciti.

Da quando erano arrivati negli Stati Uniti, avevano avuto una bega dopo l'altra e Lloyd non vedeva l'ora di tornarsene in Giamaica... anche perché sembrava che la situazione a Kingston stesse migliorando.

Con molta cautela, era riuscito a mettersi in contatto con alcuni dei pezzi grossi dell'organizzazione, i quali gli avevano detto che gli affari sarebbero stati presi in mano da un lontano cugino di Michael. Lloyd aveva sostenuto di aver preso i soldi per mettersi sulle tracce di G e vendicare la morte del boss. Aveva detto che era intenzionato a trovare Cassidy e a fargliela pagare per ciò che aveva fatto. Del resto, erano tutti convinti che lei c'entrasse *qualcosa* con l'arrivo di G e con la scomparsa del moccioso, "casualmente" avvenuta subito dopo.

Per fortuna, quelli se l'erano bevuta e Lloyd ne era ben felice: per lui, significava la possibilità di riprendersi la sua vita e di lavorare per un nuovo trafficante di droga... sempre che riuscisse a mettere le mani sul moccioso.

Martin era ancora convinto che il piano fosse semplicemente

quello di far fuori Mario. Per Lloyd, tuttavia, non bastava ucciderlo. Voleva che la cagna sapesse del futuro che attendeva il suo piccolo; Mario si sarebbe trasformato in ciò che lei di più odiava: un trafficante di droga. Un assassino privo di rimorso. Uno che non si sarebbe fatto problemi a vendere il veleno ai bambini, né a picchiare e stuprare donne.

Lloyd glielo avrebbe spiattellato in faccia per filo e per segno, prima di ammazzarla. Poi alle parole sarebbero seguiti i fatti. Mario lo avrebbe rispettato e avrebbe eseguito ogni suo ordine.

Lloyd odiava i bambini, ma sapeva che a fare lo stronzo con Mario si sarebbe divertito. Lo avrebbe convinto che la madre non l'aveva mai amato. Lo avrebbe trasformato in un duro, in un criminale senza scrupoli.

Prima di tutto, però, doveva trovare Cassidy e il moccioso.

Quella notte il piano sarebbe entrato nella fase operativa. Sia i soldi che il tempo stavano finendo. Aveva lasciato in Giamaica quasi tutto ciò che lui e Martin avevano rubato, perciò di lì a poco si sarebbe trovato con le tasche vuote. D'altronde, gli bastavano i soldi per due biglietti aerei: uno per raggiungere la cagna, ovunque si trovasse; l'altro per tornarsene in Giamaica. Per fortuna, tra le conoscenze dei Coke c'erano molti piloti... che avrebbero portato lui e Martin ovunque, senza fare domande su cosa trasportassero. Per cinquantamila dollari, avrebbero fatto finta di non accorgersi che con loro c'era anche un bambino "addormentato."

"Adesso?" chiese Martin.

Lloyd riuscì a malapena a trattenere uno scatto d'ira. Era fottutamente stanco di Martin. L'unica ragione per cui quel bestione era ancora in vita era che a Lloyd serviva per mettere sotto torchio i genitori di Cassidy.

A quel punto, lui e Martin avrebbero dovuto essere già all'interno della casa, che era rimasta buia e silenziosa per tutta la notte... sorprendentemente, però, l'area circostante si era rivelata tutt'altro che tranquilla. Del resto, era un venerdì sera e l'andirivieni di veicoli era stato costante; un paio di case più in là c'era persino stata una festa. Lloyd non era certo disposto a correre il rischio di irrompere in casa degli Hewitt mentre intorno era pieno di gente. Un vicino li avrebbe potuti vedere o magari uno dei coniugi avrebbe attirato l'attenzione di un passante prima che loro riuscissero a zittirlo.

Avevano bisogno di tempo per estorcere ai due le informazioni che cercavano, perciò Lloyd aveva deciso di agire solo quando fossero stati sicuri che anche nelle case intorno tutti dormissero.

"Adesso," disse a Martin.

Si alzarono lentamente dal prato, inarcando la schiena per sgranchirsi i muscoli anchilosati. Dopo vari appostamenti, avevano concluso che il modo più facile per accedere all'abitazione fosse attraverso la finestra della cucina. Avevano fatto una prova, approfittando di un momento in cui la casa era vuota, e la finestra era scivolata in su senza problemi. Quei coglioni degli Hewitt la lasciavano aperta. Lui e Martin sarebbero potuti entrare senza bisogno di rompere nulla.

Due minuti dopo, entrambi erano in piedi in cucina. Lloyd sorrise a Martin. Forse la fortuna cominciava a girare dalla loro parte. Con tutti i ritardi e gli intoppi degli ultimi giorni... Decisamente, era ora che qualcosa andasse secondo i piani.

I due si mossero in punta di piedi verso le scale, poi le salirono. Non era una casa grande e fu facile trovare la camera da letto più grande. L'ideale sarebbe stato far fuori i genitori di Cassidy nel sonno, ma prima di morire dovevano dare loro delle risposte.

Lloyd estrasse il coltello a serramanico che si era procurato appena erano arrivati a El Paso e lo schiuse mentre apriva con una spintarella la porta della camera da letto.

Ma il chiaro di luna che penetrava dalle finestre svelò un letto vuoto.

"Che cazzo," mormorò Lloyd. Poi sbraitò verso Martin: "Credevo avessi detto che erano a casa!"

"Beh, c'erano! Un paio di giorni fa..."

"Fanculo!" inveì Lloyd.

Fecero un giro per la casa e trovarono sul tavolo della cucina una nota scritta dalla madre di Cassidy: istruzioni su come innaffiare le piante e... assicurazioni sul fatto che lei e suo marito si sarebbero fatti sentire quando sarebbero tornati in città.

"Merda..." commentò Martin.

La mente di Lloyd lavorava. Non avrebbe lasciato El Paso senza sapere dov'era Cassidy. Non poteva ottenere l'informazione dai genitori, ma sapeva chi altri poteva dargliela. "Andiamo," disse a Martin, muovendosi verso la porta sul retro della casa.

"Dove si va?" chiese Martin.

"A scoprire dov'è quella cagna."

"Ma..."

Lloyd aveva esaurito la pazienza. "Dal suo ex marito!" disse rabbiosamente, poi si girò e fulminò Martin con lo sguardo. "So come si chiama. Prima di assumerla, Michael mi aveva chiesto di fare qualche ricerca sul suo passato. Qui negli Stati Uniti ci sono delle regole riguardo alla custodia dei figli... e scommetto che Cassidy ha dovuto informare l'ex marito, quand'è tornata. Gli deve aver detto dove sono lei e Mario. Troveremo Alfred Pepper e gli faremo visita."

"Quindi avrò comunque modo di divertirmi," disse Martin con un bagliore sinistro negli occhi.

Lloyd scosse la testa. "Sì, bastardo che non sei altro, avrai modo di spassartela... ma aspetta che ci dia le informazioni che cerchiamo, prima di ammazzarlo."

"Certo."

I due sgattaiolarono fuori dalla casa e Lloyd estrasse subito dalla tasca il cellulare usa e getta che aveva comprato. Prima di lasciare El Paso, dovevano trovare e spremere Alfred.

Quattro ore più tardi, Lloyd aveva superato la soglia della frustrazione. Ci stavano mettendo troppo tendo. Non si sarebbe mai aspettato che l'ex della cagna fosse un osso tanto duro.

Rintracciarlo non era stato affatto difficile: un paio di telefonate, la promessa di un po' di contante... e avevano ottenuto l'indirizzo. Entrare in casa era stato un gioco da ragazzi. Alfred non aveva inserito l'allarme e il fatto che ci fosse un recinto attorno alla proprietà aveva consentito a lui e a Martin di accedere senza che i vicini li vedessero.

Alfred era seduto in cucina, le mani legate dietro la schiena. Immobilizzarlo era stato di una facilità ridicola, tanto che Lloyd e Martin erano quasi rimasti delusi. Alfred non era particolarmente alto, sul metro e settantacinque; era magro e chiaramente passava più tempo a bere che a fare esercizio fisico. La corporatura esile metteva in risalto una discreta pancetta da birra. Quando si era reso conto della situazione, lo stronzo non aveva nemmeno cercato di porre resistenza.

Nel tentativo di spremerlo, Martin aveva alternato botte a tagli, ma Alfred era troppo stupido, o troppo testardo, per dar loro le informazioni che volevano.

Lloyd si era stancato di cazzeggiare. All'inizio era stato divertente torturarlo, ma era giunto il momento di farla finita e procedere con il piano.

Si spostò dietro ad Alfred e tagliò senza troppe premure il nastro di plastica che fissava l'uomo alla sedia, lasciandogli però le mani legate. Ignorò il grido di dolore lanciato da Alfred e lo spinse in avanti, fino a farlo cadere con le ginocchia sul duro pavimento della cucina, poi gli diede un calcio, facendolo cadere di lato.

Gli si inginocchiò di fianco e gli aprì i pantaloni della tuta, lasciandolo nudo. Alfred piangeva a dirotto.

"Dimmi dov'è la tua ex," gli chiese per l'ennesima volta. "Non te ne frega niente di lei, non è che una stupida puttana. Perché vuoi soffrire ancora?"

"Mio figlio," disse Alfred annaspando.

"Non voglio uccidere tuo figlio," gli disse Lloyd, senza mentire; poteva quasi vedere la mente di Alfred girare su se stessa, mentre l'uomo cercava di elaborare ciò che lui gli stava dicendo. "Non mi interessa Mario," proseguì, mentendo. "Voglio solo Cassidy. Perciò dimmi dov'è e ti lasceremo in pace."

Lloyd trovava patetico, da parte di Alfred, quel tentativo di proteggere Mario; era troppo poco ed arrivava troppo tardi, in base a quanto sapeva Lloyd. Se una puttana avesse cercato di rapire *suo* figlio e di portarlo in un altro paese, lui non glielo avrebbe certo permesso.

"Non so esattamente dov'è," disse lentamente Alfred.

Lloyd si alzò e fece un cenno a Martin, che gli sorrise, prima di chinarsi e avvicinare il coltello al pene di Alfred; spinse la punta della lama sul glande, finché non affiorò un'ombra di sangue.

Alfred lanciò un grido di dolore, ma avendo le mani ancora legate dietro la schiena, non poteva fare nulla contro quella lama che gli martoriava il pene.

"Ora dimmi dov'è Cassidy o chiederò a Martin di tagliarti l'uccello e di infilartelo su per il culo," minacciò Lloyd.

"A Indianapolis!" gridò Alfred senza più esitare.

Lloyd si ringalluzzì tutto.

"A Indianapolis *dove*? Dicci di più. Ci serve un indirizzo."

"Non lo so!" disse Alfred annaspando, con le guance rigate dalle lacrime e il muco che gli colava dal naso. "Mi ha chiamato per informarmi che era tornata negli Stati Uniti, ma non mi ha detto nient'altro!

Martin scosse la testa. "Non ci siamo, vecchio mio." Spostò il coltello su un testicolo.

Lloyd diede un calcio nello stomaco ad Alfred, che quasi vomitò, prima di cadere sulla schiena e cercare di farsi di lato. Lloyd gli strinse il collo con una mano e gli si avvicinò. "Dicci quello che vogliamo sapere e ti lasceremo vivere. Come possiamo trovarla?"

Alfred, da femminuccia quale era, guardò Lloyd con gli occhi spalancati e ancora umidi di lacrime. Che omuncolo *patetico*. Aveva la faccia paonazza e rantolava, sforzandosi di respirare nonostante la stretta al collo. Lloyd aveva sentito un paio di storie sui maltrattamenti che quell'uomo aveva inferto a Cassidy, il che gli aveva fatto presupporre che Alfred avrebbe vuotato il sacco facilmente, visto che pareva non provasse nulla nei confronti della ex moglie. Eppure, il bastardo si era rivelato un osso più duro del previsto. Non che ciò gli guadagnasse il rispetto di Lloyd, che era comunque determinato a farlo fuori.

"Assistenza Silverstone," disse Alfred con la voce spezzata.

Lloyd allentò la presa quel tanto da consentirgli di articolare le parole. "Di che si tratta?" gli chiese.

"Il suo nuovo ragazzo... lavora lì..."

Quindi la puttana si era trovata un nuovo amichetto. Senza dubbio gli aveva spalancato le gambe, dandogli ciò che in Giamaica aveva negato a Lloyd.

Beh, voleva dire che prima di ucciderla le avrebbe fatto provare cosa significhi scopare con un vero uomo.

Lloyd guardò Alfred con un sorriso malvagio stampato sul volto e strinse la presa. Gli premette i pollici sulla gola e lo fissò mentre l'altro si rendeva conto che per lui era finita. Lloyd aveva informazioni sufficienti per poter trovare la puttana e il marmocchio.

"Posso tagliare?" chiese Martin con impazienza.

"Non me ne frega un cazzo," rispose Lloyd, gli occhi inchiodati a quelli di Alfred. "Cassidy morirà," gli disse. "Non ti ho mentito: non ucciderò tuo figlio, ma la porterò con me in Giamaica e gli insegnerò ad uccidere... e a provare piacere nel farlo, come faccio io."

Alfred cercò di dire qualcosa, ma gli mancava l'aria.

L'angoscia che gli riempiva gli occhi elettrizzava Lloyd. Anche se Alfred non vedeva il figlio da cinque anni, era evidente che il piano che Lloyd gli aveva appena rivelato non gli piaceva affatto. Se il paparino era tanto sconvolto, la mammina sarebbe del tutto impazzita.

Lloyd provava un misto di soddisfazione ed eccitazione innescata dall'attesa. Non vedeva l'ora di stringere tra le mani il collo di Cassidy. Le avrebbe detto ciò che la aspettava. Sarebbe morta sapendo quello che *lei stessa* aveva fatto a suo figlio. Sapendo che era tutta colpa *sua*.

Sotto di lui, Alfred fu preso dalle convulsioni e spalancò ulteriormente gli occhi.

"Cazzo, adoro quando si dimenano!" esclamò Martin.

Lloyd alzò lo sguardo e vide Martin che alzava in aria il pene mozzato di Alfred; si rigirò verso Alfred e osservò la vita andarsene dai suoi occhi. Mollò la presa e si rialzò.

"Avanti," disse a Martin, "spassatela pure."

L'altro sorrise, lasciò cadere a terra il pene di Alfred e si accanì sul cadavere come un indemoniato.

Lloyd fece un passo indietro e assistette allo scempio che Martin fece del corpo di Alfred, continuando ad affondare il coltello più e più volte nella carne morta.

Diversi minuti più tardi, Martin si rialzò, annaspando e con i capelli scuri che gli cadevano sugli occhi.

"Hai finito?" gli chiese Lloyd con indifferenza.

L'altro si voltò e calciò il fianco del cadavere con tutta la forza che aveva. Poi annuì, rivolto a Lloyd. "Ho finito."

"Bene," replicò Lloyd. "Ora si va a Indianapolis, all'Assistenza Silverstone. Abbiamo ciò che cercavamo. Presto torneremo a casa con la nuova recluta."

I due si diressero alla porta più vicina. Lloyd si voltò per dare un ultimo sguardo alla cucina: la sedia su cui avevano legato Alfred era rovesciata e i muri erano coperti di sangue; una pozza rossa si andava allargando sotto il cadavere.

Gli sbirri potevano anche trovare le loro impronte digitali e tracce del loro DNA, tanto né lui né Martin erano schedati negli Stati Uniti. Non vivevano lì e non erano collegabili in alcun modo con lo stronzo che giaceva sul pavimento. La polizia ci avrebbe messo un paio di giorni a trovare il cadavere, forse di più. Non importava. Lloyd sarebbe stato presto su un aereo per la Giamaica in compagnia di Mario.

Compiaciuto del fatto che lui e Martin avessero portato a termine il compito che si erano dati, seguì il complice verso l'uscita. Le uniche preoccupazioni che aveva erano tornare al motel senza che nessuno li vedesse, darsi una ripulita e raggiungere la pista d'atterraggio privata, dove un aereo li avrebbe portati a Indianapolis. Poi avrebbero trovato l'Assistenza Silverstone.

Stiamo venendo a prenderti, Cassidy, fatti trovare pronta, pensò Lloyd mentre un piccolo sorriso gli prendeva forma sul volto.

————

Lloyd si appoggiò allo schienale del sedile. Lui e Martin erano a bordo del catorcio che avevano rubato e guardavano il garage che piantonavano ormai da un giorno intero. Era l'unico indizio che avevano per trovare la cagna. Lloyd cominciava a pensare che forse avevano ucciso l'ex marito troppo presto. Forse Alfred aveva mentito. Forse Cassidy aveva già rotto con il nuovo fidanzato. Forse la città dove cercare non era quella, o magari avevano capito male il nome della ditta.

Fino a quel momento, lui e Martin non avevano avvistato nessuno che potesse anche solo assomigliare a Cassidy o a Mario.

L'*impasse* peggiorava ulteriormente una situazione che di per sé non era gradevole. Lloyd era seduto lì con Martin da quasi ventiquattr'ore. Un altro giorno del genere e avrebbe finito per fare fuori quel cazzone del suo complice prima che la missione fosse finita. Stare con lui tanto a lungo, per giunta a distanza tanto ravvicinata, non faceva che rafforzare in lui l'intenzione di sbarazzarsi di Martin prima di rientrare in Giamaica.

Martin non era capace di tenere chiusa quella fottuta bocca. Continuava a parlare di quanto si era divertito a uccidere l'ex marito di Cassidy. Poi divagava, con dovizia di dettagli, su altri lavoretti sporchi che aveva fatto; a Lloyd toccò anche sentire di come Martin aveva rapito tre donne, prelevate dalle strade di Kingston, e poi le aveva violentate e uccise, liberandosi infine dei cadaveri.

L'energumeno non sarebbe certo riuscito a tenere la bocca chiusa circa quello che era successo durante il loro viaggio negli Stati Uniti.

Per il momento, Lloyd aveva ancora bisogno di lui... ma dopo aver ucciso Cassidy e messo le mani sul moccioso, Martin sarebbe diventato un ingombro; quindi anche lui andava tolto di mezzo.

Lloyd si portò il binocolo agli occhi, sforzandosi di ignorare l'*ennesimo* farneticamento di Martin, e vide un veicolo che, sbucando dal cancello dell'Assistenza Silverstone, lo distolse dalle elucubrazioni su quale potesse essere il modo migliore per sbarazzarsi del suo compare.

"È lei?" chiese Martin.

Lloyd stava per dirgli di chiudere quella cazzo di bocca, visto che da quando erano appostati lì, era probabilmente la quattrocentocinquantatreesima volta che Martin gli faceva quella domanda.

Eppure, quando il pick-up si fermò e ne scese una donna, il battito cardiaco di Lloyd accelerò. Subito dopo, scese dal sedile posteriore anche un bambino.

Non riusciva a vedere il volto dell'uomo al volante, ma era un tizio piuttosto grosso. L'uomo scese dal lato più lontano del veicolo e Lloyd poté solo intravederne la schiena, prima che tutti e tre entrassero nell'edificio.

Abbassò il binocolo e sorrise. "È lei," confermò compiaciuto.

"Era ora!" esclamò Martin.

Per la prima volta dopo giorni, Lloyd si trovò d'accordo con il suo complice.

"Andiamo a prenderla," disse Martin.

"Non ancora. C'è ancora troppo viavai," osservò Lloyd. Avevano visto gente entrare e uscire dal garage tutto il giorno.

"Aspettiamo che qualcuno degli stronzi che stanno là dentro se ne vada."

"E se non se ne vanno?" obiettò Martin. "Possiamo farcela. Andiamo... Prendiamo lei e il moccioso e alziamo i tacchi!"

"Ho detto di *no*!" gli ringhiò contro Lloyd, che aveva perso la pazienza. "In due non possiamo affrontarli tutti. Restiamo qui a guardare per un po'. Vediamo che succede. Male che vada, la seguiremo quando tornerà a casa. Ora che sappiamo dov'è, non può scapparci."

Lloyd sentì sgorgare dentro di sé un odio a cui ormai si era abituato. Era stato bene sotto Michael Coke... e la cagna aveva rovinato tutto. Aveva ucciso il boss. Lloyd non vedeva l'ora di fargliela pagare.

CAPITOLO DICIASSETTE

Cassidy non ricordava di essere mai stata felice come in quel momento. Leo sembrava riuscire a capirla perfettamente. Da quando avevano fatto l'amore la prima volta, la loro intesa si era solidificata. C'erano state un paio di incomprensioni, ma nulla di paragonabile alle liti furibonde e sfiancanti che di norma aveva con Alfred.

Leo in genere era uno che non creava problemi, a parte quando si trattava della sicurezza di Cassidy e Mario. Un paio di volte, lei si era trovata a dover puntare i piedi; per esempio quando, poco tempo prima, Leo stava per andare in una concessionaria per comprarle una macchina. A Cassidy non piaceva dipendere economicamente da lui, voleva fare la sua parte per affrontare le spese della casa. Sapeva di non potere ancora farlo, ma ciò non significava che Leo dovesse spendere per lei tutti quei soldi, anche perché, in realtà, in quel momento una macchina *non* le serviva.

Poteva accettare che Leo pagasse per il corso da cheerleader di Mario, come pure per lezioni di ginnastica artistica e ballo. Con un po' di impegno, Cassidy poteva persino digerire il fatto che Leo si sobbarcasse le spese per decorare la camera di Mario. Ma una macchina? No. Mario andava e tornava da scuola in autobus. Leo portava lei in macchina al garage e la riportava a casa quando lei aveva finito di lavorare. Se poi Cassidy aveva bisogno di andare da qualche parte per fare delle commissioni, Leo era sempre disponibile... e se non lo era, c'erano Molly, Taylor o Skylar. Era da cinque anni che non guidava e in tutta onestà non aveva alcuna fretta di rimettersi al volante. Perciò Leo aveva abbandonato l'idea, anche se Cassidy sapeva che in fondo la cosa gli rodeva.

Avevano fatto attenzione a evitare che Mario si accorgesse del cambio di passo che c'era stato nella loro relazione, ma l'impressione che entrambi avevano era che Mario non ne sarebbe rimasto traumatizzato, quando fosse giunto il momento di dirglielo.

La mattina dopo quella prima volta, quando la sveglia era suonata e Cassidy si era dovuta togliere dall'abbraccio di Leo per spostarsi nella camera degli ospiti, era stato tutt'altro che piacevole per lei.

Il risveglio dopo la seconda volta lo era stato ancora meno: Leo si era alzato per tempo dal letto di Cassidy per andare sul divano.

Era da una settimana che l'uno o l'altra erano costretti a privarsi del calore dei reciproci abbracci per salvare le apparenze... e Cassidy era già pronta a toccare l'argomento con Mario.

Quella mattina erano a casa di Leo. Mario uscì dalla sua cameretta, di recente riverniciata di rosa, pronto per fare colazione.

"Buondì, campione," disse Leo, che poi baciò Cassidy sulla tempia e si diresse verso le scale, per andare a farsi la doccia al piano di sopra.

"Uova strapazzate e chorizo, stamattina?" gli domandò Cassidy.

"Sì, grazie," le disse Mario. Si arrampicò su uno sgabello e mise i gomiti sul top di granito... per poi cominciare a fissarla.

"Hai qualcosa da dirmi?" chiese Cassidy, scervellandosi su

quale fosse la strategia migliore per coinvolgere il figlio in una conversazione sul fatto che lei e Leo stavano insieme *insieme*.

"Sposerai Leo?" domandò il piccolo di punto in bianco.

Facendo il possibile per nascondere lo spiazzamento, Cassidy lo guardò: "Perché mai mi chiedi una cosa del genere?"

"È solo che... ti bacia e ti tocca in continuazione... e poi siamo sempre qui da lui... me lo stavo chiedendo, tutto qui."

"E se fosse... ti dispiacerebbe?" Cassidy trattenne il respiro in attesa della risposta. "Sì, insomma... è da un sacco di tempo che siamo soltanto io e te."

"Leo mi piace," disse Mario a bassa voce. "Non si stufa mai di me e non pensa che le cose che adoro fare siano stupide."

Cassidy si sforzò di restare calma. Ricordava che gli uomini di Coke prendevano in giro Mario... e anche gli altri bambini che vivevano nella villa. Pensavano che avesse modi e gusti troppo femminili e gli dicevano che doveva crescere e diventare un uomo.

"Ma la cosa che mi piace di più di lui è che ti tratta bene. Non ti urla contro, né ti dà della stupida, come faceva papà."

"Oh, te ne ricordi?" gli chiese.

Mario scrollò le spalle. "Non ero mica così piccolo," ribatté.

Era vero, il che la rattristava e allo stesso tempo la spaventava a morte. "Io voglio molto bene a Leo," gli disse. "Da quando c'è lui sono felice... felice come non lo ero da tantissimo tempo."

"Anch'io," ammise Mario. "Quindi lo sposerai?"

"Questo non lo so. Per il momento, però, io e lui stiamo insieme. Per te va bene?"

Mario fece cenno di sì. "Mi piace casa sua. È più spaziosa del nostro appartamento; c'è anche un giardinetto dove posso eserci- tarmi con i nuovi passi."

Cassidy gli sorrise e aggirò il top per abbracciarlo. "Ti voglio bene, Mario. Lo sai, vero?"

"Ti voglio bene anch'io," ricambiò lui.

"Abbiamo vissuto dei brutti momenti, ma ti prometto che d'ora in poi tutto andrà bene. Stai diventando grande, ma con me potrai sempre parlare di qualsiasi cosa. Voglio che te lo ricordi."

Mario restituì l'abbraccio, poi la guardò con aria pudica. "Mamma, se Leo vuole stare tutta la notte in camera con te, non c'è problema."

"Cosa?" gli chiese.

"Una notte mi sono svegliato perché avevo sete e sono andato a prendere un bicchier d'acqua. Ho visto Leo che usciva da camera tua. Si è fermato sulla porta e ti ha guardata a lungo mentre dormivi. Sembrava triste. Sono abbastanza grande per sapere che le persone che stanno insieme dormono nello stesso letto. Fate pure. Per me non è un problema."

Cassidy lo fissò, incerta su cosa dirgli... ma non dovette dirgli *nulla*, perché in quell'istante entrò in cucina Leo.

Si rivolse a Mario. "Grazie, campione, per noi significa molto." Si mise dietro a Cassidy e la avvolse in un abbraccio, posandole il mento su una spalla. "Sai che non prenderò mai il tuo posto nel cuore della mamma, vero?"

Mario annuì. "Sì. Però io non vivrò con lei per sempre. Andrò al college e starò da un'altra parte dopo che avrò finito le superiori... e non voglio che lei rimanga sola."

"Non rimarrà sola," disse Leo con il tono di chi fa un giuramento. A Cassidy cominciarono a tremare le ginocchia.

A Mario sembrarono bastare quelle parole. "Ok. Mamma?"

"Dimmi, piccolo."

"Ho fame."

Lei ridacchiò. "Giusto."

"Ci penso io," disse Leo, che poi baciò Cassidy sulla nuca e si avviò verso i fornelli. "Vuoi venire al garage dopo la scuola?" chiese a Mario.

"Sì!"

Cassidy si sedette su uno sgabello e ascoltò i due conversare approfonditamente sulle nuove acrobazie che Mario stava cercando di imparare. Tutti e tre mangiarono, poi Cassidy accompagnò Mario alla porta e lo guardò andare verso la fermata dell'autobus. Aspettò fuori finché non arrivò l'autobus, che si fermò per far salire tutti i bambini del vicinato. Poi tornò in casa.

Si diresse con decisione verso Leo e gli si appiccicò al petto. "A che ora dobbiamo essere al garage?"

"Perché? Cos'hai in mente?"

Sorridendo furbescamente, lei gli infilò le mani sotto la maglietta e gli risalì il torace. "Sai, sono certa che troveremo il modo di ammazzare il tempo."

Senza dire nulla, Leo si chinò, la alzò da terra e se la caricò in spalla.

Cassidy rise, mentre gli occhi le cadevano sul delizioso culetto del suo compagno. Mentre Leo la portava su per le scale, gli disse: "Mario ha detto che per lui non è un problema se dormiamo insieme."

"Ho sentito," ribatté Leo, "ma ci andremo piano. Anche se lui dice che è tutto a posto, non voglio precipitare le cose. Diamogli un altro po' di tempo perché si abitui all'idea, ok?"

Cassidy chiuse gli occhi. Leo stava mettendo i bisogni emotivi di Mario davanti alle proprie necessità sessuali? Era molto più che *ok*. "Ti amo," gli sussurrò.

Lui si fermò di fronte al letto e la lasciò cadere sul materasso senza troppa delicatezza, tanto che lei strillò. "Sono *io* che ti amo," le fece eco. "E adesso... spogliati."

Incapace di trattenere le risa, Cassidy raggiunse con le mani l'orlo della propria maglietta.

———

Era stata una mattinata fantastica, durante la quale Leo le aveva insegnato la posizione dell'arco d'oro, e dopo l'ennesimo lavoro sul punto G che l'aveva portata a un orgasmo epico, Leo aveva portato lei e Mario al garage. La giornata era uggiosa, con le nubi che coprivano il cielo, ma nulla avrebbe potuto mettere Cassidy di malumore. Aveva trovato un lavoro e una casa; i suoi genitori l'avevano chiamata per farle sapere che erano arrivati sani e salvi in Messico; Mario era felice... e Leo era un compagno incredibilmente generoso e amorevole.

Forse dipendeva dal fatto che Cassidy era maturata e diventata più saggia o forse era per via di tutto ciò che aveva sofferto. Qualsiasi fosse la ragione, stare con Leo le sembrava... facile. Lui non la assillava, né la criticava quando lei faceva qualcosa che non gli andava bene. Era fin troppo vivo il ricordo di come Alfred non esitasse a ridicolizzarla, quando lei bruciava la cena; o di come si spazientisse quando lei non eseguiva i suoi ordini immediatamente.

Leo, per contro, era un uomo paziente, gentile e incline a lasciare che le cose gli scivolassero addosso. Una sera si era spanciato dalle risate insieme a lei e a Mario, quando avevano scoperto che lo stufato che Cassidy aveva lasciato sul fornello a cuocere si era praticamente carbonizzato; tutti e tre se ne erano dimenticati, distratti da una partita a un gioco di società.

Cassidy e Leo si stavano ancora conoscendo, ma ogni cosa che lei imparava di lui glielo faceva apprezzare di più.

Nella loro relazione, l'unico problema scaturiva da Cassidy stessa: continuava ad aspettarsi un qualche intoppo, qualcosa che rovinasse quell'idillio. L'esperienza le diceva che le cose belle non duravano. Aveva creduto di essere innamorata di Alfred, ma poi lui le si era mostrato per quello che era e le ci erano voluti anni per riprendersi emotivamente. La Giamaica subito le era piaciuta, ma poi era diventata una prigionia dorata.

Sapeva che Leo era una brava persona. Ne era *certa*. Eppure, Cassidy credeva ci fosse una specie di energia negativa universale che si accaniva contro di lei non appena le cose si mettevano bene.

Quella mattina, Leo l'aveva accompagnata a Southpoint a prendere Mario all'uscita della scuola, poi tutti e tre erano andati al garage. Avevano valutato se restare a casa nel pomeriggio, ma a causa del brutto tempo e del fatto che due degli autisti si erano presi l'influenza e non erano andati a lavorare, Leo aveva preferito andare alla Silverstone, nel caso in cui ci fosse stato bisogno di lui.

Cassidy guardò Leo che guidava e fece del suo meglio per rilassarsi. Lui era un ottimo pilota, ma su tutta la città era cominciata a scendere una nebbia fittissima che rendeva difficile vedere ciò che c'era davanti a loro.

"Leo?" lo chiamò lei.

"Sì?" rispose lui piuttosto distrattamente.

Lei si mordicchiò il labbro, scrutando la coltre di nebbia oltre il parabrezza. "Niente."

"Che c'è?" le chiese lui, al contempo toccandole delicatamente la mano.

"Con te mi sento al sicuro," gli rispose, quasi senza pensarci. I loro sguardi si incrociarono per una frazione di secondo, poi lui tornò a concentrarsi sulla strada; quel breve incontro di occhi, però, bastò a farle scoprire la soddisfazione che quel commento aveva suscitato in lui.

"Bene."

"È solo che... se in questo momento al volante ci fossi io, sarei nel panico. Non che pensi di mettermi a guidare con questa nebbia, visto che non guido da una vita e non ho abbastanza fiducia in me stessa per provarci con un tempo del genere. In Giamaica a volte pioveva, ma una nebbia così non l'ho mai vista. A ogni modo... Stavo pensando a tutto quello che è successo di recente... e credo che probabilmente non mi sarei adattata alla nuova vita tanto facilmente, se non ci fossi stato tu."

"Lo stesso vale per me," intervenne Mario dal sedile posteriore. Cassidy si era quasi dimenticato che il piccolo era lì ad ascoltarli. "Non ho paura di parlarti di me... e so che tu non mi prendi in giro perché voglio le pareti della mia camera verniciate di rosa o perché preferisco fare il cheerleader piuttosto che giocare a calcio."

"Voi due siete le persone più importanti della mia vita," disse Leo con un tono basso, che sapeva di sincerità. "Sarò sempre il vostro rifugio. Sempre."

Cassidy gli prese la mano e la strinse forte. Avrebbe voluto restare aggrappata a lui, ma sapeva che per guidare gli servivano entrambe le mani.

A causa del maltempo, ci volle più del solito per raggiungere Silverstone. Quando finalmente arrivarono, Cassidy fu felicissima di oltrepassare il cancello ed emise un sonoro sospiro di sollievo quando Leo spense il motore dell'auto nel parcheggio.

"Vai avanti, Mario. Il codice te lo ricordi, vero?" chiese Leo al bambino.

"Sì!" esclamò Mario con entusiasmo; si era impegnato per memorizzare il codice che serviva per entrare dalla porta sul retro. Spalancò lo sportello e corse verso la tastiera.

Cassidy lo guardò inorgoglita inserire il codice, poi girarsi verso di loro per salutare e infine sparire dentro l'edificio. Nell'istante in cui la porta si richiuse, Leo le mise una mano dietro il collo e la tirò a sé per baciarla. Fu un bacio lungo, intenso, profondo. Quando lui si ritrasse, Cassidy era quasi stordita. Si accorse di essere anche bagnata. Bastava che Leo la baciasse e le veniva voglia di fare l'amore con lui. Non le era mai successo nulla del genere con un uomo... ma d'altronde, come ormai si trovava spesso a constatare, non aveva mai avuto un uomo come Leo.

"Ti amo," disse lui un po' burberamente. "Il fatto che tu ti senta al sicuro quando siamo insieme significa tutto per me. Ho passato la mia vita ad aiutare persone, senza nemmeno dare importanza alla cosa. Ora mi sembra che tutte le missioni che ho fatto in passato non fossero che una preparazione all'incontro con te e Mario. Un allenamento, per imparare a proteggervi e a farvi vivere il più serenamente possibile."

"Non ci serve la serenità... ci servi solo tu," ribatté Cassidy.

"Sono qui per voi."

Gli mise la mano sulla guancia e si mise semplicemente a fissarlo. Lo amava a tal punto che quasi le doleva il cuore. Allo stesso tempo, quel sentimento era terrificante. Se lui li avesse abbandonati, o se avesse fatto loro del male, o anche se fosse rimasto ucciso durante una missione… lei sarebbe morta di dolore.

Quasi potesse leggerle nel pensiero, Leo disse con dolcezza: "Non abbiamo passato quello che abbiamo passato solo per perderci di nuovo." Poi si chinò e le diede un piccolo bacio. "Avanti, andiamo a vedere cos'ha cucinato di buono Archer mentre non eravamo qui."

Cassidy ridacchiò. Sembrava che lo scopo che Archer aveva nella vita fosse di rimpinzare chiunque entrasse nel garage. Da quando si erano spostati a Indianapolis, Mario aveva decisamente preso peso e Cassidy cominciava a notare un certo arrotondamento anche delle proprie curve. Non che la cosa le dispiacesse; tutt'altro.

Scese dalla macchina e Leo la prese subito per mano non appena le fu vicino; entrarono insieme nell'edificio.

Tre quarti d'ora più tardi, Cassidy era seduta su uno dei divani e parlava con Skylar, Molly e Taylor, quando Bart irruppe nella sala. Smoke, Bull, Eagle e Leo erano in piedi in cucina, intenti a chiacchierare con Archer. Tutti si voltarono verso Bart.

"Massiccio tamponamento a catena sulla superstrada 70," annunciò Bart. "Si parla di almeno cinquanta veicoli, tra camion e macchine. La squadra di intervento per materiali pericolosi sta già andando lì, visto che sembra ci sia almeno un camion che trasporta carburante. La polizia chiede tutti i carroattrezzi disponibili. Ho già parlato con tutti i nostri autisti che al momento non stanno facendo interventi."

"Ci andiamo anche noi," gli disse Bull.

Bart annuì e tornò di corsa verso il centralino.

I quattro della Silverstone si mossero in sincrono verso le rispettive donne.

Cassidy spalancò gli occhi a Leo che la raggiunse a grandi passi. Non poteva che essere fiera, di Leo come degli altri. Non avevano bisogno di tuffarsi in prima linea. Erano i proprietari della ditta, ma eccoli lì, pronti a dare il loro contributo senza la minima esitazione. Era una delle ragioni che le facevano amare Leo.

La raggiunse e le prese il viso tra le mani, inclinandoglielo leggermente indietro. "Non so quanto starò via," le disse.

"Va bene."

"Tu resta qui con Mario. Archer ha preparato da mangiare per un reggimento; è tutto in frigo, potete cenare qui. Se dovessi fare veramente tardi, tu e Mario potete dormire in una delle camere da letto che ci sono qui. Oh... volevo aiutare Mario a prepararsi per il test di educazione civica che avrà fra qualche giorno... fa' in modo che non si eserciti troppo con le nuove acrobazie trascurando lo studio."

Cassidy gli afferrò i polsi. "Tranquillo," gli sussurrò. Immaginò che altre donne avrebbero potuto indispettirsi se i loro uomini le avessero istruite su come comportarsi con i loro stessi figli... ma lei adorava che Leo avesse tanto a cuore Mario e il suo andamento scolastico. Leo era severo, ma mai crudele; voleva il meglio per Mario e il piccolo lo sapeva, come lo sapeva anche lei: entrambi stavano fiorendo sotto l'ala protettrice del loro salvatore.

"Fai attenzione," gli sussurrò lei.

"Sempre," la rassicurò Leo, prima di chinarsi per baciarla. Fu un bacio casto, ma del resto non c'era tempo per nulla di più.

"Ti amo," disse Leo.

"Ti amo anch'io."

Leo si girò e si avviò verso la porta.

Cassidy osservò anche gli altri uscire e quando la porta si richiuse dietro di loro, nella sala calò il silenzio. Guardò Skylar, poi Taylor, che teneva tra le braccia il piccolo Kevin, e infine Molly, che si teneva una mano sul pancione.

"Beh, è stato eccitante," scherzò Cassidy.

Le altre tre ridacchiarono.

"Forse pensi che io a questo punto mi ci sia abituata," disse Skylar, "ma in realtà lo trovo sempre un po' surreale."

"Cosa? Il fatto che vadano con i carroattrezzi sulla scena di un incidente?" chiese Cassidy con aria confusa.

Skylar scosse la testa. "No. Il modo in cui non appena i ragazzi sentono che c'è qualcuno che ha bisogno d'aiuto, sono pronti a fare tutto il possibile. Non importa se si tratta di un bambino scomparso, un incidente stradale o una catastrofe naturale. Aiutare il prossimo è nel loro DNA. Non si troverebbero mai a loro agio con un lavoro di tipo amministrativo o gestionale. Sono nati per fare quello che fanno."

"Sono d'accordo," disse Taylor, "per quanto a volte vorrei che trovassero un modo meno pericoloso di rendersi utili, qualcosa che non implichi andare dall'altra parte del mondo a caccia di criminali."

"Vero?" chiese Molly.

"Preoccuparci per loro non farà passare il tempo più velocemente," disse Skylar pragmaticamente. "Che ne dite se andiamo di sotto e ci guardiamo una serie intera su Netflix?"

Le tre donne si avviarono subito verso le scale, discutendo animatamente su quale serie guardare. Cassidy sorrise e le seguì. Pensò che, se fosse stata sola, non avrebbe avuto altra scelta se non preoccuparsi per Leo, che era là fuori nella nebbia; ma era alla Silverstone, il che significava che non era sola.

Si era sentita sola *per tutta la vita*. Persino quando era sposata con Alfred, le sembrava di crescere Mario da sola. Se il piccolo era malato, era lei a restare sveglia per accudirlo. Se era arrabbiato, era lei a calmarlo. In Giamaica, poi, aveva potuto contare davvero solo su se stessa.

Avere delle amiche con cui condividere speranze e paure era stupendo. Non l'avrebbero derisa, se lei avesse avuto paura di Leo. Non avrebbero minimizzato i suoi timori. L'avrebbero ascoltata, *veramente* ascoltata, sarebbero state empatiche e avrebbero fatto di tutto pur di farla sentire meglio. Ne era certa, come lo era del fatto che lei avrebbe fatto altrettanto per loro.

Scrivere quelle lettere all'FBI era stato un azzardo, ma così facendo aveva trovato Leo... e l'Assistenza Silverstone. Ringra-

ziando il cielo per quello che le era stato concesso, Cassidy scese
le scale verso il seminterrato.

—————

Gramps aggrottò la fronte mentre guidava lungo la corsia
d'emergenza della superstrada, in direzione dell'enorme tamponamento a catena. L'incidente si rivelò peggiore di quanto lui
avesse immaginato. Camion e automobili che procedevano a
ottanta o anche più di novanta chilometri all'ora si erano schian-
tati. L'autista del primo veicolo coinvolto aveva fatto una brusca
frenata e i veicoli dietro di lui, per via della nebbia, se n'erano
accorti troppo tardi.

C'erano ambulanze e mezzi dei vigili del fuoco parcheggiati
ovunque. Le luci delle auto della polizia balenavano sotto il cielo
che andava velocemente rabbuiandosi. Sulla scena dell'incidente
regnava ancora il caos più completo e Gramps capì subito che ci
sarebbe voluto un po', prima che l'intervento dei carroattrezzi si
rendesse necessario. Lungo la corsia d'emergenza, c'era già una
lunga fila di carroattrezzi che aspettavano istruzioni e Gramps si
accodò, fermandosi dietro al mezzo di Bull. Scese e si diresse
verso gli amici. Tutti volevano essere d'aiuto, ma prima di tutto
dovevano parlare con qualcuno che sapesse cosa stava succedendo. Non volevano certo contribuire alla confusione mettendosi a girovagare per la scena dell'incidente.

I quattro camminarono verso un gruppetto di uomini in piedi
poco distante da loro. Erano sette e a Gramps ricordavano molto
i suoi stessi compagni. Avevano l'aria di chi era stato nell'esercito
o forse quella di chi c'era *ancora*. Avevano tra i trenta e i quaran-
t'anni, proprio come lui e i ragazzi. Sembravano tesi, come se
fossero in attesa di entrare in azione.

Il più alto dei sette, vedendoli avvicinarsi, si voltò verso di
loro.

"Che succede?" chiese Bull. Sarebbe potuta sembrare una
domanda sciocca, visto che ciò che succedeva era chiaro: una

gigantesca operazione di soccorso stradale. Eppure nessuno dei sette uomini batté ciglio al sentire la domanda.

"Non siamo finiti anche noi in questo casino per una manciata di secondi," disse l'uomo alto. "Eravamo a bordo del nostro furgone e stavamo tornando in centro quando c'è stato il tamponamento, proprio davanti ai nostri occhi. Abbiamo soccorso più persone che abbiamo potuto, poi è arrivata la polizia e ci hanno chiesto di farci da parte. Capisco che non vogliano civili che girino avanti e indietro, ma restare qui senza poter essere d'aiuto è frustrante."

"Io sono Bull," disse alzando la mano in segno di saluto.

"Talon," si presentò l'altro. "Questi sono i miei amici: Ethan, Cohen, Zeke, Raiden, Drew e Brock. Veniamo da Fallport, Virginia; è una cittadina sulle pendici degli Appalachi. Siamo a Indianapolis per partecipare a una conferenza sull'RS."

"Ricerca e soccorso?" chiese Smoke.

"Già. Ci siamo presi un giorno di pausa per fare un po' i turisti, ma con questa nebbia siamo riusciti a vedere ben poco del mitico circuito di Indianapolis. Stavamo tornando in albergo quando c'è stato il tamponamento."

"Vi è andata bene," disse Gramps.

"Lo sappiamo," riconobbe Talon annuendo.

"Ho visto un poliziotto che conosco," disse Gramps. "Vado a parlargli. Gli dirò che siamo qui e gli chiederò se c'è qualcosa che possiamo fare."

"Per favore, parla anche a nome nostro," lo sollecitò Talon; tutti i suoi amici annuirono.

"D'accordo," confermò Gramps, prima di dirigersi verso il poliziotto. L'ultima cosa che voleva era starsene lì con le mani in mano, quando lui e gli altri potevano benissimo rendersi utili, anche solo portando coperte ai feriti che i pompieri stavano estraendo dai veicoli coinvolti. Era da molto tempo che Gramps non vedeva un tamponamento tanto brutto; forse era il peggiore che avesse mai visto. Comprendeva la necessità che le autorità avevano di mantenere l'area in sicurezza; d'altro canto, non potevano certo rifiutare l'offerta di undici professionisti pronti a dare una mano.

––––––

Dieci minuti prima, Cassidy aveva ricevuto un messaggio con cui Leo le diceva che erano arrivati senza problemi sulla scena dell'incidente e che stavano aspettando che la polizia dicesse loro come potevano rendersi utili prima che i carroattrezzi potessero cominciare a caricare i mezzi incidentati. Lei aveva provato sollievo alla notizia che andava tutto bene e il fatto che Leo e gli altri fossero impazienti di dare una mano non l'aveva certo stupita. Skylar aveva detto bene: starsene in disparte senza fare nulla non era nella loro indole.

Skylar aveva appena spinto il tasto *Play* sul telecomando e le quattro amiche si apprestavano a vedere una serie fantasy che, per la verità, a Cassidy non interessava particolarmente. In quel momento, le squillò il telefono. Cassidy guardò lo schermo e lesse *Numero sconosciuto*.

La tentazione di ignorare la chiamata era forte, visto che immaginava si trattasse di qualcuno che voleva venderle qualcosa, ma pensò che potesse essere Leo, che per qualche ragione aveva dovuto prendere in prestito il telefono di qualcun altro. Perciò rispose.

"Pronto?"

"Cass?"

Era una voce flebile e tremante, ma Cassidy la riconobbe subito. "Mamma?"

"Sì, sono io."

Cassidy si alzò e andò dall'altra parte della stanza. La madre aveva una voce stridula, che non prometteva nulla di buono. Cassidy ebbe l'impressione che avesse appena pianto e la paura le si coagulò nello stomaco.

"Che succede?" le chiese con voce calma, in modo da non allarmare le amiche poco distanti.

"Hai parlato con qualcuno che vive a El Paso?"

"E di cosa?" chiese lei confusa.

"Io... non so bene come dirtelo..."

La madre non disse nulla e Cassidy improvvisamente ebbe un orribile presentimento. "Cos'è successo, mamma? Qualsiasi cosa tu mi debba dire, dimmela e basta."

"Si tratta di Alfred. È stato assassinato un paio di giorni fa."

Cassidy sbatté più volte le palpebre. "Oddio! Com'è successo?"

"Non conosco i dettagli. A me lo ha detto Carmela Sanchez. Sai, è la nostra vicina e sta tenendo d'occhio casa nostra mentre siamo via. Comunque sia... Carmela ha sentito dire da un'amica di un'amica che qualcuno è entrato in casa di Alfred. Lo hanno accoltellato, Cass. Noi siamo in Messico e non ne sapevamo nulla finché Carmela non me lo ha detto."

Cassidy non sapeva bene cosa pensare. Di certo Alfred non era una delle persone a cui lei si sentiva più legata, ma d'altronde... finire accoltellato in casa propria, dove probabilmente pensava di essere al sicuro...

Poi le venne in mente Mario. Alfred era suo padre. Sì, lui e il bambino non si vedevano da anni, ma Cassidy nutriva ancora la speranza che un giorno o l'altro Alfred rinsavisse e cercasse di costruire un rapporto col figlio.

"La polizia ha trovato il colpevole?" chiese lei.

Anziché risponderle, la madre si mise a piangere, al che Cassidy si agitò ulteriormente: "Mamma?"

Udì una specie di fruscio, poi la voce del padre: "Ciao, Cass."

"Papà, cosa sta succedendo?"

"Pare che tu e Leo abbiate fatto bene a consigliarci di andare via per un po'," disse a voce bassa. "Carmela ha detto che quando è stata a casa nostra per annaffiare le piante, ha trovato la finestra della cucina alzata... e la porta sul retro aperta."

"Oddio..." sussurrò Cassidy.

"Carmela ci ha anche detto che al telegiornale hanno parlato di due uomini che si aggiravano vicino a casa di Alfred, chiedendo informazioni su dove lui abitasse. Si sono fatti passare per giardinieri. Cass... sembra che parlassero con accento giamaicano."

A Cassidy si raggelò il sangue nelle vene.

"Sei in pericolo," disse il padre con apprensione.

"Stavano cercando me," sussurrò lei.

"È quello che abbiamo pensato anche noi," concordò Julio. "Avevi detto ad Alfred dove siete tu e Mario, vero?"

"Ho dovuto... Sai come funziona. Mi ripeti quando è successo?" chiese Cassidy, con gli occhi che saettavano in giro per la stanza come se lì, in agguato da qualche parte, ci fossero Lloyd Robinson e chiunque altro lo stesse aiutando... visto che Cassidy era *certa* che dietro l'omicidio di Alfred c'era Lloyd.

"Due giorni fa."

La risposta del padre le provocò un picco adrenalinico. *Due giorni?* Significava che Lloyd aveva avuto tutto il tempo per arrivare in Indiana. Lei era in pericolo. *Mario* era in pericolo.

Proprio in quel momento, Taylor rise per qualcosa che avevano detto in TV e Cassidy la guardò. L'amica sorrideva, mentre cullava Kevin tra le braccia. Anche Molly aveva un gran sorriso sul volto e gli occhi di Cassidy caddero sul pancione. Immaginò la piccola vita che c'era là dentro. Skylar, con lo sguardo incollato allo schermo, esortò le due amiche a fare silenzio.

Se Lloyd e Martin sapevano dove trovarla, forse erano già nei paraggi. Chissà quali torture avevano inflitto ad Alfred per farlo parlare. Alfred non conosceva il suo indirizzo a Indianapolis, ma lei gli aveva detto di un amico che li aveva aiutati... un amico che era tra i proprietari dell'Assistenza Silverstone.

Se Lloyd era disposto a uccidere Alfred per trovarla, allora tutti quelli che le erano vicini erano in pericolo. Gli scagnozzi di Michael non avrebbero esitato a ferire e persino a far fuori *chiunque* si fosse messo tra loro e il loro obiettivo.

Se Cassidy aveva creduto di essersi lasciata la Giamaica alle spalle, si era illusa. No, non sarebbe mai riuscita a fuggire del tutto... proprio come le aveva detto Michael.

Una volta invischiati nel mondo della droga, era impossibile tirarsene fuori.

"Scappa, piccola mia," le sussurrò il padre. "Non lasciare che quelli ti trovino!"

"Mi dispiace tanto..." disse Cassidy, ansiosa di scusarsi per quell'orribile situazione.

"Io e tua madre ti vogliamo bene," la interruppe il padre. "Ora va'!"

"Siate prudenti, papà."

"Va bene... e tu abbi cura di Mario. Digli che i nonni gli vogliono tanto bene."

"Sì," disse lei con un filo di voce. "Ciao." Chiuse la telefonata.

Cassidy era in preda al panico, non sapeva cosa fare, né dove andare. La prima idea che le venne fu di chiamare Leo, per raccontargli l'accaduto e chiedergli aiuto. Leo avrebbe saputo come comportarsi. Dipendere da lui la faceva sentire indifesa, ma d'altronde Cassidy sapeva bene che sia lei che Mario sarebbero stati al sicuro con Leo.

Aveva appena toccato lo schermo del cellulare per telefonare a Leo, quando un fragoroso boato risuonò all'esterno dell'edificio.

Pietrificata, Cassidy capì istintivamente che il tempo a sua disposizione era già terminato. Lloyd era lì; qualcosa glielo diceva, anche se non avrebbe saputo specificare cosa... e lo stesso istinto le diceva che con Lloyd c'era anche Martin, un'altra delle più temibili guardie di Michael.

Senza dubbio, i due non avrebbero esitato a trucidare tutte le persone che erano con lei; perché potevano, per farla soffrire ancora di più, per mettere in chiaro che nessuno poteva osare prendersi gioco dell'organizzazione.

Le uscì dalla bocca un piagnucolio, che soppresse deglutendo.

"Cos'è stato?" chiese Molly, drizzando la schiena pur restando seduta sul divano.

Skylar spense la TV e le quattro donne restarono silenziosamente in ascolto.

Ci fu del trambusto al piano superiore, poi il rumore di passi giù per le scale. Cassidy trattenne il respiro, pregando di non veder sbucare dalla tromba delle scale Lloyd; tirò un sospiro di sollievo non appena apparvero Archer, Mario e subito dietro di loro Bart.

Il sollievo, però, durò ben poco.

"Tutti nel bunker!" gridò Bart. "Subito!"

Sentendosi come inghiottita dalle sabbie mobili, Cassidy guardò con gli occhi spalancati Archer che aiutava Molly ad alzarsi dal divano, mentre anche Skylar e Taylor scattavano in piedi. Bart le condusse verso la stanza in fondo al corridoio.

Mario la raggiunse e le prese la mano. "Andiamo, mamma!" gridò il piccolo, strattonandola per un braccio. "Bart ha detto che qualcuno ha sfondato il recinto sul lato est del garage. L'ha visto attraverso le telecamera di sicurezza! Non sono passati dal davanti perché il cancello è rinforzato e non sarebbero riusciti a passare. Ha detto che dobbiamo nasconderci!"

La voce terrorizzata di Mario la sottrasse all'assurda catalessi in cui era piombata.

Sapeva come muoversi.

Non avrebbe lasciato che Mario o chiunque dei suoi nuovi amici soffrisse a causa di una decisione sbagliata che lei aveva preso anni prima. Se Lloyd fosse riuscito a mettere le mani su di *lei*, avrebbe lasciato stare tutti gli altri. Cassidy ne era convinta fino al midollo. Una volta che quei criminali l'avessero avuta in pugno, se ne sarebbero andati soddisfatti... e Mario l'avrebbe scampata.

Ripensando al successo più importante della sua vita, Cassidy annuì.

"Sono loro?" le chiese Mario.

Lei non aveva alcuna intenzione di confermare a Mario che il peggiore incubo del piccolo stava diventando realtà. "Non so chi sia, ma per sicurezza è meglio che restiamo nascosti finché non arriva Leo. Promettimi che farai come ti dicono Bart e gli altri, ok?"

"Sì, mamma," disse il bambino.

Per quanto dentro di sé Cassidy si sentisse morire, esteriormente cercò di mostrarsi il più possibile calma. Si infilò il telefono in tasca e corse verso il bunker con gli altri. Bart fece un cenno a Skylar, invitandola ad aprire la porta blindato usando le proprie impronte digitali. Teoricamente, i dipendenti dell'Assistenza Silverstone non sapevano cosa facessero esattamente i loro principali durante i loro non infrequenti "viaggi di lavoro", ma di certo sapevano che le persone ad avere accesso al bunker, oltre a Leo e ai suoi compagni, erano le quattro donne.

La porta si aprì con uno scatto. Cassidy cercò di trattenersi in fondo alla fila, ma Bart era rimasto in piedi di fianco alla porta, per far passare tutti prima di richiudersela dietro le spalle.

Non appena fu dentro il bunker, Cassidy strinse la spalla di Mario. Avrebbe voluto abbracciarlo un'ultima volta, ma non voleva che gli altri si accorgessero delle sue vere intenzioni.

Con il cuore a pezzi, Cassidy agì rapidamente.

Archer era impegnato ad assicurarsi che Molly non facesse movimenti bruschi, mentre Bart era impegnato a rispondere alle domande di Skylar e Taylor, nel tentativo di calmarle. Approfittando della distrazione generale, Cassidy sgusciò fuori dalla porta e la chiuse, poi si voltò verso la tastiera e digitò il codice di emergenza che Leo le aveva insegnato.

Dalla porta di acciaio non arrivava alcun suono, ma Cassidy immaginò il profondo disagio di Mario e di tutti gli altri.

Non potevano capire il suo gesto. Le avevano detto di entrare nel bunker, di mettersi al sicuro con loro... ma nessuno conosceva Lloyd e Martin come li conosceva lei. Quei due non si sarebbero *mai* fermati. Per arrivare a lei, avrebbero inferto sofferenze a tutte le persone a cui lei teneva. Se invece lei si fosse consegnata a loro... se si fosse lasciata uccidere da Lloyd... lui e Martin non avrebbero avuto più ragione di trattenersi negli Stati Uniti e i suoi amici non avrebbero più corso pericoli.

Era pronta a sacrificarsi per evitare che qualcun altro si facesse male o peggio ancora restasse ucciso.

Se lì ci fosse stato Leo, avrebbe potuto aiutarla... ma non c'era. Toccava a lei proteggere Mario e i propri amici. Aveva detto a Leo che Mario veniva al primo posto; era giunto il momento di dimostrarlo.

Si diresse verso le scale e le salì di corsa. Non sapeva dove potesse essere Lloyd e l'ultima cosa che voleva era che quel pazzo desse alle fiamme l'intero edificio, o qualcosa del genere. Conoscendolo, non ne sarebbe certo rimasta stupita. Il solo pensiero degli amici che bruciavano vivi nel bunker la inorridì... persino più del pensiero di ciò che Lloyd avrebbe potuto farle.

Nel garage regnava un silenzio sinistro. Fuori, non si sentiva più nulla. Fu tentata di andare nella stanza del centralino per guardare i video, ma era un lusso che il poco tempo a disposizione le impediva di permettersi. Fece un profondo respiro e si fermò in prossimità della porta sul retro. Si tolse lentamente la targhetta con il proprio nome, che teneva fissata alla maglietta, e la attaccò alla lavagna magnetica. Le sembrava di essere uscita dal proprio corpo, le pareva quasi di osservarsi dall'esterno.

Era come anestetizzata.

Eppure, se il suo sacrificio serviva a salvare le vite di Mario, del piccolo Kevin, del bimbo nel ventre di Molly... allora era pronta a sacrificarsi. Loro non meritavano di morire, non per colpa dei *suoi* errori; nessuno lo meritava.

Lanciò un'occhiata alla telecamera puntata sulla porta e disse, muovendo le labbra senza emettere alcun suono, *ti amo*. Poi allungò la mano verso il pomello.

Aprì la porta e uscì velocemente. Lo scatto automatico della serratura le confermò che l'aveva richiusa. Si allontanò lentamente dalla porta, verso il lato dell'edificio dove si aspettava di trovare Lloyd.

Percorse tutto il lato e girò l'angolo, sbucando sul davanti del garage... e praticamente sbatté addosso all'uomo che stava cercando. Per un istante, Lloyd fu sorpreso, poi sorrise con aria trionfante e la afferrò per le braccia con tanta forza da farla sobbalzare. Eppure, come lei ben sapeva, quello era solo l'inizio delle pene che le avrebbe inflitto; perciò si rifiutò di dargli la soddisfazione di vederla subito sofferente.

"Ti ho presa, puttana!"

Cassidy aveva sperato di non dover più sentire la voce di Lloyd... e invece lui era davvero lì. In Indiana.

"Dov'è il moccioso?"

Cassidy decise che non gli avrebbe detto nulla e strinse le labbra.

Lloyd la fissò, poi la rigirò su se stessa, sempre tenendola stretta. "Martin, convincila a dirci dov'è suo figlio."

Le cose stavano andando diversamente da come se le era immaginate quando aveva deciso di consegnarsi a loro. Si aspettava che l'avrebbero rapita, gettata su un'auto e portata via.

Non ebbe nemmeno il tempo di sbattere le palpebre che si vide arrivare un pugno dritto in faccia. Non poté nemmeno cercare di evitarlo, visto che Lloyd la stringeva fortissimo. Il dolore si espanse dallo zigomo al resto del volto. Fu un *brutto* colpo. Non era la prima volta che la picchiavano, ma per qualche ragione il dolore in quel momento le parve insopportabile... forse perché da quando aveva ritrovato Leo, Cassidy non aveva ricevuto altro che amore.

"Un altro," ordinò Lloyd a Martin.

"No..." mormorò lei, subito dimentica del voto di silenzio fatto poco prima.

Tuttavia, Martin non arrestò il proprio colpo e lei sentì l'impatto violento delle nocche sull'altro zigomo. Tutto il viso le pulsava.

"Dov'è il moccioso?" chiese Lloyd, fremendo di rabbia e scuotendola con violenza, senza però farla cadere.

Cassidy si rese conto di aver sbagliato... per l'ennesima volta.

Aveva pensato che, sacrificandosi, avrebbe salvato figlio e amici, ma pareva che Lloyd, anziché essere soddisfatto di averla trovata, volesse a tutti i costi mettere le mani su *Mario*.

"Non lo troverai mai," gli disse con voce tremula e incapace di comunicare la spavalderia che Cassidy avrebbe voluto mostrare.

"*Sbagliato*. Non solo lo troverò, ma lo obbligherò anche a guardarci mentre ti scopo," ringhiò Lloyd. "Il ragazzo deve vedere con i propri occhi come si comporta un *vero* uomo. Poi guarderà anche *Martin* che ti scopa... e l'ultima cosa che vedrai in vita tua sarà il tuo tesorino che viene pestato quasi a morte, cazzo! Però non lo uccideremo. Oh, no. Abbiamo altri piani per Mario. Creperai sapendo che lui ora appartiene a *noi*. Ne farò il sicario più spietato e brutale che l'organizzazione abbia mai avuto. Venderà droga ai bambini. Sarà un killer... e *gli piacerà*. Mario è mio."

Cassidy piagnucolava inorridita. Non temeva per se stessa. Quando era uscita da sola dal garage, sapeva che Lloyd l'avrebbe violentata e uccisa. Era pronta a sopportare ogni abuso, purché servisse a salvare Mario. No, temeva per Mario, invece. Sapeva che Lloyd avrebbe fatto esattamente ciò che le aveva appena detto, se fosse riuscito a rapire il piccolo.

Nel profondo del suo cuore, ritrovò la determinazione. Lloyd non avrebbe potuto torcere un capello a Mario, se non sapeva dove trovarlo. Anche con lei morta, Leo avrebbe protetto il piccolo; anzi, Leo e i suoi amici si sarebbero messi sulle tracce di Lloyd e Martin e li avrebbero uccisi. I ragazzi della Silverstone si sarebbero messi il cuore in pace solo dopo aver eliminato chiunque rappresentasse un pericolo per Mario.

Cassidy sarebbe morta sapendo che Leo avrebbe fatto tutto il possibile per difendere Mario.

Sentì una delle mani di Lloyd scivolarle lungo il braccio e palparle avida il sedere. "Me la spasserò a prenderti da dietro," disse con apparente disinvoltura.

Toccandola, Lloyd si accorse che aveva il cellulare in tasca, al che Cassidy si irrigidì. Lui lo estrasse e si mise a ridere. "Non ti servirà," disse, lasciandolo cadere a terra e calpestandolo con forza.

Cassidy aveva nutrito la remota speranza che Leo e gli altri potessero localizzarla usando il segnale del telefono... e persino che, forse, si presentasse un'occasione propizia per chiamarlo. In quel momento, si rese conto che era stata una speranza sciocca: certe cose succedevano solo nei film e nei romanzi rosa che si era messa a leggere di recente.

"Quando posso scoparmela?" chiese Martin.

"Quando ti darò il fottuto permesso di farlo," gli ringhiò contro Lloyd. "Stronzo."

L'ultima parola gli uscì dalla bocca come un sussurro, ma Cassidy la carpì.

Forse... poteva sfruttare l'ovvia antipatia che Lloyd provava verso Martin. Non aveva idea di come poter usarla a proprio favore, ma se i due si fossero messi a bisticciare tra di loro, forse si sarebbero distratti e lei avrebbe potuto tentare la fuga.

Nonostante fosse terrorizzata, Cassidy fece del suo meglio per mostrarsi impavida. Alzò il mento e si impose di guardare Martin negli occhi. Non era stupita di trovarselo lì in compagnia di Lloyd. Fin da subito, aveva sospettato che il secondo uomo a introdursi in casa dei suoi genitori fosse stato proprio Martin, che probabilmente era stato anche l'esecutore materiale dell'omicidio. Martin non era un genio, ma era fedele. Eseguiva qualsiasi ordine di Lloyd, senza fare domande.

Martin le sorrise. Fu un sorriso sinistro, tanto che a Cassidy venne la pelle d'oca. Lui si scrocchiò le dita... poi si immobilizzò non appena si sentì in lontananza un suono familiare.

Sirene.

Grazie al cielo.

"Merda!" imprecò Lloyd, girandole il busto con un gesto tanto rapido che Cassidy sarebbe di sicuro volata a terra, se lui non l'avesse tenuta stretta per un braccio. Lloyd cominciò a camminare velocemente e lei fu costretta a stare al passo, il che significava praticamente correre, altrimenti si sarebbe ritrovata a terra, trascinata come un sacco.

"E il ragazzo?" chiese Martin.

"Non c'è tempo," rispose Lloyd fulmineo. "Gli sbirri saranno qui tra poco. Lo prenderemo in un altro momento."

Cassidy non sapeva se la polizia stesse davvero arrivando lì. Forse si trattava solo di una pattuglia che stava rispondendo a un'altra chiamata o che stava inseguendo un'auto... ma tenne la bocca chiusa. Lloyd se ne stava andando e Mario e gli altri erano fuori pericolo; a lei bastava.

Martin li superò e salì al volante della berlina. La griglia del radiatore era completamente sfondata, sicuramente per via dell'impatto con il recinto. Lloyd la spinse nell'abitacolo, nel posto del passeggero, poi si sedette accanto a lei, stringendola tra il proprio corpo e quello di Martin.

"Via, via via!" gridò Lloyd.

Cassidy, in preda al terrore, chiuse gli occhi mentre l'auto schizzava in avanti. Li riaprì e vide che c'era ancora una fitta coltre di nebbia, anche se la cosa non sembrava creare a Martin alcun problema: schiacciò sull'acceleratore, svoltò e si fiondò verso il cancello principale, che cominciò ad aprirsi appena l'auto passò la fotocellula; appena oltrepassato il cancello, Martin accelerò ancora e l'auto percorse ballonzolando il vialetto d'accesso al garage.

Cassidy sentì la mano di Lloyd stringerle la coscia e chiuse sia gli occhi che le gambe. Non sapeva cosa le sarebbe successo; poteva solo sperare che Lloyd la uccidesse presto.

CAPITOLO DICIOTTO

Gramps era in disparte, il volto rabbuiato da uno sguardo torvo, quando gli squillò il cellulare.

Smoke, Eagle e Bull stavano parlando con i ragazzi della squadra di ricerca e soccorso di Fallport; tutti aspettavano che qualcuno dicesse loro qualcosa... *qualsiasi* cosa. Gramps trovava deprimente quella totale mancanza di organizzazione sulla scena dell'incidente.

"Parla Gramps," disse a muso duro rispondendo al telefono.

"Sono Bart. Qui siamo nella merda fino al collo."

Gramps si tese all'istante. Bart era un tipo notoriamente flemmatico, ma in quel momento c'era decisamente qualcosa che lo turbava. Parlava con voce tremante e aveva il respiro affannato. "Che succede?" chiese Gramps, invitando con un gesto gli amici a raggiungerlo.

Bull, Smoke e Eagle gli si avvicinarono e Gramps ascoltò attentamente mentre Bart faceva del proprio meglio per spiegargli la situazione.

"Un qualche pazzo bastardo è corso in auto contro il recinto sul lato est del garage. Non ha nemmeno rallentato prima di sbattere. Io ho abbandonato il centralino e ho portato tutti nel bunker... le donne, i bambini e Archer. Ho immaginato che potesse trattarsi di una brutta faccenda... e sai che la prudenza non è mai troppa. Skylar ha aperto la porta blindata e siamo entrati tutti, poi mi sono distratto e... Cassidy è uscita. L'istante dopo la porta si è chiusa e lei non c'era più. Ho cercato di riaprire la porta, ma non c'è stato verso. Molly dice che Cassidy deve aver inserito il codice di blocco della porta... Non possiamo uscire, capo."

Un nodo si formò nello stomaco di Gramps. "Hai acceso i computer per vedere cosa è successo fuori dal bunker?" gli chiese.

"Sì. Ci sono voluti un paio di minuti e quando ho aperto la schermata con le telecamere, Cass non era da nessuna parte... e chi aveva sfondato il recinto se n'era già andato, chiunque fosse. Io però non riesco ad accedere alle registrazioni, vedo solo le immagini in tempo reale. Mi dispiace," disse Bart. "Ho già chiamato la polizia."

"Gli altri stanno tutti bene?" chiese Gramps.

"Sì. Mario è spaventato, ma è qui al sicuro con noi."

"Le ragazze?"

"Stanno bene," rispose Bart.

"Ok." Gramps diede a Bart le istruzioni per sbloccare la porta che Cassidy aveva sigillato inserendo il codice d'emergenza, di fatto imprigionando tutti all'interno. "Per il momento restate lì. Io e i ragazzi guarderemo le registrazioni. Se davvero si tratta di un'imboscata, siete più al sicuro nel bunker."

"Sai chi è stato?" gli chiese Bart.

"Non ne sono sicuro," rispose mestamente Gramps, "ma un'idea al riguardo ce l'ho. Passami Mario."

Gramps si rendeva conto che sarebbe stato meglio chiudere la telefonata. Doveva guardare le registrazioni e capire cosa diavolo stesse succedendo, ma sentiva la necessità di rassicurare Mario, prima di muoversi.

"Leo?" disse Mario con voce incerta.

"Sì, ragazzo, sono io. Andrà tutto bene. Intesi?"

"Perché mamma non è venuta qui dentro con noi? Mi ha abbandonato!"

Gramps non sopportava il dolore e la paura che sentiva fin troppo chiaramente nella voce del piccolo. "Sai quanto bene ti vuole la mamma, vero?" gli chiese.

"Sì..."

"Lei farebbe di tutto per proteggerti."

"Sono loro, non è così?" chiese Mario tra i singhiozzi. "Ho fatto la stessa domanda a mamma, ma lei non mi ha risposto."

Gramps non aveva bisogno di chiedergli a chi si riferisse. "Non lo so... ma non importa. Chiunque sia stato, ti riporterò tua madre."

"Ho paura," sussurrò il piccolo.

"Anch'io."

"Davvero?" chiese Mario sorpreso.

"Sì. Amo tua madre. Sono fiero di lei, perché ha fatto ciò che riteneva necessario per proteggerti, ma ho anche paura per lei. La troverò, Mario, ti do la mia parola."

"Ok."

Quel semplice *ok* bastò a far recuperare a Gramps la propria risolutezza. Mario credeva in lui e nulla al mondo avrebbe impedito a Gramps di mantenere la parola data al piccolo. Mario aveva già sofferto fin troppo nella vita; se Gramps poteva fare qualcosa per evitare che il piccolo perdesse anche la madre, di certo lo avrebbe fatto. "Devo andare," gli disse. "Resta dove sei e prenditi cura degli altri, ok?"

"Ok. Leo?"

"Dimmi, ragazzo."

"Ti voglio bene."

Gramps ebbe un tuffo al cuore. "Ti voglio bene anch'io, campione."

Chiusa la telefonata, Gramps si voltò verso gli altri, che lo guardavano allarmati. Gramps fece loro un breve e rapido riassunto di quanto era accaduto al garage. Bull, che aveva sentito parte della telefonata e sapeva che bisognava controllare le registrazioni, stava già armeggiando con il cellulare per aprire l'applicazione.

Ci vollero un paio di minuti per caricare i video, dopodiché i quattro si chinarono sul cellulare di Bull.

Videro una Crown Victoria sfondare il recinto e sbandare nel prato, in direzione dell'edificio. Su un'altra telecamera, videro Bart esortare tutti ad affrettarsi verso il bunker. Gramps guardò con il fiato sospeso Cassidy uscire dal bunker, sbattere la porta blindata e inserire il codice d'emergenza.

Nel video, Cassidy saliva poi le scale e usciva dal garage, soffermandosi un istante prima per guardare verso la telecamera e accennare con le labbra un *ti amo*; in quel momento, il cuore di Gramps quasi si fermò.

Sapeva che quelle parole erano dirette a lui. Avrebbe voluto gridarle di non uscire, ma nulla sarebbe servito a cambiare la situazione.

I quattro videro Cassidy camminare dritta nelle braccia di un uomo che si nascondeva dietro l'angolo, sul davanti dell'edificio. Gramps strinse i pugni, impotente di fronte alla visione di Cassidy che veniva colpita in viso due volte da un secondo uomo. Poi il primo uomo, che la teneva stretta per un braccio, la trascinò verso la macchina e tutti e tre salirono a bordo. La macchina partì e sparì oltre il cancello.

"Chi cazzo sono?" chiese Smoke.

"Lloyd Robinson e Martin, il suo tirapiedi," ringhiò Gramps.

"Immagino tu li abbia conosciuti in Giamaica," disse Bull.

"Immagini bene," confermò Gramos.

"Ho memorizzato la targa," disse Eagle.

"Dove pensate che la stiano portando?" chiese Smoke.

"Forse è il caso di mostrare il video ai poliziotti che sono qui," suggerì Bull.

Gramps scosse il capo. "Non possono fare niente da qui."

"Beh, potrebbero chiamare rinforzi e segnalare l'auto alle pattuglie in servizio," insistette Bull.

"Bart ha già chiamato la polizia. Probabilmente, in questo

momento al garage ci sono già degli agenti; se quei due bastardi ritornano, la polizia proteggerà quelli che sono ancora là dentro."

"Pensi che i due avrebbero potuto far del male agli altri?" chiese Eagle.

Gramps annuì. "Senza dubbio, cazzo."

"Cassidy si è sacrificata per proteggere tutti," osservò Smoke.

Era vero. Dalle immagini si capiva che Cassidy era terrorizzata, eppure si era praticamente consegnata nelle mani dell'uomo che aveva arrecato a lei e a Mario una sofferenza atroce.

"La troveremo," affermò Smoke. "Non oso immaginare cos'avrei fatto se qualcuno avesse fatto ancora del male a Molly... se le avesse fatto perdere il bambino..."

"Potevano prendersela anche con Kevin e Taylor..." disse Eagle.

"O con Skylar," aggiunse Bull.

Bull, Eagle e Smoke avevano già a cuore Cassidy, ma ciò che lei aveva fatto, sacrificando la propria vita per difendere le loro mogli e i loro figli, arricchì quell'affetto di devozione e lealtà. Gramps sapeva che Cassidy aveva agito principalmente per tutelare Mario, ma non aveva dubbi sul fatto che avesse pensato anche alla sicurezza degli altri.

Una voce profonda risuonò alle loro spalle. "Possiamo fare qualcosa per aiutarvi?"

Gramps si girò e vide i sette di Fallport che li guardavano con aria preoccupata.

"Non sappiamo cosa sia successo," disse Talon, "ma se avete bisogno di noi, vi aiuteremo più che volentieri. Alcuni di noi sono ex militari, altri sono stati nella polizia... se vi serve una mano per cercare qualcuno, potete contare su di noi. Inoltre, nell'hotel dove alloggiamo, ci sono altri uomini e donne specializzati in operazioni di soccorso... Sono tutti qui per la conferenza. Nessuno di loro ci penserebbe due volte a unirsi alle ricerche."

Gramps provò gratitudine. "Grazie, ma al momento so solo

che la mia ragazza è scomparsa; non so nemmeno dove cominciare a cercarla."

"Ok." Talon estrasse dalla tasca un biglietto da visita. "Ecco i miei contatti. Fate quello che dovete fare e se avete bisogno, battete un colpo. Siamo pronti a mollare quello che stiamo facendo per aiutarvi."

"Lo apprezzo." Erano parole sincere. Gramps si mise in tasca il biglietto da visita e salutò con un cenno i sette uomini; avevano espressioni allarmate, ma si fecero indietro, lasciando modo a lui e ai suoi amici di decidere sul da farsi.

"E se cercassimo di localizzare il segnale del suo telefono? Magari l'ha con sé," esordì Eagle.

"Ci vorrà più tempo di quello che abbiamo a disposizione," osservò Gramps. "Possiamo fare un paio di chiamate a chi di dovere... ma ci vorrà comunque un po'."

"Abbiamo la targa... mettiamo in allerta la polizia," suggerì Bull.

"Giusto. Però tante volanti sono *qui*, sulla scena dell'incidente. Con questa nebbia, non ci saranno in giro molti poliziotti di pattuglia," osservò Eagle. "Troppi pochi occhi per le strade... L'allerta non servirà a molto."

Quelle parole accesero una lampadina nella mente di Gramps. "Quindi ci servono più occhi," mormorò, poi si voltò e corse in direzione del carroattrezzi che aveva parcheggiato sul ciglio della strada. Ricordò l'offerta d'aiuto di Talon. Poteva accettarla... decine di partecipanti a una conferenza sul tema "Ricerca e soccorso", tutti esperti nel trovare e salvare persone in pericolo... senz'ombra di dubbio sarebbero stati più occhi.

D'altronde, a lui serviva aiuto immediatamente, mentre per rendere operative tutte quelle squadre di ricerca ci sarebbe voluto del tempo. Ci volevano persone che fossero già sparpagliate per Indianapolis, a bordo dei loro veicoli.

Salì sul carroattrezzi e prese la ricetrasmittente. Girò la rotella, uscendo dalla frequenza privata del centralino della Silverstone per sintonizzarsi su quella pubblica, attraverso la quale si poteva comunicare con quasi tutte le ditte di soccorso stradale nell'area di Indianapolis.

Tra le varie aziende c'era competizione, ma anche rispetto. Succedeva raramente che le ditte si "rubassero" tra di loro la scena di un incidente e molti degli autisti si conoscevano tra di loro. Qualche bastardo c'era, ma nel settore del soccorso stradale di Indianapolis, per lo più, regnavano cortesia e professionalità.

"Attenzione a tutti i veicoli in ascolto. Parla Gramps dell'Assistenza Silverstone. La mia ragazza è stata rapita. Tenete gli occhi aperti per una Ford Crown Victoria marrone, vecchio modello, quattro porte. Il cofano è sfasciato. La targa è cinque-quattro-sette P-H-F. Ripeto: cinque-quattro-sette P-H-F. A bordo con lei ci sono due uomini, probabilmente armati e molto pericolosi. Se vedete l'auto, non intervenite, ma contattatemi. Per favore," aggiunse prima di chiudere, "lei è tutta la mia vita. Non posso perderla."

Bull, che l'aveva seguito sul carroattrezzi che condividevano, sentì la comunicazione, poi corse verso un agente di polizia, probabilmente per fare in modo che le informazioni fossero diffuse anche sulle frequenze della polizia e dei vigili del fuoco.

Subito dopo aver spento il microfono, Gramps sentì numerosi *ricevuto* e altri commenti da parte degli autisti in giro per la città, il che gli diede un minimo sollievo. Se c'era un modo di localizzare quella macchina, era sfruttando la vasta rete dei carroattrezzi. Gramps sapeva anche che alcuni degli autisti avrebbero passato le informazioni ai camion di passaggio a Indianapolis. Qualcuno avrebbe avvistato l'auto, era solo una questione di tempo; sperava solo che succedesse prima che per Cassidy fosse troppo tardi.

———

Cassidy si teneva aggrappata al cruscotto, le nocche bianche per via dello sforzo. In macchina con Leo, non aveva mai avuto paura, perché era certa che lui non avrebbe fatto nulla per metterla in pericolo. Martin, invece, era un pessimo autista. Forse perché in Giamaica era abituato a guidare sulla sinistra o forse era distratto dal pensiero di stuprarla. Magari era semplicemente un idiota.

Secondo Cassidy, probabilmente, si trattava di un misto tra le tre ipotesi. Non sapeva dove fossero diretti, ma decisamente stavano andando troppo veloci, viste le condizioni atmosferiche. Il fatto che sia Martin che Lloyd sembravano non avere idea di dove fossero non era certo d'aiuto. I due avevano cominciato a litigare sulla destinazione poco dopo che l'auto era sfrecciata oltre il cancello del garage. Lloyd aveva persino ordinato a *lei* di dir loro che direzione prendere, ma Cassidy aveva dovuto ammettere di essere altrettanto smarrita quanto lo erano loro. La verità era che lei praticamente non conosceva le strade di Indianapolis, a parte quelle che portavano all'appartamento, all'Assistenza Silverstone, alla palestra dove prendeva lezioni Mario e al supermercato.

Non sapeva esattamente da quanto fossero in macchina; almeno un'ora, avrebbe detto. Erano entrati e usciti dalla superstrada più volte e Cassidy aveva sperato che, con un po' di fortuna, prima o poi avrebbero imboccato il tratto di strada dove c'era l'incidente e dunque anche Leo. Ma quel po' di fortuna non era arrivato.

Le doleva il viso per i pugni ricevuti da Martin. Faceva fatica a vedere dall'occhio sinistro e sperava di non avere fratture alle ossa facciali. D'altronde, al momento uno zigomo rotto sarebbe stata l'ultima delle sue preoccupazioni.

Lloyd aveva mandato qualche messaggio con il cellulare, poi si era rinchiuso in un silenzio per lei snervante, interrotto soltanto occasionalmente, per dire a Martin dove svoltare.

Martin, d'altro canto, non era stato zitto un solo istante: aveva maledetto più volte la nebbia, si era dilungato in minacciose ed esplicite descrizioni di ciò che presto le avrebbe fatto, le aveva raccontato delle atroci grida che Alfred aveva lanciato mentre lui lo accoltellava... Insomma, aveva continuato a incarnare il prototipo dello stronzo disgustoso.

L'*unica* buona notizia, in quell'orribile situazione, era che Lloyd tutto d'un tratto sembrava ansiosissimo di lasciare gli Stati Uniti... il che implicava che Mario l'avrebbe scampata.

Cassidy era pronta a morire, se quello era il suo destino. Voleva solo che nessun altro soffrisse per colpa sua: allora se ne sarebbe andata in pace, a prescindere dal tipo di morte che la aspettava.

"Girà lì!" esclamò all'improvviso Lloyd, facendole prendere un grande spavento. Lei sobbalzò sul sedile, corrucciandosi quando Martin scoppiò a ridere.

"La cagnetta è agitata, eh?" sibilò, mentre svoltava nel parcheggio di un piccolo aeroporto per il traffico regionale.

Cassidy non sapeva dell'esistenza di quel posto. Aveva sperato che la portassero al grande aeroporto internazionale, nella parte occidentale della città, ma naturalmente i suoi rapitori se ne erano ben guardati.

Lì non c'era nessuno, probabilmente perché con quella nebbia nessuno voleva volare. In effetti, la nebbia pareva persino essersi infittita, dopo che i tre avevano lasciato il garage. Forse l'aereo che Lloyd voleva prendere non sarebbe partito, il che le avrebbe concesso di guadagnare un po' di tempo... e magari avrebbe dato a Leo e agli altri il tempo di trovarla.

Tuttavia, quelle speranze si infransero contro la domanda di Martin: "Riusciremo a partire?"

"Senza dubbio. Ho già scritto al pilota. Se gli diamo i soldi che chiede, non lascerà certo che la nebbia lo fermi: ci porterà via di qui."

"Bene. Non vedo l'ora di scendere da questa cazzo di macchina e assaggiare un po' di passera," disse Martin. "Se non posso mettere le mani sul moccioso, mi rifarò su di te."

"Parcheggia dietro," gli ordinò Lloyd.

Cassidy cominciò a tremare. Non voleva andare con loro. Non voleva tornare in Jamaica. A Indianapolis si era costruita una nuova vita. Una vita bella. C'era riuscita, finalmente. Non aveva forse già pagato per gli errori che aveva commesso in passato? Non aveva pagato anche Mario? Perderla l'avrebbe distrutto. Il figlio aveva appena cominciato ad aprirsi, a essere il ragazzino spensierato che lei aveva sempre voluto che fosse.

Martin parcheggiò l'auto e Lloyd aprì subito lo sportello, quasi non potesse resistere lì dentro un solo secondo di più. Scese e da fuori la afferrò per un braccio, trascinandola sul sedile.

Uscendo dall'abitacolo, Cassidy incespicò, ma la stretta d'acciaio di Lloyd le impedì di capitombolare al suolo. Lui si allontanò subito dall'auto, tirandola con sé, senza nemmeno voltarsi verso Martin.

"Lloyd..." esordì Cassidy, al che lui improvvisamente si fermò, con il risultato che lei praticamente gli sbatté addosso.

Lloyd si chinò su di lei. Il fiato gli puzzava come se avesse avuto un topo morto in bocca, tanto che a Cassidy venne un conato di vomito. "Non aprire quella cazzo di bocca," le sibilò lui con tono basso e minaccioso. "Tu mi hai rovinato la vita! Non sono di buon umore, sai... ed è meglio che tu non scopra di cosa sono capace quando non sono di buon umore. Ci siamo capiti?"

Cassidy annuì. Avrebbe voluto inveire contro di lui, urlargli: "E tu credi che la *tua* vita sia stata rovinata?!" Ma sapeva che era meglio tacere. Dagli occhi di Lloyd trasparivano rabbia e spietatezza. Evidentemente, sarebbe stato capace di ucciderla anche in quel preciso momento.

Tutto d'un tratto, Cassidy si rese conto dell'errore madornale che aveva commesso. Aveva agito in quel modo perché era pronta a morire per Mario... ma capì che invece voleva *vivere* per lui. Avrebbe dovuto avere più fiducia, dire a Leo e agli altri che Lloyd probabilmente era a Indianapolis e rinchiudersi nel bunker con il figlio e gli amici.

Non aveva fatto nulla di tutto ciò ed era giunto il momento di pagare lo scotto.

Morire subito sarebbe stato meglio che passare attraverso stupri e torture, ma d'altronde non era pronta per la morte.

Voleva dare a Leo il tempo di trovarla. Sicuramente, lui stava facendo tutto il possibile per arrivare a lei... Cassidy sperava solo che non arrivasse troppo tardi.

Martin li raggiunse da dietro e cominciò a strusciarsi contro di lei... e Cassidy sentì l'odio montare dentro di sé, tanto velocemente che quasi si spaventò da sola.

Prima che lei potesse proferire verbo, Lloyd tirò fuori una pistola da dietro la schiena e la puntò contro Martin. Premette il grilletto.

Lo sparo fu assordante e lasciò a Cassidy, che sobbalzò, un lungo fischio nelle orecchie. Scioccata, volse lo sguardo a Martin, che giaceva a terra con un piccolo foro sul petto, da cui sgorgava copioso il sangue.

Tossì e dalla gola gli uscì una specie di gorgoglio. Poi il sangue cominciò a zampillare dalle bocca.

Lloyd rise. Fu una risata quasi distesa. "Wow, era da giorni che volevo farlo! Diamine, quello non era capace di stare zitto un solo cazzo di istante!"

Cassidy cominciò a piangere. Non riuscì a trattenersi. Pianse in silenzio, ma le lacrime le sgorgavano dagli occhi come se qualcuno avesse aperto un rubinetto.

Capì che sarebbe morta.

In un modo o nell'altro, era riuscita fino a quel momento a conservare la speranza di cavarsela, di tornare alla nuova vita che stava costruendo con Mario e con Leo... ma la spietatezza con cui Lloyd aveva freddato l'uomo con cui lavorava da anni, l'uomo che l'aveva aiutato a rapirla, non lasciava dubbi sul fatto che quella speranza fosse completamente inutile. Lloyd non avrebbe avuto pietà di lei, come non l'aveva avuta di Martin.

Ignorando l'uomo che giaceva ai loro piedi ormai privo di vita, Lloyd le lanciò un'occhiata furiosa. "Voglio sapere come ci sei riuscita."

"A fare cosa?" chiese Cassidy, che stava ancora guardando Martin.

Lloyd reagì a quella domanda infilandosi la pistola nella cinta dei pantaloni e sferrando a Cassidy un pugno.

Lei gridò dolorante e cercò invano di liberarsi dalla presa di Lloyd.

"Lo *sai* a fare cosa," disse Lloyd. "A uccidere Coke."

"Non sono stata io," obiettò lei.

"Forse non l'hai avvelenato tu, ma so che dietro la sua morte ci sei tu. Dove hai conosciuto G? E dov'è lui adesso? Come l'hai convinto ad aiutarti? Hai la fica magica o cosa?"

A Cassidy sembrò impossibile che Lloyd non avesse scoperto che G era Leo. D'altronde, lei non aveva fatto il nome di Leo con Alfred, perciò l'ex marito non sapeva chi li avesse aiutati a fuggire dalla Giamaica.

Si scervellò, cercando di immaginare cosa poter dire per placare il suo aguzzino.

Ma fu troppo lenta.

Lloyd le mise le mani al collo e strinse. "Rispondimi," le ordinò.

Cassidy aprì la bocca, ma le mancava l'aria e non riuscì ad articolare alcun suono.

"È così che ho ucciso il tuo ex," disse Lloyd con una calma surreale. "Boccheggiava come un pesce appena tirato fuori dall'acqua. Guardarlo è stato uno spasso."

Lloyd aveva letteralmente la vita di Cassidy nelle proprie mani; lei lo guardò con occhi enormi e supplichevoli.

Lui sorrise compiaciuto e allentò la presa. "Ora ti va di fare un po' di conversazione?" le chiese.

"Non conoscevo G!" esclamò lei, riprendendo fiato. "Avevo scritto delle lettere all'FBI in cerca d'aiuto. Non ho chiesto loro di uccidere Michael." Avrebbe dato a Lloyd tutte le informazioni che voleva... tranne quelle che potevano mettere a repentaglio la vita di Leo. Non avrebbe mai tradito Leo. Lloyd l'avrebbe uccisa comunque, a prescindere da ciò che lei gli avesse detto, perciò era determinata a proteggere Leo con l'unica arma che le rimaneva: il silenzio."

D'altro canto, voleva *davvero* continuare a vivere. Per Mario. Per Leo. Per i suoi nuovi amici. Aveva una nuova vita che era impaziente di esplorare... era appena cominciata e il prospetto che già finisse le sembrava un'enorme, crudelissima beffa. Perciò con Lloyd avrebbe vuotato il sacco, senza però rivelargli la *vera* identità di G.

"La fottuta FBI?" chiese conferma Lloyd, scuotendo la testa incredulo. "Cazzo... Non ti pensavo capace di una cosa del genere." Miracolosamente, le tolse le mani dal collo.

Cassidy poté finalmente respirare a pieni polmoni e il sollievo improvviso le provocò un leggero tremore.

"Beh, vorrà dire che ti metteremo un guinzaglio più corto, quando saremo di nuovo a casa, dico bene?" le chiese senza attendersi una risposta. "È evidente che ti trattavamo troppo bene e che ti davamo troppa libertà. Stavolta, ti chiuderò in uno sgabuzzino e ti farò uscire solo per soddisfare le voglie dei clienti e dello staff. Sarai la puttanella di casa, sempre pronta per chiunque sia in vena di farsi una scopata. La sola regola sarà che nessuno può ucciderti. Che te ne pare?"

Le pareva terrificante. Cassidy avrebbe preferito morire piuttosto che vivere la vita che le stava descrivendo Lloyd. Del resto, lui era grande e grosso rispetto a lei e in quel momento Cassidy non aveva alcuna *chance* di sottrarsi a quell'uomo orribile e a ciò che pareva aspettarla.

Lloyd rise e s'incamminò, lasciandosi alle spalle il cadavere di Martin. Trascinò Cassidy verso un piccolo velivolo fermo sulla pista desolatamente vuota. La nebbia era ancora fittissima e in giro, a parte loro, sembrava non esserci anima viva. Ciononostante, doveva fare un tentativo: aprì la bocca e gridò più forte che poté.

Non era disposta ad accettare passivamente che Lloyd la riportasse in Giamaica. Anche se lì in giro non c'era nessuno che potesse sentirla, forse, urlando, avrebbe fatto perdere le staffe al suo rapitore e lui l'avrebbe uccisa; era comunque un'ipotesi più allettante rispetto al futuro che Lloyd aveva in serbo per lei.

Bull era alla guida di uno dei carroattrezzi dell'Assistenza Silverstone. Gramps sedeva al suo fianco, mentre Eagle e Smoke erano a bordo del mezzo che li seguiva a ruota. I quattro avevano lasciato il luogo del tamponamento e stavano girando per Indianapolis, sperando in un miracolo.

Alla radio, si era parlato molto dell'auto che si pensava trasportasse Cassidy; sembrava che tutti i carroattrezzi e i camion presenti nell'area urbana di Indianapolis fossero impegnati nella ricerca. Quello spiegamento di forze avrebbe dovuto dare un po' di sollievo a Gramps... in realtà, più il tempo passava senza che qualcuno avvistasse la Crown Victoria, più l'ansia cresceva in lui.

"Qui Big Red... Penso di aver visto l'auto che cerchiamo."

Gramps si affrettò a prendere in mano il microfono. "Dove?" chiese impaziente.

"Sulla 465, vicino a University Heights."

Era nella parte meridionale della città. Bull stava già facendo inversione.

"Grazie. Hai altre informazioni?" chiese Gramps al camionista. "Quante persone ci sono a bordo? Li hai visti uscire a uno svincolo particolare?"

"Tre persone a bordo, tutte e tre sui sedili davanti. Non ho visto altro. Qui la nebbia è ancora piuttosto fitta. Li ho seguiti per un po', non ero sicuro che fosse la macchina che state cercando... Sono usciti a Madison Avenue."

"In quale direzione?"

"Sud."

"Ricevuto. Grazie," disse Gramps.

"Prego. Spero che ritrovi la tua ragazza."

"Lo spero anch'io." Gramps ripose il microfono nell'apparecchio fissato al cruscotto, poi prese il cellulare, aprì la mappa e la ingrandì. "A sud della 465 c'è un piccolo aeroporto," informò l'amico al volante.

"È una possibilità," commentò Bull.

Gramps aggrottò la fronte. Un po' di ottimismo da parte dell'amico non gli avrebbe certo nociuto... Dannazione, si trattava della vita di *Cassidy*. D'altronde, Gramps sapeva bene che Bull, razionalmente, non poteva confermare o smentire alcuna ipotesi.

"Effettivamente, da quelle parti ci sono anche un sacco di motel," ammise Gramps.

"Ma credi davvero che si tratterrebbero a Indianapolis? Perché mai dovrebbero?" chiese Bull.

"Forse perché sono incazzati per non essere riusciti a mettere le mani su Mario?" ipotizzò Gramps, sforzandosi di controllare le proprie emozioni.

"Vero. Ma poi, tanto per cominciare, perché sono venuti fino a qui? Perché non si sono semplicemente dimenticati di Cassidy e hanno continuato con le loro vite?" ponderò a voce alta Bull.

"Non ho passato molto tempo con Lloyd, ma ho capito subito che era uno stronzo," disse Gramps. "Non mi fidavo di lui... Sì, insomma, non mi fidavo nemmeno di Coke, ma sapevo che almeno era un uomo di parola. Lloyd, invece, mi dava l'impressione di essere uno che per ottenere ciò che vuole è disposto anche a tagliare la gola alla propria madre."

"E ciò che voleva era Cassidy?"

"Già... ma credo che sotto ci sia dell'altro. Secondo me è incazzato perché gliel'ho fatta sotto il naso. In quanto capo della sicurezza, avrebbe dovuto fare più attenzione a me. Non avrebbe dovuto lasciarmi da solo con il suo boss, a prescindere da ciò che Coke gli aveva ordinato. Credo che ora voglia vendicarsi e visto che non può arrivare a G, si è accontentato dell'unica persona connessa ai fatti sulla quale potesse mettere le mani."

"Cioè Cassidy," disse Bull annuendo.

"Proprio così."

"E ora che farà? È riuscito a prenderla, ma quali saranno i suoi piani? Ucciderla, liberarsi del cadavere e tornare in Giamaica?"

"Non lo so... È possibile," rispose Gramps, per quanto le sue stesse parole gli provocassero quasi un dolore fisico in bocca. Il pensiero di Cassidy che veniva uccisa e scaricata da qualche parte come spazzatura era abominevole, ma si sforzò di continuare il ragionamento. "E forse non si accontenterà di ucciderla... forse vuole farla soffrire il più possibile."

Bull trasse la conclusione: "E quale miglior modo di farla soffrire che non separarla da Mario e riportarla in Giamaica?"

"Esattamente."

"Perciò gli serve un modo per uscire dal paese. Hai detto che c'è un aeroporto in quella zona?"

"A Greenfield c'è l'aeroporto regionale di Indianapolis; è a ovest della superstrada 65, proprio nella direzione che ha preso l'auto che ha avvistato Big Red."

Bull spinse il piede sull'acceleratore e il carroattrezzi balzò in avanti con un lieve sbandamento. Stavano seguendo la pista giusta, Gramps se lo sentiva. Chiamò Smoke; sapeva che anche lui e Eagle, a bordo del carroattrezzi dietro di loro, avevano sentito la comunicazione di Big Red. Smoke rispose e Gramps lo aggiornò all'istante.

"Siamo diretti all'aeroporto di Greenfield. È un piccolo scalo regionale. Se i rapitori cercano un modo per lasciare in fretta Indianapolis, andranno lì. Potrebbero aver assoldato un pilota disposto a portarli via dalla città in sordina, per così dire."

"C'è un tempo di merda," osservò Smoke. "Dici che correrebbero comunque il rischio di volare?"

"Oh, sì, cazzo," disse Gramps annuendo. "Anzi, probabilmente sono felici che ci sia la nebbia... e sono certo che troveranno un modo per convincere il pilota a volare con Cassidy a bordo."

"Qual è il nostro piano?" chiese Smoke.

"Impedirgli con ogni mezzo di decollare," rispose concisamente Gramps.

"Non la porteranno via," lo rassicurò Smoke con tono basso e minaccioso.

"No, non ce la faranno," concordò Gramps.

"Se ci separiamo, non aspettateci," disse Smoke. "Vi verremo dietro."

"D'accordo. Passo e chiudo." Gramps chiuse la telefonata.

Lui e Bull restarono in silenzio, mentre si dirigevano fin troppo velocemente verso Greenfield. Gramps non poteva fare altro che ripetere mentalmente *Aspettami, Cass, vengo a prenderti*.

Dieci minuti più tardi, Bull entrò nel parcheggio del piccolo aeroporto. C'era qualche macchina posteggiata, ma nessun altro segno di presenza umana. Gramps saltò giù dal carroattrezzi persino prima che Bull spegnesse il motore. Pistola alla mano, si diresse subito a ovest, verso l'hangar più vicino.

C'erano diversi aerei fermi sotto una lunga tettoia, ma ce n'erano anche un paio sulla pista. Gramps ipotizzò che molti velivoli fossero atterrati lì per via del maltempo e che sotto la tettoia non ci fosse posto per tutti.

L'insieme dei piccoli aerei forniva a Lloyd e a Martin un'abbondanza di potenziali nascondigli, dai quali i due avrebbero potuto tendere un'imboscata a Gramps e agli altri. La fitta coltre di nebbia che inghiottiva tutto di certo non aiutava. Mentre lui e Bull valutavano le opzioni che avevano, furono raggiunti da Eagle e Smoke, che parvero sbucare dal nulla.

Pochi secondi dopo, i quattro si mossero in silenzio ma decisi verso i velivoli parcheggiati; dovevano capire su quale Lloyd e Martin fossero intenzionati a scappare.

Gramps intravide attraverso la nebbia una Crown Victoria marrone, quattro porte. Era parcheggiata malamente vicino agli aerei che erano sotto la tettoia e invisibile dal parcheggio. Si avvicinò con cautela al veicolo; capì che a bordo non c'era nessuno e soppresse la propria frustrazione.

Girò intorno alla macchina e si fermò quando raggiunse la parte posteriore.

C'era una persona a terra, immobile, la faccia rivolta verso l'alto.

Per una frazione di secondo, Gramps pensò che si trattasse

di Cassidy, ma stazza e statura del corpo lo distolsero da quell'idea prim'ancora che prendesse forma compiuta nella sua mente. Si avvicinò cautamente e riconobbe Martin. Aveva un singolo foro di proiettile nel petto e giaceva in una pozza di sangue. Ritenendo che controllare se il cuore gli battesse ancora o meno sarebbe stata una perdita di tempo, Gramps procedette oltre.

Gli altri si erano sparpagliati intorno a lui, controllando che gli aeroplani parcheggiati fossero effettivamente vuoti. Cominciò a cadere una pioggerella rada che, in combutta con la fitta nebbia, creava un'atmosfera lugubre.

Gramps sentì delle voci provenire dalla fine della fila di velivoli.

Si voltò all'istante e senza nemmeno pensarci si mosse in direzione delle voci, ma Bull lo trattenne afferrandolo per un braccio.

"Calma, amico," gli sussurrò.

Il primo impulso di Gramps fu di divincolarsi dalla presa dell'amico e dirgli di andare al diavolo, ma dentro di sé sapeva che Bull aveva ragione. Per quanto Gramps temesse per l'incolumità della sua ragazza, non era il caso di agire d'istinto. Il proiettile che aveva ucciso Martin avrebbe potuto benissimo porre fine alla vita *di Cassidy*. Se a quel punto, dopo essere avvicinato tanto vicino a lei, avesse commesso un errore e fosse pertanto venuto meno alla promessa di proteggerla, Gramps non sarebbe mai riuscito a perdonarselo.

Con la coda dell'occhio, vide Smoke e Eagle arrivare da destra. I due si dissero qualcosa, poi Bull e Smoke scomparvero dalla sua vista, aggirando la fila di aerei in modo da accerchiare Lloyd.

Avanzando lentamente, Gramps e Eagle si avvicinarono al luogo da cui provenivano le voci. Dapprima, Gramps aveva pensato che arrivassero da un vicino capannone, ma poi udì un urlo che riconobbe essere di Cassidy, allora cambiò nuovamente direzione.

La stavano portando verso uno degli aerei che erano sulla pista.

Il passo felpato di Gramps si tramutò in una corsetta; la sua attenzione era completamente concentrata sulle due figure che vedeva una decina di metri dritto davanti a sé. La nebbia non gli avrebbe consentito di sparare a colpo sicuro, ma non importava. Lloyd si sarebbe beccato una pallottola letale per aver rapito la sua ragazza e terrorizzato Mario. Gramps aveva deciso al riguardo nel momento stesso in cui si era reso conto che Lloyd era venuto per prendere Cassidy.

Il suono del motore dell'aereo che si accendeva lo rese ancora più determinato. Non era arrivato tanto vicino a riprendersi Cassidy solo per lasciarsela sfuggire dalle mani.

L'ultima cosa che Gramps voleva era cogliere di sorpresa Lloyd, anche perché quello aveva una pistola in mano... una pistola che non avrebbe certo esitato a usare. La nebbia giocava a favore, consentendo loro di avvicinarsi inosservati alla preda. Pur non potendo comunicare tra di loro, visto che non avevano cuffie e microfoni, i quattro sapevano esattamente come muoversi: erano stati in situazioni altrettanto rischiose decine e decine di volte.

Senza fare rumore, Gramps e gli altri si avvicinarono a Lloyd e Cassidy tanto da poter piantare un proiettile in fronte a lui senza rischiare di colpire il suo ostaggio.

Gramps aguzzò la vista. Quella storia stava per finire. Era il momento giusto. Era abbastanza vicino da vedere il terrore sul volto di Cassidy, che scrutava freneticamente la pista... e incredibilmente i loro sguardi si incontrarono.

Detestava vederla tanto spaventata, ma almeno era sicuro che non l'avrebbe persa.

Alzò la pistola e fece un profondo respiro mentre prendeva la mira.

Fu in quel momento che Lloyd si guardò intorno e vide Gramps vicino all'ala di un aereo parcheggiato.

Lloyd alzò immediatamente la pistola, ma anziché mirare Gramps, la puntò verso Cassidy, sorridendo con malignità.

Il suono fragoroso di uno sparo risuonò nell'aria, echeggiando tra le mura della vicina aviorimessa e poi oltre, per la pianura erbosa che circondava il piccolo aeroporto.

Per un istante, Gramps rimase pietrificato... finché non vide Lloyd cadere a terra producendo un rumore sordo.

Anche Cassidy rimase immobile come una statua, poi corse verso Gramps.

Oltre il corpo di Lloyd, attraverso la nebbia, Gramps intravide Smoke che abbassava la pistola. Era stato lui a sparare, impedendo a Lloyd di uccidere Cassidy.

Gramps ebbe a malapena il tempo di rimettere la pistola nella fondina, prima che Cassidy si fiondasse tra le sue braccia. Fu un abbraccio intenso. Aveva rischiato di perderla. Per lunghi momenti, nessuno dei due disse nulla. tremando l'uno nell'abbraccio dell'altra.

Alla fine, Gramps si ritrasse quanto bastava per poterla guardare negli occhi. "Sei ferita?"

"Sì."

Il cuore di Gramps quasi si fermò. Davvero Lloyd le aveva sparato? "Dove?" le chiese bruscamente.

"In faccia," rispose lei. "Mi ha dato dei pugni... e il braccio mi fa malissimo; sembrava che gli piacesse stringermi un po' troppo forte mentre mi trascinava in giro."

A Gramps ci volle qualche istante per elaborare le informazioni. "Ma non ti ha sparato?" le chiese con ansia.

"Credo di no... o forse sì?" domandò lei, evidentemente ancora sotto shock; lo fissava con grandi occhi marroni, colmi di dolore e paura.

"Cazzo," mormorò Gramps prima di riabbracciarla. Anche lui la strinse un po' troppo forte, ma non gli sembrò di poter fare altrimenti. Era un miracolo che fosse sana e salva. Lì tra le sue braccia, Cassidy era al sicuro. Gramps era riuscito a trovarla in tempo.

Se fosse riuscito a rintracciare quel camionista che si faceva chiamare Big Red, gli avrebbe dato una ricompensa coi fiocchi.

"E Mario?" gli chiese, alzando lo sguardo verso di lui.

"Sta bene. Lui e gli altri sono ancora nel bunker, dove li hai lasciati," disse Gramps. Sentì l'impulso di rimproverarla per il rischio che aveva corso uscendo dal bunker, ma d'altronde sapeva cosa l'aveva spinta a consegnarsi a Lloyd. La scelta di Cassidy non l'aveva certo entusiasmato, ma Gramps l'aveva compresa fin da subito.

L'incubo era finito... o almeno tale era la speranza di Gramps. Certo, qualcun altro avrebbe potuto decidere di venire a cercare Cassidy, ma Gramps la riteneva una possibilità remota. Lloyd era come ossessionato da lei; era improbabile che un altro degli uomini di Coke si prendesse la briga di mettersi sulle tracce di Cassidy.

D'altronde, Gramps stesso aveva pensato che con il polverone sollevato dalla morte di Coke, nessuno sarebbe venuto dalla Giamaica appositamente per mettere le mani su Cassidy. In futuro, sarebbe stato ancora più prudente. Da quando erano tornati a Indianapolis, Gramps aveva abbassato la guardia. Non sarebbe più successo. Mai più.

"Lloyd e Martin hanno ucciso Alfred," gli disse Cassidy a bassa voce, parlandogli contro la spalla.

"Cosa?"

"È così che sono riusciti a trovarmi. Sono andati a El Paso a cercare i miei genitori, che grazie al cielo erano già in Messico. Perciò sono andati da Alfred. Lo hanno torturato finché lui non ha detto loro dov'ero. Mia madre mi ha chiamato non appena ha saputo della morte di Alfred. Non ho nemmeno avuto il tempo di avvertirti... Subito dopo, Lloyd e Martin hanno sfondato il recinto del garage."

Gramps scosse la stessa. "Mi dispiace, amore mio."

"Era un bastardo, uno stronzo che mi ha trattato come una pezza da piedi," disse Cassidy dopo una pausa, "ma era comunque il padre di Mario. Speravo che un giorno o l'altro tra loro nascesse un buon rapporto."

Gramps aprì la bocca per commentare, ma la voce di Eagle risuonò nella nebbia.

"L'aereo è vuoto!"

Gramps si irrigidì. "Ma Lloyd aveva intenzione di pilotare l'aereo?" chiese a Cassidy.

Sorpresa dalla domanda, Cassidy scosse il capo. "No. Lui e Martin avevano parlato di un pilota che ci avrebbe portato via di qui nonostante il brutto tempo."

Augurandosi che il pilota fosse abbastanza furbo da aver capito che il piano era saltato e che era meglio per lui sparire al più presto, Gramps spostò leggermente Cassidy, pur continuando a tenerla stretta a sé, ed estrasse nuovamente la pistola.

Nessuno aveva fatto in tempo a muoversi di un solo passo, quando nell'aria rimbombarono altri spari.

Gramps si accovacciò, portando con sé Cassidy, nel tentativo di ridurre la possibilità che lei diventasse un bersaglio facile.

La sparatoria fu brevissima.

"Eagle? Smoke? Bull?" chiamò Gramps.

"Io sto bene!" gridò Bull. "Dov'è Cassidy?"

"Qui con me," rispose Gramps. "Siamo incolumi."

"Ho eliminato il pilota!" gridò Eagle.

Scrutando nella nebbia, Gramps vide qualcosa muoversi alla sua destra, nei pressi dei velivoli parcheggiati sotto la tettoia. Si rialzò, aiutando anche Cassidy a rimettersi in piedi.

"Merda! *Smoke è ferito!*" esclamò Bull da destra.

Gramps si voltò da quella parte e vide Bull che cercava invano di sorreggere Smoke; Bull riuscì se non altro ad appoggiare l'amico al suolo, evitando che cadesse a peso morto.

Eagle li raggiunse di corsa e anche Gramps si mosse in quella direzione, con Cassidy stretta al suo fianco. Quando furono abbastanza vicini, Gramps capì che Smoke non stava affatto bene. Emetteva una specie di sibilo ed evidentemente gli mancava l'aria.

"Cazzo!" imprecò Bull, strappando la maglietta di Smoke. Sul petto c'era molto, troppo sangue.

Eagle aveva già il telefono all'orecchio e parlava con l'operatore del pronto intervento.

Gramps capì che le cose si mettevano male. Erano in un aeroporto con due... anzi, *tre* cadaveri e Smoke aveva almeno una ferita da arma da fuoco.

Cassidy lasciò andare Gramps e si inginocchiò di fianco a Smoke. Bull stava facendo pressione sul petto, in prossimità del foro di proiettile, e lui e Cassidy si scambiarono uno sguardo preoccupato. Non era la prima volta che uno del team veniva colpito, ma in quel momento Smoke sembrava davvero in condizioni critiche.

Cassidy si spostò vicino al capo di Smoke e lo prese tra le mani, tenendolo fermo. "Te la caverai," gli disse con voce calma. "Leo e Bull sono qui vicino a te. Resta con noi."

Gramps fu sorpreso di scoprirla tanto forte, nonostante l'orribile esperienza da cui era reduce. D'altronde, non c'era molto di cui stupirsi: ormai sapeva bene che la sua Cass era una leonessa.

Le labbra di Smoke si mossero, ma Gramps non percepì alcun suono.

Cassidy si avvicinò a lui ancora di più. "Cosa?" gli chiese.

Smoke ripeté ciò che aveva detto e Cassidy raddrizzò la schiena; stringeva le labbra e aveva le sopracciglia aggrottate. "No," gli disse con voce tremante, "non glielo dirò. Lo farai tu, di persona, quando la vedrai all'ospedale."

Al che Gramps capì qual era il messaggio che Smoke aveva consegnato a Cassidy: le aveva chiesto di dire a Molly che l'amava.

Poco prima, quando aveva visto Cassidy in pericolo, a Gramps si era spezzato il cuore. In quel momento, gli parve ancora che stesse per frantumarsi. Non poteva perdere Smoke. Era uno dei suoi migliori amici. Molly non poteva perdere il marito, né il bambino che lei portava in grembo poteva perdere il padre. Eppure, se Smoke si sentiva sul punto di morire, voleva dire che la situazione era davvero seria.

Quando avevano cominciato ad andare in missione per conto dell'esercito, i quattro avevano fatto un patto: nessuno di loro doveva proferire le proprie "ultime parole"... a meno che non se la vedesse davvero brutta. *Mortalmente* brutta. Perciò Gramps sapeva che Smoke non avrebbe lasciato quel messaggio d'amore per Molly, se avesse pensato di sopravvivere.

Gramps abbassò lo sguardo e vide il sangue sgorgare anche dal fianco sinistro di Smoke. Il pilota lo aveva colpito *due* volte. Maledetto bastardo! Se non fosse stato già morto, Gramps gli avrebbe sparato ancora. Premette forte contro il foro di proiettile sul fianco e l'amico gemette lì sotto di lui.

Dopo essersi chinato ulteriormente, Gramps gli mise la mano libera sulla fronte e gli parlò in faccia. "*Non* puoi morire qui," gli disse; fu quasi un'intimazione. "Mi hai sentito?"

"Sono messo male," sussurrò Smoke.

"Siamo stati in situazioni peggiori, in passato," ribatté Gramps. "Ti ricordi quello scontro a fuoco in Somalia? Pensavamo di essere spacciati... e invece ce l'abbiamo fatta. Per non parlare di quando Eagle si è tolto quel proiettile conficcato nel suo stesso femore... mentre cercavamo il laccio emostatico ci siamo fatti tutti il bagno nel sangue... ma Eagle ora è qui... e ha un figlio, cazzo. Tu devi tenere duro... Fallo per Molly," aggiunse Gramps con la voce ormai rotta dal pianto, "e per il figlio che lei ti sta per dare. Hanno entrambi bisogno di te. *Combatti* per loro, Smoke. Con tutte le tue forze."

"Di' loro che li amo," disse Smoke con voce sempre più flebile. Aveva sul volto lo stesso pallore della nebbia e i suoi respiri pesanti comunicavano tutto il dolore che stava provando.

"No," disse Gramps all'amico, al quale voleva bene come a un fratello. "Non dirò loro un bel niente, dannazione. Glielo dirai tu quando li vedi."

"Bastardo," sussurrò Smoke. Poi gli si chiusero gli occhi e il corpo si afflosciò.

"I soccorsi stanno arrivando," disse Eagle, spostando lo sguardo da Smoke, che aveva perso i sensi, al pilota e poi a Cassidy.

Gramps restò ancora impressionato dalla forza d'animo della sua ragazza. Cassidy aveva lividi sul viso, aveva rischiato di prendersi una pallottola e aveva visto e sentito Lloyd morirle praticamente addosso... eppure si rialzò da terra e disse: "Vado nel parcheggio ad aspettare i soccorsi, per accelerare i tempi quando arrivano."

"Vengo con te. Bull e Gramps continueranno a fare pressione sulle ferite di Smoke," disse Eagle.

"Grazie," gli disse semplicemente Cassidy. Poi gli strinse un braccio attorno alle spalle. "Grazie per avermi salvato la vita," aggiunse a bassa voce. Si avvicinò a Bull, che era inginocchiato su Smoke, e lo baciò in cima alla testa. "Grazie per avermi salvato la vita," disse anche a lui. Infine raggiunse Gramps, che sentì l'urgenza di alzarsi per sorreggerla. Era chiaramente indebolita e si sentiva in colpa per il ferimento di Smoke.

Gramps doveva farle capire che non aveva nulla da rimproverarsi, ma in quel momento era Smoke ad avere più bisogno di lui.

Lei lo baciò su una tempia. "Grazie per avermi salvato la vita," sussurrò tra i singhiozzi. Tornò a inginocchiarsi vicino a Smoke. Anche se lui non poteva sentirla, Cassidy lo baciò sulla fronte e disse un'ultima volta: "Grazie per avermi salvato la vita."

Poi si rialzò e sparì nella nebbia con Eagle, in direzione del parcheggio e delle sirene che finalmente cominciavano a udirsi in lontananza.

Gramps guardò Bull. Nessuno dei due disse una parola. Non potevano fare altro che aspettare e pregare.

CAPITOLO DICIANNOVE

Tre giorni.

Tanto era passato da quell'orribile serata. A Cassidy, erano parse settimane. Tutti avevano aspettato che Smoke si risvegliasse in quel letto d'ospedale.

Dopo il ferimento di Smoke, al piccolo aeroporto si era creata una situazione assurda... persino più assurda di quanto non fosse in precedenza. L'ambulanza aveva subito portato Smoke all'ospedale, ma Cassidy e gli altri erano stati costretti a trattenersi. Comprensibilmente, i poliziotti non avevano fatto salti di gioia quando avevano trovato i tre cadaveri. Ci era voluto un bel po' per spiegare loro l'accaduto e tutti erano stati autorizzati ad andarsene solo dopo che Leo aveva chiamato un contatto che i ragazzi avevano all'FBI.

All'aeroporto c'erano le telecamere di sicurezza, ma da quanto Cassidy aveva capito, la coltre di nebbia che quella sera avvolgeva tutto aveva reso problematica la ricostruzione della dinamica degli eventi. Eppure, almeno lei era arrivata a questa conclusione, le immagini dovevano essere bastate a confermare la versione che lei e gli altri avevano dato, visto che nessuno era stato arrestato, il che era decisamente un buon segno.

Riabbracciare Mario era stato un enorme sollievo, ma la gioia di ritrovarsi era stata smorzata dalla preoccupazione per le condizioni di Smoke. Molly aveva tenuto duro, ma in lei gli effetti dell'ansia generata dal non sapere se il suo uomo se la sarebbe cavata si stavano facendo sentire. Aveva perso completamente l'appetito e la nausea mattutina che la affliggeva si era praticamente decuplicata.

Smoke era stato operato al polmone danneggiato dal proiettile che lo aveva colpito sul fianco, ma il colpo al torace aveva creato serie complicazioni. Il proiettile era rimbalzato all'interno del corpo, sbrecciando l'intestino e consentendo a microbi e scorie di penetrarvi, il che aveva provocato una grave infezione intestinale che rischiava di espandersi e che i dottori stavano facendo il possibile per arginare.

Lo avevano messo in coma farmacologico, in modo da stimolare la guarigione senza sottoporre il corpo a ulteriore stress. Molly era rimasta vicino a lui il più a lungo possibile. Lei e gli altri si davano il cambio per vegliare su Smoke. Dopo aver saputo come erano andate le cose, le infermiere avevano lasciato che più persone rimanessero contemporaneamente nella stanza, contrariamente alle norme che regolavano le visite ai pazienti.

Cassidy sentì il braccio di Leo avvolgerle le spalle. In quei tre giorni, lui si era diviso tra il garage, dove comunque c'era bisogno della sua presenza, e l'ospedale, dove vegliava come gli altri sull'amico sofferente.

"Devi essere stanca," le disse Leo.

Cassidy emise un piccolo sbuffo. Era esausta. Aveva fatto il possibile per restituire a Mario una sorta di normalità. Aveva insistito perché il figlio continuasse ad andare a scuola e a frequentare i corsi in palestra. Sapeva che Mario, in quel momento difficile per tutti, avrebbe preferito restare con lei e Leo, ma sapeva anche che interrompere la routine quotidiana avrebbe nociuto al piccolo.

Era consapevole del fatto che Leo in fondo ce l'avesse ancora con lei per non essersi chiusa nel bunker con gli altri, quando

Lloyd e Martin avevano fatto irruzione nel garage; non aveva ancora avuto modo di sedersi con lui per parlare con calma dell'accaduto.

Si voltò e gli posò la testa sulla spalla, poi chiuse gli occhi. "Sto bene," disse con un sospiro.

Lo sentì scuotere il capo, ma Leo non le rimproverò quella piccola bugia. "Come sta?"

"È lì, resiste..." Avrebbe voluto dire a Leo che le condizioni di Smoke stavano migliorando, ma sarebbe stata un'altra bugia, sfortunatamente. I dottori non avevano parlato di un peggioramento, ma non si erano nemmeno esposti riguardo a eventuali sviluppi positivi. "Dicono solo che ci vorrà tempo," aggiunse con rassegnazione.

Erano seduti in una piccola sala d'attesa privata. Bull aveva appena dato il cambio a Eagle, che era ancora nella stanza di Smoke insieme a Molly; presto sarebbe arrivata anche Taylor.

"Non è stata colpa tua," le sussurrò Leo.

Cassidy chiuse gli occhi. In quel momento, non voleva affrontare l'argomento; anzi, avrebbe voluto non doverlo affrontare mai.

"Guardami," la esortò Leo con voce ferma.

Lei scosse il capo.

Leo si staccò da lei. Cassidy riaprì gli occhi e lo vide davanti a sé, in ginocchio sul tappeto. Anche in quella posizione, era abbastanza alto da poterle prendere il viso tra le grandi mani, guardandola negli occhi.

"Non è stata colpa tua."

Ok... pareva fosse giunto il momento di affrontare l'argomento. A Cassidy non restava che bere il calice amaro. "Sì, invece."

"No," controbatté lui con risolutezza.

Cassidy aprì la bocca per spiegargli tutte le ragioni per cui lui aveva torto, ma Leo la anticipò. "So quello che stai per dire, ma ti sbagli di grosso."

"Non è vero," insisté lei. "Se fossi stata più forte, se non fossi fuggita dai miei problemi, non saremmo mai andati in Giamaica. Alfred ora non sarebbe morto... e Smoke non sarebbe su un letto d'ospedale."

"Sbagliato. Se venticinque anni fa non fossi stato un coniglio e mi fossi messo con te, tu non avresti sposato Alfred... e lui non avrebbe maltrattato te e Mario, costringendovi a lasciare El Paso. Se Michael Coke non fosse stato uno spietato trafficante di droga incline a sfruttare le persone, tu non saresti finita sua prigioniera in Giamaica, né saresti stata tanto disperata da scrivere all'FBI in cerca d'aiuto. E se Lloyd non fosse stato un fottuto maniaco e uno stronzo presuntuoso, tu non avresti dovuto sacrificarti per salvare le persone che ami; lui non ti avrebbe rapita e presa a pugni in faccia, né avrebbe cercato di riportarti nell'incubo da cui eri riuscita a uscire. Quindi, se *proprio* vuoi prendertela con qualcuno per quello che è successo a Smoke, prenditela con me."

Cassidy lo fissò esterrefatta. "Ma non è colpa tua," obiettò.

"E nemmeno tua. Ciò che so per certo è che assumerti la responsabilità per ogni problema che ti capita intorno sta avendo delle conseguenze negative su di te. Cass, la vita è fatta così, di cose belle e di cose brutte. Se ti concentri solo su quelle brutte, finirai per consumarti."

Leo aveva ragione e Cassidy se ne rendeva perfettamente conto, ma le risultava molto difficile ignorare il proprio senso di colpa, soprattutto in quel momento, terrorizzata com'era dall'idea che Smoke non ce la facesse; se fosse morto, lei avrebbe perso quelli che erano i migliori amici che avesse mai avuto. Inoltre, se Molly l'avesse ritenuta responsabile, il dolore per lei sarebbe stato insopportabile.

"All'aeroporto ho sentito quando ti sei rifiutata di consegnare a Molly il messaggio di Smoke," le disse Leo.

Cassidy ebbe un sussulto.

Lui scosse il capo. "Hai fatto la cosa giusta. Conosco Smoke come le mie tasche. In quel momento, stava cercando il benestare per mollare. Tu non glielo hai dato. Ha chiesto a me la stessa cosa... e devi aver sentito quando gli ho risposto che sarebbe stato lui stesso a dire alla moglie e al figlio che li amava, quando li avrebbe rivisti. Se ci fossi stato io lì, tra la vita e la morte, avrei lottato con le unghie e con i denti per tornare da te. Smoke farà altrettanto. Gli serve solo un po' di tempo."

Cassidy non riuscì a trattenere una lacrima, ma ciò non impedì a Leo di avvicinarsi a lei per annullarla in un bacio. Fece lo stesso con la successiva.

Pochi istanti dopo, Cassidy si ritrovò seduta in grembo a Leo, entrambi sul pavimento. Lui la cullava mentre lei singhiozzava. Non sapeva nemmeno perché stesse piangendo, ma dopo aver cominciato, non era in grado di smettere.

Passò un quarto d'ora e alla fine le sembrò di sentirsi molto meglio, per quanto il pianto le avesse gonfiato il viso e arrossato gli occhi.

La porta si aprì e Taylor sbatté le palpebre più volte, sorpresa di vedere due persone sedute sul pavimento. Leo le disse immediatamente i loro nomi, di modo che lei sapesse con chi stava parlando.

"Uhm... perché siete seduti lì?" chiese lei, spostando Kevin tra le braccia.

Leo non rispose, aiutando invece Cassidy a rimettersi in piedi. Poi si alzò anche lui, recuperò un fazzoletto di carta dalla scatola che era sul tavolo vicino e con delicatezza le asciugò il viso dalle lacrime. Nonostante i lividi e il gonfiore che le avevano lasciato i colpi di Lloyd, tutto sommato sentiva di essersela cavata con poco.

Leo le prese la mano mentre Taylor li raggiungeva. L'amica la guardò.

Dopo un po', Taylor disse: "Quando sei uscita dal bunker e ci hai chiuso dentro, non avevo idea di cosa stesse succedendo, ma ce l'avevo con te, per il panico che il tuo comportamento aveva suscitato in Mario. Era fuori di sé, non si capacitava del fatto che tu l'avessi lasciato solo. Poi, quando ho capito perché avevi agito così, mi sono sentita terribilmente in colpa per la rabbia che avevo provato, anche se solo per pochi minuti, nei tuoi confronti. Tu ci hai protetti. *Tutti noi*, non solo tuo figlio. Sei sgusciata fuori dal bunker tanto in fretta... non abbiamo nemmeno avuto il tempo di capire cosa stesse succedendo..."

"Avevo appena parlato al telefono con i miei genitori," spiegò lentamente Cassidy. "Papà mi aveva detto che qualcuno era sulle mie tracce. Ho capito subito che si trattava di Lloyd."

Taylor annuì. "È stato il gesto più coraggioso che abbia mai visto. Ti ammiro moltissimo... e non potrò mai ringraziarti abbastanza per aver protetto il mio bambino."

Cassidy sentì ancora le lacrime inumidirle agli occhi, ma riuscì ad arginarle. Aveva pianto abbastanza... e poi il naso congestionato le faceva male. "Non sono stata coraggiosa. Non ho fatto nulla per fuggire dai miei rapitori, né ho aiutato Leo e gli altri a salvarmi."

Taylor scosse la testa. "Il coraggio non consiste solo in gesti plateali o nell'affrontare il nemico a colpi di karate. Significa anche vivere dignitosamente ogni giorno che passa ed essere gentili e rispettosi verso il prossimo. Uscendo dal garage e consegnandoti nelle mani di un killer hai mostrato un'audacia incredibile. Sapevi cosa ti aspettava, eppure hai fatto quella scelta."

"Taylor ha ragione," disse Leo, baciandole una tempia.

"Certo che ho ragione," ribadì l'amica con un piccolo sorriso.

"Pronta per andare da Smoke?" chiese Leo a Taylor, per cambiare argomento.

Cassidy si sentiva un po' meglio dopo aver avuto quello scambio con l'amica. Sapeva che, per rilassarsi completamente, avrebbe dovuto prima parlare anche con Molly e Skylar, ma parlare con Taylor aveva riacceso la speranza che le altre non se la fossero presa con lei per ciò che era accaduto a Smoke.

Il confronto con Molly era quello che la spaventava di più ed era decisa a evitarlo finché le condizioni di Smoke non fossero migliorate... perché *sarebbero* migliorate; Cassidy doveva crederci.

"Sì," rispose Taylor a Leo. "So che si risveglierà presto. Dev'essere così."

Anche Cassidy se lo augurava. Non era certa di quanto a lungo Molly potesse sopportare quella situazione. Era chiaro che la moglie di Smoke viveva quei giorni come appesa a un filo; senza dubbio, di lì a poco il filo si sarebbe spezzato, a meno che qualcuno del gruppo non l'avesse obbligata a farsi da parte, se non altro per l'incolumità del bambino che portava in grembo. Cassidy non voleva immaginare come lei avrebbe reagito, se fosse arrivato quel momento.

Tutti e tre presero l'ascensore per salire al piano dove era ricoverato Smoke, poi fecero un cenno all'infermiera di turno; lei li guardò perplessa ma non li fermò. Cassidy era consapevole del fatto che nella stanza di Smoke ci fossero già più persone di quante ne consentisse il regolamento dell'ospedale, ma Leo non sembrava minimamente preoccupato per quell'infrazione... e probabilmente non lo era.

Aprirono la porta e la prima persona che Cassidy vide fu Molly. Era seduta al capezzale di Smoke e gli teneva la testa fra le mani. Profonde occhiaie le circondavano gli occhi ed era evidentemente esausta. Non si lavava i capelli da giorni e non si era cambiata gli abiti del giorno precedente.

Anche se Bull era venuto per dare il cambio a Eagle, entrambi erano ancora nella stanza. Taylor andò a salutare Molly, abbracciandole solo il fianco, visto che Molly non sembrava intenzionata a lasciar andare la testa di Smoke abbastanza a lungo da consentire all'amica un abbraccio vero e proprio. Cassidy restò in disparte, dando modo ai tre uomini di salutarsi.

Nella stanza, la conversazione era limitata. Gramps chiese a Molly se avesse mangiato qualcosa e lei rispose solo con un'alzata di spalle. Taylor parlò un po' di Kevin, poi Cassidy vide la mano di Molly distaccarsi dalla testa di Smoke per accarezzare il pancione.

Era una scena triste. C'era una specie di disagio diffuso e per l'ennesima volta Cassidy provò un enorme dispiacere per come erano andate le cose all'aeroporto.

Skylar entrò nella stanza una decina di minuti più tardi e si diresse subito verso Bull. Lui le diede un bacetto ed entrambi rimasero in piedi, Bull con le spalle al muro e Skylar appoggiata al suo petto.

Nella stanza era calato il silenzio. Ognuno sembrava perso nei propri pensieri, resi cupi dal fatto che gli unici segni di vita che Smoke aveva dato in seguito all'operazione erano stati rari fremiti.

A un certo punto, Kevin cominciò ad agitarsi. Dapprima emise solo qualche piccolo suono nasale, ma nel giro di pochi secondi, come se qualcuno avesse premuto un pulsante, quei rumori discreti e appena percettibili si trasformarono in un pianto dirotto.

Le sue grida echeggiavano oltre i muri della stanza. Il piccolo sembrava deciso a spolmonarsi e Taylor e Eagle facevano del loro meglio per confortarlo e riportarlo alla calma.

La voce di Molly attraversò la stanza pietrificando tutti i presenti.

"Portalo qui," disse.

Tutti la guardarono sorpresi. Aveva reagito alla notizia del ferimento di Smoke con un misto di remissività e introspezione, ma in quel momento dalla sua voce trasparì una grande forza.

Senza fare obiezioni, Taylor si avvicinò all'amica tenendo in braccio il bimbo, che continuava a strillare. Molly si sporse sulla sedia ed alzò la mano di Smoke, portandosela alla guancia. "Mi senti, Mark?"

Nessuna risposta.

Cassidy provò pena e strinse le labbra. Che Molly stesse farneticando? Cosa aveva in mente?

"Stendilo qui, per favore," disse Molly a Taylor, indicando con un cenno del capo il letto che aveva di fronte.

Taylor obbedì e adagiò il piccolo accanto a Smoke; Kevin sembrava tutt'altro che contento.

"Non è nostra figlia... ma ci sarà bisogno di te quando sarà lei a piangere," disse Molly a Smoke, avvicinandosi ulteriormente a lui. "Voglio che tu torni qui con con noi. Abbiamo bisogno di te. Chi bacerà tua figlia quando si farà la bua? Chi la proteggerà dai bulli? Chi le insegnerà a salire sugli alberi e ad allontanare i ragazzi troppo insistenti? Hai dormito abbastanza... è ora che ti svegli, per stare con noi."

Tutti restarono con il fiato sospeso.

Molly si voltò verso Taylor con gli occhi pieni di lacrime. "Mark mi ha stretto la mano quando Kevin ha cominciato a piangere," spiegò.

Il bambino stava ancora piangendo e agitava le manine nell'aria. Cassidy sentì l'impulso di andare ad accudirlo, ma rimase immobile accanto a Leo.

Poi successe il miracolo. Il monitor che mostrava l'elettrocardiogramma di Smoke cominciò ad emettere *bip* sempre più veloci... e lui aprì gli occhi con una specie di sfarfallamento.

Rimasero aperti solo per un istante, ma se ne accorsero tutti. I dottori avevano da poco cominciato a ridurre la dose di sedativi che lo tenevano in coma farmacologico, ma nessuno si aspettava un risveglio.

Cassidy vide Bull sgusciare fuori dalla stanza, probabilmente per chiamare l'infermiera, ma tutti gli altri rimasero con gli occhi fissi sul letto dove giaceva Smoke.

"D'accordo... Kevin ha dei bei polmoni, vero?" chiese Molly a Taylor, parlando a bassa voce. L'amica replicò con un sorriso stanco.

Eagle si avvicinò al letto e prese in braccio il figlio. Lo cullò con un braccio, mentre porgeva la mano a Taylor. "Andiamo ad allattarlo. È irritabile quando gli viene fame," disse con leggero sarcasmo.

"Dici?" chiosò Leo non meno sarcasticamente.

Eagle ignorò il commento e si spostò dall'altro lato del letto. "È quasi ora di svegliarsi dal pisolino," scherzò, poi gli appoggiò la mano sulla spalla e diede una piccola stretta, prima di uscire dalla stanza con una mano sul fianco di Taylor.

Poi fu Skylar ad avvicinarsi a Smoke. Si chinò e lo baciò sulla tempia. "Ero pronta ad accompagnare tua moglie in sala parto... Ripensandoci, però, non mi va di prendere il tuo posto, per quanto voglia bene a Molly."

Abbracciò Molly, poi andò da Cassidy. "Ti voglio bene, amica. Tanto." Abbracciò anche lei, poi seguì Eagle e Taylor.

Leo diede a Cassidy una delicata spintarella in direzione del letto e lei si avviò, come in trance. Smoke non era ancora del tutto fuori pericolo, ma era un uomo caparbio... e Molly non era da meno, perciò, in Cassidy, la speranza che l'amico si rimettesse si era riaccesa; in vita sua, non si era mai sentita tanto sollevata come nel momento in cui aveva visto Smoke riaprire gli occhi.

Beh, forse quel primato spettava all'istante in cui aveva capito che Lloyd, da morto, non avrebbe potuto costringerla a diventare la schiava sessuale di un'orda di trafficanti di droga... ma le due emozioni se la giocavano in un bel testa a testa.

Per uscire dall'imbarazzo che provava lì in piedi accanto a Smoke, Cassidy gli prese la mano. "Mi dispiace tanto," sussurrò.

"E per cosa?" le chiese Molly.

Nel tono di voce dell'amica, Cassidy non percepì che sincera confusione.

"Mi dispiace che Smoke sia rimasto ferito."

Molly scosse il capo. "Non è stata colpa tua, quindi non c'è nulla di cui tu ti debba dispiacere."

Anche risentire la voce di Molly fu un sollievo; negli ultimi tre giorni, non aveva praticamente aperto bocca.

Cassidy ebbe un sussulto quando sentì una pressione sulla mano. Abbassò lo sguardo e vide chiaramente le dita di Smoke strette alle proprie. Lo guardò in faccia. Era ancora intubato e non avrebbe comunque potuto parlare, ma aprì gli occhi per un altro breve istante e i loro sguardi si incontrarono.

Le lacrime, che poco prima era riuscita a trattenere, riaffiorarono impetuose.

Sulla fronte di Smoke si formò una lieve increspatura.

"Sto bene," gli sussurrò. "Stiamo tutti bene."

Smoke mosse la testa e si voltò verso la moglie.

"Ti amo," gli disse Molly; aveva le guance rigate dalle lacrime, ma sul viso le splendeva un enorme sorriso. Stava piangendo, ma erano lacrime di gioia.

Cassidy ricambiò la stretta di Smoke, poi si allontanò dal letto. Il momento che lui e Molly stavano vivendo era meraviglioso e insieme straziante, tanto che Cassidy sentì una fitta al cuore.

Sentì Leo cingerle la vita con un braccio e si voltò verso di lui. L'amore che gli vide ardere negli occhi le fece tremare le gambe. Per lei, quell'uomo era tutto il mondo.

In quel momento, Cassidy capì che tutto sarebbe andato per il meglio.

Le infermiere entrarono di corsa e si misero armeggiare con l'apparecchiatura medica intorno al letto di Smoke, rallegrandosi del fatto che lui si fosse finalmente risvegliato. Cassidy salutò con la mano Molly, poi lei e Leo uscirono dalla stanza.

Leo si appoggiò al muro della corsia e le chiese: "Tutto ok?"

"Sì." Era vero. Il risveglio di Smoke era stato un evento catalizzatore. Mario era vivo. Cassidy era viva e aveva trovato un uomo che amava e che la amava. Insieme, avevano già deciso di fare visita ai genitori di lei a El Paso, non appena fossero tornati dal Messico. Negli ultimi giorni, la vita l'aveva messa ancora una volta a dura prova, ma con Leo al proprio fianco, Cassidy sapeva che tutto sarebbe andato bene.

"Pronta per andare a prendere Mario?" le chiese lui.

Cassidy annuì. Dopo il rapimento, lei e Leo lo avevano accompagnato in macchina a scuola e lo erano andati a prendere all'uscita, visto che non si sentivano tranquilli a fargli prendere l'autobus. Cassidy voleva che la routine del piccolo non subisse sconvolgimenti, ma ciò non significava che lei fosse pronta a lasciarlo solo più a lungo di quanto non fosse strettamente necessario.

In quei tre giorni, lei e Leo non avevano avuto tempo di fare nient'altro, a parte scarrozzare Mario e vegliare su Smoke all'ospedale, in attesa che le condizioni dell'amico migliorassero. Cassidy era esausta, tanto mentalmente quanto fisicamente.

"Ti amo, Cass," le disse Leo.

"Ti amo anch'io," ricambiò lei, "più di quanto tu non possa immaginare."

"Sì che posso immaginarlo, perché io ti amo altrettanto."

CAPITOLO VENTI

Era giunto il momento di parlare a Mario.

Erano passati due giorni dal risveglio di Smoke e i dottori avevano finalmente confermato che si sarebbe completamente rimesso.

Quella mattina, Mario era di pessimo umore. Quando Leo era entrato in camera sua per svegliarlo, gli aveva risposto male, dopodiché si era trascinato per casa come un bambino di cinque anni, anziché camminare come un ragazzino di undici anni e mezzo.

Cassidy sapeva che mandarlo a scuola non era la migliore delle idee. Inoltre, a colazione, Mario lasciò tutto il cibo nel piatto e si rifiutò di guardare la madre negli occhi. A quel punto, lei si girò verso Leo e disse: "Io e Mario restiamo a casa stamattina."

Leo incontrò lo sguardo di Cassidy per un istante, poi annuì. "D'accordo. Io devo vedere un paio di ispettori della polizia."

"Va tutto bene?" chiese lei nervosamente.

Leo allungò un braccio attraverso tavolo e le prese la mano. "È tutto a posto. Vogliono solo leggermi il rapporto ufficiale dell'accaduto, per assicurarsi che non manchi alcun dettaglio."

Cassidy tirò un sospiro di sollievo. "Ok." Subito dopo i fatti dell'aeroporto, lei aveva temuto che Leo e gli altri finissero nei guai. Per fortuna, i video di sorveglianza lasciavano ben pochi dubbi sulla loro innocenza. Nonostante la fitta nebbia, si vedeva chiaramente che Lloyd aveva puntato un'arma alla testa di Cassidy. I ragazzi avevano agito legittimamente.

La prima notte dopo il rapimento, Cassidy, Leo e Mario avevano dormito insieme nel letto matrimoniale. Mario non aveva voluto allontanarsi dalla madre e Cassidy non voleva lasciare nessuno dei due. Dopo quella sera, Mario aveva detto che si sentiva abbastanza tranquillo da tornare a dormire da solo in camera sua. Cassidy, tuttavia, sapeva che avrebbe dovuto parlare con il figlio di ciò che era successo. Mario non era tipo da fare scene ed era evidente che stava facendo molta fatica a superare quel momento critico.

"Per te va bene restare a casa, ragazzo?" gli chiese Leo.

La replica del piccolo fu un'alzata di spalle.

"Ti ho fatto una domanda," gli disse Leo, caricando leggermente il tono della voce. "Apprezzerei che tu mi rispondessi a parole, anziché facendo spallucce."

Allora Mario alzò lo sguardo. "Per me restare a casa va bene," disse; la voce tradiva un piglio bellicoso, ma almeno Mario aveva risposto.

"Bene, perché ho bisogno che tu ti prenda cura di tua madre mentre io non ci sono. Stanotte non ha dormito bene, ha anche avuto un incubo, e perciò oggi è un po' fuori fase."

Cassidy diede un calcetto alla gamba di Leo, sotto il tavolo. Non voleva che Mario sapesse dei suoi incubi, era già abbastanza in imbarazzo anche senza che il figlio lo scoprisse. Cassidy era ormai al sicuro, Lloyd e Martin erano morti e le lesioni sul volto stavano guarendo. Non aveva assolutamente nulla di cui lamentarsi e non voleva che qualcuno provasse pena per lei.

Leo, però, ignorò la tacita, ma chiara richiesta di discrezione e proseguì.

"Tua madre è ansiosa all'idea di parlarti, ma tu sei abbastanza grande per sapere i dettagli di ciò che è successo e del perché è successo. Spero che la tratterai con riguardo, mentre ti parla."

"Leo," lo riprese Cassidy, ma lui la ignorò.

"Ok?" insistette lui, rivolto a Mario.

Mario spostò lo sguardo da Leo alla madre, poi ancora a Leo, e alla fine disse: "Sì."

Leo annuì. "E finirai le uova strapazzate?"

Mario guardò nel piatto che aveva davanti. "Sì."

"Bene. Le proteine servono a potenziare i muscoli. Più tardi parleremo di nutrizione e ti dirò quali cibi ti possono rendere più forte e aiutarti a migliorare la presa sui saltatori."

Era la cosa giusta da dire. Mario raddrizzò la schiena e premiò Leo con un piccolo sorriso. "Grande," disse a bassa voce.

L'atmosfera era leggermente più distesa, ma Cassidy era ancora molto nervosa al pensiero di fare con il figlio la chiacchierata che aveva rimandato per troppo tempo.

Presto si fece per Leo l'ora di andare al dipartimento di polizia. Mario era seduto sul divano e guardava alla TV un programma con esibizioni acrobatiche. Leo si chinò e gli diede un bacio sulla testa, poi gli disse: "Ti voglio bene, Mario."

"Anch'io, Leo."

Cassidy si sentì come se il cuore stesse per scoppiarle. Ogni volta che Leo e Mario si scambiavano dei *ti voglio bene*, le venivano gli occhi lucidi. Passando, Leo la prese per mano e si fece accompagnare alla porta, poi uscirono e lui, dopo aver richiuso, spinse Cassidy contro la porta e la baciò. Intensamente.

Dal giorno del rapimento, non avevano più fatto l'amore. Lo stress che le condizioni di Smoke avevano provocato a entrambi li aveva sfiancati. Tuttavia, avevano dormito abbracciati ogni notte e Cassidy non si era mai sentita tanto al sicuro.

Quel bacio era la prima scintilla di passione che si accendeva dopo quella brutta serata e fece crescere in Cassidy il desiderio. Adorava quando i loro corpi erano premuti l'uno contro l'altro e le piaceva sentirsi messa in trappola da lui. Non c'erano dubbi, Leo era il suo rifugio.

"Stai bene?" le chiese lui alzando la testa.

Cassidy annuì.

Leo la scrutò per un lungo momento. "Lo so che in realtà non stai bene, ma passerà. Chiamami quando hai parlato a Mario e io tornerò qui. Vi porto fuori a pranzo. Poi andremo insieme alla Silverstone, prima di portare Mario in palestra nel pomeriggio."

Cassidy deglutì a fatica. "Pensi che sia una madre orribile perché oggi ho tenuto Mario a casa da scuola?"

Leo fece una risatina nasale. "No, Cass. Non potresti essere una madre orribile neanche se ci provassi. La scuola è importante, ma la sua serenità lo è ancora di più. Se per lui essere sereno significa andare a Chicago a vedere un'esibizione di cheerleader, benone. Se significa andare allo zoo, a New York a vedere un musical di Broadway, al centro commerciale o anche solo in un dannato fast food, va bene lo stesso. Trascorrere del tempo insieme a tuo figlio, assicurarti che sappia che lo ami e che è la persona più importante della tua vita... Nulla di questo ti renderà mai una madre orribile. E poi ne avete bisogno entrambi. Mario deve sapere quello che è successo, deve capire la ragione per cui ti sei comportata come ti sei comportata."

"Lui ce l'ha con me," ribatté lei.

Leo annuì. "Già, pare anche a me... ma capirà, se gli spieghi tutto."

"Lo spero."

"Io ne sono certo."

"Leo?"

"Sì, Cass?"

"Grazie per aver accettato di venire a El Paso con noi, quando i miei genitori saranno tornati dal Messico," gli disse. "So che non è un posto che adori e apprezzo la tua disponibilità."

"Mai e poi mai vi lascerei andare soli," replicò lui.

"Ti amo," gli sussurrò."

Leo si chinò per darle un breve bacio. "E io amo te. Ce la puoi fare. Tuo figlio ti vuole bene. Sono undici anni e mezzo che vivete in simbiosi... Mario capirà, basta che tu sia sincera con lui. Non è più un bambino, Cass."

"Già," confermò lei con un accenno di sorriso, "e temo di faticare ad accettarlo."

Leo le spostò i capelli dal viso, fece un profondo respiro e rimase a fissarla.

"Devi andare al dipartimento di polizia?" gli chiese lei dopo una lunga pausa, durante la quale Leo non diede segno di volersi allontanare.

"Sì," rispose lui con rammarico. "Mi sfuggiva la ragione per cui Bull, Eagle e Smoke, a fine giornata, si mostrassero tanto impazienti di tornare dalle loro donne, ma ora capisco. Adoro stare insieme a te, Cass. Basta la tua vicinanza a farmi voler essere un uomo migliore."

Cavoli, quelle sì che erano parole meravigliose... ma Cassidy sapeva che era ora di rientrare in casa e parlare con il figlio. Avrebbe finito per tirarsi indietro, se avesse temporeggiato ancora. "Adesso vattene," disse lei in tono parzialmente severo, dandogli una spintarella sul petto. "Prima vai, prima ti scriverò dicendoti che abbiamo finito e che puoi passarci a prendere per andare a pranzo."

Con un sorrisetto furbesco sul volto, Leo si chinò e le strofinò il naso sull'orecchio, poi le mordicchiò con delicatezza il lobo, al che un brivido percorse Cassidy, le venne la penne d'oca e le si indurirono i capezzoli. "Stanotte faremo l'amore," disse Leo, riscaldandole l'orecchio con il tepore del fiato e innescando in lei un gemito. "Ti leccherò e nel mentre mi godrò lo spettacolo di te che vieni, poi faremo l'amore e sarà lento e dolce... e riuscirai a pensare solo al fatto di avermi dentro di te."

"Leo," lo rimproverò lei sentendosi mancare l'aria.

Al che lui fece un passo indietro e l'improvvisa assenza del suo corpo provocò a Cassidy un brivido gelato. Leo le sorrise e uscì dalla veranda camminando all'indietro, in modo da poterla continuare a guardare.

"È stato un colpo basso da parte tua," gli disse lei.

Il sorriso che Leo aveva sul volto crebbe.

Lo sguardo di Cassidy cadde in prossimità della patta dei jeans di Leo, allora capì che non era stata la sola a eccitarsi durante il corpo a corpo. "Guida con prudenza!" gli gridò.

"Sempre!" ribatté lui. "Su, Cass, rientra in casa!"

Lo accontentò e aprì la porta; poi, dopo averlo salutato con la mano un'ultima volta, entrò per parlare con il figlio.

Raggiunse il divano e si sedette accanto a Mario. Lo guardò per lunghi istanti, finché lui sospirò e spense il televisore.

"Volevi parlarmi... perciò, avanti... parla," le disse.

A Cassidy dispiaceva che Mario si rivolgesse a lei in quel modo, ma d'altronde sapeva che il figlio non lo faceva per cattiveria: era confuso e stava cercando di elaborare l'accaduto. Decise di non tergiversare ed entrò subito nell'argomento.

"So che ce l'hai con me perché quel giorno ho chiuso te e gli altri nel bunker," disse.

Mario sbatté le palpebre più volte, poi spostò lo sguardo verso le proprie mani, che teneva sulle ginocchia, e annuì.

Cassidy prese coraggio facendo un profondo respiro e cominciò dall'inizio. "Quando ho conosciuto tuo padre, pensavo di essermi innamorata di lui. Era un uomo di successo ed era molto più grande di me. Non ero esattamente pazza di lui, ma lo rispettavo e credevo che anche lui rispettasse me. Fin dall'inizio, il nostro matrimonio è stato tutt'altro che rose e fiori. Eppure, anche se potevo, non volevo tornare sui miei passi e alterare il rapporto che avevo con lui. Sai perché?"

Mario scosse il capo.

"Perché il nostro rapporto mi aveva dato te," disse lei calorosamente. "Tu sei quanto di più bello mi sia mai capitato nella vita. Il giorno in cui sei nato, ho giurato a me stessa che avrei sempre fatto qualsiasi cosa per il tuo bene... e anche quando ci siamo trasferiti in Giamaica, pensavo che fosse per il tuo bene. Dopo che io e Alfred abbiamo divorziato, la vita a El Paso, per me, era diventata difficile. Lui conosceva molte persone lì e dovunque io andassi, c'era qualcuno che mi guardava come se fossi stata una pazza a porre fine al nostro matrimonio. Non capivano perché mi fossi lasciata scappare quello che loro ritenevano essere un uomo d'oro. Il fatto è che io e lui non ci amavamo e separarci è stata la cosa giusta per entrambi. Quindi sono andata in Giamaica, con l'idea che io e te avremmo potuto vivere lì per un anno, più o meno, così da poter riorganizzare la nostra vita. Il piano era di ritornare poi negli Stati Uniti e iscriverti a una buona scuola; non sapevo dove... ma ero certa che non sarebbe stato a El Paso."

"Papà si è arrabbiato quando mi hai portato via da lui?" chiese Mario.

Cassidy si morse il labbro, poi si risolse a parlare in tutta sincerità. "Credo di sì... ma credo anche che, in quella fase della sua vita, abbia anche provato sollievo... Non perché non avrebbe più rivisto te, ma perché non avrebbe più avuto intorno me a ricordargli il fallimento del suo matrimonio."

"Mi ricordo che urlava un sacco," disse Mario.

Quel commento rattristò Cassidy, che però annuì. "Né io né lui eravamo felici," disse diplomaticamente. "Il fatto che non ci amassimo, però, non significa che non mi dispiaccia per la sua morte. Nessuno merita di andarsene così."

Mario rifletté per qualche istante, poi annuì e osservò: "Leo non urla mai con noi... e non mi guarda mai come se fosse deluso da me. Quando gli ho detto che volevo verniciare la mia stanza di rosa, non ha battuto ciglio. E poi non gli interessa che io non voglia giocare a calcio. Ha già detto che non vede l'ora di assistere alla mia prima esibizione pubblica da cheerleader... anzi, ha detto che non se la vuole perdere per niente al mondo. Papà, invece... Mi ricordo quella volta che si è arrabbiato perché preferivo giocare con le bambole piuttosto che dare calci al pallone che mi aveva regalato."

Cassidy era felice per l'affetto che Mario provava per Leo, ma allo stesso tempo si rammaricava del fatto che il figlio si ricordasse di quel brutto Natale di tanti anni prima. Quella era stata una delle mille ragioni per cui lei aveva lasciato Alfred. Fece un profondo respiro e proseguì con il racconto. "Ti giuro che, quando siamo arrivati in Giamaica, non avevo idea che quel posto per noi si sarebbe rivelato una trappola. Michael si è preso i nostri passaporti, impedendoci così di andarcene. Ho accettato quella situazione fin troppo a lungo soltanto perché non sapevo come uscirne. In realtà, quando tu eri più piccolo, le cose non andavano poi tanto male. Stavamo per conto nostro e io facevo la maestra per te e per gli altri bambini."

"Poi però le cose sono cambiate," la anticipò Mario.

"Proprio così. Avevo commesso l'errore che mi ero sempre ripromessa di evitare: ti avevo messo in pericolo. Perciò ho cominciato a spedire lettere all'FBI, supplicando di aiutarci. Non ero nemmeno sicura che qualcuno le ricevesse, ma in quel momento era il meglio che potessi fare."

"E così è arrivato Leo," disse Mario.

"Esatto," confermò Cassidy. "Sarei stata felice a prescindere da chi fosse venuto a salvarci... ma Leo lo conoscevo fin dai tempi delle superiori. È riuscito a portarci via di lì e io ho pensato che per me e lui fosse una seconda *chance*. Ho rinnovato a me stessa la promessa che, comunque fossero andate le cose, in futuro avrei messo te al primo posto. Ti ho privato di gran parte della tua infanzia solo perché a El Paso non mi sentivo a mio agio. Non si sarebbe dovuto ripetere."

"Dopo aver lasciato la Giamaica, tutto procedeva per il meglio. Tu eri felice. Io ero felice. Io e Leo stavamo ufficialmente insieme. Ma quel giorno... il giorno in cui vi ho chiusi nel bunker... Mi aveva chiamato tua nonna, dicendomi che Lloyd aveva ucciso tuo padre e che probabilmente sapeva dove trovarci. Avevo appena cominciato a pensare al da farsi, quando Lloyd e Martin hanno sfondato il recinto del garage.

"Ero terrorizzata, Mario. Loro erano lì... e l'unico pensiero che avevo in testa era metterti al sicuro, impedire che quelli arrivassero a te e ti costringessero a tornare a vendere la loro droga. Ero certa che, se avessero messo le mani su di me, ti avrebbero lasciato in pace. Ti ho chiuso nel bunker per proteggerti... e lo rifarei, se mi ritrovassi in una situazione del genere. In passato, non ero stata in grado di difenderti, ma in quel momento avrei fatto qualsiasi cosa per impedire a Lloyd di toccarti anche solo con dito... e lo stesso farei ora."

Cassidy era in lacrime, ma non distolse lo sguardo da Mario.

"Ti voglio bene, piccolo mio. Mi dispiace che tu ti sia spaventato, ma sacrificare me stessa era l'unico modo in cui avrei potuto proteggerti. In Giamaica, non avrei mai fatto nulla del genere, perché laggiù tu non avevi nessun altro, potevi contare solo su di me; non potevo lasciarti solo. Qui, invece... se mi succedesse qualcosa, Leo si prenderebbe cura di te, come farebbero gli altri. Non ho dubbi al riguardo. Non siamo più soli: abbiamo degli amici... degli amici fantastici che non esiterebbero a farsi avanti, se fosse necessario."

Anche a Mario erano venuti gli occhi lucidi. "Ma mamma... io non vorrei mai vivere senza di te!"

Cassidy aprì le braccia e il figlio si consegnò volentieri all'abbraccio. Il ragazzino scontroso e capriccioso di poco prima era sparito. Quello che Cassidy stringeva tra le braccia era il bambino bambino che lei aveva cullato innumerevoli notti perché si addormentasse. "Lo so, ma le mamme sono fatte così: proteggono i loro figli. In passato non l'ho fatto... e per questo mi odiavo. Mi dispiace. Mi dispiace di aver portato tanto dolore nelle nostre vite. Mi dispiace di averti spaventato. Mi dispiace di essere stata una cattiva madre... ma ti prometto che d'ora in poi tutto sarà diverso."

"Non sei una cattiva mamma," ribatté Mario con la faccia contro il petto della madre, che ne attutiva la voce. "Sei la mamma più brava del mondo. Ero arrabbiato perché mi hai abbandonato. Mi hai *lasciato là*."

"Ti ho lasciato con persone che sapevo ti avrebbero protetto anche mettendo a rischio le loro stesse vite," obiettò Cassidy. "E poi... dovevo tutelare anche Kevin... e la bimba nella pancia di Molly. Cosa pensi che avrebbe fatto Lloyd se fosse riuscito a mettere le mani su di loro?"

La risposta di Mario fu un cenno di assenso, che Cassidy, più che vedere, sentì sulla pelle.

Si ritrasse e gli prese la faccia tra le mani. "Ti voglio bene, figlio mio. A prescindere da tutto. Nella vita, prenderai anche delle decisioni sbagliate, ma io ti vorrò comunque bene. Farai degli errori, ma io ti vorrò bene. Anche se andrai male a un esame, se mi urlerai contro, se mi disobbedirai... non mi importerà: l'amore che provo per te è assoluto. Dovunque andrai e qualunque cosa deciderai di fare, l'amore di tua madre ci sarà sempre. Capisci?"

Mario annuì.

Cassidy non poteva negare di sentirsi molto meglio, dopo aver fatto quel discorso a Mario. Probabilmente, il figlio le avrebbe fatto altre domande, inoltre lei sapeva che la ferita che la brutta avventura aveva provocato a Mario non si sarebbe rimarginata all'istante... ma sentire tutta la verità gli aveva fatto bene, o almeno così lei sperava.

"Mamma?"

"Sì, tesoro?"

"Sposerai Leo?"

A quella domanda, il battito cardiaco di Cassidy accelerò. "Non lo so. Spero di sì. Lo amo... ma non sono in grado di prevedere il futuro. Se avessi avuto la sfera di cristallo, non ti avrei mai portato in Giamaica."

Mario accennò un sorriso, poi tornò a farsi serio. "*Se* lo sposi, prenderai il suo cognome?"

"Credo di sì." Voleva *assolutamente* prendere il cognome di Leo. Era da quando aveva quindici anni che sognava di chiamarsi Cassidy Zanardi. Dopo il divorzio, aveva ripreso il suo nome da nubile, ma era disposta a sopportare un'altra volta i mal di testa che comportava cambiare legalmente cognome, se lei e Leo si fossero davvero sposati. "Perché me lo chiedi? Cosa ti ci ha fatto pensare?"

"Pensi che Leo sarebbe d'accordo se anch'io prendessi il suo cognome?" le chiese il figlio, aggrottando la fronte come se stesse ponderando la più grave delle questioni.

A Cassidy venne il batticuore. Stava di nuovo per commuoversi.

"È solo che... io gli voglio bene... e lui ne vuole a me. Penso che preferirei chiamarmi Mario Zanardi piuttosto che Mario Pepper. Mi dispiace che il mio vero padre sia stato ucciso, ma non lo conoscevo quasi per niente... e lui non ha mai più cercato, dopo che ce ne siamo andati... o dopo che siamo tornati. E poi è stato cattivo con noi. Sì, preferirei portare il cognome di Leo."

"Secondo me, sarebbe onorato di darti il suo cognome," gli disse in tutta sincerità. "Però... non so se ci sposeremo... Sai, a volte, per una ragione o per l'altra, le relazioni di coppia semplicemente non funzionano," aggiunse cauta.

Mario fece spallucce e si strinse ancora a lei. "Questa funzionerà," ribatté lui sicuro di sé. "Ne sono certo."

Cassidy non poté non sorridere. "Lo spero anch'io," sussurrò. In realtà, dentro di sé, ne era certa anche lei. Si sarebbe stupita di più se le cose con Leo *non* avessero funzionato, vista la grande sintonia che c'era tra di loro. Se l'indomani Leo le avesse fatto la proposta, lei avrebbe detto di sì. Sapeva che non sarebbe successo, perché tutti e tre avevano bisogno di un po' di tempo per abituarsi all'idea di essere una famiglia, ma non poté fare a meno di pensare al tipo di nozze che le sarebbe piaciuto. Qualcosa di intimo e discreto, con le persone che le erano più care.

"Ti voglio bene, Mario. Per favore, se in futuro sarai arrabbiato, non esitare a parlare con me... o con Leo, se si tratta di qualcosa che non vuoi discutere con me. Sono tua madre, ma mi piace pensare di essere anche una tua amica... la tua paladina, la tua cheerleader, qualcuno su cui potrai contare in qualsiasi occasione. Ok?"

"Ok," disse Mario, poi raddrizzò la schiena. "Ora posso finire di vedere lo show?"

Cassidy lo osservò. Sembrava essersi alleggerito di un peso enorme e le ombre che poco prima lo rabbuiavano si erano dissipate. Gli sorrise, annuendo. "Certo. È ancora un po' presto per il pranzo. Se non ti dispiace, io vado di là a telefonare a Leo."

Mario scrollò le spalle; era già alla ricerca del telecomando.

Cassidy scosse la testa, appuntandosi che avrebbe dovuto abituarsi al nuovo Mario: un ragazzino autonomo e leggermente distaccato. Le sarebbe mancato il bambino che aveva imparato a conoscere, ma era entusiasta all'idea di assistere alla metamorfosi che lo avrebbe trasformato in un uomo. Non dubitava che, con l'aiuto e la guida di Leo, ma anche di Bull, Smoke e Eagle, l'uomo che ne sarebbe uscito sarebbe stato rispettoso, gentile e premuroso.

Cassidy si alzò e recuperò il telefono dal top della cucina. Guardò l'orologio e fu sorpresa di scoprire che la conversazione con Mario era durata più di quanto le fosse sembrato. A lei sembrava fossero trascorsi dieci minuti o poco più. Immaginò che fosse una specie di anticipazione di come sarebbero stati gli anni a venire. Un bel giorno, avrebbe ripensato agli anni dell'adolescenza di Mario e si sarebbe chiesta come avessero fatto a volare via tanto in fretta.

Andò al piano di sopra, nella camera letto che condivideva con Leo e cliccò il suo nome sullo schermo del cellulare. Non vedeva l'ora di dirgli che il confronto con Mario era stato un successo. La notizia che il figlio voleva prendere il cognome di Leo l'avrebbe conservata per un altro giorno.

Cassidy si sentiva baciata dalla fortuna. Era sopravvissuta alla convivenza forzata con un trafficante di droga e al tentativo di rapimento da parte di Lloyd e Martin; aveva un compagno che amava con tutto il cuore e che, incredibilmente, la amava nello stesso modo; poteva contare su un gruppo di amici fantastici; i suoi genitori erano sani e salvi... e Mario si stava adattando alla nuova situazione con impressionante facilità.

La vita le sorrideva.

CAPITOLO VENTUNO

Gramps guardò i tre uomini seduti al tavolo con lui. Erano i tre amici migliori che avesse mai avuto. Negli anni, lui e gli altri avevano vissuto insieme innumerevoli avventure, prima nelle Delta Force dell'esercito americano, dove avevano militato fino a quell'ultima missione in Medio Oriente, missione che aveva innescato il rimprovero ufficiale da parte dei superiori; poi con l'Assistenza Silverstone, che avevano creato dal nulla e che grazie ai loro sforzi era diventata un'azienda di successo.

Le missioni segrete a cui avevano partecipato come membri della Silverstone erano state tanto inebrianti quanto quelle che l'esercito aveva affidato loro, se non di più. Avevano aiutato tantissimi uomini, donne e bambini a riprendersi le loro vite. Eppure, come del resto i ragazzi sapevano da tempo, la loro vita lavorativa era destinata a cambiare.

Bisognava prendere una decisione sul futuro della Silverstone. I quattro avevano rimandato quella discussione per mesi, ma dopo che Smoke era stato dimesso dall'ospedale e si era quasi completamente rimesso, tutti sapevano che il momento era giunto.

"Come ti senti?" chiese Bull a Smoke.

"Bene, in realtà... il che mi sorprende. All'inizio della settimana, il dottore ha detto che posso tornare a fare tutto quello che facevo prima del ferimento," rispose Smoke con un largo sorriso. "Ho già cominciato a dimostrare a Molly la mia gratitudine per il modo in cui si è presa cura di me nelle ultime settimane."

Tutti ridacchiarono.

"La gravidanza come procede?"

"Tutto regolare. La piccola sta lievitando... A breve sarà qui tra noi."

"Contento che sia femmina?" gli chiese Bull.

"Contento? Sono al settimo cielo. Se devo essere sincero, all'inizio non avrei saputo dire se preferissi un maschio o una femmina... ma dall'istante in cui mi hanno detto che era una bambina, non sono più riuscito nemmeno a immaginare di avere un maschio."

"Sono contento per te," gli disse Gramps.

Eagle e Bull aggiunsero le loro felicitazioni.

"Devo ammettere di essermela vista brutta, stavolta," confidò Smoke agli amici. "All'inizio sembrava un'operazione come tante altre, ma quando sono stato colpito, ho capito di essere nei pasticci. Non avevo paura per me, ma per Molly. Non volevo lasciarla sola. Ho pensato che non avevo ancora visto la mia bambina... e non volevo abbandonare nemmeno lei."

Fu il modo migliore per entrare nell'argomento. "Siamo cambiati," esordì Gramps. "La Silverstone è cambiata." Non fu sorpreso quando i tre amici annuirono simultaneamente. "Se Willis ci chiamasse oggi stesso per chiederci di accettare quel caso su cui abbiamo fatto ricerche fino a poco tempo fa, saremmo disposti ad accettare?"

La domanda di Gramps fu accolta da un silenzio generale, dietro il quale montavano laboriose riflessioni, mentre ognuno dei quattro cercava di formulare una risposta.

"Taylor aspetta un altro bambino," disse Eagle di punto in bianco.

Tutti lo guardarono increduli.

"Wow, amico..." commentò Bull.

"Sì, lo so... Non era una cosa pianificata, ma una sera lo abbiamo fatto senza precauzioni... e tanto è bastato," disse Eagle con un vago imbarazzo. "Kevin si era addormentato presto... Io e Taylor non avevamo un po' di intimità da diversi giorni... e una cosa tira l'altra..."

"Congratulazioni!" disse Smoke dopo una risata.

"Sì, è grandioso... Di quanto è incinta?"

"Meno di sei settimane," rispose Eagle, "siamo proprio agli inizi. Però siamo entrambi... moderatamente entusiasti, diciamo così. Perciò, se Willis chiamasse e ci chiedesse di andare in missione domani, io avrei delle grosse riserve al riguardo."

"Io e Skylar non vogliamo bambini," intervenne Bull, "ma dopo aver visto l'inferno che ha vissuto Molly in seguito al ferimento di Smoke... non sopporto l'idea che una cosa del genere possa succedere anche a Skylar. Mi rendo conto che la vita è fatta anche di rischi e che potrei avere un incidente stradale anche domani, ma mi è un po' passata la voglia di cacciarmi di proposito in situazioni pericolose."

"Io ho passato la vita ad aiutare gli altri, fregandomene delle conseguenze che le mie azioni avrebbero potuto avere su di me," disse Gramps. "Sono fiero di ciò che abbiamo fatto nell'esercito e poi con la Silverstone, ma ora mi accorgo di essermi perso due decenni che avrei potuto passare con Cassidy al mio fianco, se solo a suo tempo fossi stato più coraggioso... questo mi rende meno impaziente di mettere a repentaglio la mia incolumità e gli anni che voglio vivere insieme a lei."

"Dopo aver visto la morte in faccia, anche il mio modo di vedere è cambiato," concordò Smoke.

Gramps annuì. "Pare che siamo tutti sulla stessa lunghezza d'onda." Quella sintonia non lo sorprendeva. Erano una squadra. Da ragazzi, si erano divertiti insieme ed erano stati commilitoni nelle Delta Force. Quando Willis aveva offerto loro l'opportunità di servire la patria in modo diverso, insieme avevano deciso di accettare e mettere anima e corpo nella nuova avventura. Infine, tutti e quattro si erano dati da fare per trasformare l'Assistenza Silverstone in un'azienda di successo... e c'erano riusciti, al di là delle loro più rosee aspettative.

"Chi lo dirà a Willis?" chiese Smoke.

"Non credo che sarà necessario dirglielo," disse Eagle scrollando le spalle. "Secondo me, negli ultimi tempi, è stato piuttosto evidente che qualcosa in noi è cambiato. Ci siamo a malapena presi il tempo di sederci e parlare dei casi che lui ci ha sottoposto e non mi risulta che gli abbiamo dato alcun riscontro riguardo a potenziali missioni."

"Più tardi lo chiamerò," si offrì Bull.

"Chi ha tempo non aspetti tempo," sentenziò Gramps.

Gli altri tre annuirono.

"Facciamolo," disse Smoke.

Gramps si alzò e prese il telefono satellitare che utilizzavano per comunicare con l'FBI. Fece il numero di Willis e mise in viva voce, poi posò il telefono al centro del tavolo.

La risposta arrivò dopo diversi squilli.

"Parla Willis."

"Qui è la Silverstone," disse Gramps.

"Ah, piacere di sentirvi, ragazzi. È passato un po' di tempo dall'ultima volta."

Bull andò subito al sodo. "Dobbiamo parlare."

"Credo di sapere già ciò che volete dirmi," replicò Willis in tono vagamente sarcastico.

Gramps non era affatto sorpreso.

"La Silverstone chiude i battenti," disse Smoke con fermezza. Non stava chiedendo alcun permesso... Semplicemente, stava informando Willis della loro decisione. "Mia figlia nascerà presto e la moglie di Eagle è di nuovo incinta. Gramps ora ha un figlio quasi adolescente di cui deve prendersi cura e anche Bull ha una famiglia."

"Tu come stai, Smoke?" gli chiese Willis, evitando di commentare le informazioni che l'amico gli aveva dato.

"Meglio, ora," rispose Smoke. "Hai capito quello che ho appena detto, vero?"

Tutti sentirono il sospiro di Willis. "Sì. Me lo aspettavo... anche se speravo di sbagliarmi. Voglio che sappiate che comprendo perfettamente le vostre ragioni. Io rimpiango di essere stato tanto concentrato sul lavoro da trascurare mia moglie e mia figlia. Anche quel giorno, a Parigi... non mi sono preso il pomeriggio per andare a fare spese con loro; forse, se fossi stato al loro fianco, non sarebbero state rapite. Se potessi tornare indietro, farei tutto diversamente... ma *non* posso. Ho sempre immaginato che, se aveste trovato delle compagne, la situazione sarebbe cambiata. Vi auguro il meglio."

Nessuno dei quattro sapeva cosa dire. Erano a conoscenza della storia di Willis, del fatto che la moglie e la figlie erano state rapite e uccise; era quella la ragione per cui lui era tanto determinato a stanare ed eliminare i peggiori criminali del mondo.

"A breve, il governo metterà sui vostri conti bancari una ricompensa per il servizio che avete reso al paese. No, non potete rifiutare. La faccenda è già stata decisa e la somma non può essere restituita, perciò fatevene una ragione. Ah, Smoke... lo so che *tu* non hai bisogno di quei soldi, ma ti toccherà tenerli. Compra qualcosa di carino per tua moglie e tua figlia. O spendili per un nuovo carroattrezzi. Non mi interessa *cosa* farete con quei soldi, ma teneteveli... D'accordo?"

I quattro risero.

"D'accordo."

"Intesi."

"Grazie."

"Faremo come dici."

"Sono io a dovervi ringraziare per l'aiuto," proseguì Willis. "Dico sul serio. Non vi daranno mai premi, né medaglie. Nessuno saprà mai ciò che avete fatto. Ma vi siamo grati, più di quanto non immaginiate. Quando avrò riattaccato, questo numero verrà disattivato e io non cercherò più di contattarvi. Le vostre vite vi aspettano. Siate felici e prudenti."

Anni prima, Willis era comparso come dal nulla... e nel nulla sparì, chiudendo la telefonata.

Gramps fece un profondo respiro e guardò uno a uno i suoi amici. "Non so se essere incazzato con lui o sentirmi sollevato dal fatto che abbia subito capito."

"Vero?" concordò Smoke.

"Mi sembra che mi abbiano appena tolto dalle spalle un fardello pesante come il mondo," osservò Bull. "Sono l'unico a sentirmi così?"

"Nah," rispose Eagle. "Sapete, è vero che abbiamo ancora l'Assistenza Silverstone e che mandare avanti la ditta sarà tutt'altro che semplice... ma sto cercando di immaginarmi come diventare un marito e un padre 'normale'... qualsiasi cosa significhi."

"Pensate che ci mancheranno le nostre missioni?" chiese Gramps.

Smoke scrollò le spalle. "Beh, sì... qualche volta succederà. Era appagante pensare che stavamo ripulendo il mondo. Eppure, ieri sera, a letto con Molly, le ho messo una mano sul pancione e ho sentito muoversi la bimba. È stata un'emozione meravigliosa. Presto avrò un piccolo essere umano da crescere, una creatura che avrà bisogno della mia guida e dei miei insegnamenti. Della mia protezione. È più importante di tutto il resto... ed è una responsabilità enorme, per la quale non sono nemmeno sicuro di essere preparato; però, con Molly al mio fianco, so di volerci provare. E dire che stavo per giocarmi quest'opportunità..."

Gramps annuì. Pensando a Mario, provava le stesse emozioni. Il figlio di Cassidy non era certo un lattante, ma Gramps sentiva di poterlo ancora aiutare, di poter avere una buona influenza su di lui.

"Ragazzi, voi siete tutto per me," intervenne Bull. "Sono felicissimo che la squadra ora includa anche Skylar, Taylor, Molly e Cassidy... e Kevin, Mario... e i due bambini che arriveranno l'anno prossimo. Le nostre vite cambieranno, ma non dubito che noi resteremo all'erta. Sono fiero di aver servito il paese con voi per tutti questi anni e spero che resteremo amici nei decenni che ci aspettano."

"Non ti libererai di noi, vecchio mio," ribatté Smoke.

"Già," concordò Eagle, "e anche se tu e Skylar non diventerete genitori, sappi che Taylor sta già parlando di voi due come potenziali padrino e madrina dei nostri figli."

Bull sorrise. "Davvero? Grandioso... Non vedo l'ora che crescano, così da poterli viziare con merendine e quant'altro, per poi rispedirteli a casa, dove tu ti occuperai della parte meno piacevole dell'essere genitore."

"Bastardo," lo apostrofò Eagle impassibile.

Gramps si alzò e andò a prendere quattro birre dal frigorifero nell'angolo della stanza. Era un po' presto per bere alcolici, ma a tutti sembrò doveroso. Stapparono le bottiglie e Gramps alzò la sua.

"All'Assistenza Silverstone... e ai tre amici migliori che un uomo possa avere!"

"Salute!" esclamarono all'unisono Smoke, Eagle e Bull, poi le bottiglie si toccarono, tintinnando.

Era il nuovo inizio di un'antica amicizia e Gramps immaginò il momento in cui, di ritorno a casa, avrebbe detto a Cassidy che non ci sarebbero più state missioni pericolose e che perciò lei non avrebbe più dovuto preoccuparsi. Sapeva che quel pensiero le aveva occupato la mente e che ne aveva parlato con le altre ragazze. D'altronde, né lei né le amiche si sarebbero mai opposte al loro secondo lavoro. Se Gramps e i suoi compagni fossero partiti per altre missioni, le rispettive compagne li avrebbero semplicemente salutati con sorrisi e auguri di buona fortuna... per poi angosciarsi durante la loro assenza.

Per la prima volta dopo tanti anni, Gramps era in pace con se stesso. La vita non era perfetta, ma con Cassidy al proprio fianco, si sentiva pronto ad affrontare il futuro.

EPILOGO

Un anno dopo

Gramps aveva il fiato sospeso mentre aspettava che Cassidy lo raggiungesse all'altare. In realtà, non c'era alcun altare: erano nel giardino sul retro di casa sua, che era diventata a tutti gli effetti casa loro, ma era lì che Cassidy aveva deciso di celebrare il matrimonio, perciò lì era il loro "altare".

Le aveva chiesto di sposarlo circa sei mesi prima. Lei e Mario si erano trasferiti dal loro appartamento a Southpoint e a casa di Gramps si erano subito ambientati, come se avessero sempre vissuto lì. Mario non aveva avuto alcun problema ad abituarsi alla nuova situazione e in generale si era dimostrato un ragazzino pieno di entusiasmo e voglia di vivere. Aveva anche lui le sue giornate storte, ma Gramps era felice di aver assunto il ruolo di figura paterna.

Gramps lo guardò. Mario era in piedi accanto al primo testimone e lo smoking che indossava lo faceva sembrare più maturo dei dodici anni che aveva. Gramps non poté che sorridere alla vista del papillon rosa acceso che Mario aveva insistito per mettersi: aveva uno stile unico e non gli interessava ciò che pensavano gli altri.

Qualche giorno prima, dopo essere tornato da scuola, Mario aveva chiesto a Gramps di parlargli in privato. Subito, Gramps si era chiesto con una certa preoccupazione cosa mai volesse dirgli il ragazzo... poi Mario l'aveva stupito chiedendogli se poteva cambiare il proprio cognome in Zanardi, dopo il matrimonio. Quella richiesta aveva provocato in Gramps un'emozione nuova e intensa.

"C'è un'altra cosa di cui vorrei parlarti," gli aveva poi detto il ragazzo, sorprendendolo ancora.

"Puoi parlarmi di tutto ciò che vuoi."

Mario aveva strisciato i piedi, fissando il pavimento. "Ieri ho parlato con la mamma, ma volevo dirlo anche a te." Poi lo aveva guardato negli occhi. "Sono gay."

Il misto di ansia, paura e audacia che contenevano quelle due parole aveva commosso Gramps. "Lo so," aveva ribattuto.

Al che Mario lo aveva guardato sorpreso. "Sì?"

"Sì," gli aveva confermato Gramps con una risata.

"E...?"

"...e cosa?"

"Mi vuoi ancora bene?"

Per tutta risposta, Gramps lo aveva abbracciato proprio come un padre avrebbe abbracciato il figlio. "Ti vorrò sempre bene, qualsiasi cosa succeda. Per quel che mi riguarda, tu sei mio figlio. *Niente* mi farà cambiare idea."

A Mario erano venute le lacrime agli occhi, anche se poi era riuscito a non scoppiare in un pianto dirotto. "Ti voglio bene anch'io," gli aveva detto il ragazzo.

In quel momento, lì nel giardino di casa, Mario si distingueva tra tutti: era alto, per la sua età, mostrava una chiara fiducia in se stesso ed era pronto, non appena Gramps gli avesse fatto un cenno, a fare la propria parte nella cerimonia. Gramps non avrebbe potuto essere più orgoglioso del suo ragazzo.

Spostò lo sguardo sulla prima fila di invitati e sorrise per l'ennesima volta a quelli che stavano per diventare i suoi suoceri.

Mesi prima, Cassidy li aveva convinti a trasferirsi in Indiana e i due erano felicissimi di essersi riuniti alla figlia.

Poi Gramps salutò con un cenno del capo l'omone seduto accanto alla madre di Cassidy. Big Red. Il camionista che aveva avvistato la macchina con a bordo Cassidy e i suoi rapitori, Lloyd e Martin. Gramps lo aveva rintracciato per ringraziarlo di persona e in seguito Big Red, quando non era in giro con il camion, aveva spesso fatto visita a lui e Cassidy, in compagnia della moglie. Gramps sarebbe sempre stato in debito con lui.

La marcia nuziale risuonò dagli altoparlanti e l'attenzione di Gramps si concentrò sul passaggio che era stato lasciato tra le file di sedie, in fondo al quale c'era lei.

Cassidy.

La sua donna.

L'altra metà della sua anima.

Indossava un abito da sposa color crema senza spalline, le scendeva fino ai polpacci. Il corpetto era attillato, poi il vestito si gonfiava in una gonna all'altezza dei fianchi. Cassidy aveva un'acconciatura molto elaborata, illuminata dal diadema che Mario aveva insistito si mettesse.

Nell'istante in cui i loro sguardi si incontrarono, Gramps sospirò appagato. Lei aveva un'aria felice e spensierata. Era l'espressione che Gramps voleva vederle sul volto per il resto della loro vita.

Cassidy cominciò a camminare e Mario fece un passo avanti. Si incontrarono a metà strada e lui la prese a braccetto. Gramps guardò le due persone che aveva più care raggiungerlo e non poté non domandarsi perché mai fosse stato tanto fortunato. La vita aveva dato a lui e a Cassidy una seconda possibilità. Per anni aveva pensato di essere ormai troppo vecchio per trovare una donna in grado di sopportarlo. L'unico rimpianto che aveva era non aver rivendicato Cassidy prima.

Quando lei gli fu vicino, gli prese la mano e Gramps si rilassò completamente. Cassidy era lì e nel giro di pochi minuti sarebbe diventata sua moglie; qualche giorno più tardi, Mario sarebbe diventato legalmente suo figlio.

Era la più bella settimana di tutta la sua vita e Gramps non riusciva a smettere di sorridere.

Durante la cerimonia, rimase per lo più perso nei suoi pensieri. Era certo che più tardi gli amici gli avrebbero ricordato i particolari... ma Gramps, per conto suo, non poté far altro che continuare a guardare negli occhi marroni di Cassidy, chiedendosi come mai la sorte fosse stata tanto generosa con lui. Quando arrivò il momento di baciare la sposa, Cassidy lo mise in guardia con lo sguardo e a lui scappò da ridere.

Cercò di controllarsi, non voleva metterla in imbarazzo davanti a tutti. Le piegò leggermente la schiena e le diede un bacio breve ma pieno di passione. Le tenne piegata sul proprio braccio per un lungo momento, perso nei suoi occhi. "Tutto ciò che ho fatto, l'ho fatto per arrivare a questo momento. Tu... qui tra le mie braccia... con al dito l'anello che ti ho messo io... sei tu il mio premio," le sussurrò.

Lei chiuse gli occhi per un istante e quando li riaprì erano colmi di lacrime. "Ti ho amato praticamente per tutta la vita," gli disse. "Ma credo che ci abbia fatto bene fare le nostre esperienze, prima di ritrovarci per stare insieme."

Gramps non ne era del tutto convinto, ma la gratitudine per averla finalmente come compagna di vita era tale che decise di non obiettare. Si era perso due decenni con lei, ma era determinato a recuperare, negli anni che avrebbero avuto a disposizione.

La raddrizzò e insieme si girarono verso Shawn Archer, che dopo una competizione con Bart durata settimane, si era aggiudicato l'onore di officiare la cerimonia. Mario si mise sull'altro fianco della madre e la prese per mano.

"Signore e signori, vi presento Cassidy, Mario e Leo Zanardi!" esclamò con entusiasmo Archer, indicando con le mani il terzetto.

Tutti gli invitati esultarono e Gramps fissò nella memoria

l'immenso sorriso di Cassidy, mentre tutti e due, novelli sposi, ripercorrevano a ritroso il giardino in compagnia del figlio.

Più tardi, quella stessa sera, alla fine di una festa indimenticabile, Gramps era in giardino con Bull, Smoke e Eagle. Le donne erano sedute a un tavolo vicino, intente a ridere e a spettegolare. Skylar teneva tra le braccia Kevin, che già da un paio d'ore era crollato in un sonno profondo. Molly stringeva al petto la figlioletta. In giardino c'erano anche Mario e Sandra che ballavano.

Eagle cullava tra le braccia la sorellina di Kevin, nata pochi mesi prima. Gramps non ricordava di essere mai stato tanto sereno. In passato, aveva vissuto sempre sull'attenti. Pronto ad affrontare il pericolo. In attesa di sentirsi dire al telefono che lui e i suoi compagni dovevano andare in missione dall'altra parte del mondo. Quella sera, come del resto da un anno a quella parte, le sue più grandi preoccupazioni erano assicurarsi che i turni al garage fossero organizzati bene e incastrare i propri impegni con quelli di Cassidy, di modo che uno dei due fosse sempre presente agli allenamenti e alle esibizioni di Mario o potesse accompagnare il ragazzo a un'uscita con gli amici.

"Ti manca?" chiese Bull a Gramps, quasi potesse leggergli nel pensiero.

"Ti riferisci al brivido? Alle botte di adrenalina? All'euforia che provavamo a sapere che contribuivamo a rendere il mondo un posto più sicuro?" domandò Gramps.

"Già," rispose Bull dopo una risata.

"Per niente. E a voi?"

"Nah," disse Smoke.

"No," concordò Eagle.

"Sono fiero di ciò che abbiamo fatto," chiarì Bull, "ma non manca nemmeno a me. Mi va più che bene bere un paio di birre con voi, mentre ci chiediamo come diavolo siamo riusciti a convincere quelle quattro bellissime donne a stare con noi."

Tutti ridacchiarono.

"Ogni volta che guardo i miei figli, non posso fare a meno di esservi grato, ragazzi," disse Eagle.

"Vale lo stesso per me," ricambiò Smoke, gli occhi fissi su Molly.

"Ho sempre pensato di essere un tipo cazzuto," confessò Gramps scuotendo la testa. "So uccidere un uomo in cento modi diversi... ma basta una parola di Cassidy e divento un agnellino."

"E la cosa non sembra dispiacerti affatto..." lo stuzzicò Bull con un sorriso.

"Certo che no, cazzo. Non so cosa ci riserverà il futuro, ma sono certo che andrà tutto bene... e con voi al mio fianco, sento di poter fare qualsiasi cosa, superare ogni situazione che mi si presenterà. Vi voglio bene, ragazzi. Dico sul serio."

Gramps non sapeva da dove gli venissero quelle parole. Lui e gli altri non avevano mai veramente parlato dell'affetto che li legava. Tutti e quattro sapevano che la loro era un'amicizia grande e longeva. Eppure, dopo tutti gli anni che avevano passato insieme, fu quello il giorno in cui Gramps sentì l'urgenza di dire a Bull, Smoke e Eagle quanto tenesse a loro, quanto fossero importanti nella sua vita.

"Anch'io," disse Bull a bassa voce.

"Senza di voi, non sarei mai riuscito a diventare un uomo di famiglia," ammise Smoke.

"Siamo una squadra," chiosò Eagle.

Gramps sorrise. Si ricordò di quando Eagle aveva detto la stessa identica cosa, il giorno in cui si erano ritrovati insieme nello stesso reparto delle Delta Force. Quel giorno si erano giurati di guardarsi le spalle a vicenda e anche se dopo tanti anni tutto era cambiato... in realtà non era cambiato nulla.

"Gramps?" lo chiamò Smoke.

"Sì?"

"Che cazzo ci fai ancora qui? Va' a prendere tua moglie e levatevi di qui."

Gramps ridacchiò. "Non volevo sembrare scortese andandomene dalla mia stessa festa."

"È la vostra prima notte di nozze... Credo che ce ne faremo una ragione se ve ne andate," disse Eagle in tono sarcastico.

"Sicuro che tu e Skylar non avete problemi a passare la notte qui?" chiese Gramps a Bull.

"Sicurissimo."

"Mario ha l'allenamento domattina presto. Gli piace arrivare in palestra un po' prima, così può spettegolare un po' con gli altri. Dovrete partire da casa verso le otto e svegliarlo alle sette... Ci mette *una vita* a prepararsi. Ah, cazzo... è meglio che lo svegliate alle sei e mezzo, visto che stasera farà tardi e domattina sarà una faticaccia tirarlo giù dal letto. Gli serve quella mezz'ora in più per crogiolarsi nel letto lamentandosi che è troppo presto per fare qualsiasi cosa. Gli ho già preparato il frullato proteico: è in frigorifero e..."

"Gramps?" lo interruppe Bull.

"Che c'è?"

"Che ne dici di portare tua moglie in albergo? Io e Skylar siamo in grado di gestire la situazione."

Scuotendo la testa e ridendo un po' di se stesso, Gramps annuì. "D'accordo. Grazie. È solo che... sarà la prima notte dopo molto tempo che non dormiremo sotto lo stesso tetto."

"Fila via," lo esortò Smoke. "Qui mettiamo a posto noi."

"Domani verrà la ditta di pulizie, perciò non dovrete fare molto," disse Gramps, dopodiché salutò i tre amici con un cenno del capo, diede un bacio alla piccola Alessa, che dormiva tra le braccia di Eagle, e si diresse verso Cassidy.

"Pronta ad andare?" le chiese.

Lei annuì con entusiasmo e si alzò subito. Gramps si fece un piccolo, tacito rimprovero. Le aveva lasciato il tempo di chiacchierare con le ragazze, ma pareva che Cassidy, proprio come lui, non vedesse l'ora di congedarsi. Gli avvolse un braccio intorno alla vita e si appoggiò a lui.

Gramps richiamò l'attenzione di Mario con un fischio e il ragazzo corse verso di loro. Abbracciò la madre, poi Gramps, e ascoltò pazientemente Cassidy raccomandarsi che si comportasse bene con Bull e Skylar. Lei era sul punto di ripetergli gli impegni che lo attendevano l'indomani, ma Bull si mosse verso la casa, portando Cassidy con sé. "È ora di andare," disse con fermezza.

"Divertitevi!" gridò Mario, prima di girarsi e tornare a ballare sull'erba con Sandra.

Sulla strada verso l'albergo, Gramps strinse forte la mano di Cassidy. "Allora, Signora Zanardi... è andato tutto come ti aspettavi?"

"Sì... ma sarebbe stato tutto perfetto anche se avessimo optato per una cerimonia-lampo in municipio, perché finalmente sono tua e tu sei mio. È quello che ho sempre voluto. Tutto il resto... la festa, i nostri amici radunati per noi... quelle sono state le ciliegine sulla torta."

"Ti amo. Davvero tanto," le disse Gramps.

"Anch'io," ricambiò Cassidy. Poi ridacchiò.

"Che c'è?" le chiese lui.

"Ho ripensato a quanto mi rendeva nervosa fare l'amore con te, quando cercavamo di evitare che Mario se ne accorgesse."

"Abbiamo superato quella fase, eh?" replicò Gramps con un sorriso.

"Già... Ciononostante, ho grandi aspettative per stanotte. Sai, non doverci preoccupare del rumore che facciamo..."

Lo guardò con occhi pieni di desiderio e Gramps dovette cambiare posizione sul sedile dell'auto. Gli si era indurito e non vedeva l'ora di affondare nel corpo formoso e accogliente di Cassidy. Aumentò leggermente la pressione del piede sull'acceleratore.

Lei si lasciò scappare una risatina e Gramps fu ancora una volta grato di averla al suo fianco. I percorsi delle loro vite avrebbero potuto andare in altre direzioni. Un piccolo imprevisto e forse lui e Cassidy non si sarebbero mai riavvicinati. Si fece l'appunto mentale di non dare mai per scontata la presenza della moglie e di fare tutto ciò che era in suo potere per risentire quella risatina ogni giorno che gli restava da vivere.

Cinque anni dopo

Bull sorrise a sua moglie, che stava raggiungendo il centro del palco per ricevere il premio. Skylar era stata candidata al titolo di "Insegnante dell'anno" del distretto scolastico in cui lavorava e aveva vinto. Poi era stata in corsa per lo stesso premio, ma per tutto lo stato dell'Indiana, e aveva appena scoperto di aver vinto anche quella competizione.

Gli ultimi cinque anni erano stati professionalmente intensi, per lei, ma Bull non ricordava di essere mai stato tanto felice. Skylar amava insegnare e non avrebbe mai fatto nessun altro lavoro, per quanto a volte fosse difficile.

La cerimonia di quella sera era resa ancora più speciale dal fatto che a consegnarle il premio era Sandra Archer. Ormai Sandra frequentava le scuole medie, ma il rapporto tra lei e Skylar negli anni si era mantenuto e anzi consolidato. L'esperienza comune del rapimento, durante il quale le due si erano sostenute a vicenda, aveva creato un legame molto forte tra di loro.

Il padre di Sandra, Shawn, lavorava ancora al garage e l'anno prima aveva sposato Khoudia, una stupenda donna di origini sudanesi. Khoudia aveva la pella più scura e lucente che Bull avesse mai visto; a volte, gli sembrava quasi di vederla risplendere. Lei e Shawn si erano conosciuti quando il cuoco era stato assunto per cucinare a un evento esclusivo, organizzato nella storica Tinker House, in centro a Indianapolis. Pareva che Shawn avesse sentito per caso uno degli invitati fare un commento razzista e lo avesse ripreso. Lui e Khoudia avevano poi cominciato a parlare ed era venuto fuori che lei si era appena trasferita a Indianapolis con il figlio e che stava cercando una buona scuola per il ragazzo.

Shawn le aveva raccomandato Eastlake, la scuola dove lavorava Skylar, e tanto era bastato per nascere una simpatia tra i due.

Sandra andava molto d'accordo con il nuovo fratello e li si vedeva spesso insieme al garage. Lei stessa, d'altronde, si stava trasformando in una giovane donna molto carina e Bull rideva di gusto quando Shawn si lamentava del fatto che Sandra già chattasse e telefonasse ai ragazzi che erano in classe con lei.

Quella sera, per la cerimonia, Sandra si era messa un vestito che la faceva sembrare più grande dei suoi undici anni. Per evitare di cadere sul palco e fare figuracce, era da due settimane che si esercitava a camminare con le scarpe mezzo tacco che aveva ai piedi.

Lo sguardo di Bull si posò ancora sulla sua fantastica moglie. Skylar aveva trascorso buona parte della giornata dalla parrucchiera, insieme a Taylor, Molly e Cassidy. I capelli ramati le ricadevano sulle spalle in corposi riccioli. Aveva più trucco di quanto se ne mettesse di solito e Bull, per quanto apprezzasse quel look suggestivo, la preferiva al naturale, in tutta sincerità. Indossava un abito verde smeraldo che si abbinava perfettamente al colore dei suoi occhi; era scollato sia sul davanti che sulla schiena, il che innescava in Bull il desiderio di infilarci le mani per accarezzare quella pelle che lui sapeva essere liscia come seta.

Fino a quel momento, era riuscito a tenere le mani a posto, ma sapeva che nell'istante in cui fossero entrati in camera da letto, la tregua sarebbe saltata. Forse non ce l'avrebbe nemmeno fatta a resistere tanto a lungo. Immaginò di tirarle il vestito sopra i fianchi, di piegarla sul divano e di prenderla da dietro.

Scacciò via quell'immagine, concentrandosi su Skylar che sorrideva alla platea da dietro il podio. La vide fare un profondo respiro e stringere il trofeo con mani tremanti.

Con un sorriso, Bull la incoraggiò a cominciare il discorso di ringraziamento.

"Grazie di vero cuore. Per me, ricevere questo premio è un onore immenso e... sono emozionatissima," esordì Skylar. "Quando ho cominciato a insegnare, mi chiedevano spesso perché avessi scelto di lavorare a Eastlake. Tutti mi dicevano che me ne sarei pentita, che la scuola era in un quartiere degradato e che i finanziamenti da parte del distretto mancavano. Io rispondevo che volevo lavorare in una scuola dove ci fosse davvero bisogno di me. Dove il mio contributo fosse apprezzato. Dove avrei potuto cambiare qualcosa. Gli alunni di Eastlake sono intelligenti esattamente come quelli che frequentano le scuole private più prestigiose. Hanno solo bisogno di qualcuno che creda in loro, di insegnanti che sappiano guardare al di là dei conti in banca delle famiglie degli alunni e che vogliano fare ciò per cui sono stati assunti: *insegnare*.

"I nostri figli sono il nostro futuro. Saranno loro a trovare una cura per il cancro e a guidare il nostro governo; saranno gli uomini e le donne che verranno a casa vostra quando avrete un problema alle fognature e le acque di scolo usciranno fuori dal water."

Quell'immagine provocò una risata generale e Skylar sorrise, aspettando che il vocio scemasse, poi riprese a parlare.

"Ogni alunno merita di essere trattato come se fosse il prossimo Albert Einstein. Dobbiamo dire loro che sono svegli e capaci e che nella vita potranno diventare quello che vogliono. Idraulici, ingegneri nucleari, ma anche casalinghe... o casalinghi. Il mondo è nelle loro mani e io sono orgogliosa di poterli aiutare a muovere i primi passi in quello che, spero, per loro sarà un viaggio lungo e pieno di soddisfazioni.

"Vorrei che ogni insegnante potesse ricevere questo premio. Insegnare è un lavoro duro. Passiamo molto tempo a preparare le lezioni, per poi assistere ai nostri piani che saltano, a nuove e inaspettate opportunità che si presentano in classe. Spesso, gli insegnanti subiscono insulti e persino sputi, diventano oggetto di pettegolezzi e in generale non vengono sufficientemente rispettati. Eppure noi torniamo in classe, giorno dopo giorno. E perché? Per i nostri alunni. Per il nostro futuro. Da parte di ogni insegnante, vi ringrazio tantissimo per l'onorificenza che mi avete conferito stasera."

Skylar annuì e la platea esplose in un applauso.

Bull e tutti quelli che erano seduti al tavolo con lui si alzarono, fu una standing ovation. Eagle e Taylor, Smoke e Molly, Gramps e Cassidy. I genitori di Skylar. Shawn e Khoudia. Bull vide Skylar arrossire. Era davvero felice e orgoglioso di lei. Sua moglie faceva ciò che più amava e il fatto che ricevesse quel riconoscimento era il coronamento di anni di sforzi.

Più tardi, quella stessa sera, Bull fece ciò che ore prima aveva immaginato: piegò Skylar sul divano e la prese da dietro. Fu un amplesso intenso e che la lasciò stremata, dopodiché la portò in braccio in camera da letto. Andarono in bagno e dopo che Skylar si fu struccata e tolta dai capelli quelle che a lui parvero centinaia di forcine, Bull la aiutò a sfilarsi il vestito. La osservò togliersi le calze, le mutandine succinte e il reggiseno. Scuotendo la testa, si spogliò anche lui e la seguì in camera da letto. Si misero sotto le coperte e lui la prese tra le braccia.

Petto contro petto, Bull riusciva a sentirle battere il cuore e chiuse gli occhi, appagato. "Congratulazioni," le sussurrò.

"Grazie. Sai che non ce l'avrei mai fatta senza di te, vero?" gli chiese.

Lui sbuffò. "Non importa."

"Dico sul serio. Tu mi rendi la vita semplice, in tanti modi diversi... solo così posso concentrarmi sul mio lavoro."

Bull sapeva che non era vero e che lei sarebbe stata un'ottima maestra anche se non lo avesse conosciuto, ma sapeva anche che Skylar era una donna testarda. Se lui avesse obiettato, lei avrebbe passato la nottata a insistere.

"Ti amo, Sky."

"Ti amo anch'io. Grazie per esserci stato, stasera."

"Non mi sarei perso la cerimonia per niente al mondo."

"Carson?"

Bull sorrise. Adorava quando lei lo chiamava per nome prima di fargli una domanda. "Sì, dolcezza?"

Lei tracciò sul suo petto qualche piccolo cerchio con il dito, poi lo guardò con occhi timidi, incorniciati dalle lunghe sopracciglia. "Eri davvero bello con lo smoking."

Bull ebbe un principio di erezione. Ancora. "Sì?"

"Sì. Ti senti stanco?"

Lui sorrise. Gli sembrava curioso che Skylar, dopo anni che stavano insieme, fosse ancora tanto timida, ma d'altronde quella era una delle ragioni per cui la amava. In un modo o nell'altro, era riuscita a mantenere quell'aura di innocenza che lo aveva colpito quando si erano conosciuti, nonostante Bull riuscisse regolarmente a far uscire allo scoperto la libertina che era in lei.

"Hai qualcosa in mente?" le chiese.

Per tutta risposta, Skylar si sottrasse al suo abbraccio e gli si mise a cavalcioni sopra. Le coperte volarono via e Bull restò in ammirazione di quella che per lui era la donna più bella del mondo. La sua donna. Sua moglie.

"Pensavo che, se davvero sei stanco, puoi lasciar fare a me."

"Accomodati pure," le disse Bull.

Entrambi sapevano che, quando sarebbero venuti, sarebbe stato Bull a essere sopra. Lui non resisteva: gli piaceva quando Sky prendeva le redini del gioco, ma non appena vedeva i seni ballonzolare mentre lei lo cavalcava, non era più in grado di controllarsi.

Skylar si alzò sulle ginocchia e si fece un po' indietro. Glielo prese fare le mani e l'uccello di Bull diventò duro come la roccia nel giro di pochi secondi. Poi, lentamente, sottoponendo entrambi a una voluttuosa tortura, Skylar se lo infilò dentro. Lui la penetrò per tutta la lunghezza dell'erezione ed entrambi gemettero. Ogni volta era come la prima. Bull perdeva completamente il controllo quando le era dentro.

"Ti amo," gli disse Skylar mentre cominciava a muoversi sopra di lui. "Il giorno che ti sei fermato con il carroattrezzi per soccorrermi è stato il giorno più bello della mia vita."

"Ehi, quella battuta è mia," ribatté lui stringendole le mani sui fianchi. Bull non avrebbe resistito a lungo. Non quella sera.

Non era passato che qualche minuto, quando Bull si girò e la montò da sopra. "Sono... davvero... orgoglioso... di... te..." scandì, pronunciando una parola a ogni affondo.

"Ti amo," replicò lei annaspando e stringendogli le gambe intorno al bacino.

Nell'istante in cui capì che Skylar stava venendo, Bull si lasciò andare. Si fermò dentro di lei, nel punto più profondo che poteva raggiungere, e godette, tanto che gli parve di vedere le stelle.

Poi crollò sul letto, rischiando quasi di schiacciarla sotto il proprio peso. Volendo restare dentro di lei, rotolò si lato, finché lei non gli fu nuovamente sopra. Le mise una mano sul sedere e spinse, di modo che i loro corpi fossero il più uniti possibile, mentre entrambi cercavano di riprendere fiato.

"Carson?"

"Sì?"

"Ti amo."

Poco dopo, Bull sentì il respiro di Skylar farsi lento e costante. La giornata era stata lunga e piena di emozioni per lei e Bull fu lieto di tenerla stretta a sé mentre lei si addormentava.

Alla fine si assopì anche lui, felice come non mai.

————

Dieci anni dopo

"Dai, Kevin, passala ad Alessa!" gridò Taylor.

"Tesoro, calmati," disse Eagle dopo una risatina. Lui e la moglie erano alla partita di calcio dei figli e Taylor tendeva sempre ad agitarsi quando li incitava.

L'ultimo decennio era stato un misto di euforia e vero e proprio terrore. La seconda gravidanza di Taylor era stata turbolenta, con perdite di sangue iniziate già al terzo mese, tanto che i due avevano temuto di perdere Alessa prima che nascesse. La piccola, tuttavia, aveva resistito, sebbene i sei mesi prima del parto fossero stati molto stressanti per tutti.

Gli amici si erano rivelati fondamentali. Skylar, Molly e Cassidy avevano dato loro una mano enorme con Kevin e quando Taylor era stata costretta a un lungo riposo forzato a letto, le tre avevano fatto i turni per assisterla e fare compagnia a lei e al piccolo.

Eagle non aveva mai provato tanta felicità come nel momento in cui Taylor aveva dato alla luce Alessa; la gioia, però, era durata poco, perché anche durante il parto Taylor aveva avuto delle perdite di sangue importanti che ne avevano messo a rischio l'incolumità.

Eppure tutto era finito per il meglio e sia Taylor che Alessa ne erano uscite bene. Eagle e Taylor avevano sperato che Alessa fosse fortunata come Kevin e non ereditasse il disturbo cognitivo della madre, ma le cose erano andate diversamente: fin dalla prima settimana di vita, Alessa si era mostrata incapace di riconoscere i genitori.

Taylor aveva accusato il colpo, mentre Eagle si era fin da subito impegnato a cercare soluzioni per fare in modo che la piccola "conoscesse" lui e Taylor. Tutte le volte che entrava nella stanza dov'era la piccola, canticchiava la stessa canzone: *To Make You Feel My Love*. Gli sembrava esprimere ciò che lui provava quando guardava il dolcissimo visino della figlia. Inoltre, ogni volta che prendeva in braccio Alessa, dopo che la madre l'aveva allattata, Eagle si metteva sulle spalle una maglietta portata da Taylor di recente.

La tattica sembrava funzionare. La piccola subito piangeva e si agitava, ma non appena sentiva il vocione del padre e annusava la maglietta con l'odore della madre, si calmava. Negli anni, c'erano stati anche momenti difficili, ma Taylor aveva fatto del proprio meglio per spiegare la situazione alla figlia, non appena quella era stata abbastanza grande per capire cosa fosse la prosopagnosia, e l'aveva rassicurata dicendole che anche lei stessa aveva lo stesso disturbo e ciononostante viveva una vita normale.

La differenza di età tra Alessa e Kevin era minima e perciò i due facevano praticamente tutto insieme. Dopo averne discusso a lungo, Eagle e Taylor avevano deciso di mandare Kevin a scuola un anno dopo, di modo che i due potessero stare in classe insieme. Avere il fratello accanto a sé sembrava dare ad Alessa più fiducia in se stessa. Kevin, del resto, era estremamente protettivo nei confronti della sorellina, e non perdeva occasione per mettere in chiaro che, se qualcuno avesse preso in giro Alessa o le avesse fatto qualche dispetto, avrebbe dovuto risponderne a lui.

Eagle e Taylor non erano i genitori perfetti, ma facevano in modo che i loro figli si sentissero al sicuro, protetti e amati.

La coppia aveva anche deciso di non avere altri figli, visti i problemi sorti durante la seconda gravidanza di Taylor. Dapprima, per lei era stata una decisione sofferta, ma poi si era abituata all'idea e si era dedicata a fare del proprio meglio per crescere i due figli che già aveva.

A suo modo di vedere, ciò consisteva anche nello spronare Kevin e Alessa a prendere parte a ogni attività possibile e immaginabile. Eagle si sentiva spesso in dovere di obiettare, ma sotto sotto adorava vedere i propri figli correre, saltare, nuotare, disegnare, recitare… e svolgere qualsiasi altra attività che Taylor ritenesse opportuna per loro.

Tuttavia, Eagle era certo che, a prescindere dalle varie attività a cui partecipavano, il passatempo preferito di Alessa e Kevin sarebbe rimasto giocare a flipper. Qualche anno prima, dopo qualche tentennamento, Eagle aveva ceduto e aveva acquistato un vecchio flipper a tema *Star Wars* da tenere a casa. Lui e Taylor ci giocavano ogni giorno e i piccoli, dopo averli osservati per un po', avevano chiesto di poter fare qualche partita… di lì a breve, in famiglia si era istituito un vero e proprio sistema di rotazione perché tutti potessero giocare.

Al momento, Kevin deteneva il punteggio più alto e Alessa era seconda, non troppo distante da lui. I due erano persino più bravi dei genitori, cosa di cui Eagle andava smaccatamente fiero, per quanto finisse sempre per lamentarsene con gli amici.

"Ma hai visto?" esclamò Taylor annaspando. "Quel bambino ha interrotto l'azione di Kevin. Fermalo!" gridò ad Alessa. I riccioli castani della bimba erano tutti in disordine, solo un fermaglio impediva loro di ricaderle sugli occhi. Aveva una

chioma voluminosa, come quella della madre, e Eagle era certo
che nel giro di qualche anno quei capelli, per quanto difficili da
gestire, sarebbero diventati la caratteristica estetica più adorabile
di Alessa. Taylor si lamentava sempre dei propri capelli, di
quanto ci volesse ad asciugarli e di quanto fossero irrimediabilmente ribelli, ma lui non riusciva a smettere di accarezzarli e non
riusciva a immaginare la moglie con un taglio corto.

Vedere Taylor sbraitare in quel modo non poteva che farlo
sorridere. Quando l'aveva conosciuta, Eagle non si sarebbe mai
aspettato che Taylor avesse un lato competitivo, né aveva sospettato che l'avrebbe trasmesso ai figli.

"Vai, vai, vai!" gridò Molly, che era accanto a lui.

Beh, forse lo spirito di competizione dei figli non derivava
loro *solamente* dalla madre.

"Bloccalo!" esclamò Cassidy, di là da Molly.

Anche Skylar si fece sentire: "Segna un bel gol e ti compro
tutte le merendine che vuoi!"

Le tre donne risero e Eagle alzò gli occhi al cielo. Skylar e
Bull adoravano viziare Kevin e Alessa. Eagle protestava aperta-
mente, ma in realtà era contento che lo facessero. I bambini
provavano per i loro loro vari "zii" quasi lo stesso affetto che
provavano nei confronti dei genitori. Tutti insieme formavano
un gruppo incredibilmente affiatato.

Andavano spesso alle partite di football delle scuole superiori
a vedere le esibizioni da cheerleader di Mario e tutti facevano del
loro meglio per essere presenti anche a recite, competizioni e
attività varie dei ragazzi. Per Eagle, i tre amici e le loro mogli
erano davvero una famiglia. Sapeva di poter contare su di loro
per qualsiasi cosa, in qualsiasi momento.

"Avanti, Alessa!" gridò Kelsy, la figlia di Smoke e Molly
nonché l'amica del cuore di Alessa. Erano praticamente nate e
cresciute insieme, sebbene fossero diverse come il giorno e la
notte. Kelsy era una bambina estroversa e adorava essere al
centro dell'attenzione, mentre Alessa preferiva osservare e stare
un po' in disparte prima di mettersi in gioco, un comportamento

che almeno in parte era dovuto alla prosopagnosia di cui soffriva, anche se la piccola, con l'aiuto di Kelsy e del fratello, negli anni era diventata più spigliata.

Eagle era felice, più appagato di quanto aveva pensato fosse possibile sentirsi.

Si chinò per baciare Taylor su una tempia.

Taylor lo guardò e Eagle le vide gli occhi trovare la cicatrice ormai sbiadita che lui aveva sulla fronte. La cicatrice era lì da una decina d'anni, da quando il serial killer che aveva preso di mira Taylor li aveva speronati mentre erano in auto. Per Taylor, quel segno sulla fronte era stata una benedizione: le aveva dato la possibilità di riconoscere Eagle anche da lontano, cosa che altrimenti non sarebbe riuscita a fare, a causa del suo disturbo. Per Eagle, la cicatrice era un monito: ogni volta che si guardava allo specchio, pensava al bene prezioso che era la vita. Vedere quel marchio lo induceva a rinnovare l'impegno che si era preso: fare tutto il possibile per proteggere la moglie e i figli dai mali del mondo.

Per molti anni, Eagle aveva difeso degli sconosciuti, ma da quando aveva messo su famiglia, la sua missione era diventata quella di insegnare ai propri figli il rispetto e la gentilezza, perché diventassero brave persone.

"Che c'è che non va?" gli chiese Taylor fissandolo.

"Niente," rispose Eagle.

"Quella è la faccia che fai quando pensi troppo," gli disse lei con una vaga aria di rimprovero.

"Stavo solo pensando a quanto sono fortunato," replicò lui.

Taylor roteò gli occhi. "Perché invece non pensi a cosa daremo da mangiare ai ragazzi per cena? Sai bene anche tu che dopo la partita avranno una fame da lupi... e non proporre ancora il fast food. Quella robaccia finirà per rovinar loro la salute."

Eagle ridacchiò. "D'accordo. Preparerò gli hamburger, che ne dici?

"Sempre meglio degli hot dog," brontolò Taylor.

Lei odiava gli hot dog, a differenza dei figli. Taylor si impegnava seriamente per evitare che li mangiassero, ma di tanto in tanto Eagle riusciva a introdurli in casa, come una specie di premio per Kevin e Alessa. In famiglia non si esagerava certo con il cibo spazzatura, ma Taylor era determinata a dare ai propri figli il meglio, in ogni ambito, compresa l'alimentazione.

In quel preciso istante, tutti cominciarono a urlare e Eagle, girandosi, vide Alessa segnare un gol; il portiere della squadra avversaria si era gettato per cercare di prendere il pallone, ma senza successo.

Kelsy si mise a saltare e a gridare con tutti gli altri, e Eagle fu orgoglioso della figlia quando vide Alessa che, anziché esultare, diede una pacca sulla spalla al ragazzino che era in porta; il cipiglio sul viso del portiere lasciò il posto a un sorriso e solo allora Alessa si voltò verso i propri compagni di squadra e alzò un pugno per celebrare il gol.

Eagle e gli altri avevano fatto in modo che i bambini del gruppo capissero l'importanza della sportività e pareva che gli insegnamenti avessero attecchito... o forse, semplicemente, Alessa era per natura incline al rispetto dell'avversario.

La partita continuò per un'altra mezz'ora e alla fine la squadra di Alessa e Kevin vinse ventidue a diciotto. Rispetto alle partite tra adulti, in quelle tra bambini c'erano molti più gol e molti meno contrasti, ma il divertimento e le emozioni non mancavano.

Kevin e Alessa uscirono dal campo, correndo verso di loro. Kevin precedeva Alessa, come sempre. Ogni volta che Eagle rifletteva su quanto dovesse essere dura per Alessa convivere con la prosopagnosia, in lui la determinazione a far sentire la figlia amata e protetta si rafforzava. Senza il fratellino, per Alessa sarebbe stato difficile persino capire in quale gruppo di spettatori fossero i genitori e gli amici. Il pensiero della solitudine che Taylor aveva dovuto provare e delle prepotenze che aveva dovuto subire crescendo con quel disturbo, faceva *ancora* venire a Eagle il prurito alle mani.

Si accovacciò, aspettando che la figlia lo raggiungesse, poi le disse. "Bella partita, Les." La chiamava sempre con quel soprannome quando la salutava, di modo che lei sapesse che a parlarle era il padre.

Sorridendo, Alessa gli si gettò tra le braccia. Eagle chiuse gli occhi e assaporò quel momento. Sapeva che sarebbe presto arrivato il giorno in cui la figlia non avrebbe più avuto bisogno di abbracci paterni e avrebbe anzi deciso che il proprio vecchio era un rompiscatole incapace di capirla. Eagle non era certo di essere pronto ad affrontare l'adolescenza dei figli, ma sapeva che lui e Taylor, insieme, sarebbero riusciti a superare qualsiasi problema.

"Ottimo lavoro!" disse Kelsy, sorridendo all'amichetta. Alessa si sottrasse all'abbraccio del padre per gettarsi in quello di Kelsy.

"Vi va una pizza?" chiese Smoke al gruppo.

Taylor aprì la bocca per obiettare, ma Eagle, che era dietro di lei, le cinse un braccio al petto. "Ssssh," le sibilò all'orecchio.

"Ma i bambini hanno mangiato la pizza anche ieri," protestò comunque lei.

"Vero... ma Smoke ha detto che lui e Molly saranno felici di tenere Kevin e Alessa e riportarli a casa dopo la pizza," le disse Eagle.

"Lo sapevi già quando ti sei offerto di preparare gli hamburger?" gli chiese, facendo del proprio meglio per sembrare arrabbiata.

Lui annuì.

"E noi non andiamo con loro?" gli chiese Taylor mentre si girava per guardarlo in faccia.

Eagle le fece un sorriso ammiccante. "Esatto."

Taylor stava per chiedere il perché, ma richiuse la bocca quando capì cosa avesse in mente il marito. "Oh," commentò.

"Già, *oh*. Pronta per andare?"

"Assolutamente sì," rispose lei, poi abbassò con discrezione una mano e gli diede una palpatina alla natica.

"Ci si vede," disse all'improvviso Eagle, salutando tutti con una mano e sospingendo Taylor verso il parcheggio.

Seguì qualche risata, ma lui non se ne curò. Smoke e gli altri stavano concedendo alla coppia un'oretta di intimità e Eagle non si sarebbe lasciato sfuggire l'occasione.

Taylor si appoggiò a lui mentre raggiungevano l'auto e lo annusò. "Hai sudato," gli fece notare.

"Si sente?"

"Già. Credo che tu abbia bisogno di una doccia."

Lui sorrise. "Sì? E mi laverai tu la schiena, Flower?"

Taylor gli restituì il sorriso e da dietro gli agganciò un dito nella cinta dei pantaloni. "Se proprio insisti..."

"Insisto," replicò Eagle, fermandosi di fronte allo sportello del passeggero. Si chinò e diede alla moglie un bacio lungo e intenso. Gli sembrava di non averne mai abbastanza di lei. Gli anni sarebbero passati e loro sarebbero invecchiati, ma l'avrebbe sempre desiderata come la desiderava in quel momento. Taylor era tutto per lui. Eagle adorava Kevin e Alessa, ma adorava anche trascorrere del tempo solo con la sua compagna.

Quando si staccarono, lei emise un gemito e sussurrò: "Eagle."

"Ti amo, Flower. Ora sali in macchina, così possiamo andare a goderci la nostra ora di libertà, prima che le piccole pesti rincasino."

Lei gli sorrise... e Eagle non aveva mai visto tanta bellezza. Le scostò i riccioli indisciplinati dal viso e aprì la portiera perché lei salisse, poi si forzò a richiuderla, dopo aver seguito con lo sguardo le gambe mozzafiato di Taylor sistemarsi sul sedile.

In macchina, lungo il tragitto verso casa, Eagle adocchiò nello specchietto retrovisore la cicatrice che aveva sulla fronte. Gli ricordava quanto fosse fortunato. Quanto loro due, *insieme*, fossero fortunati.

Quindici anni dopo

Smoke era appoggiato al muro e si godeva in compagnia di Bull, Eagle e Gramps la movimentata scena che animava il soggiorno di casa sua. Era la sera del ballo di fine anno e Kelsy aveva invitato Alessa, Kevin e altri amici per scattare le foto di rito. Skylar, Taylor, Molly e Cassidy erano perfettamente a loro agio, come lo erano i genitori degli altri ragazzi: tutti davano indicazioni ai loro figli su dove mettersi e come posare.

C'era un gran caos e molto chiasso... e a Smoke piaceva quell'atmosfera.

Gli sembrava che gli ultimi quindici anni fossero passati in un batter d'occhi. Quando Kelsy era venuta alla luce, lui era rimasto a contemplare la piccola creatura per ore, ringraziando il cielo per avergli dato la possibilità di tenerla fra le braccia.

Lo sparo che lo aveva colpito al torace gli aveva fatto prendere un enorme spavento. Aveva sempre saputo che il suo era un mestiere pericoloso, ma non aveva mai veramente considerato l'ipotesi di morire. Quella sera di tanti anni prima, quando era sdraiato sulla pista del piccolo aeroporto, l'idea di lasciare sole Molly e la figlioletta, che allora non era ancora nata, l'aveva terrorizzato.

Per lui, rinunciare alle missioni con la Silverstone non era stata una decisione difficile. Per niente. Non dopo aver visto Kelsy ed essersi reso conto di quanto fosse piccola e fragile. Per non parlare di Molly... e dire che aveva rischiato di perdersi quegli ultimi quindici anni con lei. Era un pensiero insopportabile.

In quegli anni, lui e Molly avevano riso e pianto insieme, litigato e fatto pace. Avevano vissuto appieno le loro vite. Kelsy era la loro unica figlia, ma a volte sembrava a entrambi che anche Kevin e Alessa fossero figli loro, anche perché i figli di Eagle restavano a dormire da loro praticamente una notte sì e una no. I tre ragazzi erano inseparabili.

"Mamma, ora basta!" disse Kevin a Taylor, aggiungendo un ringhio basso che a Smoke ricordò Eagle.

"Ancora un paio," controbatté Taylor. "Quando sarai più grande rimpiangerai di non averne scattate di più."

C'era una sottile ironia nel fatto che nel loro gruppo fosse proprio Taylor la maniaca delle foto, considerando che la prosopagnosia le impediva di riconoscere chiunque anche in fotografia, fatta eccezione per il figlio, per via del segno particolare in volto.

Eppure, pareva che ciò non bastasse a impedirle di documentare ogni momento della vita dei figli.

"Sono fantastici," commentò Bull guardando i dieci ragazzi.

Smoke annuì, ma il suo sguardo era puntato altrove. Aveva occhi solo per la moglie. Il tempo l'aveva trattata con cura. A lui piacevano le piccole rughe che cominciavano a vedersi intorno agli occhi e alla bocca: testimoniavano le risate e i sorrisi che spesso le illuminavano il volto. Smoke ricordava ancora perfettamente il momento in cui le era caduto addosso, in quel pozzo scavato nella terra, in Africa. La rivedeva sporca di fango e con i capelli tutti arruffati, eppure sorprendentemente composta. Forte.

Come forte si era mostrata a più riprese negli anni insieme a lui, a cominciare dai mesi della gravidanza e soprattutto nelle settimane in cui lui era stato convalescente per le ferite da arma da fuoco.

"Un'ultima foto di gruppo!" ordinò Molly ai ragazzi.

Tutti si allinearono di fronte al camino e sorrisero alle macchine fotografiche puntate su di loro. Erano cinque ragazzi e cinque ragazze e ognuno di loro dimostrava qualche anno in più dei quindici o sedici che aveva.

"Siamo stati bravi," disse Eagle a bassa voce.

Smoke, che era accanto a lui, concordò, senza distogliere gli occhi dai protagonisti della serata. "Sì."

Seguirono momenti di confusione controllata, mentre le cinque coppie uscivano dalla porta e raggiungevano la lunga limousine che li attendeva sul vialetto. Smoke aveva insistito per noleggiare quel macchinone, volendo evitare che a qualcuno venisse la stupida idea di mettersi alla guida dopo aver bevuto. Aveva anche spiegato a Kelsy di farsi furba riguardo all'alcol e alle droghe, ma in fin dei conti lei era ancora una ragazzina e Smoke non voleva che una scelta impulsiva finisse per rovinarle la vita. L'autista avrebbe aspettato fuori dalla scuola e avrebbe riaccompagnato a casa i ragazzi dopo il ballo. Era un servizio che Smoke era stato ben felice di pagare, se non altro per la propria tranquillità.

Ci furono altri scatti fotografici con i giovani davanti alla limousine, poi il gruppo partì per la serata. Gli altri genitori se ne andarono poco dopo e a casa di Smoke e Molly rimasero solo gli amici della Silverstone.

"Il ballo di fine anno era una cosa diversa quando noi avevamo la loro età," disse Cassidy con un sospiro.

Gramps ridacchiò e le avvolse un braccio intorno alle spalle. "Tu nemmeno ci sei andata, al ballo di fine anno," le disse.

"Sì, beh... anche *se* ci fossi andata, sarebbe stato diverso da quelli di oggi," ribatté lei.

"A me però vengono in mente un sacco di lacca e molte foto," obiettò Molly.

"Io non ricordo molto del ballo di per sé," disse Skylar. "Il mio accompagnatore mi ha rovesciato il punch sul vestito... poi mi sono ubriacata..."

"Nemmeno io sono andata al ballo," disse Taylor facendo spallucce.

"Non ti sei persa un granché," la rassicurò Eagle. "Musica alta, tutti che cercano di ballare ma sembrano piuttosto avere le convulsioni sulla pista da ballo... poi vengono proclamati il re e la reginetta della serata. Il bello arrivava *dopo* la festa."

Ci fu una risata generale.

"Siete sicuri che non è un problema se Kelsy dorme da voi stanotte?" chiese Smoke a Eagle e Taylor.

"Certo," rispose lei. "Lei e Alessa saranno su di giri e vorranno parlare della serata. Ve la riporto domattina dopo colazione."

"Quindi verso le due del pomeriggio?" scherzò Molly.

"Più o meno," replicò Molly sorridendo.

"Grazie per essere venuti," disse Smoke, rivolto alle altre due coppie. Gramps e Cassidy al momento vivevano da soli: Mario aveva da tempo finito il college e si era trasferito a New York, dove stava cercando lavoro come ballerino nei celebri teatri di Broadway. Bull e Skylar non avevano avuto figli.

"Non mi sarei perso lo spettacolo per niente al mondo," ribatté Gramps.

"Credi che avrei rinunciato a vedere i ragazzi prima del ballo? Sei matto," concordò Skylar con un sorriso.

Molly abbracciò ciascuno degli amici e Smoke salutò i compagni con un cenno del capo, poi gli altri si diressero alle rispettive macchine.

I due rimasero fuori dalla veranda finché le auto non furono sparite in fondo al vialetto. Non appena Smoke e Molly rimasero soli, lei sospirò.

"C'è qualcosa che non va?" le chiese lui.

"No, è tutto perfetto," rispose lei. "Stavo solo pensando al momento non lontano in cui tutto questo ci verrà a mancare."

"Tutto questo cosa?" la incalzò Smoke.

"Tutto questo. Il caos. Il trambusto. Il pizzico di follia," rispose Molly.

Lui le mise le mani sulle spalle e la invitò a rientrare in casa, poi diede un'occhiata in giro e capì a cosa si riferisse la moglie. Sembrava che il grande soggiorno fosse stato attraversato da un tornado. Le sedie erano fuori posto, i cuscini erano sul pavimento, qua e là c'erano le *flûte* ancora piene di succo d'arancia, con le quali i ragazzi avevano posato nelle foto. Smoke aveva quasi dimenticato come fosse quella casa quando ci viveva da solo. La ricordava grande, fredda... e vuota.

Molly l'aveva riempita, oltre ad avergli riempito il cuore. L'aveva colmata di amore e di energia positiva. Ogni angolo di quel posto, persino il più recondito, custodiva bei ricordi.

Smoke guardò la cucina e la sua mente corse al giorno in cui Molly, controllando sbadatamente la posta elettronica mentre preparava la cena, aveva scoperto che il libro in cui aveva raccontato la propria esperienza in Nigeria era stato accettato da una delle case editrici più importanti del paese.

Erano sul divano, invece, quando avevano appreso che il libro era entrato nella classifica dei libri più venduti stilata dal *New York Times*.

E Smoke sedeva nel suo ufficio, il giorno in cui lei si era affacciata alla porta, informandolo che le si erano rotte le acque e che dovevano correre all'ospedale.

La poltrona sulla quale Molly aveva trascorso ore e ore allattando Kelsy e cullandola tra le braccia... Il tavolo sul quale lei aveva insistito che mangiassero tutti insieme quando Kelsy era piccola... La lavanderia dove si erano intrufolavano per fare sesso quando Kelsy si addormentava in soggiorno e loro temevano che si svegliasse, se l'avessero portata in camera da letto...

Pigiama party, serate di Halloween, mattine di Natale, feste di compleanno... e poi lacrime, scatti d'ira... era un uomo fortunato e sapeva di esserlo.

"Ho quasi paura di andare di sopra e aprire la porta della camera di Kelsy," disse Molly, poi fece una risatina.

Smoke annuì. Probabilmente, dietro quella porta si celava uno scenario apocalittico. Alessa era venuta a prepararsi per il ballo da loro e Smoke aveva già avuto occasione di appurare che né lei né la figlia erano esattamente maniache dell'ordine.

"Ce ne occuperemo dopo," replicò lui con fermezza, tirando Molly verso la lavanderia.

"Ma che fai?" gli chiese Molly, senza però opporre resistenza.

Smoke richiuse dietro di loro la porta della lavanderia e spinse Molly contro il piano di granito lungo la parete.

"Mark?" lo chiamò lei confusa, inarcando un sopracciglio.

"Quand'è stata l'ultima volta che abbiamo fatto l'amore qui?" le chiese lui.

La confusione abbandonò il viso di Molly e lasciò il posto a una risata. "Uhm... otto anni fa?"

"Già. Mi è mancato questo posto," disse Smoke guardandosi intorno.

Molly alzò una mano e gli carezzò la guancia, passandogli un pollice sopra la fossetta. "Ti amo," gli disse lei a bassa voce. "So che non è facilissimo vivere con me, ma tu non batti ciglio nemmeno quando ho una delle mie giornatacce, né quando do di matto."

"Mi piaci quando dai di matto," replicò lui con sincerità. "È da quindici anni che mi tieni con i piedi per terra e mi aspetto che continui a farlo nei prossimi trenta."

"Non siamo più dei giovanotti," osservò lei, "non so se possiamo ancora permetterci di fare sesso acrobatico."

Per tutta risposta, Smoke le avvicinò le mani alla cintura dei jeans, glieli sbottonò e li spinse in basso, insieme alle mutandine, finché entrambi gli indumenti non le ricaddero sulle caviglie. "Salta su," la esortò.

Sorridendo, Molly obbedì e lui la aiutò a sedersi sul piano. Sentire il freddo del granito contro le natiche la fece sussultare, ma Smoke non esitò a muoversi verso l'obiettivo che si era prefissato da ore.

Molly lo faceva sentire come se entrambi fossero sempre due quindicenni. Lui la desiderava ogni giorno, ogni minuto. Si eccitava anche solo a vederla ridere. Sapeva ciò che aveva rischiato di perdere, molto meglio di quanto lo sapessero tanti altri uomini; era come se il suo stesso corpo fosse deciso a sfruttare al massimo la seconda *chance* che la vita gli aveva dato.

Le allargò le gambe e si chinò su di lei. Purtroppo, Molly aveva ragione... fare sesso su un ripiano era qualcosa ormai fuori dalla loro portata. Smoke ci mise più del solito a raggiungere l'orgasmo e decise che Molly avrebbe preferito venire sul loro morbido letto. Inoltre, non voleva certo rischiare di farle male.

D'altro canto, Smoke sapeva di poterla portare all'apice senza troppi sforzi. Molly adorava quando lui la toccava e la baciava e non mancava mai l'orgasmo quando lui ci si metteva.

"Mark," protestò lei senza troppa convinzione. "Dobbiamo pulire la casa."

"Domani," disse lui distrattamente, mentre le leccava l'interno coscia. Quando Molly spalancò del tutto le gambe per consentirgli un migliore accesso, Smoke sorrise. Caspita, quanto la amava... Molly era perfetta per lui, sotto ogni aspetto.

Quaranta minuti più tardi, i due erano ancora nel letto. I loro vestiti erano sul pavimento e Smoke stava affondando dentro la donna che amava più della sua stessa vita. Mentre facevano l'amore senza fretta, lui la guardò negli occhi.

Molly aveva le pupille dilatate e contraeva i muscoli della vagina ogni volta che lui ne usciva per ricaricare il colpo.

"Ti amo," le sussurrò.

"Ti amo anch'io," ricambiò lei. "Più forte, Mark, ti prego."

Smoke non era il tipo di uomo a cui piacesse farsi pregare dalla propria donna, perciò la accontentò senza indugi. Le diede ciò che lei voleva, ciò di cui Molly aveva bisogno.

In tutta sincerità, per quanto Smoke amasse la figlia e la follia che movimentava la loro vita di famiglia, pregustava anche il momento in cui Kelsy sarebbe andata a vivere altrove e lui e Molly avrebbero avuto più tempo da soli. Gli piaceva stare con lei. Ignorava ciò che la vita aveva in serbo per loro, ma non gli importava: bastava che Molly gli rimanesse vicino.

Spostando il peso su un braccio, Smoke infilò la mano libera tra i loro corpi. Sapeva che lei sarebbe esplosa come un razzo non appena lui le avesse accarezzato il clitoride. Si mise a giocare con lei e poco dopo Molly rovesciò la testa all'indietro e inarcò la schiena, affondandogli le unghie nei bicipiti mentre tutto il corpo cominciava a vibrarle.

Nell'istante in cui lei raggiunse l'orgasmo, Smoke cominciò a pompare ancora più forte. Nel giro di trenta secondi, emise un gemito di piacere, mentre la riempiva del proprio seme. Per Smoke, ogni volta era come la prima. Ogni giorno la amava più del giorno prima e meno di quanto l'avrebbe amata l'indomani.

Rotolò di lato, tirando a sé Molly, esausta e coperta da una patina di sudore. Ne sentì il respiro caldo sulla spalla, poi lei, come faceva quasi ogni sera, gli toccò la cicatrice che il colpo subito quindici anni prima gli aveva lasciato sul fianco.

"Ti amo, Mark. Grazie per non essere morto."

Anche quella frase ricorreva spesso nelle loro serate.

"Grazie per non aver rinunciato a me," replicò lui. Quella, invece, era la *sua* battuta ricorrente.

Molly si lasciò uscire dalla bocca un lungo sospiro, poi si rilassò completamente tra le braccia di Smoke. Quella era la parte della giornata che lui preferiva: quando Molly gli si donava senza riserve e lui poteva semplicemente restare sdraiato al buio a stringerla forte. Era un ottimo momento per ringraziare il cielo di essere un bastardo tanto fortunato.

Nella vita aveva fatto anche degli errori, ma li avrebbe rifatti tutti volentieri, se il risultato finale fosse stato ancora quello: con la donna che amava, al sicuro tra le sue braccia, con una figlia sana e felice.

"Sogni d'oro," sussurrò a Molly, poi chiuse gli occhi e si lasciò sopraffare dal sonno, appagato dalla consapevolezza che ogni cosa, nel suo mondo, era al posto giusto.

———

Vent'anni dopo

Cassidy non riusciva a togliersi dal viso quel sorriso enorme e vagamente sciocco. Leo l'aveva portata a New York per assistere al debutto di Mario a Broadway. Negli anni, il ragazzo aveva seguito molti interessi diversi, ma il teatro era sicuramente uno dei più importanti.

La passione per il palcoscenico e in particolare per i musical gli era venuta alle superiori. Non cantava particolarmente bene, ma sapeva decisamente ballare. I suoi trascorsi da ginnasta e cheerleader lo avevano preparato per quella che era presto diventata una vera e propria ossessione: la danza hip hop. Aveva guardato e riguardato su YouTube i video di Shakira, Jennifer Lopez e altri famosi cantanti, studiando con impegno le coreografie dei ballerini. Finite le superiori, aveva deciso di frequentare il college a New York.

Quella scelta aveva spezzato il cuore a Cassidy, che però si era sforzata di non darlo a vedere. Mario era praticamente cresciuto al suo fianco e il giorno in cui era partito per la lontana New York, le era sembrato che una parte di sé le fosse stata portata via dal petto.

D'altronde, era orgogliosa di lui. Il timido e goffo undicenne che Mario era stato quando lei e Leo si erano ritrovati era cambiato radicalmente. Cassidy era convinta che la metamorfosi di Mario in un giovane uomo sicuro di sé fosse in buona parte dovuta all'influenza di Leo e degli amici che lei e il figlio avevano trovato alla Silverstone.

Tutti si erano mostrati pronti a prendere le difese di Mario, quando il ragazzo era stato vittima di bullismo. Gli avevano insegnato a volersi bene per quello che era. Cassidy non avrebbe mai scordato che dietro il successo di Mario c'era l'affetto vero e sincero che Leo gli aveva sempre dimostrato. Per Leo, il fatto che Mario fosse gay non aveva alcuna importanza. Non gli era mai importato che al ragazzo piacessero i colori pastello, che di tanto in tanto gli piacesse darsi lo smalto o che preferisse le maratone televisive di *Una mamma per amica* alle partite di football.

Mario, come molti ragazzi della sua età, aveva fatto fatica a trovarsi un partner, ma ormai da tre anni conviveva con un ragazzo che a Cassidy ricordava molto Leo. Era alto e aveva modi un po' burberi, ma quando guardava Mario, lo faceva con occhi pieni di amore e rispetto. Era anche protettivo, cosa che Cassidy apprezzava. Mario era solito scherzare sul fatto che Roberto non voleva nemmeno che lui andasse alle prove in teatro da solo e perciò lo accompagnava al lavoro tutti i santi giorni.

Quella sera, Mario avrebbe debuttato a Broadway in uno spettacolo molto atteso e che aveva ricevuto ottime recensioni dai critici che avevano visto l'anteprima. Mario non era l'attore protagonista, ma aveva comunque un ruolo di rilievo, paragonabile, come aveva spiegato lui stesso ai genitori, a quello di Chistery, il capo delle scimmie volanti nel musical *Wicked*.

A vedere il debutto di Mario non c'erano solo Cassidy e Leo: nessuno del clan aveva voluto mancare. C'erano Bull e Skylar,

Eagle e Taylor e Smoke e Molly. I figli, però, non avevano potuto presenziare: quelli di Eagle e Taylor, Alessa e Kevin, erano nel pieno dell'anno accademico alla Purdue University, in Indiana, mentre Kelsy, la figlia di Smoke e Molly, per quanto avesse voluto esserci, aveva un test di volo molto importante.

"Credi che sia nervoso?" chiese Skylar a Cassidy sporgendosi oltre a Leo perché l'amica la sentisse.

Lei fece una risatina. "Mi ha detto di no, ma lo conosco... e probabilmente ora ha la tremarella."

"Se la caverà bene," disse Leo con voce ferma.

"Farà un figurone," concordò Molly, seduta vicino a lei.

Guardando gli amici che la attorniavano, Cassidy non riusciva a smettere di sorridere. Con loro, aveva vissuto due decenni fantastici. C'erano stati alti e bassi, ma le risate e i momenti di complicità avevano più che compensato le difficoltà. A Cassidy sembrava che il fato si fosse impegnato affinché lei, nella seconda parte della sua vita, potesse godere della felicità e dell'amore che le erano mancati durante i suoi primi quarant'anni.

Avrebbe voluto che i genitori fossero lì con lei. La madre era deceduta due anni prima e l'anno seguente se n'era andato anche papà, quasi non potesse vivere senza la sua amata Alice. Sul letto di morte, la madre le aveva detto quanto fosse fiera di lei e grata per aver avuto l'opportunità di passare tanto tempo con lei e Mario. Cassidy non poteva che rammaricarsi che i genitori non fossero lì a vedere il loro nipote sotto i riflettori di Broadway.

Cose se fosse in grado di leggerle nel pensiero, Leo le prese la mano e intrecciò le proprie dita alle sue. Lei la strinse forte mentre le luci della sala si abbassavano. Il cuore le batteva forte e aveva sul volto un sorriso zuccherino, ma non le importava nulla.

Duo ore più tardi, quel sorriso era ancora lì. Mario era stato bravissimo. Il musical era stato gustoso e divertente e secondo Cassidy sarebbe stato un grande successo. Era orgogliosissima del figlio. Ventun anni prima, quando entrambi erano prigionieri in Giamaica, chi avrebbe mai detto che la vita sua e di Mario si sarebbe rivelata tanto ricca di soddisfazioni?

Mario ci mise un po' a riemergere da dietro le quinte, ma quando alla fine comparve, si diresse subito verso la madre. La abbracciò, poi la prese in braccio e la fece girare su se stessa... lei non riuscì a fare altro che ridere. La gioia sul volto di Mario era il più bel regalo che la vita avesse mai potuto farle.

Mario si voltò per abbracciare prima Leo, poi tutti gli altri. Molly, Taylor, Eagle, Smoke... a ognuno spettò un abbraccio. Roberto era rimasto in disparte e guardava Mario con un sorriso che non lasciava dubbi su quanto fosse orgoglioso di lui.

Il gruppo si spostò in un piccolo locale gay che Mario e Roberto conoscevano. Il cibo era ottimo e l'atmosfera festosa.

Quando Cassidy e Leo arrivarono di fronte alla loro camera d'albergo, erano le due e mezza di notte. Leo aprì la porta e la fece entrare. Ancora euforica per la serata e non sentendosi affatto stanca, Cassidy andò in balcone per godersi un po' d'aria fresca. Leo non aveva badato a spese e aveva prenotato una camera con vista su Times Square. Le luci al neon brillavano nella notte e nonostante l'ora tarda per le strade c'era un gran viavai.

Cassidy sentì Leo arrivarle dietro e avvolgerle il braccio intorno alla vita.

"Sei felice?" le chiese.

"Sono in estasi," rispose lei dopo un sospiro.

Negli anni, i due avevano fatto qualche viaggio. Avevano avuto il loro primo vero e proprio litigio quando Cassidy, in vena di fare qualcosa di diverso, aveva proposto di andare in Uganda a vedere i gorilla, ma lui si era rifiutato.

Cassidy aveva sbuffato e si era lamentata, arrivando ad accusarlo di non voler mai andare da nessuna parte.

Ciò che Leo le aveva detto in quell'occasione le era rimasto impresso nella memoria.

"Cass, quando ci siamo sposati, ho promesso di proteggerti e prendermi cura di te per il resto delle nostre vite. Io sono stato in un sacco di posti che, dal di fuori, sembrano assolutamente sicuri. I *dépliant* delle agenzie di viaggi mostrano donne seminude che si rilassano in spiaggia e sorseggiano drink ghiacciati. Ciò che *non* mostrano è il male che si annida dietro la facciata. Non mi interessa quanto insisterai, io mi rifiuto di portarti in qualsiasi posto dove tu corra il rischio di trovarti faccia a faccia con quel male... il male che io ho visto con i miei occhi. Anche tu ne hai già visto abbastanza e io non sono disposto a mettere a rischio la tua vita per un paio di settimane di sole e spasso."

Allora lei aveva capito. Nonostante conoscesse bene Leo, c'erano aspetti della vita di suo marito che lei non avrebbe *mai* conosciuto: i posti dove era stato in missione, le persone che aveva dovuto uccidere... Leo avrebbe fatto del proprio meglio per tutelarla, ma avrebbe sempre agito in base alla propria esperienza. Cassidy avrebbe potuto ribattere che tanti posti che un tempo erano stati pericolosi erano poi diventati più sicuri, ma l'esperienza suggeriva a Leo che le cose non stavano esattamente in quel modo.

Perciò, Cassidy si era abituata all'idea che lei e Leo non sarebbero mai stati dei giramondo, il che, in tutta sincerità, non la disturbava più di tanto. Erano stati alle Hawaii, che a lei erano piaciute un sacco, ma avevano evitato i Caraibi, dove lei non voleva più mettere piede. Persino la Florida le era sembrata troppo vicina all'inferno da cui era faticosamente riuscita a fuggire. Avevano visitato l'Alaska e molte altri parti degli Stati Uniti e del Canada. Un anno, Leo aveva portato lei e Mario in Finlandia a vedere l'aurora boreale; avevano sofferto un gran freddo, ma Leo aveva affittato un igloo e tutti e tre erano rimasti svegli quasi tutta la notte per ammirare la volta celeste illuminata.

A Cassidy non dispiaceva che Leo si mostrasse tanto protettivo. Non esagerava mai, o meglio *quasi* mai, e quando erano distanti, lei aveva sempre la percezione di essere amata e di mancargli. Ovunque fossero, Leo era sempre attentissimo a qualsiasi potenziale pericolo. Una volta, mentre erano a New York per far visita a Mario, Cassidy aveva insistito per andare a fare spese per conto suo, e Leo glielo aveva impedito. Anche in quel caso, lei si era subito irritata, ma poi Leo le aveva raccontato la storia di un agente dell'FBI che aveva lasciato che la moglie e la figlia andassero in giro per Parigi senza di lui; le due erano poi state rapite e uccise. Quel racconto l'aveva convinta a desistere. Avere Leo sempre addosso non le pesava particolarmente; anzi, la verità era che lei si sentiva più al sicuro vicino a lui.

In fondo, si trattava solo di ordinare i regali online, quando si avvicinava il compleanno di Leo, il loro anniversario o Natale; ad accorgimenti di quel tipo si era abituata facilmente.

"A che pensi?" le chiese Leo da dietro, a bassa voce.

Cassidy sospirò e si girò su se stessa per guardarlo. Lui le posizionò le mani alla base della schiena e lei gli si appoggiò al torace, intenerendosi al pensiero che i loro corpi, ancora dopo tutti quegli anni, sembrassero ancora perfettamente compatibili. "Alla bellissima serata che abbiamo appena trascorso," gli rispose.

"Vero, eh?"

"Essere lì con te, circondati dai nostri amici... Guardare Mario fare ciò che più ama, davanti a persone che lo apprezzano e lo rispettano per quello che è... Sai, ventun anni fa non avrei mai detto che la mia vita sarebbe stata così."

Leo si chinò per baciarle la fronte. Lei gli appoggiò la testa sulla spalla e cominciarono a ondeggiare, cullandosi a vicenda, in una specie di compromesso tra un lento e un abbraccio.

Allora Cassidy sorrise. Allentò la presa su di lui e lentamente si abbassò, fino a mettersi in ginocchio di fronte a lui.

Leo la guardò perplesso. "Cass?"

Lei continuò a sorridere mentre gli sbottonava i pantaloni. Indossava ancora l'abito nero con paillettes che aveva comprato appositamente per il debutto di Mario. Lei e le altre avevano preso la serata molto seriamente: avevano sfoggiato vestiti da favola, si erano rivolte ad acconciatori e truccatori professionisti e si erano fatte fare manicure e pedicure.

"Siamo all'aperto," le fece notare Leo.

"Lo so," disse lei mentre gli infilava la mano nei boxer e cominciava ad accarezzarglielo.

Cassidy vide il marito guardarsi intorno, poi tornare con lo sguardo a lei. "Il tuo vestito resta dov'è. Ci sono decisamente troppe finestre da queste parti."

Lo amava. Alla follia. A lui non importava se qualcuno gli vedeva l'uccello, ma non era disposto a rischiare che vedessero *lei* nuda.

Cassidy abbassò la testa e si mise a succhiarglielo. Non lo faceva spesso, soprattutto perché Leo era sempre impaziente di fare l'amore. Perciò, quella volta lei fece le cose con calma, godendosi la sensazione dell'erezione che le cresceva tra le labbra. Presto si sentì una mano sui capelli; molto probabilmente, Leo le stava rovinando irrimediabilmente l'elaborata acconciatura. Con l'altra mano, lui le carezzava una spalla, mentre Cassidy continuava a stimolarlo con la bocca.

Sapeva che Leo non le avrebbe permesso di portarlo all'apice. Gli piaceva venirle dentro e visto che l'età ormai gli concedeva solo un orgasmo a notte, sicuramente non era incline ad arrendersi subito a lei in quel modo. Infatti, poco dopo, Leo fece un passo indietro e le afferrò le braccia, la aiutò a rimettersi in piedi e la sospinse dentro la camera.

"Via tutto," le ordinò, indicando con un cenno del capo il vestito.

Cassidy gli sorrise con ritrosia e si spogliò davanti a lui. Si sfilò lentamente l'abito, poi autoreggenti e infine le mutandine nere e il reggiseno. Non era più una ragazzina e aveva la pelle cadente in più punti, ma Leo la scrutava con gli stessi occhi bramosi e impazienti che lei gli aveva visto vent'anni prima, durante la loro prima notte di nozze.

Se l'amplesso fu meno energico di quelli di un tempo, non fu però meno piacevole. Negli anni, avevano imparato a conoscere l'uno il corpo dell'altra ed entrambi sapevano bene quali tocchi, leccate e carezze mandassero in estasi il partner.

Quella notte, l'orgasmo di Cassidy fu piuttosto esplosivo: salì lentamente ma non fu meno appagante di quelli a cui Leo l'aveva abituata nei primi anni del loro rapporto. Lui le sorrise, poi rovesciò la testa all'indietro e venne a sua volta. Non facevano più l'amore ogni sera, ma entrambi erano soddisfatti della loro vita sessuale. Ancora ogni sera, però, Cassidy si addormentava accoccolata a lui. Stargli semplicemente vicino era ancora una delle sue attività preferite.

Dopo aver fatto l'amore, come ogni volta, Leo si alzò dal letto e andò a prendere una salvietta umida, poi aspettò che lei si ripulisse. Riportò l'asciugamano in bagno e si rimise sotto le lenzuola, tirando Cassidy a sé in un abbraccio. Lei emise un sospiro di contentezza.

"Roberto sembrava davvero fiero di Mario," mormorò lei.

"Aveva tutto il diritto di esserlo" replicò Leo.

"Sono una bella coppia," disse Cassidy.

"Sì."

"Sono contenta che abbia trovato qualcuno che lo ami tanto quanto tu ami me," continuò lei, girando la testa in modo da poter guardare Leo negli occhi. "Vorrei essere in grado di farti capire tutto il bene che ti voglio."

Lui ridacchiò. "Non sarà mai pari a quello che ti voglio io."

Il bonario battibecco su chi dei due volesse più bene all'altro era un loro classico e non mancava mai di far sorridere Cassidy. "Grazie per essere la persona che sei."

Leo annuì. "Ora dormi, amore mio. Dovremo svegliarci presto, soprattutto vista l'ora che si è fatta. Abbiamo appuntamento con gli altri per il brunch. Sei sicura di voler andare allo spettacolo di Mario anche domani sera?"

"Sì," rispose Cassidy senza esitare. Avrebbe guardato Mario esibirsi ogni sera, se avesse potuto. Tuttavia, sapeva che dopo qualche giorno lei, Leo e gli altri sarebbero tornati a Indianapolis. Gli uomini gestivano ancora l'Assistenza Silverstone, ma erano in trattativa per vendere la ditta a Sandra Archer e al marito. Sandra era praticamente cresciuta nel garage ed era rimasta a Indianapolis anche dopo aver conseguito un master in Economia aziendale. Conosceva tutto dell'attività e i quattro amici non riuscivano a immaginare di cederla a nessun altro. Sandra ci si sarebbe dedicata con passione.

"Chissà perché sapevo già la tua risposta..." ribatté Leo con una risatina. "Per fortuna ho già comprato i biglietti."

"Grazie anche per assecondarmi," gli disse lei.

"Anche a me piace guardarlo ballare," le ricordò Leo. "Ho visto ogni recita e spettacolo che ha fatto alle medie e alle superiori..."

"...e tutti quelli a cui siamo riusciti ad andare quando era al college," aggiunse Cassidy. "Ti dispiace che non abbiamo fatto un figlio insieme?" gli chiese poi a bassa voce.

"Cosa? No! Prima di tutto, per te, dopo i quarant'anni, sarebbe stata una gravidanza ad alto rischio; so che si possono avere figli anche più avanti con l'età, ma non volevo rischiare, si trattava della tua salute. Secondo, Mario è mio figlio. L'avrò anche incontrato quando aveva già undici anni, ma questo non significa che gli voglia meno bene."

Cassidy, con la testa appoggiata al petto del marito, gli fece un cenno d'assenso. Leo era stato ed era più paterno di quanto non lo sarebbe stato il padre naturale di Mario.

"Come mai questa domanda?" le chiese lui.

Cassidy scrollò le spalle. "Non so. È solo che a volte mi sembra di aver preso da te più di quanto io ti abbia dato."

"Stammi a sentire," ribatté Leo con una certa severità. "Tu mi hai dato *tutto*. Senza di te, la mia vita sarebbe stata piatta. Ho riso di più e provato più emozioni negli ultimi vent'anni di quanto non avessi fatto nei miei primi quarantacinque anni. Tu mi hai dato un figlio... e non riesco a immaginare di vivere nemmeno un giorno senza di te al mio fianco. L'unico rimpianto che ho con te è non avere avuto le palle di farmi avanti quando io avevo diciott'anni e tu quindici. Avremmo avuto a disposizione molto più tempo insieme. Ma ora sei mia e io sono tuo. Ci stiamo godendo al meglio il tempo che ci rimane. Ci siamo capiti?"

Cassidy sorrise. "Sì," gli rispose.

"Che tipa..." mormorò Leo tra i denti mentre la abbracciava

ancora una volta. "Se fossi un po' più felice di così, mi rinchiuderebbe in manicomio."

"Non ci sono più i manicomi," lo informò lei, "e al giorno d'oggi quello è considerato un termine spregiativo."

"Dormi, Cass. Dico sul serio."

Leo cercò di mostrarsi risoluto, ma Cassidy scosse semplicemente la testa. "Ok." Un paio di minuti più tardi, Cassidy parlò ancora. "Mi piace come siamo. Come siamo insieme, intendo. Probabilmente, molte persone riterrebbero noiosa la vita che facciamo, ma a me piace... e mi piacciono i nostri amici, mi piace tutto il tempo che passiamo con loro. Grazie per avermi dato questa vita, Leo."

La replica di Leo fu un bacio sulla testa, poi lei sentì il respiro del marito farsi irregolare e capì che Leo stava trattenendo le proprie emozioni; era un'altra delle ragioni che glielo facevano amare sempre di più.

Leo aveva superato la sessantina, ma Cassidy non aveva dubbi sul fatto che avrebbe ancora protetto lei e Mario da chiunque volesse far loro del male; inoltre, era ancora un bel pezzo d'uomo. Però, non era mai stato il tipo di macho incapace di dirle che l'amava e incline a provare imbarazzo se lei diventava troppo sdolcinata.

Cassidy fece un profondo respiro e si rilassò.

La vita era imprevedibile. Piena di alti e bassi. Non era facile; anzi, molte volte era dannatamente difficile. Eppure, col tempo, Cassidy aveva capito di essere più forte di quanto pensasse. Aveva commesso degli errori, ma ne aveva tratto insegnamenti preziosi e aveva fatto del proprio meglio per restare positiva. Non sapeva quanto sarebbe stato ancora lungo il viaggio della vita, ma era determinata a centellinare ogni goccia di felicità che il destino avesse da parte per lei.

A cominciare dal brunch con gli amici della Silverstone che la aspettava al risveglio.

Cassidy si addormentò con il sorriso sul volto, l'anima traboccante di contentezza e la profonda consapevolezza che qualsiasi prova la aspettasse, con l'aiuto degli amici e della famiglia, lei avrebbe saputo superarla.

*

Grazie per aver letto i libri della serie Silverstone! Se non conosci la nuova serie di Susan Stoker, *Mercenari di montagna*, scopri il primo libro: *Difendere Allye*.

NOTE

CAPITOLO DUE

1. Variante del football americano in cui si placca l'avversario afferrando un fazzoletto appeso alla cintura, anziché bloccandolo fisicamente. [NdT]

CAPITOLO QUATTRO

1. In inglese, *bull's eye*, letteralmente "occhio del toro", indica il centro del bersaglio. [NdT]
2. In inglese, *gramps* è un diminutivo di *grandpa*, "nonno": [NdT]

<u>Delta Duo</u>

La forza di Gillian
La forza di Kinley
La forza di Aspen
La forza di Jayme
La forza di Riley
La forza di Devyn
La forza di Ember
La forza di Sierra

<u>Armi & Amori: verso il futuro</u>

Soccorrere Caite
Soccorrere Brenae
Soccorrere Sidney
Soccorrere Piper
Soccorrere Zoey
Soccorrere Avery
Soccorrere Kalee
Soccorrere Jane

<u>Mercenari di Montagna</u>

Difendere Allye
Difendere Chloe
Difendere Morgan
Difendere Harlow
Difendere Everly
Difendere Zara
Difendere Raven

<u>Ace Security</u>

Il riscatto di Grace
Il riscatto di Alexis
Il riscatto di Bailey
Il riscatto di Felicity
Il riscatto di Sarah

Forze Speciali alle Hawaii

Trovare Elodie
Trovare Lexie
Trovare Kenna
Trovare Monica
Trovare Carly
Trovare Ashlyn
Trovare Jodelle

Delta Force Heroes

Salvare Rayne
Salvare Emily
Salvare Harley
Il Matrimonio di Emily
Salvare Kassie
Salvare Bryn
Salvare Casey
Salvare Sadie
Salvare Wendy
Salvare Mary
Salvare Macie
Salvare Annie

Armi e Amori

Proteggere Caroline
Proteggere Alabama
Proteggere Fiona
Il Matrimonio di Caroline
Proteggere Summer
Proteggere Cheyenne
Proteggere Jessyka
Proteggere Julie
Proteggere Melody
Proteggere il Futuro
Proteggere Kiera

ALSO BY SUSAN STOKER

Proteggere i figli di Alabama
Proteggere Dakota

Una raccolta di storie brevi

Un momento nel tempo

BIOGRAFIA

L'autrice best seller del *New York Times*, *USA Today*, e *Wall Street Journal*, Susan Stoker ha un cuore grande come lo stato del Texas, dove vive, ma questa tipica ragazza americana ha trascorso gli ultimi quattordici anni vivendo nel Missouri, in California, in Colorado, e nell'Indiana. È sposata con un ex militare dell'esercito, che ora la segue in tutto il Paese.

Ha debuttato con la sua prima serie nel 2014, seguita dalla serie SEAL of Protection, che ha consolidato il suo amore per la scrittura, e la creazione di storie in cui i lettori possono perdersi.

Se ti è piaciuto questo libro, o qualsiasi libro, per favore considera di lasciare una recensione. Gli autori lo apprezzano più di quanto tu possa immaginare.

www.stokeraces.com
susan@stokeraces.com